Nino Filastò

Alptraum mit Signora

Nino Filastò

Alptraum mit Signora

Roman

Aus dem Italienischen
von Bianca Röhle

Aufbau-Verlag

Titel der Originalausgabe
Incubo di signora

ISBN 3-351-02828-8

1. Auflage 1998

Einbandgestaltung Ute Henkel/Torsten Lemme
Vorsatz unter Verwendung des Gemäldes
»Die Nachtmahr« von Heinrich Füssli, 1781
Satz LVD GmbH, Berlin
Druck und Binden Clausen & Bosse, Leck
Printed in Germany

Vorbemerkung des Autors

Die Überschriften der Kapitel 1 bis 18 sind inspiriert von einigen Details der Predella mit dem sogenannten *Hostienwunder* von Paolo Uccello, die sich heute im Palazzo Ducale in Urbino befindet. Die Umsetzung dieser Idee hat mich eine gewisse Anstrengung gekostet, doch ist sie leider niemandem aufgefallen, nicht einmal meinen treuesten Lesern, und auch nicht meinen besten Freunden. Daher liegt mir einiges daran, in dieser neuen Ausgabe des Romans ausdrücklich darauf hinzuweisen. Es ist nicht besonders elegant, auf diese Art einen Schlüssel zur Lektüre der Erzählung vorwegzunehmen, der eigentlich der Phantasie und dem Scharfsinn des Lesers überlassen bleiben sollte. Doch da wirklich niemand etwas bemerkt hat, mußte ich darauf schließen, daß meine Idee vielleicht ein wenig zu ausgefallen war.

Fakten, Situationen, Vorkommnisse und Personen sind frei erfunden. Aber es ist in diesem Roman von zwei Gemälden die Rede. Das erste davon wird Filippino Lippi, das zweite Biagio di Antonio zugeschrieben, und sie hängen tatsächlich in einer bedeutenden Gemäldegalerie Europas. Ich halte sie für Fälschungen. Andere Bilder, die in dem Roman beschrieben werden, sind frei erfunden.

Einige Episoden aus dem Justizmilieu nehmen eine erdachte Anwendung der neuen Strafprozeßordnung vorweg, die 1989 in Italien in Kraft getreten ist. Wie ich geahnt hatte, wurde diese Gesetzesnovelle in den darauffolgenden Jahren auf unendlich verschiedene Weisen interpretiert, modifiziert und wiederholt geflickt, bis aus ihr eine Art Harlekinskostüm geworden war. Der eine oder andere wird darum sagen, daß es in diesem Roman von Verfahrensfehlern nur so wimmelt. Doch das Oberste Gericht annulliert Urteile, keine Romane.

N.F.

Erster Teil

Wer eine Sache will ergründen,
Muß, mein ich, Phantasie entbinden,
Muß ahnen, spielen, muß erfinden.
Und führt kein gerader Weg zum Ziel,
Der andern Wege sind so viel.

Galileo Galilei
Kapitel gegen das Tragen der Robe

I

Blut unter der Tür

Das Gesicht von Signorina Domenici glühte. Sie legte sich die Handrücken an die Wangen.

»Ich wußte nicht, daß sie auf den Strich geht«, sagte sie. »Wenn ich es gewußt hätte, hätte ich ihr die Wohnung niemals vermietet. Ich habe sie in der Piccolo Bar kennengelernt, wissen Sie, in dem kleinen Lokal hier unten.«

Rechtsanwalt Corrado Scalzi kannte es nur zu gut, das kleine Lokal da unten. Sein Eingang lag direkt neben seiner Kanzlei. Gelegentlich, wenn er mal nachts arbeiten mußte, war er schon drauf und dran gewesen, die Polizei zu rufen. Diese Bar war ein enges, langgestrecktes Loch. Das Licht kam nur vom Eingang, und im Innern erstickte man. Viele Kunden versammelten sich darum auf der Straße zu einer freundschaftlich verbundenen Gruppe, sie reichten einander die Getränke weiter, riefen dem Kellner ihre Bestellungen zu und unterhielten sich lauthals. Die Piccolo Bar war von fünf Uhr nachmittags bis zwei Uhr nachts geöffnet und hatte einen besonderen Kundenstamm: sie war, kurz gesagt, ein Treffpunkt von Homosexuellen, völlig ungehemmten, über ihr Anderssein glücklichen und ziemlich lauten Schwulen. Scalzi hatte es vermieden, sich an die Streife zu wenden, weil ihm nichts daran lag, als Schwulenhasser eingestuft zu werden.

Signorina Paola Domenici war eine alte Kundin seiner Kanzlei. Sie hatte ihren Namen von Paolo in Paola geändert, nachdem Scalzi für sie die Möglichkeit einer Geschlechtsumwandlung erwirkt hatte. Sie arbeitete bei der Post; eine vorbildliche Angestellte, klein, ohne den geringsten Charme, ein schmales Gesicht mit farblosen Augen, und leicht erregbar.

»Mir kamen sie alle beide wie anständige Leute vor … Eben ganz normal. Sie war sehr schön … Oder doch auffällig …«

Signorina Domenici beschrieb mit ihren Händen einen imaginären Oberkörper. Hätte sie nicht diese sehr großen Hände gehabt, wäre niemand auf die Idee gekommen, daß bei ihrer Geburt die männlichen Chromosomen überwogen hatten. Sie trug ein weißes Kostüm mit schwarzen Punkten.

»Ich las die Zeitung, und mich traf der Schlag. Sie hatten meine kleine Wohnung in der Via Faenza gemietet. Schlafzimmer, Küche und … O Gott! … Bad …« Beim letzten Wort mußte sie sich schütteln, sie führte ihre Hände erneut an die Wangen, um sie zu kühlen. »Haben Sie die Zeitung gestern gesehen?«

»Nein.«

»Was? Sie haben nichts über die in Stücke geschnittene Leiche gelesen?« Signorina Domenici sah den Anwalt vorwurfsvoll an: ein Strafverteidiger, der die Verbrechenschronik nicht las! Sie zog die Seite einer Tageszeitung aus der Tasche, die auf der Höhe eines Fotos gefaltet war. Darauf konnte man, mitten im Dreck einer Abfallhalde, etwas erkennen, das einem menschlichen Kopf ähnlich sah.

»Auf einer Schutthalde hat man sie gefunden! Sie ist es, es ist Bice, Euro Bencivenga, genannt Bice. Sie wohnte mit Beppino Signore, ihrem Verlobten, in meiner Wohnung in der Via Faenza. In meinen Augen waren sie ein reguläres Paar, auch wenn sie eine Transsexuelle war.«

Scalzi betrachtete das Foto in der Zeitung und überflog den Artikel.

»Warum sollte es sich um Ihre Mieterin handeln? In der Zeitung steht doch, daß man die Leiche noch gar nicht identifiziert hat.«

»Sie ist es aber! Da bin ich mir sicher!«

»Auf dem Foto erkennt man fast nichts. Es könnte sich um einen Kopf mit langen Haaren handeln, aber es ist der Nacken abgebildet, nach diesem Foto ist es unmöglich, eine Person zu identifizieren.«

Signorina Domenici erschauerte.

»Also, dann hören Sie mal zu, Avvocato. Seit zwei Monaten haben sie sich nicht mehr gemeldet. Keiner von beiden. Früher brachten sie mir die Miete ins Haus, immer überpünktlich. Sie kamen vorbei, wir tranken eine Tasse Tee und schwatzten ein bißchen. Wir waren zwar nicht direkt befreundet, aber sie waren mir beide sympathisch. Auch noch, nachdem ich erfahren habe, daß sie sich prostituierte und er arbeitslos war, daß er also auf ihre Kosten lebte ... Er mag zwar ein Zuhälter sein, doch auf jeden Fall ist er ein sanfter, distinguierter Mensch, vorausgesetzt, er lebt noch und man hat nicht auch ihn umgebracht. Hin und wieder rief Bice mich an. Manchmal haben wir uns auch in dem Lokal hier unten getroffen ... Seit zwei Monaten: verschwunden! Also bin ich zu ihnen gegangen. Ich drücke auf die Klingel, keine Reaktion. Ich gehe wieder. Ich kehre einmal, zweimal zurück. Die Fenster verrammelt, der Briefkasten voller Post, vor allem Reklame, die kein Mensch rausnimmt. Ich nehme also meine Schlüssel und gehe rein. Die Wohnung ist ziemlich aufgeräumt. Ich öffne den Schrank im Schlafzimmer, ihre Kleider sind alle da .... Kleider, Schuhe, alles in Ordnung. Aber seine Sachen fehlen. Ich gehe ins Bad. Auch da ist alles in Ordnung. Doch ... Oh, mein Gott!« Signorina Domenici hielt sich die Hand vor den Mund.

Scalzi wartete geduldig. Signorina Domenici schluchzte auf und atmete dann tief durch.

»Ein ... ein Geruch ... Ekelerregend ... Durchdringend ... Vielleicht die Toilette. Ich ziehe also an der Wasserspülung. Ich sehe um das Abflußrohr herum etwas Schwarzes ...

O Gott. Ich nehme die Brause aus der Wanne und drehe das Wasser auf. Ich lasse es laufen. Dann gehe ich, denn ich halte diesen Gestank nicht mehr aus. Ich mache die Tür zu und gehe ins Schlafzimmer zurück. Ich sehe mich hier und da ein bißchen um, ziehe die Schubladen der Kommode auf, auch hier sind die Sachen von Bice alle an ihrem Platz. Die Unterwäsche von Beppino fehlt. Ich blättere angeregt in einem Fotoalbum, das auf einem Tischchen zu Füßen des Bettes liegt. Es waren Fotos aus der Zeit, als Bice die Hauptattraktion in einem Nachtclub in Hamburg war. Ein wenig … gewagte Fotos, genau. Plötzlich sehe ich, wie Wasser unter der Tür hervorquillt. Schmutziges, schlieriges Wasser. Ich gehe ins Bad zurück, die Wanne läuft über, es ist eine ziemlich kleine Wanne, der Abfluß scheint verstopft. Ich nehme den Saugnapf und versuche, das Rohr wieder frei zu machen. Da kommt ein Zeug raus … Herrgott, muß ich Ihnen denn wirklich alles erzählen, Avvocato? Dunkles, glitschiges Zeug. Es kommt in Blasen hoch … Es spritzt und bleibt an meinen Händen, an den Armen kleben … Und dann dieser Gestank! An dem Punkt konnte ich nicht mehr. Als ich begriffen hatte, um was es sich da handelte, bin ich fast in Ohnmacht gefallen … O Gott!«

»Und was war es?« fragte Scalzi.

»Haben Sie das denn nicht verstanden?«

»Nein.«

»Blut! Was glauben Sie denn, was es war?«

»Ich weiß nicht … Es gibt viele Dinge, die den Abfluß einer Badewanne verstopfen können. Ist Ihnen nicht vielleicht die Idee gekommen, daß Ihre Freundin möglicherweise ein dunkles Kleid darin gewaschen hat?«

»Avvocato! Wollen Sie mich für dumm verkaufen? Ich werde wohl wissen, wie Blut aussieht! Und dann der Gestank! Haben Sie schon mal Nasenbluten gehabt? Als kleines Mädchen war ich dafür sehr anfällig. Ich spürte es im Mund, ein Geruch wie der Tod! Und dann ist der Anhänger hochgekommen … Sehen Sie, hier ist er.« Signorina Domenici ließ ihn auf den Tisch gleiten und schob den kleinen Gegenstand mit dem Zeigefinger von sich. »Er ist aus Gold. Da ist der Name eingraviert, sehen Sie? ›Don Diego‹ …«

»Und wer ist ›Don Diego‹?«

»Das Hündchen von Bice. Ein witziger kleiner Hund. Sie hatte ihn sehr gern. Sehen Sie? Da ist auch der Name und die Telefonnummer von Bice eingraviert. Falls er mal verlorenginge, verstehen Sie? Auch der Anhänger ist im Abfall gelandet … Übrigens, der Hund ist natürlich auch verschwunden.«

»Nun, Signora«, Scalzi warf einen diskreten Blick auf die Uhr, »gehen Sie zur Polizei, erzählen Sie von Ihrem Verdacht. Ich glaube aber kaum, daß man Sie ernst nehmen wird.«

»Und aus welchem Grund wäre ich dann zu Ihnen gekommen?«

»Ja, genau das habe ich mich auch schon gefragt.«

»Ich kann nicht zur Polizei gehen!«

»Warum nicht?«

»Sie werden mir nicht glauben, wenn ich sage, ich hätte nichts davon gewußt, daß sie auf den Strich ging, als ich ihr die Wohnung vermietet habe! Mindestens werden sie mir Beihilfe zur Prostitution anhängen. Einer Freundin von mir werden sie den Prozeß machen! Wegen eines brasilianischen Transsexuellen, der in einer Einzimmerwohnung lebte, die ihr gehörte: auch Mietwucher werden sie ihr noch vorwerfen. Es stimmt schon, diese Freundin von mir ließ sich anderthalb Millionen Lire im Monat für das Zimmer geben … Aber ich, ich hatte einen ganz korrekten Vertrag, eine halbe Million Lire Miete im Monat, unter dem Durchschnitt in dieser Stadt. Angenommen, meine Vermutung erweist sich als falsch, so habe ich doch auf jeden Fall einen Prozeß wegen Begünstigung am Hals!«

»Und wenn sie stimmt?«

»Dann werden die etwas Besseres zu tun haben, als mir auf die Nerven zu gehen. Sie würden mir vielleicht sogar ein bißchen dankbar sein, meinen Sie nicht? Ich hätte ihnen das Problem abgenommen, die zerstückelte Leiche zu identifizieren, glauben Sie nicht?«

»Ich verstehe«, sagte Scalzi, »doch was erwarten Sie von mir?«

»Sprechen Sie mit ihnen. Ziehen Sie sich auf Ihr Berufsgeheimnis zurück. Sehen Sie, hier habe ich die Daten von Bice zusammengestellt, natürlich ohne Adresse. Sie setzen sie auf die Fährte: Eine Klientin von Ihnen sei der Meinung, daß die Leiche, die auf der Halde gefunden wurde, Bice ist, ohne die Gründe zu erwähnen … Also, Avvocato, Sie wissen doch besser, wie man mit diesen Leuten zu reden hat … Das ist doch Ihr Beruf, nicht?«

»Ja, ja«, stimmte Scalzi zu, »das ist schon mein Beruf. Nur, sollten Sie recht haben, was ich stark bezweifle, aber nehmen wir es einmal an, dann ist genau das mir verboten, eben weil ich diesen Beruf habe: nämlich der Polizei die Beweise für ein Verbrechen vorzuenthalten, von dem ich erfahren habe, ohne der Verteidiger des Angeklagten zu sein. Was Sie mir erzählt haben, hat nach der von Ihnen aufgestellten Hypothese, die meiner Meinung nach nur auf einem Eindruck beruht, nicht nur mit der Identifizierung des Opfers zu tun, sondern noch mit einem Haufen anderer Dinge: mit der Art und Weise, zum Beispiel, wie der Körper versteckt wurde. Ihrer Meinung nach hat man die Leiche in der Badewanne in Stücke geschnitten, stimmt's?«

»Ja sicher. Und das Blut …«

»Und was soll ich denen erzählen? Eine meiner Klientinnen sei der Meinung, daß die Zerstückelung in einem Badezimmer vorgenommen wurde, das ihr Eigentum ist? Wo? Welches Badezimmer? Und wer ist Ihre Klientin? Das verrate ich nicht! Wir machen wohl Witze, Signorina. Also, entweder Sie autorisieren mich, alles zu sagen, was Sie mir erzählt haben, oder wir gehen davon aus, daß Sie vorbeigekommen sind, um mir guten Tag zu sagen.«

Paola Domenici seufzte, stand auf und reichte ihm die Hand. »Ich werde darüber nachdenken. Auf Wiedersehen, Avvocato, lassen Sie es sich gutgehen. Ich rufe Sie an, wenn ich mich entschieden habe.«

2
Engel links

Fileno Lembi betrat sein Büro.

Die Sekretärin hatte sich hinter ihrem Computer verschanzt und war gerade dabei, die Bänder einer Telefonabhöraktion abzutippen. Der Widerschein des Bildschirms warf einen himmelblauen Lichtreflex auf ihr Ohr, das zur Hälfte vom Kopfhörer und einer blonden Haarsträhne verdeckt war. Ihre Füße lagen seitlich vom Drucker auf dem Tisch. Sie trug rosafarbene Espadrilles.

Jeden Morgen schnippte Signorina Monica Sartoni anmutig mit den Fingern und ließ dabei all die Arbeit Revue passieren, die unbedingt als erste erledigt werden mußte. Niemand zwang sie dazu. Kein Mensch erlegte ihr diesen so unnatürlich entspannten Ton auf – sie sprach wie eine Fernsehansagerin. Ihr Tonfall erinnerte den Richter an einen Anästhesisten, der seinen Patienten auf die Operation vorbereitet.

Die wenigen Meter, die ihn von seinem Schreibtisch trennten, legte Lembi auf Zehenspitzen zurück.

Der Raum hatte dem Konvent, der dann zum Sitz des Gerichts werden sollte, früher einmal als Speicher gedient; nun war er, bei anfallenden Reparaturarbeiten, der Zugang zum Dach. Eine Glastür rechts vom Schreibtisch des Richters führte auf einen durch ein Geländer geschützten Umgang aus Beton. Er flankierte die Fassadenskulpturen und endete hinter einem Trompete blasenden Engel, vom Eingang des Tribunals aus gesehen links des Giebels. Die Trompete des Engels war auf den Glockenturm der Badia gerichtet. Daneben erschienen, greifbar nahe, weil perspektivisch verschoben, die Turmzinnen des Bargello und ein Ausschnitt der Domkuppel von Brunelleschi, deren helles Karminrot in der Morgensonne geradezu sinnlich wirkte, vor dem malachitgrünen Hintergrund des Hügels von Fiesole. Fileno Lembi fühlte sich an seinem Arbeitsplatz wie eine Taube in der Dachtraufe.

In diesem Raum unter dem Dach erstickte man vor Hitze. Der Ventilator surrte, die eisfarbenen Reflexe seines Propellers funkelten wie die Wirbel in einem Wildwasser, doch ein eigensinniger Neigungswinkel veranlaßte ihn dazu, immer in Richtung Zimmerdecke zu schwingen. Es gelang Lembi nur dann, eine leichte Brise auf dem Hinterkopf zu spüren, wo wenige Haare gerade noch seine Tonsur bedeckten, wenn er sich ganz aufrecht hinsetzte, mit den Schultern fest an der Rückenlehne seines Stuhls. Er warf einen Blick auf die dünne Akte auf seinem Schreibtisch, die er jedoch nicht öffnete. Er rückte keinen Zentimeter von seiner kerzengeraden Position ab.

Die Pausentaste des Aufnahmegeräts machte klick. Signorina Sartoni nahm den Kopfhörer ab und streckte die Hand aus, um auf die Lautsprechertaste zu drücken. Lembi hoffte, daß sie ihn, so versunken wie sie in die kryptische Sprache der Rauschgifthändler war, erst so spät wie möglich bemerken würde. Er schloß halb die Augen, wie um sich unsichtbar zu mache. Die Sekretärin legte die Stirn auf die Schreibtischplatte. Laute Stimmen erfüllten den Raum.

»Nein, hör zu, schick mir keine Tauben, klar?«

»Was denn sonst? Die andern? Soll ich dir die andern schicken?«

»Genau.«

»Wachteln?«

»Genau. Wachteln, ja. Schick mir Wachteln.«

»Geht in Ordnung.«

»Nein, warte. Ich will so welche, die fliegen, verstanden?

Ich will welche, die hoch fliegen, kapierst du? Nicht solche wie die vom letzten Mal, die auf der Erde geblieben sind. Die waren wirklich eine Qual. Die ließen einen … sie blieben einfach auf der Erde sitzen, verstehst du?«

Klick. Signorina Sartoni hob den Kopf.

»Was sagt der Idiot? Wachteln? Redet der von Wachteln?«

»Ja, er sagt Wachteln.« Lembi, ganz vereinnahmt von seiner beruflichen Seriosität, machte sich bemerkbar.

»Oh, Sie sind hier, Dottore!« Signorina Sartoni nahm die Füße vom Tisch. »Und ich schreibe Wachteln. Was soll das denn heißen, daß sie fliegen müssen?«

»Daß das Heroin oder Kokain, das kommt auf den Zusammenhang an, eine gute Wirkung entfaltet.«

Die Sekretärin schaltete das Gerät wieder ein.

»Die vom letzten Mal«, so ertönte wieder die Stimme des Mannes am Telefon, »habe ich ein paar Freunden zum Probieren gegeben. Sie wollten eigentlich eine kleine Orgie veranstalten. Doch dann sind sie alle eingeschlafen.«

»Hahahahaha …«

»Du lachst, aber die waren echt sauer. Denen war so richtig der Abend verdorben. Diesmal schick mir welche, die fliegen, klar?«

»Jetzt ist es klar.« Signorina Sartoni hieb in die Tastatur ihres Computers. »Fliegende Wachteln zur Verwendung bei kleinen Orgien!« Sie hob erneut den Kopf und deutete auf die dünne Akte. »Das hat der Bote von der Staatsanwaltschaft gebracht. Es sieht so aus, als wäre die Sache dringend.«

»Ich weiß.« Lembi nickte. Wieder blickte er auf das Aktenbündel vor sich, und wieder ließ er es unberührt.

Bevor er in sein Büro gegangen war, hatte er vor dem Schild WEGEN FERIEN GESCHLOSSEN, das am Zeitungskiosk an der Ecke angebracht war, Staatsanwalt Daniele Orlandi getroffen.

»Da hofft man auf eine Ruhepause«, hatte der Staatsanwalt gesagt, »schließlich sind die Dealer am Meer, wo sie im Sommer ja viel mehr Kundschaft haben. Man rechnet mit einem doppelten Urlaub: erst in der Stadt, mit wenig oder sogar ganz ohne Arbeit, dann noch einmal richtig im September am Meer. Und statt dessen kriegt man einen Mordfall auf den Tisch. Du mußt die Vorbeugehaft des Verdächtigen bestätigen. Ich habe dir den Bericht in dein Büro bringen lassen. Wenn du noch weitere Informationen brauchst, ruf mich an.«

»Es ist die Sache mit dem zerstückten Transvestiten.« Signorina Sartoni befleißigte sich eines angenehm betrübten Tons, die Nachrichtensprecherin berichtete von einem Waldbrand auf Sardinien. »Ich habe ein bißchen darin geblättert: hätte ich das bloß gelassen! Da sind Fotos dabei! Mir ist ganz schlecht geworden. Ich hab sie Ihnen dahin gelegt, sehen Sie, dort rechts.«

»Zerstückt? Was ist denn zerstückt?«

»Der Transvestit wurde zerstückt.«

»Das heißt doch zerstückelt.«

»Im Bericht steht es so. Um ihn in den Koffer hineinzukriegen … O Gott, ersparen Sie mir die Einzelheiten …«

Fileno Lembi seufzte auf. Warum haben sie eine Person die so furchtbar sensibel ist, nicht in der Kanzlei für Zivilangelegenheiten behalten, anstatt sie in die Hölle der Voruntersuchungen zu schicken? Er atmete erneut tief durch und beschloß endlich, die dünne Akte zu öffnen. Hinter dem grauen Umschlag lauerten die Fotos.

Foto Nummer eins: eine Kurve, glänzender Asphalt, winterliche Stimmung, ein dunkles Bild. Es regnet. Der Polizist hat sich unter seinem Regenschirm in Pose gestellt und deutet mit dem Finger auf ein klaffendes Loch in einer Umzäunung. Lembi sah auf das Datum: 3. März. Seitdem waren viereinhalb Monate vergangen. Und erst jetzt lag die Sache bei ihm auf dem Tisch ? Und wieso grinste der Polizist eigentlich so blöde?

Foto Nummer zwei: Auch das war dunkel (der Fotograf hatte nicht die richtige Blende genommen), es zeigte ein steil in eine Schlucht abfallendes Gelände voller Dornengestrüpp, unter dem hell Kreidefelsen zu erkennen waren.

Auf dem Foto Nummer drei sah man die Abfallhalde am Ende der Böschung: Stoffetzen, Papier und Pappe, Dosen und etwas Bizarres, das die Aufmerksamkeit des Betrachters auf sich zog. Lembi mußte daran denken, daß in manchen eindrucksvollen Filmen zu große Detailgenauigkeit nur schadet. In diesem Fall wurde der Ekel durch die Anstrengung erregt, die man aufwenden mußte, um zu bemerken, daß das, was man auf den ersten Blick für ein Grasbüschel hielt, ein feuchter und mit Erde bedeckter Haarschopf war.

Der Bericht präzisierte, daß der Kopf von einem Spargelsucher gefunden worden war. Dem Mann, der Spargelkraut sehr wohl von Unkraut zu unterscheiden verstand, mußte der große weißliche, von Zotten gekrönte Pilz unter den Banalitäten der Müllhalde exzentrisch vorgekommen sein. Der Alte hatte auf der Stelle jeden Geschmack an seinem Ausflug aufs Land verloren. Von Abscheu ergriffen, war er mit zugekniffenem Mund am Friedhof von Trespiano in den nächsten Bus gestiegen – es ist häufig ein Friedhof in der Nähe, wenn solche Funde gemacht werden – und unverzüglich in die Stadt zurückgekehrt. Dort hatte er sich drei Stunden lang in seiner Wohnung eingeschlossen, bevor er sich dazu durchringen konnte, die nächstgelegene Polizeiwache aufzusuchen.

»... Am Hang unterhalb der Via Bolognese wurde zwischen Ginstersträuchern, wildem Spargel, Dornengestrüpp und verschiedenen Abfällen der Kopf des zerstückten Transvestiten gefunden, bereits in fortgeschrittenem Zustand der Verwesung. Siehe Anlage Nummer drei.«

Fileno Lembi hob die Augen von der Akte und richtete sich auf, um in den Genuß der kühlen Brise zu kommen.

»Nicht das geringste Gespür für die Lächerlichkeit der Wortwahl«, sagte er zu sich selbst. »Zerstückte Transvestiten und Anlagen mit verwesenden Köpfen. Muß ich mir das in diesem heißen Sommer antun?«

In diesem Sommer hatte Lembi, in der Absicht, sich dem Studium der neuen Strafprozeßordnung zu widmen, die vor knapp einem Jahr in Kraft getreten war, auf seine Ferien verzichtet. Bedeutende Fälle, die nach der neuen Ordnung hätten verhandelt werden müssen, waren ihm bisher noch nicht untergekommen. Die kleinen Prozesse, die ihn bis zu diesem Tag beschäftigt hatten, glichen eher dem Feilschen auf einem Wochenmarkt. Zum größten Teil hatten sie Vergleiche ergeben, abgekürzte Verfahren, die vor der eigentlichen Verhandlung schon abgeschlossen waren. Lembi hatte seit einigen Monaten gar nicht mehr das Gefühl, noch Richter zu sein: Es schien ihm, als habe man ihm seinen Beruf entzogen. Er hatte den Eindruck, in einen Notar verwandelt worden zu sein, dessen einzige Aufgabe darin bestand, die richtige Anwendung einer Tariftabelle zu überwachen.

Dieser neue Fall, ein Mord mit einer in Stücke geschnittenen Leiche, bot ihm die ersehnte Gelegenheit, die neue Prozeßordnung zu praktizieren, indem er hier nun endlich einen richtigen Prozeß zu führen hatte. Er hätte also allen Grund gehabt, zufrieden zu sein, doch mit jeder Seite der Akte wuchs in ihm das Gefühl der Langeweile. Das Studium der neuen Ordnung in der ruhigen Sommerzeit, ohne die Hektik des Gerichtsalltags, war im übrigen nur der vorgebliche Grund für den Verzicht auf seine Ferien gewesen. Der wahre Grund war ein anderer.

Seit Jahren begann Lembis Urlaub in dem Dörfchen Collelongo in den Abruzzen, in einer kleinen Villa, die er von seinen Großeltern geerbt hatte. Zwanzig Tage bleiernen Schlafes in einem Bett aus Gußeisen, unter dem Vierfarbendruck der *Madonnina* von Ferruzzi, oder im Schatten der verwilderten Apfelbäume im Garten. Dort pflegte er über Science-fiction-Romanen einzuschlafen, die er in den Monaten, in denen er arbeitete, nie Zeit hatte zu lesen. In dem alten Landhaus weit außerhalb des Dorfes rührte ihn der Modergeruch des verschimmelten Putzes und löste in ihm eine unerklärliche Wehmut aus. Dieses Haus, das für einen Junggesellen viel zu groß war – seine Eltern und Großeltern waren tot –, barg eine Unmenge Erinnerungen. In den wurmstichigen Schubladen und Backtrögen lagen alte Familienfotos, Briefe und Postkarten. Fileno Lembi nutzte sie als Vorwand, um im verschlafenen, dumpfen Leben der kleinen Landeigentümer im Süden zu stöbern. Die Schriften des Großvaters, der auch Richter gewesen war, Entwürfe zu Urteilen, die er in schöner, schnörkeliger Handschrift niedergeschrieben hatte, machten auf ihn den Eindruck, als habe er sein Amt ruhig und ohne dramatische Auseinandersetzungen erfüllt, mit aller nötigen Zeit auch, um der Wahrheit in den Dingen auf den Grund zu gehen.

Natürlich dauerte es nicht lange, bis er all dessen überdrüssig wurde. Der Anblick des schiefstehenden Geräteschuppens mit seinem eingefallenen Dach am Rand des verwahrlosten Feldes, das er sich jedes Jahr erneut vornahm zu bestellen, der Anblick des verrosteten Pfluges und der Egge riefen in ihm ein verwirrendes Schuldgefühl hervor. Das Knistern der mit Maisblättern gefüllten Matratze kam ihm nun schon nicht mehr so poetisch vor, wurde im Gegenteil zum Anlaß für seine Schlaflosigkeit. Dann zog er in die Pension Bel Mare in der Umgebung von Vasto. Hier zahlte er 70 000 Lire pro Nacht, inklusive Umkleidekabine, Liegestuhl und Sonnenschirm auf dem angrenzenden Strand. Doch hatte ihn die Zeit der Langeweile in Collelongo, so sagte er sich, auf jeden Fall »gestärkt«.

In diesem Jahr hatte es während der Ostertage eine Woche lang ununterbrochen geregnet. Dadurch hatten sich die Schieferfelsen oberhalb des großelterlichen Hauses gelöst. Eines Nachts waren die Felsen dann direkt auf das Dach gestürzt. Opfer hatte es keine gegeben, das Haus war ja unbewohnt, und in Collelongo hatten sich auch keine weiteren Katastrophen ereignet. Schließlich lag die kleine Villa außerhalb des Dorfes. Nicht mal die örtliche Presse hatte von dem Ereignis berichtet. Lembi war vom Pfarrer durch einen Brief informiert worden, dem dieser mit sadistischer Pedanterie ein Polaroidfoto beigelegt hatte. Nichts, kein Ziegel, kein Balken, nicht mal der Wipfel eines Apfelbaums ließen darauf schließen, daß sich unter diesem Erdwall, so braun wie ein riesiger Kothaufen, einmal sein Haus, die Science-ficition-Taschenbücher, das gußeiserne Bett und die *Madonnina* des Ferruzzi befunden hatten.

Der Brief des guten Pfarrers schloß mit der frommen Mahnung, der Vorsehung dafür zu danken, daß Ostern in diesem Jahr dermaßen verregnet gewesen sei, daß Lembi auf seinen gewohnten Kurzurlaub in Collelongo verzichtet habe. In Wahrheit aber hatte Lembi sich dagegen aufgelehnt, daß die Vorsehung ihm sein Ferienhaus unter Geröllmassen begraben hatte. Anstatt den göttlichen Willen hinzunehmen, hatte er das Ganze als eine persönliche Angelegenheit betrachtet, als den hinterhältigen Streich eines Feindes. Und aus diesem Grund hatte er auf seinen Urlaub verzichtet und sich bereit erklärt, die für Voruntersuchungen zuständigen Kollegen den Sommer über zu vertreten. Das bereute er nun zutiefst.

Die Fotos Nummer vier bis Nummer dreizehn waren farbig und schärfer. Sie kamen aus dem gerichtsmedizinischen Institut und zeigten auf einem Tisch ausgebreitete Fundstücke.

Nummer vier: ein schäbiger alter Koffer mit seinem gesamten Inhalt, halb geöffnet, der Verschluß durch ein Seil verstärkt. Der Inhalt war mit der Zeit gequollen und hatte die Verschlüsse aufplatzen lassen, so daß man die schwarzen Müllsäcke erkennen konnte, die dann auf den Fotos fünf und sechs aus dem Koffer herausgenommen worden waren. Sie waren mit hellem Klebeband zugeklebt, das hier und da ebenfalls aufgeplatzt war. An diesen Stellen trat schmutzigweißes Material aus. Nummer sieben und acht zeigten den Inhalt der geöffneten Säcke: einen Rumpf und einen Fuß. In der Nähe des Koffers hatte man zwei Plastiktaschen gefunden (Fotos neun und zehn), die mit dem gleichen Klebeband verschlossen worden waren. Eine war aufgerissen, und durch den Riß konnte man eine Ferse erkennen. Auf dem elften Foto wurde der Inhalt gezeigt: die Arme, die Hände, die Beine und ein Fuß. Foto zwölf faßte alles noch einmal zusammen: hier wurden die Stücke in der Reihenfolge ihres Auffindens gezeigt. Sie waren durch eine Beschriftung gekennzeichnet, die sie je nach ihrer Umhüllung in verschiedene Einheiten aufteilte. A (der Koffer), und daneben in schöner Ordnung sein Inhalt (A eins und A zwei), B und C (die beiden Plastiktaschen) mit dem dazugehörigen Inhalt (B eins, B zwei, B drei, B vier und C eins, C zwei und C drei). Der andere Fuß, wer weiß, welch bizarrer Sinn für Asymmetrie den Verbrecher dazu bewogen haben mochte – befand sich im Koffer. Foto Nummer dreizehn zeigte den Kopf ohne irgendeinen Bezug zu seiner Verpackung, denn wie im Bericht zu lesen stand, war er vermutlich, wenn auch nicht absolut sicher, aus dem Koffer gerollt, als dieser den Abhang hinunterstürzte.

Auf Foto Nummer vierzehn erkannte man eine kleine Materialanhäufung, in deren Mitte sich ein rundliches Objekt mit einem seltsamen haarigen Büschel abhob. Es sah den makabren Trophäen gewisser Stämme des Amazonas nicht unähnlich. Dieses Fundstück war ein wenig dunkler als der Rest, und auf dem zusammenfassenden Foto (wo es mit dem Buchstaben E versehen war) erkannte man, daß es kleiner war als der Kopf (mit dem Buchstaben D). Die Bildunterschrift bezeichnete es als »nicht menschliches, aber biologisches Material, das in allen Behältnissen gefunden wurde und noch zu identifizieren bleibt«.

»Und was soll es sein?« fragte sich Lembi und nahm den Telefonhörer auf. Er fand die pedantische Art der Klassifizierung und die Stereotypen des Berichts weitaus ekelerregender als die Fotos. Er wählte die interne Nummer von Staatsanwalt Orlandi. Auch das verstimmte ihn: mit Orlandi zusammenarbeiten zu müssen, der ihm sehr unsympathisch war.

»Es geht um diese Metzelei, die du mir da geschickt hast …«, begann Lembi.

»Metzelei? Welche Metzelei?«

Orlandi mißfiel Lembis gesuchte Ausdrucksweise. Man hatte genug zu tun mit den Urteilen des Obersten Gerichts, als das man auch noch Zeit dafür aufbringen konnte, sich der Literatur zu widmen. Er war nicht als einziger der Meinung, daß Lembi seine humanistische Bildung ein wenig zu penetrant zur Schau stellte. Auch in seinen Akten griff der Richter immer im Stil daneben, darin waren sich alle Kollegen am Gericht einig.

»Ich meine den Mordfall …«

»Ach so, das ist schon besser. Den zerstückten Transvestiten.«

»Jetzt drück du dich nicht auch noch so aus, ich bitte dich«, brummte Lembi.

»In Stücke geschnitten oder zerstückt. Wo liegt da der Fehler?«

»Es heißt zerstückelt. Man hat die Leiche am 3. März aufgefunden. Es regnete und war kalt. Genau die richtige Zeit, um sich mit einem solchen Fall zu befassen. Warum kriegen wir ihn erst jetzt, wo einem schon beim Umblättern einer Seite der Schweiß ausbricht? Und dann wüßte ich gerne noch etwas anderes. Dem Bericht liegt ein Foto bei …«

»Ich bin gerade auf dem Weg in die Bar«, unterbrach ihn Orlandi. »Treffen wir uns da auf einen Kaffee? In der Bar gegenüber vom Gericht.«

Der Trompete blasende Engel schwankte leicht hinter der Glastür. Lembi hatte das Gefühl, ihm sei schwindelig, und er rieb sich die Augen. Dann sah er genauer hin. Auf dem Umgang aus Beton stand ein Arbeiter in bedenklicher Position und umarmte den Engel, um ihn von seinem Sockel gleiten zu lassen. Die Statue, die von Stoffgurten gehalten wurde, machte plötzlich eine entschiedenere Bewegung. Auf dem Dach war ein kleiner Kran befestigt. Der Engel begann, in die Luft hinaufzuschweben.

Als Lembi aus dem Gerichtsgebäude trat, senkte sich der Trompetenbläser vor dem klaren Himmel langsam schwankend auf den Platz herab.

Es schmerzte Lembi, daß sie ihn der schweigenden Anwesenheit des Engels beraubten. Er erkundigte sich bei einem Arbeiter der Baufirma, der auf der Treppe des Gerichtsgebäudes wartete, nach seinem Schicksal. Alle Giebelskulpturen sollten durch Kopien aus Glasfiber ersetzt werden, erklärte der Mann, um die Originale vor dem Smog zu bewahren, der ihnen bereits Schaden zugefügt hatte.

Der Kaffee hatte ein eigenartiges Aroma, das ihn an die selbstgemachte Seife in Kriegszeiten erinnerte. Damals wurden in dem Haus in Collelongo die Abfälle, die beim Schlachten übriggeblieben waren, in einem großen Topf gekocht, wobei sich Knochen und Fett zu einer gräulichen Masse verbanden. Lembi wollte nicht zugeben, daß er nach so vielen Berufsjahren noch immer nicht die notwendige Kaltblütigkeit besaß, um Fotos von einem Ermordeten unbeeindruckt betrachten zu können. Es mußte die schlecht gespülte Tasse sein. Aus den Augenwinkeln beobachtete er den Kellner mit seiner schief geknoteten Krawatte und der zu weiten roten Jacke. Ein neues Gesicht. Ein Immigrant aus dem Maghreb, der in der Urlaubszeit hier schwarz arbeitete.

»Sie haben durchaus nicht vier Monate lang die Hände in den Schoß gelegt«, sagte Orlandi. »Die Leute von der Mordkommission haben richtig gearbeitet. Es ist ihnen gelungen, das Opfer zu identifizieren. Und ein echter Schurke, schwer verdächtig, ist schon in Vorbeugehaft. Sie haben die Leiche vor einer Woche identifiziert, deshalb ist der Fall erst jetzt bei uns.«

Lembi hörte Orlandi zerstreut zu.

»Du hast bis Samstag Zeit, um die Haft des Verdächtigen zu bestätigen«, fügte der Staatsanwalt hinzu. »Das ist alles, an der Sache ist überhaupt nichts Übersinnliches. Der Fall liegt klar. Die Identifizierung des Opfers war das einzige Problem. Nachdem das gelungen war, lief der Rest völlig glatt.«

»Was ich gesehen habe, scheint mir keineswegs auszureichen, um jemanden festzuhalten.« Lembi hielt Orlandis Optimismus für übertrieben. Sein Instinkt sagte ihm, daß dieser Fall alles andere als einfach lag. »In deiner Akte befinden sich noch nicht mal Autopsiebefunde. Die Todesursache ist unbekannt. Und dann ist da ein Foto …«

»Komm, Lembi! Fang jetzt nicht wieder mit deinen üblichen Komplikationen an!«

Sie verließen die Bar. In der Fensterscheibe spiegelte sich eine Gruppe, die gerade den Platz überquerte. Sonnenhüte und helle Hemden glitten über die Pralinen und die bunten kandierten Früchte. Die Touristen, betagt und übergewichtig, mit Fotoapparaten und Videokameras bewaffnet, bewegten sich wie ein Stoßtrupp vorwärts. Sie schienen auf dem Weg zu einem feindlichen Ziel zu sein und sich in ihr widriges Geschick ergeben zu haben. Der Giebel des Gerichtsgebäudes erschien ohne den Engel mit der Trompete nackt und unsagbar öde, er verschmolz fast mit dem vor Hitze weißen Himmel.

»Um die Haft zu bestätigen, reicht das, was sich in meiner Akte befindet, absolut aus. Über die Fluchtgefahr brauchen wir uns gar nicht zu unterhalten: der Kerl war bereits verschwunden, sie haben ihn vor drei Tagen festgenommen.«

Orlandi blieb in der prallen Sonne stehen, eine Hand in die Hüfte gestützt, und blickte zerstreut in die Luft. Lembi tauchte neben ihm aus dem Schatten der Markise.

»Fünf knappe Seiten eines Berichts und einige Fotos, von denen die, die vor Ort geschossen wurden, auch noch mißraten sind, das soll ausreichen, um über die Freiheit eines Bürgers zu entscheiden?«

»Der ist ein Blutsauger, dein Bürger«, kicherte Orlandi. Seine weiße Tropenjacke, das grüne Seidenhemd, der Borsalino aus feinem Stroh und das Mundstück aus Bernstein, durch das er nach dem Kaffee den Rauch seiner Zigarette zog, verliehen ihm ein Flair von vergangenen Zeiten. Lembi fand die gesuchte Art, wie er sich kleidete, lächerlich, seine Sucht nach Marken provinziell. Er war in allem von der Mode der dreißiger Jahre inspiriert.

»Doch wenn du noch irgendwas wissen willst, brauchst du nur zu fragen.« Orlandi schien es zu genießen, unter der bleiernen Sonne zu stehen. »Es gibt nicht viel zu erfahren, das sage ich dir gleich. Es ist ein ganz banaler Fall. Damit haben wir wirklich Glück. Wir können das Ganze in zwanzig Tagen hinter uns bringen, falls uns keiner mit Haarspaltereien dazwischenkommt. Anhörung im Vorverfahren und Verfahrenseröffnung. Im September will ich meinen Urlaub am Meer genießen, ohne hier einen ungeklärten Fall zurückzulassen.«

»Zwanzig Tage reichen für ein Gutachten nicht aus.«

»Ein Gutachten ist nicht nötig. Ich lasse gerade auf dem Eilweg eine technische Ermittlung durchführen. Bei der neuen Prozeßordnung gibt es keine unnötigen Längen mehr. Sollen wir sie vielleicht gleich von Anfang an ignorieren?«

Lembi gefielen die neuen Normen nicht, sie kamen ihm vor wie eine vertraute Landschaft voller Nebelschwaden, durch die jedes Ding zweideutig erschien.

Sie überquerten den Platz, schritten die Freitreppe hinauf und betraten das Gerichtsgebäude durch das große Portal. Ein blinder Portier kam die Treppe herunter, die zu den Räumen der Gerichtspräsidenten führte; er streckte seine Arme wie ein Nachtwandler aus. Da er wußte, daß er auf kein Hindernis stoßen würde, lief er die Stufen eilig hinunter. Die sommerliche Stille tauchte das Gericht in eine noch provisorischere Stimmung als gewöhnlich; die Vorhalle erinnerte an ein heruntergekommenes Hotel.

»Woraus geht eigentlich hervor, daß das Opfer ein Transvestit war?« fragte Lembi.

»Seine Brust war mit zwei Blasen von jeweils 250 Gramm ausgestattet.« Orlandi ignorierte den Aufzug und stieg elastischen Schrittes die Treppe hoch. Auf dem ersten Absatz hielt er inne und blinzelte Lembi zu, der einige Stufen hinter ihm zurückgeblieben war. »Ein hübscher, appetitlicher Vorbau.«

»Aber, entschuldige bitte ...« Lembi schloß zu ihm auf und berührte seinen Arm, um sich die Zeit zum Luftholen zu gönnen, »Kleidungsstücke hat man nicht bei ihm gefunden ...«

»Ja, was denkst du denn, wie der rumgelaufen ist, so wie der mit Silikon ausgestattet war? Besser als eine Soubrette aus dem Crazy Horse.«

»Einige verkleiden sich heimlich«, warf Lembi ein. »In ihren normalen Beziehungen verbergen sie ihre weiblichen Instinkte. Die werden ›verschleiert‹ genannt. Die Transvestiten sind was anderes. Sie zeigen sich ... viele prostituieren sich auch ...«

»Genau: das Opfer war die Attraktion eines Nightclubs in Hamburg. Dort hat er – hat sie – gestrippt und war auch für gewagtere Sachen zu haben. Das war damals, als der

Mann noch sehr viel jünger war. In der letzten Zeit wurde er von vielen betuchten Herren dieser Stadt hier angerufen. Er war sehr gefragt, trotz seiner männlichen Geschlechtsorgane. Oder vielleicht gerade deswegen. Ich würde nicht behaupten, daß wir es mit einem ›Verschleierten‹ zu tun haben. Bice nicht. Euro Bencivenga ist sein richtiger Name, aber alle nannten ihn Bice. Der Mordkommission ist es gelungen, ihn zu identifizieren, indem sie der Werbung nachging, die sich auf der Tasche mit den oberen Gliedmaßen fand. Sie haben alle Geschäfte abgeklappert, die diese Art von Waren verkaufen, und sind auf einen sehr exklusiven Laden für Frauendessous gestoßen. Dein ›Verschleierter‹ hatte eine Passion für Unterwäsche aus schwarzer Spitze. Echte Spitze, Klöppelspitze. Und wenn es kalt war, trug er zum Einkaufen einen Nerz. Jetzt weißt du auch was über seine Kleidung. In dem Geschäft hat man sich an ihn erinnert. Und auch daran, daß man ihn seit Januar nicht mehr gesehen hatte. Sie haben sich sogar an seinen Freund erinnert, der ihn oft begleitete. Auch der ist von der Bildfläche verschwunden, mehr oder weniger zur gleichen Zeit. Und wie du dir denken kannst, ist genau dieser Freund der Verdächtige. Jetzt weißt du alles. Reicht das?«

»Nein«, erwiderte Lembi gereizt. »Da ist dieses Foto einer kleinen Menge ›biologischen, nicht menschlichen Materials‹. Was ist das?«

Orlandi ließ seine flackernden Augen eine ganze Sekunde lang auf ihm ruhen. Dann nahm er seinen Hut ab und schnippte mit dem Zeigefinger ein unsichtbares Staubkorn weg.

»Weißt du, daß ich es geschworen hätte? Daß du ein unbedeutendes Detail finden würdest, auf das du dich fixieren kannst.«

»Wenn es in dem Bericht heißt, daß man nicht weiß, was für ein Zeug das ist, wie kannst du dann behaupten, es sei unbedeutend?«

»Weil es unbedeutend ist. Abgesehen davon wissen wir, was es ist. Ein Hund. Ein winziger Hund.«

»Auch der Hund in Stücke geschnitten ...«

»Ja, genau. Auch der Hund zerstückt«, entgegnete Orlandi mit herausfordernder Miene.

»Die Stücke mit den Resten des Opfers vermischt, sagt der Bericht.«

»Vermischt, genau. Ja und? Der Mörder hat die Überreste des Hundes auf alle Behälter verteilt, auf den Koffer und die Plastiktaschen. Und was willst du damit sagen?«

»Ich halte das für eine ziemlich ungewöhnliche Vorgehensweise.«

Sie waren in der Vorhalle angekommen, von der aus ein Flur zu den Büros der Staatsanwälte führte. Lembi dachte laut. Die Erfahrung hatte ihn gelehrt, wenn ein Fall einen anscheinend abstrusen Umstand aufwies, war es ein Fehler, diesen zu vernachlässigen oder als bizarr abzutun.

»Es sieht fast so aus, als habe der Mörder das Tier mit dem gleichen Maß gemessen wie das menschliche Opfer. Ich meine, daß der Hund für ihn die gleiche Bedeutung besaß wie der Mann. Gehörte Bice dieses Hündchen?«

»Das weiß ich nicht. Vielleicht ja. Aber was ändert das?«

»Nun, es könnte ja sein, daß es eine ausgefallene Rasse war. Das wiederum könnte bedeuten, der Hund sei in Stücke geschnitten worden, damit man durch ihn nicht den Besitzer identifizieren kann. Doch bliebe noch zu erklären, aus welchem Grund er die Überreste mit denen des menschlichen Körpers vermischt hat: das nämlich sieht nach Absicht aus. Die Stücke von dem Hund waren im Koffer und in den beiden Taschen, nicht wahr? Das ist wirklich seltsam. Zu welchem Zweck sollte einer so etwas tun?«

»Hmm!« Orlandi betrachtete weiterhin lächelnd seinen Hut.

»Wenn der Mörder den Hund getötet hätte, weil er ihn bei seinem Verbrechen störte, durch sein Bellen oder sonst irgendwie, bliebe es trotzdem unbegreiflich, warum er ihn danach so zugerichtet und auf den Koffer und die Taschen verteilt hat. Nehmen wir mal an, der Hund gehörte dem Opfer. Er fängt an zu bellen. Der Mörder tötet ihn. Du hast gesagt, es sei ein winziges Tier gewesen. Man erkennt ja auch auf dem Foto schon, daß dieses Tierchen nicht viel Platz brauchte. Es hätte eigentlich kein Problem sein dürfen, sich des Hundes zu entledigen. Die Leute von der Müllabfuhr finden täglich tote Haustiere in den Containern. Wenn der Mörder das Ziel hatte, die Identifizierung des Opfers zu erschweren, hätte er ihn nicht zusammen mit dem Körper des Getöteten verstauen dürfen, findest du nicht? An diesem Punkt frage ich mich: Sind wir wirklich sicher, daß der Transvestit in Stücke geschnitten wurde, um seine Identifizierung zu erschweren? War das tatsächlich das Motiv?«

»Ja, genau, genau …« Orlandi setzte seinen Hut wieder auf und hob die Augen. Er sah zerknirscht aus. »Man könnte auch eine andere These aufstellen. Der Verbrecher wollte den Hund töten. Das war seine Absicht. Da hat der Transvestit angefangen zu bellen …«

Lembi spürte, wie Haß in ihm aufstieg. ›Blutiges Drama im Justizpalast. Staatsanwalt von Richter erstochen. Gab es Rivalitäten zwischen den beiden?‹ Er konnte dieses blasierte Stimmchen nicht ertragen, diese elegant geschliffenen »c«, diese so typisch toskanische Ironie, grinsend und aristokratisch. In Orlandis Büro stand kein glänzender Schreibtisch aus Holzimitation, kein kackgelbes Kunstledersofa, rein gar nichts, was irgendwie nach Bürokratie ausgesehen hätte. In seinem Raum herrschte eine Atmosphäre wie im Büro eines berühmten Profis. Aus dem Fenster sah man Forte Belvedere auf dem Hügel liegen, es stand da ein echter Klostertisch aus massivem Nußbaum, die anderen Möbel waren Jugendstil, ein bißchen geziert, aber auch sie echt, es gab alte Bilder und eine Vase im Stil der Wiener Secession auf dem Telefontischchen. Seine Sekretärin war die hübscheste im gesamten Justizgebäude, schlank und elegant, und er tauchte überall mit ihr auf, er nahm sie sogar mit ins Restaurant. Dieser Orlandi schämte sich außerdem nicht, eine Menge unanständiger Vorzüge zur Schau zu stellen: den Körper eines Models, eine eiserne Gesundheit, eine brillante Karriere – denn er war noch ausgesprochen jung, gerade mal dreißig – und eine Menge nichtverdientes Geld, das ihm aus seiner Familie zufloß. Gleichwohl trug er diese dämlichen Hüte, wie in einem amerikanischen Kriminalfilm der vierziger Jahre, die seinen etwas banalen Charakter verrieten. Und zum Rauchen benutzte er dieses verzierte Bernsteinmundstück – wie ein echter Beau.

Orlandi stand vor der Tür zu seinem Büro, die er anstandshalber offengelassen hatte, als wolle er Lembi zum Eintreten einladen; doch gleichzeitig verstellte er ihm mit seinem Körper den Weg.

»Na gut, ich werde denen von der Mordkommission sagen, sie sollen den Hund identifizieren. Ich werde herausfinden, ob er Perla oder Dick hieß … Vielleicht war der Hund ja auch ein Transvestit oder, wie heißt das noch mal, ein Verschleierter.«

»Wir sehen uns.« Lembi wandte sich brüsk zum Gehen.

»Einen Augenblick noch.« Orlandi ergriff ihn am Ärmel und lächelte ihn versöhnlich an. »Der Fall ist banal, Lembi. Der klassische Zuhälter, der die klassische Hure aus dem Weg räumt, die Chromosomen spielen gar keine Rolle. Es ist heiß, Lembi. Wir sollten uns das Leben nicht unnötig schwer machen, hörst du?«

Fileno Lembi stieg ins Obergeschoß hinauf. In der schwülen Luft brannte der Toner des Fotokopiergeräts unangenehm in den Augen. Ein Schild wies zu seinem Büro: UNTERSUCHUNGSRICHTER.

Die Glocke vom Dom schlug Mittag. Der Vormittag war also schon vergangen, kurz und unangenehm. Lembi würde die Haftprüfung morgen, am Samstag, durchführen. Punkt neun, um Orlandi, der nicht gern früh aufstand, eins auszuwischen. Er würde ins Gefängnis gehen, denn dort wurden die Anhörungen durchgeführt: ein richtig schöner Ort, um über die Freiheit eines Menschen zu entscheiden. Danach aber würde er nicht ins Büro zurückkehren, sondern einige abgelegene Kirchen besichtigen, auf der Suche nach Meisterwerken, unberührt von den Touristenströmen, die in diesen Tagen die von den Einheimischen verlassene Stadt beherrschten – wie die Truppen einer Besatzungsmacht.

So war sein Plan, wenn es nicht allzu heiß sein würde. Womit allerdings kaum zu rechnen war, denn seit zwei Wochen schon war das Klima kaum noch zu ertragen. Von den ersten Morgenstunden an strahlte unerbittlich die Sonne. Gegen sechs Uhr nachmittag ging dann ein lächerlicher Regenguß nieder, und die Sonne, die gleich darauf wieder auftauchte, sog die Feuchtigkeit aus der Luft, bevor sie noch Zeit hatte, wenigstens leicht abzukühlen. In der Dämmerung dann stiegen klebrige Geister aus dem Bett des Arno. Das alles geschah seit zwei Wochen pünktlich auf die Sekunde, als habe jemand am Computer es programmiert. Der Traum von der Stadt der Kunst zu seinen Füßen, die ihm ihre sorgfältig gehüteten Geheimnisse preisgeben würde, verging schnell in dieser drückenden Atmosphäre. Lembi befand, es sei besser für ihn, sich mit einem weiteren Samstag in Klausur abzufinden und sich im Erdgeschoß des Hauses in der Via San Niccolò zu verschanzen, das genau wie das Haus der Großeltern für eine Person eigentlich viel zu groß war. Die Zeit würde ihm unendlich lang werden, er würde gegen die Versuchung ankämpfen müssen, den verdammten Fernseher einzuschalten, und sich ihr schließlich doch ergeben, aus tödlicher Langeweile und weil ihm die frische Brise von Collelongo fehlte.

Als Rechtsanwalt Scalzi das Tor zum Gerichtsgebäude durchschritt, waren die Arbeiter gerade damit beschäftigt, den Trompete blasenden Engel auf einen kleinen Lastwagen zu legen. Während er am Sekretariat der Staatsanwälte vorüberging, fiel ihm der Verdacht der Signorina Domenici wieder ein. Seit dem Tag, an dem er sie empfangen hatte, und das lag einige Monate zurück, hatte er nicht mehr daran gedacht, aber gerade heute hatte das Lokalblatt eine Nachricht über den Stand der Ermittlungen veröffentlicht und in der üblichen Spannung verheißenden Art berichtet, daß die Polizei inzwischen die entscheidende Spur verfolge. Er betrat das Büro und erkundigte sich nach dem Staatsanwalt, der die Untersuchungen durchführte. Dann machte er sich widerwillig auf den Weg zu Orlandis Büro. Er stellte sich auf eine längere Wartezeit ein, vielleicht würde er nicht mal empfangen werden. Orlandi war ein Mann, der sich Anwälten gegenüber gern aufspielte. Er legte Wert darauf, die Überlegenheit seiner Rolle zu betonen. So empfing er nur auf Anmeldung, die einige Tage zuvor bei seiner Sekretärin erfolgt sein mußte. Doch an diesem Morgen war Dottor Orlandi gut gelaunt, er ließ ihn fast umgehend eintreten und begrüßte ihn mit einem ironischen Lächeln auf den Lippen. Er hörte ihn an und lächelte dabei immer weiter.

»Sie brauchen hier nicht den Geheimniskrämer zu spielen, lieber Avvocato«, sagte er. Wir kennen doch alle den Namen Ihrer Mandantin. Sie heißt Domenici, nicht wahr? Wir haben das Opfer identifiziert, den Mörder und auch den Ort, an dem beide wohnten, er wie sie. Scharfsinnig, Ihre Signorina Domenici. Euro Bencivenga wurde in der Tat in dieser Badewanne in Stücke geschnitten. Sagen Sie Ihrer Mandantin, sie soll sich keine Sorgen machen. Wir haben Wichtigeres zu tun, als uns mit ihr und ihren kleinen Mietgeschäftchen aufzuhalten.«

3
Engel rechts

Am letzten Samstag im Juli stand Angelica Degli Alberetti um sieben Uhr auf. Die Hitze hatte sie geweckt.

In glücklicheren Tagen wäre sie schon seit mindestens einem Monat in Urlaub gewesen, weit weg von der stickigen Stadtluft. Doch jetzt wußte sie nicht wohin, und vor allem nicht mit welchem Geld. Eine ihrer Freundinnen hatte ihr angeboten, sie in ihrem Haus in Forte dei Marmi zu beherbergen, aber sie hatte abgelehnt. Dann doch lieber in der Stadt als im Hochsommer in der Versilia.

Das Zimmer, das gleichzeitig als Küche und Wohnzimmer diente, lag noch im Dunkel. Seit langer Zeit schon hatte Angelica es nicht mehr eilig, ihrem Gesicht morgens überraschend in einem Spiegel oder in einer Fensterscheibe zu begegnen. Beim Erwachen war sie sich ihres Körpers nur allzu bewußt. Ihre Beine waren schwer, und der Rükken tat ihr weh. Es reichte schon eine leichte Berührung mit der Hand, und sie spürte, wie rauh ihre Gesichtshaut war, als sei sie mit Staub überzogen.

Zwei gelbe Strahler standen mitten im Raum. Der Kater, der auf der Rückenlehne des Sofas kauerte, miaute klagend.

Angelica war der Meinung, das Zimmer sei leer, und machte einen erschreckten Satz, als sie die Silhouette eines ausgestreckten Körpers bemerkte, den der Kater schon die ganze Zeit anstarrte. Sie stolperte über einen Aschenbecher, der neben dem Sofa auf dem Boden stand; er war bis obenhin voll von Zigarettenkippen. Die Luft war rauchgeschwängert.

»Wann bist du gekommen?«

»Entschuldige dieses nächtliche Eindringen. Heute nacht um zwei. Es ist im Moment so schwer, einen vernünftigen Zug zu kriegen.«

»Ist … Guido auch da?«

»Ja, er schläft da drüben.« Giovancarlo deutete auf das Gästezimmer.

»Horaz, komm her.« Der Kater rührte sich nicht und miaute protestierend weiter. Das Sofa war sein Platz, und er beanspruchte ihn mit Nachdruck.

»Schläfst du hier, weil ihr euch gestritten habt?«

»Nein, weil er schnarcht.«

»Seid ihr auf der Durchreise?« Das wagte Angelica allerdings kaum zu hoffen.

»Wir bleiben ein Weilchen, wenn es dich nicht allzusehr stört. Ich habe am Teatro Romano in Fiesole eine Rolle. *Der Sturm* von Shakespeare. Ich bin Ariel. Es ist die übliche Sommerveranstaltung, aber meine Rolle ist großartig.«

»Ariel ist ein Kobold. Bist du für diesen Part nicht ein bißchen zu …«

»… fett?« Giovancarlo musterte seinen gewölbten Bauch unter dem T-Shirt. Er hatte sich zum Schlafen nicht mal die Schuhe ausgezogen. »Der Regisseur will es so. Grotesk. Das ganze Stück wird mit einer Tendenz zur Komik inszeniert.«

»Und wirst du diesmal bezahlt?« Angelica ergriff Horaz und setzte ihn auf den Boden: in seiner lauernden Stellung kam ihr der Kater unheilkündend vor.

»Nun«, Giovancarlo lächelte, »die Proben nicht. Es ist eine Produktion von Freunden. Wir werden uns die Einnahmen teilen. Aber das Ganze ist eine seriöse, professionelle Angelegenheit.«

»Arbeitet Guido auch an dieser professionellen Angelegenheit mit?«

»Ich weiß nicht, vielleicht. Wenn er sich mit dem Regisseur verstehen sollte, könnte er sich um das Bühnenbild kümmern. Aber weißt du … Guidos Charakter …«

»Ja richtig.« Angelica tastete den Kaminsims nach der Kaffeedose ab. Als sie sie endlich gefunden hatte, mußte sie feststellen, daß sie viel zu leicht war. Sie vermochte nur noch eine winzige Menge Kaffeemehl auf dem Boden der Dose zusammenzukratzen, das reichte nicht mal für eine Person. Sie starrte auf das Stück Papier über den Klingelknöpfen, die einst zum Herbeirufen des Personals gedient hatten. Sie wußte, daß sie »Plätzchen, Spülmittel, Kaffee« daraufgeschrieben hatte. An das Spülmittel und die Plätzchen hatte sie gedacht, an den Kaffee nicht.

»Tut mir leid.« Sie drehte die Kaffeedose auf den Kopf und wandte sich Giovancarlo zu. »Es ist kein Kaffee mehr da.« Allein die Vorstellung, sich anziehen und welchen einkaufen zu müssen, nahm ihr jegliche Energie. Sie stellte die Dose auf den Kamin zurück.

Die schiefhängende Klingelanlage mit ihren herausragenden Drähten erinnerte an das Kommen und Gehen schwarzgekleideter Dienstmädchen mit weißen Schürzen und Häubchen. Doch jetzt hatte sie jeden Sinn verloren. Die freiliegende Vorrichtung, so beunruhigend wie anatomische Abbildungen, zeigte in widersprüchlicher Gleichzeitigkeit Schildchen mit der Aufschrift »Zimmer der Signora«, »Salon«, »Wohnzimmer«, »Eßzimmer« als auch leere schwarze Rechtecke. Angelica hatte sie aus Nachlässigkeit nicht entfernen lassen, vielleicht auch, um sich selbst zu verhöhnen.

Als die Großmutter noch lebte, war dies die Küche der Dienerschaft gewesen. Die Nonna hatte soviel Geld besessen, daß sie sich in der Tradition der großen europäischen Familien eine Küche für das Personal leisten konnte. Damals hatte der ganze Palast der Familie Degli Alberetti gehört. Nach dem Tod der Großmutter hatten an erster Stelle Angelica, aber nach ihr auch all die Geier, die plötzlich vom Himmel fielen, das Vermögen samt Palast durchgebracht. Jetzt waren die unteren Räume von Horden von

Amerikanern, Deutschen und Japanern belegt, den Gästen des Hotels Giuditta. Die Bronzeskulptur des Donatello in der Eingangshalle erschien wie eine Warnung an alle, die die Absicht haben sollten, sich ohne die Zeche zu zahlen davonzustehlen. Die große Dienstbotenküche, zwei Schlafzimmer und zwei Bäder waren alles, was Angelica als Wohnung geblieben war.

»Ich gehe Kaffee kaufen.«

Giovancarlo stand schon an der Tür und strich sich über seine wenigen Haare. Angelica dachte, das sei das mindeste, was er tun könnte. Schließlich sah es so aus, als habe er die Absicht, sich in ihrer Wohnung schon wieder häuslich niederzulassen, zusammen mit diesem anderen und wer weiß für wie lange, zumindest aber wohl für die Zeit der Proben und der Aufführungen im Theater von Fiesole. Ariel – das mußte sich einer mal vorstellen. Mit diesem Bauch sah sie ihn eher als Kaliban, wenn er nicht diese etwas lispelnde Aussprache und das Falsettstimmchen hätte.

Angelica öffnete die Schlagläden und lehnte sich auf das Fensterbrett, um auf die Piazza San Firenze hinunterzuschauen. Am Giebel des Gerichtsgebäudes beleuchtete die Sonne die Hinterseite des Engels mit der Trompete, den, der von der Fassade aus gesehen rechts stand. Er war mit Stangen am Dach befestigt, die verhindern sollten, daß der Wind ihn auf die Köpfe der Passanten wehte. Wenn man ihn schamlos von hinter den Kulissen betrachtete, bemerkte man die verborgene Fälschung. Man konnte sehen, daß der Engel nicht aus Stein, sondern aus Glasfiber war, oder aus irgendeinem anderen Material, das normalerweise zur Herstellung von Bühnenbildern benutzt wird. Der echte Engel und sein Zwilling von der gegenüberliegenden Giebelseite waren in einer nahegelegenen Straße in einer Loggia untergebracht worden, wo sie vor dem Smog geschützt waren. Doch der hatte den Stein bereits angegriffen und der barocken Freundlichkeit ihrer Gesichtszüge den strengen Ausdruck archaischer Götzenbilder verliehen. Der Engel von der rechten Seite hatte statt Augen ein Loch in der Stirn, aus dem er wie ein Zyklop in Angelicas Fenster starrte. Finster, die Trompete wie eine Armbrust haltend, war er eigentlich immer noch zu harmonisch für das, was sich unter seinen Füßen befand, nämlich die heruntergekommenen Räume des Justizgebäudes, die sich nach der Sommerpause bald wieder mit Richtern, Anwälten und Angeklagten in Handschellen füllen würden.

Angelica verspürte eine Leere im Magen. Ihr fehlte der morgendliche Kaffee. Hinter einer Kutsche, die auf dem Weg zum Lungarno war – das Pferd trabte, und das Geräusch seiner Hufe auf den Pflastersteinen machte die außerordentliche Stille, die auf dem Platz herrschte, nur noch deutlicher –, tauchte Giovancarlo auf. Er überquerte vorsichtig, leicht gebeugt und mit kleinen Schritten die Straße vor dem Lebensmittelladen. Seine Glatze strahlte würdevoll in der Sonne.

Der Arme, er war ja fast ein anständiger Mensch. Er kleidete sich besser, als er es sich eigentlich leisten konnte, bemühte sich, wohlerzogen und freundlich zu sein. Nicht wie dieser andere, der ihn durch sein Schnarchen aus dem Schlafzimmer jagte. Der war so unhöflich, plump und schlecht erzogen, daß Angelica ihn liebend gern aus dem Bett und anschließend gleich aus ihrer Wohnung geworfen hätte. Doch leider war der, der schlief, ihr Blutsverwandter, Guido, ihr chaotischer Neffe. Im vergangenen Winter war es Guido gewesen, der sie an einem regnerischen Abend um Unterkunft gebeten hatte. Er kam gerade aus dem »Institut«, wie er es nannte und was nichts anderes als das Gefängnis war. Er hatte soeben eine Strafe wegen Betruges abgesessen, die letzte Etappe einer Reihe von Fälschungen, Betrügereien gegenüber Antiquitätensammlern, von Prozessen und Haftstrafen. In solchen Sachen war Guido Spezialist. Ein Taugenichts und Stümper. Die Fälschungen, die er naiven Käufern andrehte, waren ziemlich plumpe Arbeiten. Er war noch nicht mal in der Lage, mit dem bißchen Geld, das er immerhin zusammenkratzte, etwas Vernünftiges zu organisieren, was ein Betrüger mit Stil getan hätte – für Fälschungen auf einem gewissen Niveau brauchte man ein Startkapital –, vielmehr verpraßte er alles mit seinen Lastern: Alkohol, Glücksspielen und romantischen Reisen mit dem gerade aktuellen Partner.

Angelica hatte ihn damals im Portal des Hauses im Borgo de' Greci auftauchen sehen. Er schleppte ein paar schwarze Müllsäcke, voll von seinen Klamotten, die nach dem im Gefängnis verwendeten Desinfektionsmittel stanken. Am Tag darauf war auch Giovancarlo erschienen, atemlos und mit geröteten Augen. Einen Tag lang hatten sie sich im Gästezimmer eingeschlossen und ununterbrochen geredet und sich gegenseitig ihre Untreue vorgeworfen. Angelica war gezwungen gewesen, durch die abgeschlossene Tür hindurch die vulgären Beschimpfungen mit anzuhören, die Guido brüllend von sich gab, und Giovancarlos Gewinsel. Als sie schließlich versöhnt und mit verklärten Gesichtern wieder auftauchten, hatte Angelica bereits beschlossen, sie sich schleunigst vom Halse zu schaffen. Doch gingen sie seitdem, seit Dezember, in ihrem Haus ein und aus, und mehr ein als aus. Der Zeitpunkt ihres Erscheinens hing ganz von Giovancarlos Verpflichtungen ab, der Schauspieler war; aber sie blieben immer recht lange.

Wie oft hatte sie die Rolle des Rettungsbootes für die ruinierte Familie Degli Alberetti übernehmen müssen. Wie bei einem gekenterten Schiff trieben deren Überreste in der Strömung, um dann bei ihr anzulanden. Angelica hatte es nicht vermocht, sich Guido oder auch anderen vom Unglück verfolgten Familienmitgliedern zu verweigern, weil sie sich schuldig fühlte.

Von ihrer Großmutter war ihr vor allem die Art im Gedächtnis geblieben, den Kopf zwischen die Schultern zu ziehen, um sich vor mißtrauischen oder aggressiven Blikken zu schützen. Und ihre etwas breiten Hände, die sie weit vom Körper entfernt zu halten pflegte, wie ein Arbeiter, der gewöhnlich mit einer Schaufel hantiert. Die Marchesa Piccarda Degli Alberetti, Witwe eines Senators, hatte eine Vorliebe für ihre kleine Enkelin Angelica gehabt, die Kriegswaise, wie sie sie nannte. In Wirklichkeit waren Angelicas Eltern nach dem Krieg, während der Besatzungszeit, mit einem Flugzeug der Alliierten abgestürzt. Ein amerikanischer Offizier hatte sie zu diesem Unglücksflug eingeladen. In ihrem Testament hatte die Großmutter sie dem Vater von Guido und Bruder Angelicas, der für unwürdig befunden und enterbt worden war, und ihren anderen Nichten und Neffen vorgezogen. Angelica war dreizehn Jahre alt, als Piccarda starb. Ihr Erbe, vom Pflichtteil und einigen Legaten abgesehen, hatte sie im Alter von einundzwanzig Jahren vom Nachlaßverwalter erhalten. Das Vermögen war immens, die Großmutter hatte den Besitz ihres verstorbenen Ehemannes durch erfolgreiche Spekulationen auf dem Kunstmarkt noch vergrößert. Piccarda stammte aus einer Bauernfamilie (aus welchem Grund der verstorbene Senator Carlo Marchese Degli Alberetti sie geheiratet hatte, war ein gut gehütetes Familiengeheimnis geblieben), aber sie besaß die außergewöhnliche Fähigkeit, in Gemälden, die von allen nur für verkrustete alte Schinken gehalten wurden, Meisterwerke zu entdecken und aus dieser Fähigkeit Nutzen zu ziehen. Eine eher plebejische Neigung zum Handel hatte sie den großen Vorteil lukrativer Geschäfte mit den Amerikanern erkennen lassen. Mit diesen pragmatischen Ästheten aus Übersee, deren überwältigende Leidenschaft für die Kunst häufig genug ein wirksames Mittel war, den Fiskus zu umgehen, verstand sich Donna Piccarda ausgezeichnet. Sie hatte eine Art, jemandem gerade in die Augen zu sehen, wenn sie über Preise redete –

ganz gleichgültig, um welche Höhe es dabei ging –, die den Amerikanern gefiel. Und das, obwohl sich ihr Englisch anhörte wie die toskanischen Schlaflieder, die man früher in ihrer Heimat, im Casentino, den kleinen Kindern vorgesungen hatte.

In Angelicas Händen aber war dieses Vermögen dahingeschmolzen wie ein glitzernder Schneemann im Sonnenlicht. Zu Anfang, als sie noch sehr jung war, hatte sie vor allem kopflose Ausgaben getätigt – Reisen und zahlreiche Herren, die aufeinander folgten, um das Funktionieren der Saftpresse zu gewährleisten. Später kamen dann die gerichtlichen Auseinandersetzungen hinzu Betrügereien, passive Zinsen, Fehlinvestitionen.

Das erste schlechte Beispiel in der Familie hatte sie gegeben, und aus diesem Grund fühlte sie sich schuldig, auch wenn ihr viele andere aus der Sippe, Guido zum Beispiel, gefolgt waren, der mit seinen Lastern und Gaunereien keinen Vergleich zu fürchten brauchte. Die Großmutter war noch nicht lange tot, als Angelica, von einem echten Nichtsnutz auf Abwege gebracht, das Portal des Palastes im Borgo de' Greci schon mit solcher Wucht zuschlug, daß dieser nie wieder aufhörte zu beben, Risse bekam und die Straße mit Schutt und ganzen Stücken seines Gesimses überzog.

Die Glocken von Santa Croce und der Badia schlugen acht und spielten sich im Wechselgesang die Teile eines Kanons zu, als Angelica sah, wie Giovancarlo den Platz in umgekehrter Richtung überquerte. Er trug ein kleines Päckchen unter dem Arm, und hin und wieder blieb er stehen, um in einer Zeitung zu lesen.

»In dem Artikel hier geht es um dich.« Giovancarlo deutete auf die Zeitung, die er auf dem Tisch ausgebreitet hatte.

»Um mich?« Angelica warf einen zerstreuten Blick auf

das Blatt und trank dabei weiter ihren Kaffee. Tages- und Wochenzeitungen fand sie langweilig.

»Das heißt um ein Bild, das dir vor langer Zeit einmal gehört hat.« Giovancarlo sah sie so betrübt an, als müsse er ihr von einem Trauerfall berichten. »Die Zeitung beklagt den Verkauf von Meisterwerken ins Ausland und sagt, daß dieses Bild, ein Werk von Paolo Uccello, nach Amerika gehen wird.«

»Und was habe ich damit zu tun?«

»In dem Artikel steht, daß es einmal dir gehört hat. Du hättest es geerbt. Es war ein Stück aus der Sammlung Piccarda Degli Alberetti.«

»Das stimmt nicht. Großmutter hat nie einen Paolo Uccello besessen.«

»Hier steht es aber doch. Und daß du das Bild danach einem gewissen Scalistri überlassen hättest. Dieser Scalistri hat es nun einer Stiftung in New York versprochen.« Giovancarlo senkte die Stimme. »Es heißt, für zehn Milliarden Lire.«

»Für wieviel?«

»Zehn Milliarden. Und du hättest es dem Scalistri vor drei Jahren für circa vierzig Millionen verkauft.«

»Zeig mal.« Angelica ergriff die Zeitung und setzte sich an den Tisch. Während des Lesens versuchte sie, eine abgerissene Rüsche ihres Morgenmantels in Ordnung zu bringen, die die Sicht auf ihren Busenansatz freigab. Sie legte das Blatt wieder weg, und eine längst vergessene Episode kehrte ihr ins Gedächtnis zurück.

»Hast du gelesen, was dieser Acconci von dir sagt?« Angelica schien es, als habe Giovancarlos Stimme eine leicht boshafte Färbung, aber vielleicht war das keine Absicht.

»Wer ist Acconci?«

»Der Journalist, der den Artikel geschrieben hat. Ich kenne ihn, weil er auch Theaterkritiken schreibt. Der Typ ist schlaff wie eine Kröte, aber immer gut informiert. Er bezeichnet dich als ›leichtfertige Verschwenderin des Vermögens der Königin‹.«

»Den bringe ich vor Gericht.«

»Na ja, wenn es stimmt, was er sagt, kann man wirklich nicht behaupten, du hättest umsichtig gehandelt.«

»Gerade eine halbe Tasse habt ihr mir übriggelassen … und die ist auch noch kalt.« Guido trank seinen Kaffee stehend neben dem Herd und kratzte sich in seiner Schlafanzughose. Er hatte sich vollkommen unbemerkt in den Raum geschlichen. »Und wer soll diese ›leichtfertige Verschwenderin‹ sein?«

»Zieh dich an und geh in die Bar«, bemerkte Angelica.

»Könntet ihr nicht ein bißchen leiser reden?« Guido ging zum Tisch und nahm die Zeitung in die Hand, womit er Angelica zuvorkam, die ihn daran hindern wollte. »Bei eurem Geschwätz kann ja kein Mensch schlafen. Worüber habt ihr denn gesprochen?«

»Das geht dich nichts an. Gib mir die Zeitung zurück.«

»Du wagst es, dich darüber zu beschweren, daß du nicht schlafen kannst«, sagte Giovancarlo und räumte die Tassen vom Tisch, »du, der knurrt wie ein Schwein und damit halb Florenz aufweckt.«

»Schweine grunzen.«

»Schweine knurren. Das sagt auch die alte Bauernweisheit: ›Wenn Schweine knurren, klingen die Münzen‹. Das heißt, daß Schweine im Gegensatz zu Rindern bar bezahlt werden.«

»Ein völlig absurdes Sprichwort. Angelica, was meinst du, knurren Schweine?«

»Hört endlich auf mit diesem Quatsch!« Angelica versuchte, Guido die Zeitung wieder wegzunehmen. »Gib sie mir zurück! Ich war gerade dabei, sie zu lesen. Ihr zwei nehmt mir die Luft zum Atmen.«

Guido blätterte weiter und ging auf Giovancarlo zu, der die Kaffeetassen im Becken spülte.

»Ist sie sauer auf uns? He? Nimmt sie es übel, daß wir mitten in der Nacht gekommen sind, ohne ihr vorher Bescheid zu sagen?«

Giovancarlo trocknete sich die Hände ab. Mit einer Geste, als wolle er ihn daran hindern, eine Schlafende zu stören, deutete er auf Angelica. Sie saß am Tisch, rauchte eine Zigarette und spielte mit einer Haarsträhne.

»Es ist wegen einer Sache, die vor Jahren passiert ist. Man hat sie übers Ohr gehauen. Das steht in der Zeitung«, sagte er leise.

»Man hat sie übers Ohr gehauen?«

»Ein Riesenbetrug. Ein Bild von Paolo Uccello, das sie für lächerliche paar Millionen verkauft haben soll. Das ist alles. Mensch, lies doch selbst.«

Nach ein paar Minuten sah Guido von dem Blatt auf und sagte: »Scheiße, zehn Milliarden! Ja, sind wir denn verrückt geworden?« Er ging auf Angelica zu und legte die Zeitung auf den Tisch. Sie nahm sie an sich und faltete sie sorgfältig, als handle es sich um Geschenkpapier, das sie aufbewahren wolle. Dann drückte sie sie gegen ihre Brust. Sie senkte den Kopf, und die Haare fielen ihr über die Augen. »Das ist ja wirklich eine Nachricht. Ha!« Guido schüttelte sie leicht an der Schulter. »Was willst du jetzt machen?«

Angelica antwortete nicht, sie hatte ihre Zigarette vergessen, die Asche war mittlerweile so lang wie ein Finger. Guido schüttelte sie erneut. »He, Tante!«

Sie hob den Kopf und betrachtete ihn finster. »Das geht dich nichts an«, sagte sie grollend. »Macht ihr nur eure Kommentare, aber laßt mich bloß in Ruhe. Ich will nicht darüber sprechen. Vor allem nicht mit dir.«

»Aber genau mit mir mußt du sprechen.« Guidos Gesicht wurde hart. »Das war ein Bild aus der Sammlung. Ein Stück aus dem Familienbesitz. Ich bin ein Degli Alberetti, ich bin dein Neffe, hast du das vergessen? Ich hatte ein Anrecht auf meinen Pflichtteil. Wenn du das Vermögen um zehn Milliarden verringert hast, dann geht mich das durchaus etwas an, findest du nicht?«

»Du hast dein Erbteil doch in einem Jahr durchgebracht.«

»Jetzt ist aber bekannt geworden, daß es in dem Vermögen ein Stück gab, das zehn Milliarden wert war. Ich denke, daß die Angelegenheit dadurch einen anderen Aspekt bekommt.«

»Ich glaube, ich werde einen Anwalt aufsuchen. Mach du das nur auch. Geh gerichtlich gegen mich vor. In Ordnung?«

»Zu einem Anwalt? Hervorragende Idee. Laß sie lieber in Ruhe, diese Anwälte. Laß dir das von einem sagen, der sie nur zu gut kennt.«

»Und was sollte ich deiner Meinung nach tun?«

»Genau darüber werden wir uns jetzt ein bißchen unterhalten. Du wirst mir doch den Gefallen tun und mir berichten, wie das alles gelaufen ist? Diesen Gefallen wirst du mir doch tun? Stimmt es, daß du dieses Bild für nur vierzig Millionen verkauft hast?«

»Nein, es stimmt nicht. Die Zeitung ist schlecht informiert.«

»Ach!« Guido drehte sich nach Giovancarlo um, der sich diskret im Hintergrund hielt. »Komm doch ein bißchen näher. Hör dir an, was Angelica zu erzählen hat. Ich will, daß jemand zuhört. Es stimmt gar nicht, daß sie das Bild für die Summe verkauft hat, die in der Zeitung steht. Das kam mir auch unmöglich vor. Ein Tafelbild von Paolo Uccello, vierzig Millionen, so dumm kann ja kein Mensch sein …«

»Es ist nicht wahr.« Angelica schluckte. Sie hatte das Gefühl zu ersticken. »Es ist nicht wahr, denn ich habe ihm das Bild geschenkt! Willst du wissen, wie das gekommen ist? Nun gut, ich habe es ihm geschenkt. Praktisch umsonst weggegeben, okay? Bist du jetzt glücklicher, nachdem du das weißt?«

»Nun«, Guido sah sie mit einem skeptischen Lächeln an, »das erleichtert die Sache.«

»In welchem Sinne?«

»Das ist doch ganz klar. Du warst völlig verrückt. Der Vertrag ist nichtig … Wem willst du das verklickern? Wieviel hat er denn nun wirklich gezahlt?«

»Das habe ich dir schon gesagt: nichts. Glaubst du mir nicht, daß ich es verschenkt habe?«

»Nein.«

»Dann hör jetzt mal zu. Scalistri kam zu mir in meine Galerie …«

»Welcher Scalistri? Der für die Großmutter gearbeitet hat?«

»Ja, der. Ich hatte ihn seit meiner Kindheit nicht mehr gesehen. Vor drei oder vier Jahren hatte ich eine Galerie aufgemacht, um die Bilder aus der Sammlung zu verkaufen. Die, die mir noch geblieben waren. Der Laden war noch keine Woche auf, als Scalistri zu mir kam. Er trat ein und stellte sich vor eine Zeichnung. Er sah sich auch andere Sachen an, aber dann ging er immer wieder dahin, er konnte von dieser kleinen Landschaft von Ruysdael nicht genug kriegen. Sie hatte sicher ihren Wert, war aber kaum mehr als eine Skizze, zehn mal zwanzig, aquarellierte Tusche. Dann fragte er mich, ob ich ihm wohl mal das Magazin zeigen würde. Dort hatte ich die größeren und weniger kostbaren Sachen abgestellt: ein paar Tapisserien, Kunsthandwerkliches, und auch das Bild, von dem sie in der Zeitung schreiben. Ich hatte es mit der Vorderseite gegen die Wand gelehnt, weil es mir nicht gefiel und weil ich wußte, daß es eine Fälschung war. Die Gemälde, die ich von Großmutter geerbt habe, sind alle katalogisiert, beschrieben und fotografiert. Auch von diesem Bild gab es Fotos. Ich glaube, ich habe sie noch. Auf der Rückseite von einem dieser Fotos stand: ›Pseudo-Paolo Uccello. Zwei Szenen aus dem *Wunder der Hostie*. Fälschung!‹ Verstanden? Eigenhändig von der

Großmutter draufgeschrieben. Die Nonna war nicht gerade eine Heilige. Ich weiß, daß sie mit Scalistri auch einige ziemlich ungesetzliche Sachen gemacht hat … Für sie besaß der Kunstmarkt keine Geheimnisse. Sie spielte auf allen Tischen. Doch mit Fälschungen gab sie sich nicht ab, die haßte sie … Sie hatte auf die Rückseite dieses Gemäldes ›Fälschung!‹ geschrieben, mit Ausrufezeichen, daran erinnere ich mich noch genau. Scalistri nahm es von der Wand und sah es sich kurz an. Er überflog es nur. Ein zerstreuter Blick, eine Sekunde. Dann stellte er sich wieder voller Bewunderung vor die Landschaft von Ruysdael … sieh mal hier, sieh mal da, das Gewitter, das gerade heraufzieht, und hast du gesehen, wie die Pappeln zittern … Er gab mir zu verstehen, daß er sich in die Zeichnung verliebt habe. Er fragte mich, ob ich sie ihm verkaufen wolle. Ich sagte ja und verlangte vierzig Millionen. Dieser Preis ist für eine Zeichnung von Ruysdael wirklich absolut übertrieben, nicht mal einem Privatmann könnte man sie dafür anbieten. Und erst recht keinem Händler wie Scalistri – es war geradezu peinlich. Ich habe ihm diesen Preis an den Kopf geworfen, um ihm zu verstehen zu geben, daß ich nicht die Absicht hatte, mit ihm zu verhandeln, daß er mir unsympathisch war.

»Ich weiß«, sagte Guido, »daß du ihn nicht ausstehen konntest. Ich weiß auch, daß er dir helfen wollte, als die Galerie nicht mehr lief. Aber du hast ihn zum Teufel geschickt. Warum?«

»Das ist meine Angelegenheit. Ich hoffte also, daß er das Angebot ablehnen würde, doch er zuckte nicht mit der Wimper. Er jammerte ein wenig, sagte, ich sei so gerissen wie meine Großmutter, daß ich für die guten Sachen einen Haufen Geld verlangen würde, daß ich eine Karriere vor mir hätte. Dann bot er mir an, den verlangten Preis für die Landschaft zu zahlen, wenn ich ihm auch das Bild aus dem Magazin überlassen würde. ›Es ist gefälscht, aber der Bildträger ist original. Ich brauche ihn, um das Seitenstück einer Truhe aus dem Quattrocento zu ersetzen.‹ Das hat er gesagt. Er stellte einen Scheck für den Ruysdael aus und nahm auch das Gemälde mit. Schluß.«

»Vielleicht ist es ja wirklich eine Fälschung. Dann ist Scalistri dabei, den Amerikanern einen Riesenschwindel unterzujubeln. Vielleicht könnten wir uns da einmischen …«

»Nein. Er hat mich betrogen. Das Bild ist echt. In der Zeitung steht, daß die Amerikaner Rozzi mit der Expertise beauftragt haben. Und Rozzi hat erklärt, daß es sich hundertprozentig um einen Paolo Uccello handelt. Rozzi ist jemand. Er hat es zwar nicht verdient, aber er wird für Zuschreibungen als die höchste Instanz angesehen.«

»Genau«, fiel Giovancarlo ein. »Und Acconci schreibt, Rozzi habe auch die ganze Geschichte des Gemäldes rekonstruiert.«

»Angefangen bei Piccarda Degli Alberetti, die es in der Sakristei einer Kirche in Acqualagna ausgegraben hat«, – Angelica deutete auf die Zeitung, die sie einen Zentimeter von ihrer Brust entfernt hielt –, »hat Rozzi die Spur bis zu dem diebischen Pfarrer zurückverfolgt, der es ihr verkauft hatte. Er ist seit zwanzig Jahren tot, dieser Priester. Sonst hätte er auch heute echte Probleme. Rozzi ist in die Archive der Kurie gegangen und hat dort Akten gefunden, aus denen hervorgeht, daß das Bild dem Bischof von Urbino gehört hat. An der Spitze der Reihe der Besitzer aber steht die Compagnia del Corpus Domini. Und so, schnüffel, schnüffel, ist Rozzi bis zu dem Auftraggeber vorgedrungen, für den Paolo Uccello auch das Bild gemalt hat, das sich heute im Palazzo Ducale in Urbino befindet. Daraus hat er abgeleitet, daß mein Bild ein Entwurf dazu war, oder vielleicht eine erste Ausführung, die nicht vollendet wurde, weil der Auftraggeber mit ihr nicht zufrieden war. Das hat Hand und Fuß. Bei Zuschreibungen zählt die Geschichte des Bildes, zählen die wechselnden Besitzer und der Ort, an dem sich eine Tafel ursprünglich befunden hat. Und all das paßt bei Paolo Uccello bestens zusammen.«

»Wir müssen was unternehmen«, sagte Guido.

»Wir müssen ... Wer?«

»Wir, ich und du, die Familie.«

»Du hast damit nichts zu tun. Wenn du Geld riechst, bringst du immer gleich die Familie ins Spiel.«

»Du brauchst jemanden, der dir hilft.«

»Ich gehe zum Rechtsanwalt ... O Gott, mir dreht sich alles.« Angelica erhob sich mit Mühe und ging, die Zeitung fest an sich gepreßt, in ihr Zimmer.

Angelica legt sich aufs Bett und wirft das Kissen herunter. Das Blut zirkuliert wieder in ihrem Kopf. Das Schwindelgefühl vergeht. Wirre Gedanken drehen sich um Bilder, von denen sie nicht sagen kann, ob sie wirklich eine Erinnerung sind. Vielleicht hat sie sie gerade erst erfunden bei dem Versuch, ihr Gedächtnis in Gang zu setzen.

Scalistri, ekelhaft fett, mustert im Magazin ihrer Galerie das Bild.

Angelica schließt die Augen. Sie fühlen sich feucht an. Plötzlich verschwindet die Vorstellung, ihr Geist zieht sich verängstigt von den vielen undeutlichen Figuren des Gemäldes zurück. Es hatte ihr nie gefallen, zuviel Blut und eine Szene, die sie verwirrt. Auch jetzt, wo sie sich Mühe gibt, sich genau zu erinnern, ist das Gemälde wie hinter einem Nebelschleier verborgen. Sie kann kaum den Bildgegenstand erkennen.

Die Galerie ist verschwunden, jetzt ist sie im Freien. Wieder Scalistri, schon fett, aber noch viel jünger. In seiner Begleitung sieht sie den Fahrer Mario und ein kleines Männchen vor sich. Die drei unterhalten sich, neben dem Wagen stehend, vor dem Internat von Poggio Imperiale. Als sie aus dem Portal tritt, drehen sie sich zu ihr um. Das Männchen starrt sie an. Angelica kommt er wie der Zwerg aus einem Märchen vor. Scalistri ist elegant, er trägt einen weißen Anzug, auch Mario sieht in seiner Uniform tadellos aus. Das Männchen dagegen könnte auch ein Hausierer sein, es ist ganz schmutzig. »Nun«, sagt Scalistri, »alles in Ordnung, Marchesina?« – »Es ist möglich«, sagt Marios Stimme. »Was hältst du davon, Angelica? An einem der nächsten Vormittage vielleicht.«

Was war möglich? Angelica quält sich mit der Suche nach einem roten Faden.

Marios Stimme singt leise, während er den Dilambda fährt: »Heute back ich, morgen brau ich,/ übermorgen hole ich der Königin ihr Kind./ Ach, wie gut, daß niemand weiß,/ daß ich Tremotino heiß.«

Wieder ändert sich das Bild. Ein großer Raum im Halbdunkel. An den kann sie sich gut erinnern, er ist keine Phantasievorstellung. Ein Geruch darin ist scharf und ekelerregend und so unangenehm, daß ihr schwindlig wird. Mario und Scalistri sind verschwunden. Nur der Gnom ist da, er starrt sie lächelnd an und sagt: »Erzähl mir, wohin dich die Nonna gestern geschickt hat. Ich hab Lust zu lachen, komm.« – »Zur Santissima Annunziata«, antwortet sie, »um für den heiligen Bronzino eine Kerze anzuzünden.«

Auch das ist keine Phantasie, das ist die Stimme, die sie als kleines Mädchen hatte, das ist sie, Angelica, im Alter von zwölf Jahren. Sie erzählt von der Manie der Großmutter, sie in die Kirchen zu schicken und vor ihren Malerheiligen Kerzen anzuzünden. Durch sie war sie reich geworden, und Piccarda verehrte sie. Angelica trägt die Schuluniform. Jemand nimmt ihr den Hut ab. Das Band fliegt durch die Luft, der Florentiner Strohhut landet auf dem Fußboden. Dünne Finger machen sich an den Knöpfen ihres Kleides aus grauem Samt zu schaffen. »Halt!« sagt sie. Die Haare verfangen sich im Kragen, sie ziehen, tun weh …

Und wieder dieses Lied von Tremotino, diesmal mit der Stimme des Zwerges.

Angelica riß die Augen auf, um diesen Traum zu vertreiben. Sie stieg aus dem Bett und zog den Morgenmantel und das Nachthemd aus. Sie ging ins Badezimmer und stieg unter die Dusche. Der kalte Wasserstrahl beruhigte sie. Nach der Dusche zog sie ihren Bademantel über und legte ein Handtuch um die nassen Haare. Sie stieß die Läden auf. Das Fenster ging auf die Piazza Santa Croce. Das satte Rot der Dächer kontrastierte mit dem weißen und rosafarbenen Marmor der Basilika, sie sah es durch den spiralförmigen Arm einer Laterne. Die Schönheit dieser Stadt war gnadenlos. Das Gerede ihrer beiden Gäste ging ihr auf die Nerven, vor allem Guidos Stimme, die tiefer und dunkler war, störte sie – wie die eines rücksichtslosen Besuchers vor dem Zimmer eines Schwerkranken. Angelica schloß die Tür und setzte sich vor den Sekretär, der einmal Piccarda gehört hatte. Sie zögerte, den Schlüssel umzudrehen und die mittlere Tür zu öffnen. Sie fürchtete, Schriftstücke und Bilder könnten ihr die Fehler, die sie als verwöhnte junge Frau begangen hatte, ins Gedächtnis zurückrufen. Sie fing an, das Fotoalbum der Familie durchzublättern, legte es aber gleich wieder weg. Sie durfte sich jetzt nicht ablenken lassen. Diesmal mußte sie reagieren. Ihr Bett mit der zerknitterten Zeitung sah aus wie die Ruhestätte eines Obdachlosen. Das war aus ihr geworden, eine Art Clochard. Ihre Kleider waren von berühmten Designern entworfen worden, allerdings lag das zehn Jahre zurück. Es wurde immer schwieriger, sie heute noch zu tragen und dabei so zu tun, als habe man eine Vorliebe für alte Klamotten. Sie sahen immer schlimmer aus, ihr kräftiger gewordener Körper quoll an einigen Stellen aus ihnen heraus, Knöpfe sprangen ab, und Reißverschlüsse platzten, manchmal mußte sie sich sogar der demütigenden Arbeit des Flickens unterziehen. Wie lange schon ging sie nicht mehr zu einem wirklich guten Friseur? Ihre noch immer natürlich blonden Haare waren stumpf und von einem Lehrling von LISA,

Haarmoden, einem Laden in der Nähe des ehemaligen Gefängnisses Le Murate in der Via Ghibellina, auf lächerliche Weise auf jugendlich getrimmt. Zehn Milliarden! Was hätte sie damit alles anfangen können!

Ein Karteikasten enthielt das Fotoarchiv der Gemälde aus Piccardas Sammlung, Fotos von den Bildern, die die Großmutter nie hatte verkaufen wollen und die sie, als Investition oder aus Leidenschaft, in einer persönlichen Sammlung verwahrte. Ihre Enkelin hatte es dann übernommen, sie Stück für Stück zu verschleudern. Die Makler hatten die Schätze innerhalb weniger Jahre aufgerieben. In ihren Händen verblühten Meisterwerke, ihre Zuschreibungen wurden unsicherer, die Meister wurden auf mysteriöse Weise in »Schule von«, »Werkstatt von« verwandelt. Sie hatte nicht die Geduld, sich zu informieren, sie wußte auch nicht, wie man sich in den entsprechenden Kreisen bewegte. Und ihr fehlte die Kraft, dagegenzuhalten. Sie bereute bitter, die Bilder verkauft zu haben, wenn sie sie, mit astronomischen Preisen versehen, später in den Auktionskatalogen wiederfand oder wenn sie erfuhr, daß sie der ganze Stolz eines Museums geworden waren.

Seit langem schon fragte sich Angelica nach den Gründen ihres Ruins. Der Palast, die Villen und Landhäuser, und dann die Bilder, von denen jedes einzelne ein Vermögen wert war, alles hatte sich in ihren Händen verflüssigt, sich in tausend kleinen Bächlein verloren, die von Wucherern und Banken ausgetrocknet wurden. Gewiß war sie leichtfertig und verschwenderisch gewesen, wie es in der Zeitung stand. Doch sah sie auch irgendwo ein hartnäckiges Prinzip. Sie hatte den Eindruck, Opfer einer gutgeplanten Verschwörung gewesen zu sein. Florenz war – wie in der Vergangenheit – noch immer eine Stadt der Geschlechtertürme. In diesen Festungen hatten sich die »Großen« verbarrikadiert, seit Generationen dieselben Familien. Schweigsam, satt und wie über die Dinge erhaben, schienen sie zu schlafen. Doch in Wirklichkeit waren sie jeden Augenblick bereit, sich wie die Raben, die man nach Sonnenuntergang auf den Dächern des Viertels Santa Croce krächzen hörte, auf den nächstgelegenen Turm zu stürzen, der einen leichten Riß zeigte. Ihre Großmutter Piccarda hatte eine dieser Festungen gestürmt und sie zu einer der bedeutendsten gemacht. Doch Piccarda, die Plebejerin aus den Bergen, war eine Usurpatorin gewesen. Nach ihrem Tod hatten die echten »Großen« ihre Enkelin für diese Usurpation büßen lassen und den Turm der Degli Alberetti Stück für Stück abgetragen.

Sie fand ein Foto von dem Gemälde. Der Autor des Artikels schrieb, daß es sich um zwei Szenen für die Predella des *Wunders der Hostie* handle, die wegen ihrer groben Malweise von der Compagnia del Corpus Domini aus Urbino abgelehnt worden war. Das Foto zeigte nur einen Ausschnitt, es mußte noch andere geben, die Gesamtansicht und weitere Details, aber Angelica hatte keine Lust, im Karteikasten nach ihnen zu suchen. Das, was sie hatte, reichte schon, um zu begreifen, daß in der Zeitung von dem Bild die Rede war, das einmal ihr gehört hatte. Der Ausschnitt zeigte den Eingang zum Haus des jüdischen Kaufmanns. Im Vordergrund sah man einen Blutstrom unter der Tür hervorquellen. Auf der Straße, unter den Füßen des Gendarms, krochen einige monströse Insekten, jenen phantastischen Figuren ähnelnd, die die Kunsthistoriker »Grillen« und »Kobolde« nennen. Es sah aus, als seien sie vom göttlichen Blut verstoßen. Die Wirkung war beunruhigend, das Bild schien eher ein Werk von Bosch als eins aus dem Florentiner Quattrocento zu sein. Eine romantische Fälschung aus dem neunzehnten Jahrhundert, hatte sie gedacht. Doch Scalistri war weitsichtiger gewesen als sie. Dieser Teufel von Scalistri! Aber diesmal würde sie die Niederlage nicht kampflos hinnehmen. Sie ging zum Spiegel und schminkte sich. Dann zog sie sich sehr sorgfältig an:

sie wollte schön sein. Sie steckte die Zeitung in ihre Handtasche. Sie ging in die Küche, doch kehrte sie sofort wieder ins Schlafzimmer zurück.

»Mein Gott, was für ein Gedächtnis! Das Foto!«

Während sie es in die Tasche steckte, hörte sie Guidos kurzes Lachen. Jetzt kicherten alle beide. »Schau sie dir nur an! Hast du das gesehen?« sagte Guido.

»Wen soll er sich ansehen?« fragte Angelica, als sie wieder in der Küche war.

Guido lachte höhnisch. »Giovancarlo, sieh sie dir an. Tu mir den Gefallen, schau sie dir an. Sieh nur, wie sie sich zurechtgemacht hat. Beachte den langen Rock und das Tuch!«

»Und?« fragte Angelica. »Was ist daran so lustig?«

Guido setzte eine vorgetäuscht ernste Miene auf. Er hatte sich auf dem Sofa ausgestreckt und bewegte die Zehen seiner nackten Füße. Seine Fußnägel waren lang und schmutzig. »Du siehst verführerisch aus. Wohin gehst du?«

»Mir einen Rat holen bei … Aber das ist meine Sache.«

»Ich kann es mir schon denken. Du bist ein offenes Buch für mich. Du hast dich so zurechtgemacht … beachte nur den Ausschnitt, Giovancarlo … um auf einen deiner kleinen altachtundsechziger Anwälte Eindruck zu machen. Um sich von einem Rechtsanwalt mit Sakramenten und den richtigen Beziehungen vertreten zu lassen, braucht man Geld. Ein angemessener Profi verlangt schon mal zehn Millionen, bevor du dich überhaupt bei ihm mit deinem verführerischen Hintern auf einen Stuhl setzen darfst. Darum hast du dir vorgenommen, irgend so einen Unbedarften für deine Sache zu entflammen. Stimmt's, Angelica? Sieh sie dir an, Giovancarlo. Sie kann es gar nicht erwarten, sich zu so einem Pfuscher zu begeben und die Rolle der, ach, so gequälten und verarmten großen Dame zu spielen. Sie liegt ihr, die Rolle der Unterdrückten.«

»Deine idiotischen Sprüche unterdrücken mich«, schnitt Angelica ihm das Wort ab.

»Angelica ist das Augensternchen aller unfähigen Rechtsverdreher dieser Stadt, wußtest du das, Giovancarlo? Dank diesen verkrachten Anwälten hat sie schon einen Haufen Prozesse verloren. Gleich wird das Einvernehmen in der lausigen Praxis von einem dieser Schaumschläger stattfinden, mit allen Prämissen des Idylls. Sie erzählt von dem Akt der Überrumplung. Der Schaumschläger ist furchtbar betroffen und greift, ganz Feuer und Flamme, nach dem Kopfbogenpapier ... Sie ist immer noch eine richtig schöne Frau, unsere Angelica, findest du nicht auch, Giovancarlo?«

»Hör auf!« Angelica ergriff eine Vase, die auf einem Tischchen neben der Eingangstür stand. Als ihr klar wurde, daß es eine Arbeit von Baruvier aus Muranoglas war und eines der wenigen kostbaren Dinge, die ihr noch geblieben waren, stellte sie sie wieder an ihren Platz.

Guido hatte die Geste bemerkt, doch tat er so, als sei nichts geschehen.

»Sie werden dich mit Haut und Haar verschlingen. Versuch ruhig, dem Scalistri mit deinem Winkeladvokaten auf die Füße zu treten, du wirst schon sehen, was du davon hast. Scalistri hat die Kritiker, die Experten, die Universitäten, die Museen hinter sich. Glaubst du, er würde mit einem amerikanischen Käufer über ein Meisterwerk von Paolo Uccello verhandeln, wenn er das Kultusministerium nicht schon in der Tasche hätte? Scalistri hat soviel Geld, daß er sich dich und deinen Winkeladvokaten, wann und wie er will, sonstwohin stecken kann. Mit deinem Kopfbogen wird er sich den Arsch abwischen, der Scalistri ...«

Angelica zog den Schirmständer in Betracht. Der war postmodern und ziemlich häßlich, aus roter Keramik, die aussah wie Plastik.

»Ich kann nicht tatenlos zusehen, wie du dir das bißchen, was dir geblieben ist, von so einem Rechtsverdreher aus der Tasche ziehen läßt. Hör wenigstens mal zu, dann sage ich dir, was du tun solltest.«

»Dann laß hören«, schnaubte Angelica.

»Mit gewissen Leuten wirst du nur fertig, wenn du ihnen einen gutplazierten Schlag versetzt. Ein Hieb, und basta. Ohne noch mal darauf zurückkommen zu müssen. So behandelt man einen Kerl wie Scalistri.«

»Und wer sollte Scalistri diesen Schlag verpassen?«

»Ich. Und ich habe schon eine Idee. Ein toller Coup.«

»Den kann ich mir schon vorstellen. Deine Coups kenne ich. Zeug für ein paar Lire, das du irgendeinem einfältigen Ladenbesitzer andrehst. Die beinahe etruskischen Buccheroväschen, denen du im Ofen deiner Pension ihre antike Patina verleihst, das ist dein Niveau. An Scalistri kommst du nicht heran, bilde dir das lieber gar nicht erst ein.«

»Dann leckt mich doch am Arsch, du und dein Winkeladvokat!« An seiner schwachen Stelle getroffen, verließ Guido den Weg der Diplomatie. Er sah jetzt aus wie ein kleiner, verhöhnter Rowdy.

»Guido«, mischte sich Giovancarlo mit seinem Falsettstimmchen in die Auseinandersetzung. »Ich glaube nicht, daß es Sinn hat … Schließlich geht dich das Ganze nichts an.«

»Es geht mich nichts an? Sie hat sich um ein riesiges Vermögen bringen lassen, auf das auch ich ein Anrecht hatte, und mich geht das nichts an? Wir führen ein kümmerliches Dasein, unser Kaffee ist so dünn, das man bis auf den Tassenboden sehen kann, und mich soll das nichts angehen?«

»Wenn dir mein Kaffee nicht schmeckt, mußt du eben in die Bar gehen!« schrie Angelica.

»Bemerkst du den Gestank nicht, der in dieser Küche herrscht?« Guido wandte sich weiterhin nur an Giovancarlo, als sei Angelica überhaupt nicht vorhanden. »Sie hat sich daran gewöhnt, aber ich ertrage ihn nicht. Klogeruch. Durch die Fenster kommt der Gestank von allen Klos aus dem Hotel. Sie hat sich von Hinz und Kunz übers Ohr hauen lassen, und jetzt setzt sie auch noch alles daran, die letzte Gelegenheit, sich schadlos zu halten, in den Wind zu schlagen, diese alte Idiotin ...«

Ohne besondere Überzeugung hob Angelica den Schirmständer mit beiden Händen an und warf ihn in Guidos Richtung. Als er auf dem Fußboden zerschellte, schoß der Kater unter dem Sofa hervor.

»Verschwinde!« keuchte Angelica. »Du und dein Freund, haut alle beide ab.«

Guido beugte sich vor, um die Scherben des Schirmständers zu betrachten.

»Du kannst dich drauf verlassen, daß ich gehe«, sagte er und erhob sich vom Sofa. Er machte einen vorsichtigen Schritt, fluchte, weil er sich an einer Scherbe den nackten Fuß verletzt hatte. »Darauf kannst du dich verlassen. In diesem Rattenloch erstickt man ja.«

Giovancarlo hielt ihn an einem Ärmel fest. »Entschuldige dich bei ihr, los.«

Guido versetzte dem Fußboden einen Tritt und verletzte sich erneut. »Ich? Ich soll sie um Entschuldigung bitten? Ich denke gar nicht daran.«

»Komm, du bist im Unrecht. Du hast sie beleidigt.« Angelica konnte sich nicht entschließen zu gehen. »Bevor sie geht, los, bitte sie um Verzeihung.«

»Deiner Meinung nach habe ich immer unrecht. Du kannst ja hierbleiben, wenn du willst. Ich gehe.« Guido verschwand im Nebenzimmer. Man hörte den dumpfen Knall einer Schublade, die auf den Boden gefallen war. Durch die offene Tür flogen ein Bademantel und zwei Hemden, Geschenke von Angelica. Dann erschien Guido wieder in der Tür und zeigte mit dem Finger auf Giovancarlo. »Ich ziehe es vor, daß du hierbleibst«, sagte er, »oder geh sonstwohin. Aber lauf mir bloß nicht nach, verstanden?«

»Was soll das denn jetzt?« Giovancarlo erbleichte. »Warum kann ich nicht mit dir kommen?« Er ging seinem Freund nach, der wieder im Zimmer verschwunden war.

»Guido, du solltest nichts überstürzen. Was habe ich dir denn getan? Was soll das heißen, daß ich dich nicht begleiten darf?«

Guido tauchte wieder auf und stieß den Freund mit dem Arm von der Türschwelle. Dann wandte er sich Angelica zu, die rauchend am Tisch saß.

»Ich bin sehr froh, daß du mich wegschickst. Draußen habe ich freiere Hand. Diese Angelegenheit erledige ich auf meine Art. Ich werde Scalistri zeigen, wer Guido Degli Alberetti ist! Und du«, Giovancarlo setzte ein gequältes Lächeln auf, »wirst endlich aufhören, mir immer unrecht zu geben. ›Bitte sie um Entschuldigung‹, sagt der … Verdammte Scheiße! Wenn sich hier jemand beleidigt fühlen kann, dann bin ich es! Sie hat ihr Leben immerhin genossen, über fünfzig Jahre lang! Aber ich? Auch ich hatte ein gewisses Recht darauf, oder etwa nicht? Statt dessen werde ich wie ein Hund auf die Straße geworfen … von einer alten Närrin, die sich auch mein Geld unterm Hintern hat wegziehen lassen! Denn heute habe ich es endlich begriffen: sie hat sich auch meins unterm Hintern wegziehen lassen. Und dann sagst du zu mir: ›Bitte sie um Entschuldigung.‹ Um Entschuldigung wofür? Du bleib mir auch vom Leib, und damit Schluß.«

Und wieder verschwand er. Man hörte die Verschlüsse eines Koffers zuschnappen. Giovancarlo ging auf Angelica zu, immer noch mit diesem traurigen Lächeln im Gesicht. »Nicht, daß ich mich einmischen will … Doch ich würde mit ihm reden, Angelica. Versuch die Sache ein wenig zu glätten. Er ist im Begriff, eine Dummheit zu begehen, das weiß ich genau … Er wird sich erneut in Schwierigkeiten bringen.«

Angelica empfand Mitleid mit Giovancarlo.

»Ich? Was soll ich ihm denn sagen? Bleib hier? Bleibt hier? Hörst du nicht, wie er mich behandelt? Alte Idiotin … Alte Närrin …«

Guido schleppte einen riesigen Koffer durch die Tür. Giovancarlo berührte seine Schulter und flüsterte ihm etwas ins Ohr.

»Du sollst mir nicht auf die Nüsse gehen, und damit basta«, sagte Guido, dann hielt er inne und setzte den Koffer vor der kleinen Tür ab, die von der Küche direkt auf die Treppe ging. Er wandte sich zu Angelica um. »Deine Schlüssel kriegst du noch wieder. Aber jetzt behalte ich sie erst mal. Falls ich irgendwas vergessen habe.« Er sah, wie Angelica den Koffer anstarrte, einen fast neuen Samsonite, und fügte hinzu: »Auch den Koffer kriegst du wieder. Mach dir keine Sorgen.«

Er sah schon wieder aus wie ein Vagabund. Er trug die gleichen Sachen, mit denen er aus dem Gefängnis gekommen war. Die viel zu weiten Schlaghosen beulten über den Knien. Ein T-Shirt mit lächerlichem Aufdruck schlabberte um seinen mageren Oberkörper, die verwaschene Jacke hatte er über den Arm gelegt. Der lange Bart und die glanzlosen Augen, die Haare, die vom Schädel abstanden: er hatte die Dekadenz seines Geschlechts noch nie überzeugender dargestellt. Angelica stellte sich das Gefängnis während des Hofgangs vor. Da begann erst die dunkle Stimme der großen Glocke des Doms, dann die hellere von Santa Croce den Mittag einzuläuten.

»Ich bring dir deinen Koffer schon zurück, mach dir keine Sorgen. Du kriegst ihn wieder, sobald ich eine Unterkunft gefunden habe.«

»Eine Unterkunft wo?« Angelica war klar, daß dieses »wo« wieder alles in Frage stellte.

4
Stadtmauern

Guido aß ein riesiges Steak alla fiorentina. Schmollend grübelte er vor sich hin, ab und zu hob er den Kopf und sah Angelica an, die ihm gegenüber saß.

Angelica hatte keinen Hunger. Sie suchte die nervöse Spannung des Vormittags mit einem Glas Wein herunterzuspülen. Um die Versöhnung zu besiegeln, hatte sie die beiden zum Mittagessen in die Trattoria La Beppa eingeladen. Sie grollte eigentlich nie lange, aber gewisse Sätze von Guido waren zu verletzend und vulgär gewesen, um sie so schnell wieder vergessen zu können. Sie hatte aus ihnen zum erstenmal eine Mißgunst ihr gegenüber herausgehört, von deren Existenz sie bis dahin nicht die geringste Ahnung gehabt hatte. Aus diesem Grund schwieg sie nun und ließ Giovancarlos Versuche, ein Gespräch zustande zu bringen, im Sande verlaufen. Die halbleere Trattoria stimmte sie melancholisch, und das Weinchen aus Scandiano half ihr beim Ausgraben von Erinnerungen.

Roberto, der Besitzer der Trattoria, besaß an die hundert Flaschen von diesem Scandiano, die im Keller vergessen worden waren. Er hätte es niemals gewagt, eine dieser Flaschen, deren Etikett unter dem schon verkrusteten Staub kaum mehr zu entziffern war, seinen gewöhnlichen Kunden anzubieten. Sie waren Angelicas persönliche Reserve. Wenn der verfaulte Korken beim Herausziehen nicht zerbröselte – dann schüttete man den Wein besser weg –, füllte sich der Flaschenhals mit dem Rauch von Kohlensäure, und eine bernsteinfarbene Flüssigkeit mit leicht schimmeligem Geruch floß heraus.

Roberto hatte diese vergessenen Flaschen im Keller seines Vorgängers gefunden. Fast dreißig Jahre zuvor war Angelica das einzige Mädchen gewesen, das zu einer etwas anrüchigen Gruppe von Studenten zugelassen gewesen war, die sich abends bei Beppa versammelte. Sie tranken Scandiano und sangen bis vier Uhr morgens lauthals ihr Repertoire von zotigen Liedern herunter. In den gesetzteren Pausen dachten sie sich niederträchtige Scherze aus, die anschließend ausgeführt wurden. Einige dieser Possen waren in einem Film festgehalten worden, den Angelica mehrmals gesehen hatte. Sie hatte jedesmal Tränen gelacht. In dem Film war vorsichtigerweise eine der schönsten übergangen worden. Angelica, als Renaissancedame verkleidet, war die weibliche Komparsin in einem Umzug, der den Kultusminister am Bahnhof von Santa Maria Novella empfing, als er die Universität von Florenz besuchen kam. Der Minister hatte alle Gründe, von den Studenten nicht gerade einen warmherzigen Empfang zu erwarten, und war daher angenehm überrascht. Als man ihm anstatt eines Blumengebindes einen Kohlkopf in die Hand drückte, hatte er über das, was er für einen unschuldigen und nicht besonders ausgefallenen Scherz hielt, zunächst noch gelacht. »Ja, ja, der Spott der Studenten …« – »Das ist noch gar nichts«, hatte Raffaello Bardini, der Anführer der Bande, daraufhin zu ihm gesagt. »Sehen sie mal erst rein.« Und mit einer Hand hatte er ihm den Kohlkopf, der randvoll mit Scheiße war, ins Gesicht gedrückt. Der Minister hatte sich so gut es ging gereinigt und dann auf dem Absatz kehrtgemacht.

Seitdem sie begonnen hatte, sich gegen die aufgeblasene Würde ihrer Familie aufzulehnen, hatte Angelica dieses Pack frequentiert, das seine Abende bei Beppa verbrachte. Doch die Scherze waren immer übler geworden, und Angelica hatte mit Sorge der Vorbereitung eines animalischen Ereignisses beigewohnt, das in diese scheinbar harmlose Gaunerkomödie gemündet war. Bis Raffaello Bardini, der seit zwei Tagen sturzbesoffen war, eine Prostituierte mit einem Meißel erschlagen hatte. Nach Aussage der Anklage hatte er sich von dieser Frau zwei Jahre lang aushalten lassen. Die Gruppe war auseinandergefallen, und jeder, auch Angelica, hatte gemeint, in gewisser Weise an dem Verbrechen beteiligt gewesen zu sein. Damals waren die Flaschen mit dem Scandiano in den Keller gewandert; dieser Champagner für Arme wurde von keinem mehr geschätzt.

Seit einiger Zeit frequentierte Angelica La Beppa wieder, obwohl das Lokal sich seit damals sehr verändert hatte. Sie hatte den Pächter dazu gebracht, die alten Flaschen wieder hervorzuholen, die heroische Erinnerungen in ihr aufleben ließen. Denn kurz nach jenen Abenden bei La Beppa war sie mit dem Nichtsnutz von Bardini abgehauen, hatte ihr Erbe angetreten und dann den flüchtigen Glanz der folgenden Jahre genossen.

Guido hatte sich beim Abnagen des Knochens das Kinn mit Fett beschmiert. Er beugte den Kopf über den Teller wie ein ausgehungerter, streunender Hund. Giovancarlo beobachtete verstohlen lächelnd sowohl ihn als auch Angelica. Er fürchtete, daß die Diskussion sich neu entzünden könnte. Nach langem Schweigen machte er schließlich einen erneuten Versuch, ein Gespräch in Gang zu bringen.

»Vor zwei Jahren um diese Zeit waren wir in Ibiza, Guido und ich. Stimmt's, Guido?«

»Hmm«, meinte Guido.

»Wir haben uns dort am Strand mit einem Schriftsteller getroffen … Wie hieß er doch noch? Der Autor von diesen wunderbaren Erzählungen über die Jungen am Bahnhof … Erinnerst du dich an seinen Namen, Guido?«

»Nein.«

»Es ist ein ziemlich bedeutender Schriftsteller … Nicht wahr, Angelica?«

»Kann sein, ich weiß es nicht.«

»Covazzi hatte ihn uns vorgestellt, erinnerst du dich? Der Designer. Gefallen dir die Sachen von Covazzi, Angelica?«

»Ich hab keine Ahnung. In der letzten Zeit interessiere ich mich nicht sehr für Mode.«

»Ja gut, aber Covazzi ist einfach überall, du kannst ihn nicht übersehen. Er ist ein Freund von uns, nicht, Guido?«

»Gib mir zwanzig Millionen, und ich kümmere mich um Scalistri«, sagte Guido und hob brüsk den Kopf.

»Das darf doch nicht wahr sein!« Giovancarlo hob die Stimme und tat, als sei er der Verzweiflung nahe. »Wie kommt es nur, daß ich mich an den Namen dieses Schriftstellers nicht erinnern kann! So hilf mir doch, Guido ...«

»Sei still! Mit zwanzig Millionen Lire holen wir uns das Bild zurück.«

Guido starrte Angelica mit geröteten Augen an. Er hatte den Scandiano verschmäht und ganz allein eine Flasche Rotwein ausgetrunken.

»Und wer besitzt zwanzig Millionen?« Angelica wischte die Krümel vom Tischtuch. »Ich jedenfalls nicht.«

»Du willst mir doch nicht weismachen, daß du vollkommen auf dem trockenen sitzt. Was sind zwanzig Millionen?«

»Eine Kreation von Covazzi kostet mehr«, Giovancarlo versuchte das Gespräch in andere Bahnen zu lenken. »Für ein Abendkleid von Covazzi hat eine Freundin von mir ...«

»Deine Freundin kann uns gestohlen bleiben! Ich habe dich um den Gefallen gebeten, still zu sein. Über Geld sprechen wir später, eh, Angelica? Jetzt laß dir erst mal meinen Plan erklären.«

»Erklär mir, was du willst, aber ich habe keine zwanzig Millionen. Auch keine fünfzehn, auch keine zehn. Und wenn ich sie hätte, würde ich sie dir nicht geben.«

»Darüber reden wir später.« Guido sah sich um, dann

senkte er die Stimme und beugte sich über den Tisch zu Angelica. »Sieh mal, es ist doch ganz einfach. Scalistri hat dir gesagt, daß das Bild eine Fälschung ist, nicht? War jemand dabei, als er dir das sagte?«

»Meine Freundin Adele.« Angelica hatte schon beschlossen, ihren Anwalt von der Gegenwart einer Zeugin zu unterrichten.

»Perfekt! Die Tafel, die Scalistri in Händen hat, ist eine Fälschung. Und er ist im Begriff, die Amerikaner zu betrügen.«

»Ich habe dir schon gesagt, daß sie nicht gefälscht ist, daß Rozzi sie für echt hält.« Angelica gähnte, sie hatte den Eindruck, Guido sei vollkommen betrunken. »Ist das vielleicht dein Plan?«

»Das Bild, das er jetzt hat, ist echt. Aber wenn er dann eine Fälschung in Händen hält, was wird er sagen können? Worüber wird er sich beklagen können?«

»Du machst mich noch verrückt.« Angelica stützte den Kopf auf. »Was soll das heißen, er hält eine Fälschung in Händen? Wenn er doch die Tafel hat, wenn ich sie ihm doch gegeben habe! Und sie ist von Paolo Uccello, denn schließlich wollen sie sie ihm ja abkaufen … Mein Gott, mir dreht sich der Kopf, wenn ich daran denke … für zehn Milliarden!«

»Nun tu doch nicht so, als würdest du mich nicht verstehen …« Guido unterbrach sich, weil Roberto den Kaffee servierte. Er wartete, bis der Mann wieder gegangen war, und sprach dann schnell und mit glänzenden Augen weiter. »Wir sorgen dafür, daß er eine Fälschung kriegt. Wir nehmen ihm die echte Tafel weg und stellen ihm dafür eine gefälschte hin.«

Angelica sah sich um: noch zwei andere Tische waren besetzt, aber sie waren weit genug entfernt. Dennoch senkte auch sie die Stimme: »Das ist doch wohl ein Witz, oder? Ist das etwa das Projekt, von dem du gesprochen hast?«

»Was könnte Scalistri schon sagen. Denk mal drüber nach. Er hätte doch seine gerechte Strafe, oder?«

Angelica seufzte, lehnte sich auf ihrem Stuhl zurück und breitete die Arme aus. Dann berührte sie Giovancarlos Arm.

»Jetzt sag du mir, ob einer da nicht das Recht hat, wütend zu werden. Er verhindert, daß ich zu einem Anwalt gehe, weil er die Absicht hat, einen Diebstahl zu begehen. Hast du gehört, was dein Freund mir da vorschlägt?«

»Es ist kein Diebstahl. Es ist eine Rückerstattung. Kann man etwas als Diebstahl bezeichnen, das die Dinge wieder zurechtrückt, so wie sie von Anfang an hätten sein müssen? Erklär auch du es ihr, Giovancarlo.«

»Nun«, Giovancarlo wiegte den Kopf und warf Guido einen komplizenhaften Blick zu, »so ganz den Regeln entsprechend erscheint mir die Sache nicht … Nein, warte, Guido! Echauffier dich nicht gleich. Meiner Meinung nach hat Scalistri die ungesetzliche Situation hervorgerufen. Nun ginge es nur darum, sie zu korrigieren. Die falsche Fälschung von damals würde sich in eine echte Fälschung verwandeln … Das heißt, wenn ich richtig verstanden habe, die damalige Fälschung war in Wirklichkeit ein authentisches Bild … und du, Angelica, hast heute ein Recht darauf, daß die Fälschung von damals tatsächlich eine Fälschung war … O Gott, ich habe mich ein wenig verhaspelt. Ich wollte sagen …«

»Vergiß es«, fiel ihm Angelica ins Wort. »Wir haben verstanden. Wir reden nicht mehr drüber, in Ordnung, Guido? Die Frauenabteilung im Gefängnis von Sollicciano ist nicht der Ort, an dem ich alt werden möchte. Ich ziehe ein anständiges Altersheim vor.«

»Aber genau das ist der Punkt! Es gibt kein Risiko. Scalistri könnte noch nicht mal Anzeige erstatten. Es ist alles so einfach …«

Roberto brachte die Rechnung. Guido wartete schweigend, bis er sich wieder entfernt hatte. An ihrem Tisch herrschte eine Atmosphäre der Komplizenschaft, die sich auch auf Angelica übertragen hatte.

»Wenn Scalistri den Tausch bemerken wird, vorausgesetzt, daß er ihn bemerkt, bevor wir ihm davon erzählen, hält er besser den Mund. Wenn er sich an die Polizei wendet, kann er dabei nur verlieren.«

»Hör mal Guido, du spielst da ein albernes Spielchen ...«

»Mit der Operation, die mir vorschwebt, wird alles wieder an seinen Platz gerückt. Er hat doch damals gesagt, daß das Bild, das er von dir bekam, eine Fälschung wäre. Wie könnte er sich also erlauben zu behaupten, jemand habe ihm einen echten Paolo Uccello gestohlen? Dann müßte er doch zugeben, daß er dich damals übers Ohr gehauen hat. Und dann gibt es noch einen Grund, aus dem es für ihn besser wäre, zu schweigen und sich mit uns zu einigen, nachdem er von uns erfahren hat, daß wir das echte Bild haben. Ich kenne Scalistri. Du kennst ihn auch – der hat so viele Leichen im Keller, seitdem er mit der Großmutter zusammengearbeitet hat, daß es wirklich nicht gut für ihn wäre, mit einer Fälschungsgeschichte Aufmerksamkeit zu erregen. Ich weiß nicht, wieviel Museen der mit alten Schinken verseucht hat. Auch hier in Florenz gibt es ein kleines Museum, in dem mehr Fälschungen als echte Werke hängen, und die gefälschten hat alle Scalistri besorgt. Wenn die Geschichte ans Licht käme, wie er dich betrogen hat, würden die Amerikaner den Vertrag sofort annullieren. Und vielleicht würde auch noch der eine oder andere ehemalige Kunde wütend werden, obwohl dieser Schurke ja überaus geschützt ist. Ich kann dir sagen, wie es ausginge. Er käme mit eingezogenem Schwanz zu uns und würde uns vorschlagen zu teilen, um nicht ganz auf das Geschäft verzichten zu müssen. Und wir werden ihm zehn Prozent vorschlagen, schließlich hat er Rozzi die Zuschreibung an Paolo Uccello machen lassen. Verdient hat er schon was, auch wenn er ein alter Scheißkerl ist.«

Angelica sah Guido an, der ganz rot im Gesicht geworden war. Er schwitzte. Auf dem T-Shirt sah man zwei große Flecken unter den Achseln. An seinen sehnsüchtigen Augen, die durch den Wein glänzend geworden waren, erkannte sie, daß der glücklose Hausierer mit verzweifeltem Einsatz eine Partie gegen den großen, erfolgreichen Betrüger zu spielen gedachte.

»Ich seh ihn schon vor mir«, sagte Guido träumerisch, »wie er mit seinem riesigen Wanst schräg durch die Tür in deine Wohnung im Borgo de' Greci wankt und dir einen Handkuß gibt. Du wirst ihn wie eine echte Dame empfangen, nicht wahr, Angelica? Dann werfen wir ihm seine Prozente vor die Füße. Ich will sehen, wie er die Krümel vom Boden aufleckt, die du so anmutig vor ihm fallen läßt ...«

Angelica mußte wider Willen lächeln. Auch Giovancarlo lächelte, der Guido während seiner Rede bewundernd angestarrt hatte. Jetzt versuchte er, seinem Kindergesicht einen entschiedenen, männlichen Ausdruck zu verleihen.

»Natürlich gibt es dabei auch ein paar Probleme«, gab Guido zu, schob die Lippen vor und kniff nachdenklich die Augen zusammen. »Vor allem muß die Fälschung perfekt sein. Scalistri darf den Tausch erst so spät wie möglich bemerken. Noch besser wäre, er bemerkte ihn überhaupt nicht, bevor wir ihn darauf aufmerksam machen.«

»Wie gut, daß du auch ein paar Schwierigkeiten siehst«, seufzte Angelica, und es schien, als käme sie aus einem Traum zurück, den sie mit offenen Augen geträumt hatte. »Du hast dieses winzige Detail aus deinem Plan herausgehalten, daß nämlich er es ist, in dessen Besitz sich das echte Gemälde befindet.«

»Für irgendeinen Dahergelaufenen wäre das ein schwieriges Unternehmen. Für mich nicht. Ich weiß alles über Scalistri. Ich beobachte ihn bereits seit langem. Ich hatte schon einmal Gelegenheit, ihn bei einem bestimmten Anlaß zu studieren ...«

Guido brach ab und lächelte verlegen. »Es ist nichts geschehen, Angelica, du kannst ganz beruhigt sein. Ich bin für ihn ein unbeschriebenes Blatt. Er ist von einem pathologischen Geiz besessen. Er traut niemandem, nicht mal den Banken. Daher hat er das Stück bestimmt bei sich zu Hause, wie alles Wertvolle, was er besitzt. Er wohnt in einer einsamen Villa auf dem Land, die von außen aussieht wie nahezu unbewohnt, jedenfalls sehr vernachlässigt. Niemand, der das Haus nach den abgeblätterten Fensterläden, dem ungepflegten Garten und den nassen Flecken auf dem Putz beurteilt, käme auf die Idee, daß es unendliche Schätze birgt. Da drinnen verbringt er die meiste Zeit, eingegraben wie ein Fuchs in seinem Bau. Seine Geschäfte wickelt er brieflich ab, er ist also nur wenigen Leuten persönlich bekannt. Sein Telefon ist auf den Namen der Haushälterin angemeldet, und er besitzt einen Hund. Es ist kaum zu glauben, aber das ist sein ganzes Schutzsystem. Wir sollten unsere Informationen allerdings ein bißchen aktualisieren. Aber auch dafür habe ich eine Idee. Klar, daß wir natürlich einen Profi brauchen.«

»Nur, weil wir drüber reden, rein als Phantasie … wer wäre denn dieser Profi?« Angelica betrachtete die Rechnung und stellte fest, daß Roberto die Preise erhöht hatte.

»Weißt du, wo ich bis vor sieben Monaten gewesen bin?« Guido setzte die erfahrene Miene des Veteranen auf. »Und auch vorher schon … Ich war mehrmals dort. Und eine Sache lernt man da: Wenn dich jemand verarscht, mußt du reagieren. Sonst kannst du einpacken.«

»Wenn das so ist«, witzelte Angelica, »dann braucht ihr mit mir nicht zu rechnen. In meinem Alter habe ich keine Lust mehr, Nachhilfestunden im Gefängnis zu nehmen.«

»Ich habe meine Lehrzeit hinter mir. Da drinnen habe ich alle bekannten Spezialisten kennengelernt, ich wüßte schon, an wen ich mich zu wenden habe. Du weißt von nichts. Nicht mal einen Namen. Weder wie noch wann etwas passieren wird. Keinen direkten Kontakt. Das mache alles ich.«

Die Sache fing an, Angelica Spaß zu machen. Sie fühlte sich wie ein Kind, dem man erlaubt, an einem aufregenden, verbotenen Spiel teilzunehmen. Irgendwo anders hätte sie dieses Gespräch vielleicht schon seit geraumer Zeit abgebrochen. Hier aber spielten auch die Erinnerungen eine Rolle. Der Plan für eine ihrer Possen damals war auch immer so entstanden: der Ort wurde inspiziert, mögliche externe Mitarbeiter der Gruppe wurden vorgeschlagen, die Risiken abgewogen. Eigentlich hätte sie mit einem entrüsteten, endgültigen Nein die ganze Sache beenden sollen, aber der Kobold, den der Scandiano in ihr geweckt hatte, wollte das Spiel fortsetzen.

»Ich habe verstanden«, sagte sie. »Ich müßte dir grünes Licht geben und mich in Sicherheit bringen.«

Guido war ein Meister in der Kunst des Betrügens, doch er besaß auch ein gewisses Maß an psychologischem Einfühlungsvermögen. Er begriff, daß Angelica eine rein passive Rolle nicht reizte.

»Nein, nein, du mußt schon mitarbeiten.«

»Und was soll ich tun?«

»Du müßtest dich in Piccardas Archiv umsehen. Es geht um Fotos von dem Bild. Wir brauchen die Maße, Informationen über den Bildträger, und so weiter. Wir brauchen einen Experten, der die Arbeit des Fälschers begleitet. Du kennst die Tafel und weißt alles über das Florentiner Quattrocento. Und wir brauchen jemanden, der Scalistri aufsucht, *vor* dem Besuch des Spezialisten.«

»Und wozu?«

»Vor allem, um herauszukriegen, wo sich das Bild befindet. Ob er sich entschlossen hat, eine Alarmanlage einbauen zu lassen. Welcher Zugang zum Haus am leichtesten zu benutzen ist, etwas über die Haushälterin, den Hund. Und natürlich müssen wir wissen, wieviel Zeit wir noch haben. Wir müssen erfahren, an welchem Punkt die Verhandlungen mit den Amerikanern sind. Denn wenn das Bild kurz vor dem Abtransport nach Amerika steht, wenn es also jetzt bald verkauft wird, muß ich mir was anderes ausdenken.«

Angelica stand auf und drehte sich mit dem Rücken zum Tisch. Sie stellte sich vor das Fenster, das über die ganze Breite der Trattoria die alte Stadtmauer einrahmte. Das Gespräch war ihr zu verbindlich geworden. Sie hoffte, Guido würde begreifen, daß sie nicht bereit war, sich diese Verrücktheiten noch weiter anzuhören. Doch der stellte sich neben sie und fing wieder an zu flüstern, nachdem er ihr vertraulich eine Hand auf den Arm gelegt hatte. Er sagte, er habe einen ausgezeichneten Fälscher an der Hand, der in Florenz eine Art Legende sei. Alle aus der Sparte wüßten, daß er existierte, aber nur wenige Privilegierte hätten die Möglichkeit, sich seiner Mitarbeit zu versichern. Scalistri selbstverständlich (es hieß sogar, er habe ihn entdeckt), der eine oder andere Kunsthändler, der nur mit dem Ausland Geschäfte machte, und ein paar der bedeutendsten Antiquitätenhändler der Stadt. Alle zu diesem Kreis Gehörenden hüteten streng das Geheimnis seiner Identität. Doch vor kurzem war Guido in Kontakt mit einem Antiquitätenhändler aus der Via Maggio getreten. Der wiederum kannte den Fälscher und hatte ihm ein Werk in Auftrag gegeben. Über diesen Antiquitätenhändler würde es ihm gelingen, an ihn heranzukommen. Und er würde ihn davon überzeugen, bei dem Unternehmen mitzumachen. Er hatte die Absicht, ihn mit Prozenten am Gewinn zu locken. Was den Spezialisten betraf, der den Tausch vornehmen müßte, gäbe es überhaupt keine Probleme. Da hätte er nur die Qual der Wahl. Im Knast hätte er drei oder vier sehr zuverlässige und diskrete Profis kennengelernt.

»Gewiß«, Guido fixierte eindringlich Angelicas Profil, »ein minimales Budget brauche ich schon. Zumindest der

Fälscher wird eine Anzahlung verlangen. Er scheint ziemlich teuer zu sein.«

Angelica nickte mit einem Ausdruck von Ironie, sah ihm in die Augen und machte eine Geste, wie um zu besagen, daß damit das Gespräch beendet sei. Dann setzte sie sich wieder an den Tisch. Guido tat, als habe er nicht verstanden, und baute sich mit drängender, fragender Miene wieder vor ihr auf.

Giovancarlo saß etwas abseits. Er rauchte und blies den Qualm zur Decke. Er stellte Gleichgültigkeit zu Schau und schien beleidigt zu sein, als ob Angelica ihn durch ihr Aufstehen absichtlich vom Gespräch ausgeschlossen habe. »Nun«, sagte er, »habt ihr eure Beratung abgeschlossen?«

»Allerdings«, antwortete Angelica. Sie öffnete ihre Tasche und zog ihr Schminktäschchen heraus, um sich ein wenig frisch zu machen.

»Von wegen«, sagte Guido aggressiv. »Ein Detail ist noch zu klären.«

Angelica nahm die Rechnung mit zwei Fingern vom Tisch. »Was heißt hier klären, was heißt Details ... Wenn ich das hier bezahlt habe, bleibt mir noch genau so viel, daß ich mich eine Woche lang über Wasser halten kann.«

»Meinen Teil zahle ich«, sagte Giovancarlo.

»Vergiß es.« Angelica wühlte in ihrer Tasche. »Ich habe euch alle beide eingeladen.«

»Wenn du so blank bist, kann ich doch zahlen, oder?« Guidos Gesicht hatte sich verfinstert. »Hm ... Giovancarlo, glaubst du an diese große Misere von Angelica? Wenn man sie reden hört, meint man sie schon vor den Toren des Obdachlosenasyls in der Via della Chiesa angelangt zu sehen, und dann muß man feststellen, daß in ihrem Zimmer ein Füssli hängt.«

»Was hat der Füssli damit zu tun?« Angelica sah ihn an. Sie raste vor Wut.

»Du brauchtest ihn nur verkaufen. Dann hättest du

genug, um in Erwartung des Geldes der Amerikaner auf großem Fuße zu leben. Willst du wissen, wieviel der Antiquitätenhändler in der Via Maggio, von dem ich dir erzählte, mir dafür geboten hat?«

Plötzlich spürte Angelica, wie ihre Wangen anfingen zu brennen, und es lag nicht an der Hitze.

»Du hast dir erlaubt … eine Sache zum Kauf anzubieten, die mir … Aber das ist ja unerträglich! Ich …«

»Es war nur eine Umfrage, schlicht eine Umfrage«, beruhigte Guido sie mit einem gleichzeitig ironischen und boshaften Gesichtsausdruck. »Bestimmte Besessene zahlen Unsummen für ein solches Sujet …«

»Besessene? Was für Besessene?« Angelica erstickte fast vor Wut. »Es reicht nicht, daß du in meinem Zimmer herumspionierst, du wagst es auch noch …«

»Meine Güte, was für ein Getue! Und was heißt hier spionieren? Es hängt bestens sichtbar über dem Kopfende von deinem Bett. Nicht mal eine Madonna wird so aufgehängt. Auch Giovancarlo hat es gesehen. Jetzt leugne nicht, verdammter Heuchler! Also, ich muß schon sagen, eine Dame von einem gewissen Alter und aus guter Familie, die so 'n Zeug ständig vor Augen hat!«

»So 'n Zeug? Das ist ein signierter Füssli, ein Meisterwerk!«

»Füssli, Füssli … Ein schöner Schmierfink, dein Füssli! Von wegen Meisterwerk, ich habe einen nackten Typen gesehen, der mit einem unwahrscheinlich erigierten Glied auf einem Bett festgebunden ist.« Guido skandierte grinsend die Silben. »Und zwei Damen, diese allerdings nicht aus guter Familie, machen sich an ihm nach allen Regeln der Kunst zu schaffen. Eine hat sogar einen künstlichen Penis um die Hüften! Wofür brauchst du so was?«

Angelica war außer sich und stand auf. Auf der Suche nach ihrem Portemonnaie hantierte sie mit dem Schminktäschchen und den anderen Sachen in der Tasche herum.

Zum Schluß kippte sie einfach alles auf den Tisch. Wütend fischte sie das Gesuchte heraus und schmiß den Rest, wie es gerade kam, in die Tasche zurück. Für dieses dämliche Schamgefühl hätte sie sich ohrfeigen können. Die Zeichnung war ein Fetisch für sie. Sie hatte ihr in ihrem Zimmer den Ehrenplatz eingeräumt, vom gleichen Sarkasmus getrieben, der sie dazu brachte, die Klingelknöpfe für die Dienerschaft nicht zu entfernen. Und dieser Hund wagte es, sie mit einem passionierten Leser von Pornoheftchen über einen Kamm zu scheren. Jetzt war das Maß voll, er war zu weit gegangen. Sie warf das Geld für die Rechnung mit einer Geste auf den Tisch, die selbst ihr übertrieben vorkam.

Guido erkannte, daß er den Bogen überspannt hatte. »Entschuldige«, sagte er. »Ich bitte dich um Entschuldigung. Aber soll denn dieser verdammte Kerl das letzte Wort haben?« Dann schlug er grimmig mit dem Zeigefinger auf einen Teelöffel, der eine Kapriole drehte und in einer leeren Kaffeetasse landete. Angelica sah ihn bewundernd an. Guido war gut in solchen Spielchen, er war nicht nur geschickt mit Worten, er konnte auch Gegenstände wie ein Jahrmarktskünstler manipulieren.

»Versuch das noch mal«, forderte sie ihn lächelnd heraus. Dabei sagte sie sich: Wenn es ihm wieder gelingt, werde ich ihm bei dem Coup helfen.

Guido sah das Lächeln. Er stellte die Sachen sofort alle in die richtige Entfernung zueinander. Dann schnellte der Zeigefinger los. Der Löffel stand erneut in der Tasse. Angelica dachte an die langen Stunden im Gefängnis und war irgendwie gerührt.

Im Grunde hatte sie diese Zeichnung noch nie gemocht. Auch das würde eine Art Posse sein. Die Erinnerung, die vorhin in ihr wiederaufgelebt war, als sie mit Schwindelgefühl auf dem Bett gelegen hatte, hatte ihn ihr einen heftigen Groll gegen Scalistri hochkommen lassen, dessen Motiv ihr ausgesprochen unklar war. Ihn zu einer Übereinkunft zu zwingen, ihn zu demütigen, wie Guido gesagt hatte … Von wegen zehn Prozent. Für einen fast achtzigjährigen Alten wie Scalistri, mit seinem völlig verfetteten Blut in den Adern, wären fünf schon zuviel. Er würde noch nicht mal mehr die Zeit haben, diese fünfhundert Millionen Lire auszugeben. Angelica setzte sich wieder an den Tisch und sah aus dem Fenster.

Damals, als ihre Studentenclique bei La Beppa verkehrte, war das Lokal eine windschiefe Baracke inmitten eines Gemüsegartens gewesen. Heute war selbst der Garten von einem klotzigen Fertigbau in Besitz genommen, der innen mit Kunstholzpaneelen ausgekleidet und mit plissierten Lampenschirmen geschmückt war. Auf jedem Tisch standen Vasen mit Plastikblumen. Hinter dem Fenster erzitterten die Mauern, die sich vom Tor von San Miniato bis zum Forte Belvedere erstreckten, in der Vorahnung einer Belagerung. Der Himmel fiel unbeweglich und blau auf sie herab wie auf eine Steinplatte. Die reglosen Blätter an den Bäumen glichen kupfernen Friesen.

»Achtzig Millionen würde der Antiquitätenhändler aus der Via Maggio zahlen«, sagte Guido.

Angelica verdrängte die Vorahnung der Katastrophe.

»Soviel?«

5
Richter mit rotem Hut

Staatsanwalt und Verteidiger hatten sich verspätet. Als Lembi in den Raum mit der Aufschrift RICHTER-ANWÄLTE des Gefängnisses von Sollicciano trat, war dort nur der Beschuldigte. Ein Aufseher bewachte ihn durch die geöffnete Tür. Lembi setzte sich an den Tisch, Signorina Sartoni richtete sich hinter der Schreibmaschine ein. Der Raum war so eng, daß Lembi den Geruch der Desinfektionsmittel an den Kleidungsstücken des Gefangenen wahrnehmen konnte. Der saß ihm gegenüber und sah ihn abwesend an. Er schien fast zu schlafen. Er machte den Mund nicht auf, erwiderte noch nicht einmal andeutungsweise Lembis Gruß. Lembi begann die Zeitung zu lesen, und hin und wieder hob er die Augen, um den Burschen zu beobachten.

Schon seit langem unzufrieden mit den Unterlagen, die auf seinen Schreibtisch gelangten – Polizeiberichte, Verhörprotokolle, technische Erhebungen, dieser ganze Papierkram, der manchmal aus den Büroschränken quoll –, übte Lembi sich darin, eher die stummen Symptome der Umstände zu erfassen. Wenn man das Verhalten von Angeklagten und Zeugen studierte, konnte man seiner Meinung nach hin und wieder die Wahrheit von der Lüge unterscheiden. Gewiß, diese Methode konnte leicht zur Quelle von Vorurteilen ohne jeglichen dokumentierbaren Beweis werden. Doch war ihm noch nie ein Fehler unterlaufen. Es war ihm im Gegenteil sogar schon vorgekommen, daß die in den Papieren beurkundete Realität, die zu Beginn der Untersuchung in Widerspruch zu seinem eigenen, durch logische Argumente nicht erklärbaren Eindruck stand, sich am Ende, nachdem die Ermittlungen in aller gebührenden Form abgeschlossen waren, als falsch erwiesen hatte.

Der Beschuldigte kam ihm gleich wie ein armer Teufel vor, der auch nicht einen Schimmer von Intelligenz besaß. Der Ernst seiner Lage schien ihm überhaupt nicht bewußt zu sein. Er senkte den Kopf und verzog den Mund, dann hob er plötzlich die Augen zum Himmel und deutete ein Stöhnen an, als ob man ihm einen langweiligen Witz erzählen wollte. Er hatte nichts von jenen Häftlingen, die es gewöhnt sind, sich mit Richter wie mit Gefängnis zu messen, und, mit katzenhaftem Talent ausgestattet, auch noch nach längerer Isolation ganz unbefangen erscheinen und ziemlich klar im Kopf. Dieser hier hatte sich schon nach drei Tagen Haft in einen elenden Penner verwandelt, trotz seines gutgeschnittenen Anzugs. Einer seiner Wangenknochen war schwarz beschmiert, seine Fingernägel waren schmutzig, die Haare wirr und die Augen dunkel gerändert. Zwei Nächte auf der Pritsche hatten ihm gereicht – dem zerknitterten Zustand seines Anzugs nach zu urteilen hatte er bekleidet geschlafen –, um jegliche Würde zu verlieren. Er hätte die Verspätung nutzen können und in Abwesenheit der Vertreter der Anklage ein Gespräch mit dem Richter anfangen, ihn zumindest grüßen können, versuchen können, sein Wohlgefallen zu erregen. Statt dessen saß er teilnamslos und verloren da und belebte sich nur hin und wieder in einer Geste, die resignierte Langeweile auszudrücken schien. Jetzt zog er ein Taschentuch heraus, mit dem er sich müde übers Knie strich, um einen hellen Fleck von der Hose zu entfernen.

Eine halbe Stunde später erschienen Orlandi und der Verteidiger. Plaudernd betraten sie den Raum. Der Staatsanwalt suchte einen Haken, um seinen Hut daran aufzuhängen, einen von seinen läppischen Borsalinos. Da er keinen fand, behielt er ihn in der Hand. Bei dem Anwalt handelte es sich um einen Pflichtverteidiger. Das erkannte Lembi an der Tatsache, daß er den Häftling weder grüßte noch ihm zu verstehen gab, daß er ihn kannte: einer dieser jungen Männer am Anfang ihrer Karriere, die sich von den Staatsanwälten auf den Fluren der Gerichtsgebäude einen Moment vor der Verhandlung schnappen lassen und sich dann dazu hergeben, eine Verteidigung zu simulieren. Orlandi versuchte nicht einmal, seine Verspätung zu entschuldigen, obwohl Lembi einen sprechenden Blick auf seine Uhr geworfen hatte. Mit einem vielsagenden Lächeln, das der Richter nicht verstand, legte er einen unbeschrifteten Briefumschlag auf den Tisch. Lembi versuchte hineinzusehen, doch Orlandi beeilte sich zu sagen: »Nein, nein, das ist was Persönliches. Steck ihn in die Tasche, du kannst später reingucken.« Dann öffnete er seine Akte und hielt seinen Vortrag zu dem Fall, den er mit dem Antrag schloß, die Vorbeugehaft des Beschuldigten zu bestätigen.

Während der gesamten Dauer seines eiligen Vortrags schien der Häftling vor sich hin zu dösen, als ob Orlandi über jemand anderen redete.

Lembi war gezwungen, die Haft dieses armen Teufels zu bestätigen. Doch hatte er dabei das Gefühl, einen Fehler zu begehen. Der arme Kerl hatte sich absolut schlecht verteidigt, man könnte sogar sagen, er hatte sich überhaupt nicht verteidigt. In passiver Haltung und mit scheinbar entspannter Nachlässigkeit hatte er sich schon im voraus mit der Niederlage des Pflichtverteidigers abgefunden, der den Mund nicht aufgemacht hatte und sich darauf beschränkte, allein durch seine Gegenwart die Form zu wahren. Er ging so weit, sich dem Antrag des Staatsanwalts unterzuordnen, den Mann nicht aus der Haft zu entlassen. Nach Meinung Orlandis war die Vorbeugehaft durch einige schwerwiegende Indizien gerechtfertigt: an erster Stelle durch den Koffer, in dem einige Teile der Leiche verpackt worden waren. Die Polizei hatte festgestellt, daß er dem Beschuldigten gehörte. Außerdem hatte Bice, das heißt Euro Bencivenga, der ermordete Transvestit, schon seit langem mit dem Beschuldigten zusammengelebt. Er kam mit dem Geld, das er auf dem Strich verdiente, für die gemeinsame Wohnung, für Essen, Kleidung und Vergnügungen auf. Einige Nachbarn hatten sie streiten hören, und ein Makler, der in der Szene verkehrte, hatte der Polizei von Bices Absicht berichtet, aus dieser Beziehung auszusteigen, weil er das Zusammenleben mit Beppino im Laufe der Zeit leid geworden war. Er sei zu faul, vorzeitig gealtert und auch in sexueller Hinsicht nicht allzu brillant. Kurz gesagt, ein übersättigter, lustloser Ehemann, der nichts weiter tat als schlafen, übermäßig fressen, ins Kino gehen, ihm Geld aus der Tasche ziehen und sich zwischen Bar und Restaurant hin und her schleppen. An diesem Punkt schien Beppino für einen Moment zu erwachen. Er unterbrach Orlandis Vortrag: »Bice wollte mich verlassen? Bice?« Mit einem traurigen Lächeln hatte er den Kopf geschüttelt und war anschließend wieder in seinen lethargischen Zustand zurückgefallen. Dieser Satz hatte Lembi getroffen. Er war überrascht von dem Ton, mit dem der Mann den Namen »Bice« ausgesprochen hatte. Natürlich hätte er das niemals in seiner Urteilsbegründung erwähnen können, doch war es Lembi vorgekommen, als habe er Schmerz aus seiner Stimme herausgehört, Trauer, und nicht so sehr um das bequeme Leben, das zu Ende gegangen wäre, wenn Bice ihn verlassen hätte, sondern Trauer um ihn – oder sie –, um die Person Bice. Und aus der Art, wie der Name ausgesprochen worden war, hatte er auf eine Bindung zwischen den zwei Männern geschlossen, die von beiden ausgegangen war, also im Grunde Liebe. Und die stand im Widerspruch zur Perversität eines Verbrechens, aus dem nicht Haß, sondern die Entschlossenheit eines klaren Verstandes sprach.

Der andere Grund, aus dem der Staatsanwalt die Beibehaltung der Vorbeugehaft von Giuseppe Migliore, genannt Beppino, beantragt hatte, war Fluchtgefahr. Und diese Gefahr, dagegen gab es nichts einzuwenden, war bewiesen. In der Tat war Beppino, der nach eigener Aussage zu Besuch bei Verwandten in Neapel weilte, als Bice verschwand, sofort nach seiner Rückkehr nach Florenz und einem sehr kurzen Aufenthalt in der kleinen Wohnung, lediglich um einige unverzichtbare persönliche Gegenstände abzuholen, auf dem schnellsten Wege verschwunden. Er war auch nicht wieder in das komfortable kleine Landhaus zurückgegangen, das die beiden über fünf Jahre bewohnt hatten, sondern war seitdem von einer kleinen Pension zur nächsten gezogen, häufig die Anschrift wechselnd, wobei er es regelmäßig vergaß, seinen Namen ins Anwesenheitsregister einzutragen und die Rechnungen zu begleichen. Nach Ansicht der Anklage hatte er damit deutlich gemacht – obwohl er fast vier Monate lang die Stadt nicht verlassen hatte –, daß er seine Spuren verwischen wollte.

Eine Antwort des Beschuldigten jedoch beunruhigte das Gewissen des Richters. Beppino war seiner allgemeinen Passivität treu geblieben und hatte es vorgezogen, auch nicht die geringste Erklärung abzugeben. Doch hatte Lembi es für richtig befunden, ihn zu einem Punkt gleich zweimal zu befragen, da er beim ersten Mal keinerlei Reaktion gezeigt hatte. Er fragte ihn nach dem Grund für seinen verdächtigen Auszug aus der Wohnung.

»Da war so ein Geruch …«, antwortete Beppino. »Was für ein Geruch, wo?« fragte ihn der Richter. »Im Badezimmer … ein Geruch … wie in einer Metzgerei.«

Wenn der Mörder auch alles sehr sorgfältig gereinigt hatte, waren in den Fugen der Badezimmerkacheln dennoch Spuren einer Substanz gefunden worden, die nach eingehenden Untersuchungen als Blut identifiziert werden konnte. Ganz ähnliche Überreste hatten sich in den Abflußrohren festgesetzt, und die Ermittler hatten daraus geschlossen, daß die Zerstückelung der Leiche im Badezimmer erfolgt war, wobei der Mörder vor allem in der Wanne gearbeitet hatte. Denn eine große Menge geronnenes Blut hatte fast zur Verstopfung der Abflüsse geführt. Lembi, der auch hier wieder jene fast intuitive Aufmerksamkeit walten ließ, die ihn zu Schlußfolgerungen veranlaßte, die er selbst für unbrauchbar in einem Prozeß hielt, war betroffen vom eindeutigen Ausdruck des Ekels, der Beppinos Antwort begleitete. Es war bei der Verstopfung der Rohre ja andererseits nicht unwahrscheinlich, daß bei der Benutzung irgendeiner der sanitären Anlagen etwas sehr Ekliges aus dem Abfluß aufgetaucht war. Lembi jedenfalls hatte dieser Ausdruck des Grauens in Beppinos Gesicht beeindruckt. Es war, als ließe die Erinnerung ihn erbleichen; Beppinos Züge waren für einen Augenblick wie von einer weiblichen Schwäche gezeichnet gewesen. Und dieser weiche Ausdruck eines jungen Mädchens, das sich plötzlich einer häßlichen Kröte gegenübersieht, war dem Richter als ein zu starker Kontrast zu der kaltblütigen Grausamkeit erschienen, mit der eine menschliche Leiche und der Kadaver eines Hundes zerstückelt worden waren.

Das Fenster der Wohnung in der Via San Niccolò schlug heftig zu. Die Scheiben klirrten. Wind war aufgekommen. Lembi spürte einen warmen Luftzug am Hals. Er lag ausgestreckt vor dem ausgeschalteten Fernseher auf dem Sofa und hatte sich mittlerweile damit abgefunden, daß er nicht mehr einschlafen würde. Neben der stickigen Luft war es seine Unzufriedenheit und ein Unbehagen, wie von einem schlechten Gewissen, die ihn wach hielten. So beschloß er endgültig, daß es keinen Sinn mehr habe zu schlafen – immerhin war es sechs Uhr nachmittag. Er stand auf und sicherte das Fenster, das bei dem stärker werdenden Wind nicht aufhörte zu schlagen, mit einem Stuhl. Über der Lehne hing die Jacke, die er an diesem Morgen getragen hatte; der

Umschlag, den Orlandi ihm vor Beginn der Anhörung übergeben hatte, schaute aus einer Tasche hervor. Lembi nahm ihn und legte ihn auf den Schreibtisch. Der Raum, der ihm als Arbeits- und Wohnzimmer diente, war nicht sehr hell. Auf dieser Seite des Hauses lag die Wohnung nicht auf der gleichen Ebene wie auf der Eingangsseite in der Via San Niccolò. Das Fenster befand sich über einem Kellergeschoß, das einer Senke gegenüberlag. In dieser Art Graben, in den nie die Sonne hineinschien, hatte man ein Gärtchen angelegt. Hinter einem Lorbeerstrauch am Ende des Gartens lag der Hügel, der vom Piazzale Michelangelo gekrönt wird. Sein düsteres Grün, das hier und da vom Grau der Olivenbäume unterbrochen wurde, nahm dem Zimmer das Licht. Lembi schaltete die Schreibtischlampe an und öffnete den Briefumschlag.

»Das Zeug da wurde in der Wohnung des Transvestiten gefunden«, hatte Orlandi nach der Anhörung zu ihm gesagt, »es ist von keinerlei Interesse für die Ermittlung. Ein kleines Geschenk für dich.« Dann, beim Verlassen des Gefängnisraums, war der Staatsanwalt auf der Schwelle noch einmal stehengeblieben. »Übrigens, auch die Sache mit dem Hund wäre geklärt. Er gehörte dem Transvestiten. Das hat uns der Milchmann erzählt. Bice hatte ihn immer bei sich, er ließ ihn in seinem Bett schlafen. Er hat wahrscheinlich angefangen zu bellen, na und so weiter.«

Eine Visitenkarte glitt aus dem Umschlag: *daniele orlandi*, in winzigen, kursiv gesetzten Buchstaben von einem schönen Blau. Auf der Rückseite stand in kleiner, aber deutlicher Schrift: »Genieß deinen ›Verschleierten‹, mit und ohne Schleier. Herzlichst Dein Orlandi.« In dem Umschlag befanden sich vier Farbfotos und ein Durchschlag mit dem Briefkopf des Polizeilabors.

Drei der Fotos waren obszön. Ein dämlicher Scherz, vulgär und ohne Respekt für den armen Toten. Lembi war indigniert. Er las den Durchschlag: »Vier Fotos des besagten

Euro Bencivenga, genannt Bice, geboren in Vietri sul Mare, Salerno. Vollständigere Angaben befinden sich in den Akten. Fotos eins bis drei wurden in einem Nachtclub in Sankt Pauli in Hamburg aufgenommen, wo sich der Obengenannte vor einigen Jahren in pornographischen Darbietungen produziert hat. Foto Nummer vier: der Obengenannte selbst in normaler Kleidung. Für die Ermittlungen ohne Interesse.«

Im ersten Foto saß die Platinblonde breitbeinig auf einem Pyramidenstumpf, der von einem weißen Tuch bedeckt war. Sie trug eine dreifach um den Hals geschlungene Kette und in der linken Hand einen schwarzen Handschuh, mit der sie sich unter die volle und ein bißchen hängende linke Brust faßte. Mit der Rechten bedeckte sie auf eine Weise ihren Schambereich, die auf weibliche Genitalien schließen lassen sollte. Sie hatte den Kopf leicht nach hinten gebogen, den Mund halb geöffnet, und simulierte schmachtende Wollust.

Auf dem Foto Nummer zwei stand die gleiche Blondine auf einem runden Bett, fast versunken in eine helle Plüschdecke. Die Tapete hinter ihrem Rücken zeigte große dunkelrosa Blüten. Sie trug ein schwarzes Spitzenkorsett, das ihre Brüste unbedeckt ließ, einen Strumpfhalter, Netzstrümpfe, Lederstiefel, die bis zum Knie reichten, und hielt eine Peitsche in der Hand. Zwischen ihren Beinen lag in lasziver Pose ein nackter Junge mit steifem Glied und sah finster zu ihr auf.

Auf dem dritten Foto zeigte dieser Jüngling einen entspannteren Gesichtsausdruck. Abgesehen von einem Tirolerhut mit Pinsel war er nackt. Er lag ausgestreckt auf einer Wiese, die ebenfalls aus Plüsch bestand und von Margeriten aufgelockert wurde. Im Hintergrund war ein romantisches deutsches Landhaus zu sehen mit hölzernen Balkonen, geschnitzten Herzchen in den Fensterläden und Geranientöpfen davor. Neben dem Jungen im Vordergrund kniete die Blonde, nur mit einer strohgelben Perücke mit Zöpfen bekleidet. Man sah sie von hinten, doch hatte sie den Kopf mit den Zöpfen dem Objektiv der Kamera zugewandt und beugte sich gerade lächelnd, mit geöffnetem Mund, über den Körper des Jungen.

Lembi war drauf und dran, alles in den Papierkorb zu werfen, als das vierte Foto seine Aufmerksamkeit erregte, das er bis dahin nur eines flüchtigen Blickes gewürdigt hatte. Doch er mußte es neben die drei anderen halten, um sicherzugehen, daß es sich tatsächlich um jenes selbe Mädchen handelte, das im Nightclub in Sankt Pauli aufgenommen worden war. Es war von kleinerem Format, rechteckig und länglich, und das Porträt so keusch und ernst wie eine Daguerreotypie, die ein Mädchen aus gutem Hause im vorigen Jahrhundert ihrem Verlobten als Treuepfand überlassen hätte. Die hellbraunen Haare zu einem würdevollen Knoten aufgesteckt, hatte Bice eine klassische Pose eingenommen. Die Hände waren im Schoß gefaltet über einem kostbaren, mit Arabesken geschmückten Kleid von altertümlichem Schnitt, mit einem kleinen, viereckigen Halsausschnitt. Lembi sah das Mädchen lange an, es erinnerte ihn an ein Bild, das er schon einmal gesehen hatte. Sein Ausdruck war der brutalen, zur Schau gestellten Sinnlichkeit, die Bice in den anderen Fotos zeigte, diametral entgegengesetzt. Das sanfte, auf zweideutige Weise feminine Lächeln, dessen Zweideutigkeit aber weder selbstgefällig noch aggressiv war, erinnerte Lembi an einen Engel, den Leonardo als junger Lehrling in der Werkstatt des Verrocchio gemalt hatte. Und der Eindruck, dieses Bild schon einmal gesehen zu haben, erhärtete sich.

Dann bemerkte er den Hund. Man sah ihn nicht sofort, denn er war winzig und von einer so seltsamen Rasse, daß er sich kaum von den phantasievollen Arabesken des Kleiderstoffs abhob. Das Tierchen hatte ein Haarbüschel auf dem Kopf, der übrige Körper war dagegen völlig kahl: nur an der Schnauze, den Pfoten und dem Schwanz erkannte man den Hund, der Rest hätte ebensogut eine große Ratte sein können oder irgendein Phantasietier, ein mythologisches Monsterchen. Bice hielt es in ihren im Schoß gefalteten Händen. Lembi hob den Blick.

Wieder schlug das Fenster zu. Ein Regenguß brachte erfrischende Kühle in den Raum. Da war er, pünktlich wie immer, der tägliche Regenschauer. Lembi stellte sich ans Fenster, die Lorbeersträucher bogen sich im Wind. Die Luft war grau. Gleich würde es wieder aufhören. Doch es hörte nicht auf. Es regnete weiter. Nach einigen heftigen Böen fiel der Regen jetzt dauerhaft und gleichmäßig. Von den Blättern troff das Wasser, im Garten hatte sich eine große Lache gebildet, der Hügel verströmte den Geruch von nassem Staub.

Am Tag zuvor war die Temperatur bis auf siebenunddreißig Grad gestiegen, die Fiebergrenze. Lembi verspürte den Wunsch, die Wohnung zu verlassen und nach so vielen Tagen der Dürre das Wasser zu genießen. Er ging in den Flur und suchte seinen Regenschirm – er war verschwunden. Er hatte ihn schon wieder im Büro vergessen, vielleicht schon im Frühling. Hüte konnte er nicht ausstehen. Aber ein Freund mit Sinn für Humor hatte ihm von einer Reise in die Vereinigten Staaten als Souvenir eine flammendrote Baseballkappe mitgebracht, die wie eine Trophäe auf dem Kleiderständer thronte. Für einen Spaziergang in der Umgebung tat die es auch. Er setzte sie auf und schob sie ein wenig nach hinten, damit der extrem lange Schirm ihm nicht die Sicht versperrte.

Auf dem Lungarno Serristori, der Uferstraße, waren nur wenige Autos unterwegs. Sie fuhren mit einer solchen Geschwindigkeit, daß ihre Reifen auf dem nassen Asphalt quietschten. Es regnete immer heftiger, und aus dem ausgetrockneten Bett des Arno stieg der Gestank der verstopften

Abflüsse hoch, durch die das Wasser nun in den Fluß zurückströmte. Lembi stellte sich unter das Denkmal auf der Piazza Demidoff. Als der Regen ein wenig nachzulassen schien, überquerte er den Platz im Laufschritt. Er ging in die Bar Amici Miei und bestellte einen Kaffee mit Brandy. Der Barmann betrachtete lächelnd seine Kappe und meinte: »Sie sind wohl heute gut gelaunt, Dottore?« Lembi begriff nicht, dann fiel ihm plötzlich dieses lächerliche Ding auf seinem Kopf ein. Er nahm die Kappe ab und schlug die Regentropfen herunter. »So Gott will, ist jetzt endlich das Wasser gekommen«, fügte der Barmann hinzu. »Das erfrischt. Es wurde auch Zeit.«

Lembi ging zur Tür: es regnete immer noch, aber nur leicht, fast wie ein herbstlicher Regen. Er verließ die Bar und gelangte über die Via dell'Olmo zur Porta di San Miniato. Hier war die Stadt noch intakt, ohne die Eingriffe moderner Architektur. Diese Ecke von Florenz mochte Lembi. Er wollte das Gäßchen einschlagen, das unterhalb der Mauer zum Forte Belvedere ansteigt. Doch wurde der Regen wieder stärker, und es kam ihm albern vor, das rote Hütchen wieder aufzusetzen. So stellte er sich im Eingang eines der letzten Palazzi vor der Mauer unter. Aus dem Schatten sah er den Regen leicht wie Staub herunterrieseln. Eine ganze Katzenkolonie hatte den Hauseingang besetzt: mehr als zehn warteten hier in aller Ruhe das Ende des Schauers ab. Ein weißes, sehr elegantes und schmächtiges Kätzchen strich ihm mit erhobenem Schwanz um die Beine. Lembi mußte an das keusche Foto von Euro Bencivenga, genannt Bice, denken.

Es hatte es schon einmal irgendwo gesehen, und auch dieses seltsame Hündchen, das sie im Arm hielt, war ihm nicht neu. Sein Eindruck von vorhin kehrte zurück, und stärker noch. Es war nicht mehr nur ein Eindruck, Lembi war sich jetzt vollkommen sicher, dieses Gesicht mit seiner gewinnenden Sanftheit, diese feierliche Pose, diese verhaltene, gewundene Bewegung des Oberkörpers, dieses Renaissancekleid schon einmal gesehen zu haben. Es war ein Gemälde, das Bild eines Meisters.

Lembi hatte, nachdem er seine ersten beruflichen Erfahrungen in Mailand gemacht hatte, darum gebeten, nach Florenz versetzt zu werden, vor allem, weil er in der Nähe der Meisterwerke der Kunst leben wollte. Er liebte die Malerei, er hielt sie für die wenigen Dinge auf der Welt, für die es sich lohnte, dieses schmutzige Leben zu ertragen. Außerdem hatte er ein außergewöhnliches Gedächtnis für Bilder. Die gestelzte Prosa der Juristen ertrug er nicht, und häufig waren die Formeln der Gesetzbücher seinem Kopf entfallen; was Namen und Telefonnummern betraf, selbst solche, die er schon mehrere hundert Mal gewählt hatte – sie verloren sich in seinem Kopf wie Strohhalme in der Strömung. Aber Bilder, vor allem die der Gemälde, die er gesehen und geliebt hatte, und davon gab es unendlich viele, blieben in seinen Gehirnzellen eingraviert wie auf der Festplatte eines Computers. Er besaß ein kleines Archiv von Büchern, Kunstkatalogen, Fotografien und diese Postkarten, die man in den Museen kauft. Er kehrte nach Hause zurück, er konnte es kaum erwarten, sie zu konsultieren.

6
Schloß auf dem Hügel

Das Museum La Specola liegt am Anfang der Via Romana. Früher hieß dieser Teil der Straße Via della Buca. La Buca, das Loch, war ein Hospiz für verarmte Kranke. Wer nichts mehr hatte, dem blieb nur noch, sich »ins Loch« zu begeben.

Lembi ist zu früh gekommen und steigt die Treppen zum Museum hoch, einem der wenigen in der Stadt, das er noch nicht gesehen hat. Eilig durchquert er die Säle mit den Dioramen, den Schwämmen, den Mollusken, den Ringelwürmern, den Stachelhäutern, den somalischen Paarhufern. Er hält kurz im Saal mit den Insekten, um sich inmitten einer Wolke von kleinen Schmetterlingen einige Exemplare der »Acherontia atropos« anzusehen. Das Kleid des »Totenkopfes« führt Lembi zu den düsteren Gedanken an die Ermittlung zurück.

Im Saal der Säugetiere liegen die Kinder einer Ferienkolonie ausgestreckt auf den Fußbodenfliesen und kritzeln mit Buntstiften in ihren Malbüchern herum. Ein kleines Mädchen weint, weil es ihr nicht gelingt, einen Eisbären zu malen: zu schwer, meint sie. Lembi sucht vergeblich nach Hunden, nicht mal Hauskatzen gibt es, nur Wildkatzen. Hier sind ausschließlich wilde ausgestopfte Tiere zu sehen, einige davon äußerst seltene Exemplare. Nach den Vögeln in ihren Volieren kommen die Reptilien in ihren mit Formalin gefüllten Gläsern; sie lassen an die Vorratskammer eines Kochs mit etwas ausgefallenem Geschmack denken. Hat man dann schließlich den aufgerissenen Schlund eines fünf Meter langen Tigerhais hinter sich gelassen, gelangt man in die Wachsfigurenabteilung.

Leinenvorhänge dämpfen das Mittagslicht und trüben den Glanz der Atlasseide, auf der die anatomischen Wachsmodelle ausgestellt sind. Gedämpft erscheint hinter ihren verstaubten Urnengläsern auch die phantastische Sinfonie der *Auflösung der Körper*, zu der sich der große Wachsbildner Gaetano Zumbo von der Neapolitanischen Pest im siebzehnten Jahrhundert hat inspirieren lassen. Eine Maus ist die einzige Überlebende in der sie umgebenden Endzeitstimmung. Sie sitzt auf dem Brustbein eines jungen Neapolitaners, dessen letztes Aufbäumen gegen den Tod gleichwohl seine schönen Haare und das gepflegte Bärtchen nicht zerwühlt hat. Selbst die Kakerlake auf dem aufgedunsenen Bauch des Neugeborenen neben dem Jüngling liegt mit ausgestreckten Beinen tot auf dem Rücken. Im Saal nebenan schwatzt eine andere Gruppe von Kindern auf Exkursion. Ein kleines Mädchen steht vor der Urne mit der jungen Frau, die so weiß und glatt wie eine Nürnberger Puppe ist, und hält sich die Augen zu. Die echten, tiefschwarzen Haare reichen der Figur bis zum Po. Man kann die wächserne Tote auseinandernehmen – weg mit den Därmen, darunter findet man den Uterus, weg mit der Uteruswand, darunter liegt der Fötus im dritten Monat, mit rundem Kopf und Froschaugen.

Lembi sah auf die Uhr und stellte fest, daß er seine Verabredung vergessen hatte. Hastig lief er die Treppen hinunter. Er hatte sich schon eine Viertelstunde verspätet, und Evelina Ciufolotti mochte keine Verspätungen. Auf der zweiten Etage des Museums bog er in den Flur ein, auf dem sich das Labor des Zoologischen Instituts befand, und blieb in einer geöffneten Tür stehen.

»Na, wie geht's?« fragte er.

Evelina schob ihre Gramsci-Brille auf die Stirn, tippte sie dann kurz mit dem Zeigefinger an, so daß sie auf die Nase zurückfiel. Dann senkte sie den Kopf erneut über das kleine

Blutbad in der Schale vor ihr. Doch Lembi hatte genau gesehen, wie ihre Augen für einen Moment aufleuchteten.

»Also, wie geht es dir?«

»Wie vor einem Monat.« Evelina arbeitete weiter mit ihrem Seziermesser.

»Ich hatte einen Haufen Arbeit«, sagte Lembi.

»Ich auch. Auch in diesem Moment. Das Skelett aus einem Uromastix princeps herauszuholen ist eine Sauarbeit. Im achtzehnten Jahrhundert hätten sie ihn ausgestopft, die Haut bietet sich dafür an. Heute aber muß ich ihn kaputtmachen: wir haben hier im Institut nicht mal mehr einen Präparator ... Ich hatte schon gedacht, du würdest dich überhaupt nicht mehr blicken lassen. Als du gestern anriefst, hat mich beinahe der Schlag getroffen.«

Um das Thema zu wechseln, deutete Lembi auf ein leeres Terrarium, das zwischen dem Waschbecken und einem Regal mit in Formalin eingelegten Mollusken stand.

»Und Guendalina?« fragte er.

»Sie ist mal wieder abgehauen.«

Guendalina war eine lebende Boa, ein fast ein Meter langes Weibchen, das in der Regel im Terrarium lebte. Evelina konnte es allerdings nicht leiden, daß Tiere eingesperrt wurden, und solange sich keiner beklagte, ließ sie das Terrarium offen. Hin und wieder profitierte Guendalina davon, um ein bißchen auf Mäusejagd zu gehen.

»Und wo ist sie jetzt?« Lembi sah sich besorgt um.

»Keine Ahnung ... Irgendwo da hinten, denke ich.« Evelina warf einen boshaften Blick in Richtung der Regale, der Gläser, des Tisches mit dem Mikroskop. »Früher oder später wird sie schon wieder zum Vorschein kommen. Nun, was verschafft mir die Ehre?«

»Ich wollte wissen, wie es dir geht ... Ich wollte dich einfach mal wieder sehen«, log Lembi. Dann dachte er, daß er ja vielleicht gar nicht log, daß es im Grunde tatsächlich seine Absicht gewesen war, sich mit ihr zu treffen, und daß die beiden Bilder, das Foto von Bice und die Reproduktion des Gemäldes, eher ein Vorwand waren.

Lembi war fünfundvierzig Jahre alt, und Evelina fünfunddreißig. Genau zehn Jahre Unterschied, beide waren im Dezember geboren. Sie hatten sich zum ersten Mal im Gericht gesehen. Ihm als Richter unterstand ein Ermittlungsverfahren, in dem es um Terrorismus ging. Er hatte sie als Zeugin im Zusammenhang mit einer Gruppe von Jugendlichen verhört, von denen einige das Institut besuchten, in dem sie damals Assistentin war. Aktionen mit anarchistischem Hintergrund hatten hier und da in der Toskana für ein bißchen Aufregung gesorgt. Aber sie wußte natürlich von nichts. Und wenn der Richter ein anderer als Lembi gewesen wäre, einer, der eindeutige Beweise verlangt hätte und sich nicht mit weniger zufriedengab, hätte sich Evelina eine Klage wegen falscher Zeugenaussage einhandeln können. Doch sie war über jeden Verdacht erhaben geblieben.

Drei Jahre später, der Prozeß war mittlerweile abgeschlossen, begegneten sie sich erneut im Gerichtsgebäude; Evelina hatte sich dort ein Dokument ausstellen lassen. Sie grüßte ihn und lächelte mit wohlwollender Ironie, als seien sie von einer abenteuerlichen Reise zurück, bei der sie gemeinsam recht Ungewöhnliches überstanden hatten.

Während sie dann nebeneinander in der Bar saßen und einen Kaffee tranken – das war im Sommer vor zwei Jahren gewesen –, hatte Lembi eine kleine Brust gesehen, klar und nackt im Schatten der ausgeschnittenen Bluse, so einladend wie eine Frucht an einem belaubten Ast. Mit einem schelmischen Lächeln hatte sie sich über seine starren Augen amüsiert, die sich keinen Millimeter von der Stelle bewegten.

So hatte es angefangen und war es weitergegangen, in der Unbefangenheit einer Freundschaft eher als mit den Komplikationen einer Liebesbeziehung. Evelina stellte ihr nicht näher definiertes anarchistisches Ideal auf die Probe, indem sie sich heldenhaft auf feindliches Gelände begab, jedoch immer darauf bedacht, nicht in Gefangenschaft zu geraten.

Oft verging sehr viel Zeit, während der sie sich nicht sahen, und Lembi rief sie dann auch nicht an. Wenn sie zusammensein wollten, trafen sie sich auf neutralem Gebiet. Er sprach von der Kunst, und sie von Tieren, von ihrem Museum, von den in Abständen durchgeführten Expeditionen in den Nordosten Somalias, die das Nationale Forschungszentrum des Zoologischen Museums durchführte und an denen sie teilnahm. Und über Hunde, für die sie eine nicht nur professionell bedingte Leidenschaft hegte. Solche Unterhaltungen belebte zuweilen Guendalina mit ihren Fluchtversuchen.

Nachdem er erfolglos sein ganzes Archiv durchsucht hatte, war Lembi zwei Tage lang durch die einschlägigen Bibliotheken gelaufen. Anfangs hatte er sich auf Leonardo orientiert und unter seinen berühmten Gemälden gesucht, danach unter den Zeichnungen und Skizzen. Doch erst als er sich den Malern aus dem Kreis um Leonardo zugewandt hatte, hatte er endlich in einer antiquarischen Buchhandlung in der Via Ricasoli die gesuchte Reproduktion entdeckt: Die *Dame mit dem Hund* von Boltraffio, Oxford, Ashmolean Museum. Sein Gedächtnis hatte ihn nicht betrogen. Die beiden Bilder glichen einander auf beeindruckende Weise. Die wahrscheinlichste Hypothese war nach Lembis Ansicht diese: Der Fotograf war von Bices Ähnlichkeit mit der Dame des Boltraffio, die so außergewöhnlich wie unglaublich war, so frappiert, daß er es einem bekannten englischen Fotografen nachtun wollte, dessen auf der ganzen Welt verbreitete Fotos die Wiedergabe berühmter Werke der Vergangenheit anhand lebender Modelle zeigten. Auf welche Weise diese Hypothese mit dem Verbrechen in Zusammenhang stehen konnte, war ihm unklar. Doch mußte es eine Verbindung geben; beide Ereignisse begegneten sich vielleicht nicht nur im Rahmen ihrer Außergewöhnlichkeit, es gab bestimmt noch einen anderen, unbekannten Berührungspunkt. Mehr über das Tier zu erfahren, das Bice auf dem Foto und die Dame auf dem Bild auf die gleiche Weise im Arm hielten, könnte also für die Lösung des Rätsels von Nutzen sein. War es wirklich ein Hund? Wenn ja, warum hatte Boltraffio dann aus den vielen existierenden Rassen gerade eine solch monströse ausgewählt? Lembi wußte, daß die Maler der Renaissance häufig schwer durchschaubare Allegorien und Symbole in ihren Bildern verwendeten, und er spielte mit der Vorstellung, daß sich in einer möglichen verborgenen Bedeutung des Bildes die Erklärung für das Verbrechen finden lassen könnte. Und Evelina wußte alles über Hunderassen.

Lembi war im Begriff, die Reproduktion und das Foto aus der Tasche zu holen, dann überlegte er es sich anders und griff statt dessen nach dem Päckchen mit den Zigaretten. Er zündete sich eine an. Er konnte nicht sofort mit der Tür ins Haus fallen. Es war nicht richtig, sie zu enttäuschen und ihr zu zeigen, daß sein Besuch diesmal mit seiner Arbeit zusammenhing. Abgesehen davon, daß es ja auch nur zum Teil stimmte.

Evelina hantierte weiterhin mit dem blutigen Brei des Uromastix herum. Sie hatte ihre sehr langen Haare hochgesteckt, doch eine Strähne fiel seitlich bis über ihren weißen Kittel, auf dem ein paar winzige Blutspritzer zu sehen waren.

»Gehen wir zusammen essen?« fragte Lembi.

Evelina ließ ihre kleinen Brillengläser in seine Richtung funkeln. Das machte ihn nervös. »Eigentlich hatte ich vor, im Institut zu bleiben«, antwortete sie. »Wie spät ist es?«

»Viertel vor eins.«

»Was für ein hübsches Exemplar von einem Richter. Du

kommst hier an, nachdem du dich einen Monat lang nicht gerührt hast, und … ›Essen wir zusammen?‹«

»Wir könnten nach Sammezzano fahren, wenn du Lust hast. Hast du den Wagen dabei?« Lembi besaß kein Auto, er hatte noch nicht mal einen Führerschein.

»Ja, mein Herr, ich habe sogar den Wagen dabei. Aber um vier muß ich wieder hier sein, bevor die Putzfrauen kommen. Die wären in der Lage, die ganzen Sachen hier wegzuschmeißen.« Evelina warf das Seziermesser in die Schale. Es machte ein klirrendes Geräusch.

»Das schaffen wir«, meinte Lembi.

Evelina zog den Kittel aus. Ihre Jeans saßen ziemlich eng am Oberschenkel und in der Leiste.

Das wächserne Mädchen mit dem kleinen Fötus im Schoß trat aus dem hellen Satin der Vorhänge heraus. Hinter ihrem Rücken tauchte eine riesige Libanonzeder auf, als der Vorhang sich im Wind blähte. Evelina, ein dannunzianisches Wesen, noch nackt, trat vom Fenster zurück und kam auf ihn zu, wobei sie nach und nach die Kleider aufsammelte, die sie beide auf dem Weg zum Bett über den Boden verstreut hatten. Schmal, mit milchiger Haut, aber pechschwarzen Haaren und Augen, deren Schwärze durch den Lidstrich noch hervorgehoben wurde, bewegte sie sich rhythmisch, mit dem schmachtenden Blick einer Stummfilmdiva. Sie warf das ganze Kleiderbündel auf die Bettdecke aus dunkelgelbem Atlasstoff und kniete sich neben den noch im Halbschlaf liegenden Lembi.

Das Bett knarrte, und es besaß einen Baldachin. Aber der war unecht, wie auch alle anderen Möbel im Castello di Sammezzano, die den Stil des spanischen siebzehnten Jahrhunderts imitierten. Das ganze Schloß war unecht. Doch Lembi mochte es. Die Vorstellung, daß es zu Beginn dieses Jahrhunderts im Kopf eines steinreichen Verrückten geboren war, amüsierte ihn. Der hatte sich überlegt, auf einem Hügel über einer Arnoschleife hinter Pontassieve eine Kopie der Alhambra in Granada zu errichten. Jahrelang hatte er ein Heer von Maurern, Anstreichern und Stukkateuren bezahlt, die sich in ungefähr vierzig Sälen damit vergnügt hatten, den Gips so zu übermalen, daß er sich in Marmor, Holz oder Onyx verwandelte. Hier und da hatten sie farbige Fenster eingesetzt, die schimmerten wie Smaragde, Rubine oder Topase. Dabei war statt der Alhambra das Bühnenbild für einen jener Hollywoodfilme herausgekommen, wie sie fünfzig Jahre später produziert werden sollten. Jetzt diente diese Schöpfung als Restaurant und Hotel und wurde gern von Paaren mit außerehelichen Beziehungen aufgesucht. Die Küche bot nichts Besonderes, und so hatte Lembi sich am Wein gütlich getan. Er hatte zuviel getrunken, und auch, was danach kam, hatte ihn ermattet. Er war eingeschlafen und wußte nicht, wie lange er schon so gelegen hatte.

»Aufwachen, Richter, es ist fast vier. Ich habe eine Verabredung mit der somalischen Eidechse.«

»Warte einen Moment.«

Lembi zog sie zu sich; noch kniend schmiegte sie sich an ihn. Während sie sich liebten, rollten sie über ihre auf dem Bett verteilten Kleider.

Danach, er rauchte gerade eine Zigarette, sah Evelina die Reproduktion des Gemäldes von Boltraffio und das Foto von Bice, die aus seiner Jackentasche gerutscht waren. Sie saß mit übereinandergeschlagenen Beinen auf dem Bett und hielt sich beide Bilder nah vor die Augen.

»Und wer ist das? Die zweite Verlobte des Richters?«

»Nein«, sagte Lembi und nahm ihr das Foto von Bice aus der Hand. »Das ist ein Transvestit, der ermordet wurde. Ein Fall, mit dem ich zu tun habe. Übrigens, ich wollte dich auch fragen, was das hier für eine Rasse ist.«

»Es ist ein sehr kostbares Tier. Ein mexikanischer Nackthund.« Evelina nahm das Foto wieder in die Hand und verglich es mit der Gemäldereproduktion.

»Ein mexikanischer?«

»Er kommt ursprünglich aus Mexiko. Als Hund ist er ein Alptraum, ohne ein Haar, abgesehen vom Kopf.«

»Und wie ist es möglich, daß er aus Mexiko stammt?« Lembi stand hinter ihr und deutete auf die Reproduktion. »Dieses Bild hat Boltraffio gemalt, ein Künstler, der 1516 gestorben ist. Amerika wurde 1492 erst entdeckt ...«

»Das ist unmöglich.« Evelina tippte mit dem Finger auf die Reproduktion. »Der Autor dieses Gemäldes kann nicht Boltraffio sein. Der mexikanische Nackthund wurde erst im siebzehnten Jahrhundert nach Europa eingeführt.«

»Bist du sicher?«

»Vorsicht, das könnte ich dir übelnehmen. Schließlich weiß ich alles über Hunde.«

»Dieser Cinzio«, erzählte Evelina, als sie auf dem Rückweg nach Florenz durch den Park des Schlosses fuhren, »pendelte zwischen dem Armenhospiz und der Werkstatt für Wachsplastiken hin und her. In einem Korb trug er die Leichenteile, die für die Gipsabdrücke gebraucht wurden. Später brachte er sie dann zu einem christlichen Begräbnis auf den Friedhof. Er machte eine Eingabe an den Großherzog Leopoldo für einen wasserundurchlässigen Hut, einen Regenmantel und ein Paar Galoschen. Der arme Kerl konnte sich auf seinem Weg nirgends unterstellen, wenn es regnete. In den Läden und Weinkneipen wollte ihn mit seinem unheilvollen Bündel nämlich kein Mensch haben. Wer weiß, ob ihm der Großherzog diesen Regenmantel genehmigt hat. Schon damals hielten sie bei der Specola ihre Angestellten kurz. Allerdings kein Vergleich zu heute.«

»Würdest du mir einen Gefallen tun?« fragte Lembi. »Kennst du jemandem aus Transvestitenkreisen?«

Evelina war eine Frau, die auf alles neugierig war, und sie frequentierte die unterschiedlichsten Leute. Nicht wie Lembi, der zurückgezogen in seiner Wohnung in San Niccolò lebte, von den seltenen erotischen Festen abgesehen, die er mit ihr in Sammezzano feierte.

Evelina schwamm in der Stadt wie ein Fisch im Wasser. Sie nahm an Immigrantenkongressen teil, interessierte sich für Haftanstalten, eine Zeitlang hatte sie sogar die Aktivitäten der Italienischen Transsexuellenbewegung verfolgt.

»Ja, ich habe bei einer Diskussion einmal einen neapolitanischen Transvestiten kennengelernt. Warum?« Evelina lächelte und warf ihm einen tückischen Blick zu.

»Könntest du mich nicht mit ihm bekannt machen?«

»Oh!« Evelina gab sich entsetzt. »Was ist los mit dir, Richter?«

»Mach keine Scherze, hier geht es um Arbeit. Ich müßte ihn nach ein paar Dingen fragen, die mit dieser ermordeten Person zusammenhängen, der mit dem nackten Hund. Sie kennen sich doch alle untereinander, sie gehen in die gleichen Restaurants, in die gleichen Nachtlokale ...«

»Negativ, Richter.« Evelina schüttelte die Masse ihrer Haare. »Dazu habe ich keine Lust.«

»Warum nicht?«

»Sag die Wahrheit, deswegen bist du heute zu mir gekommen. Wegen diesem Hund, stimmt's?«

»Aber nein. Doch wenn du mich mit dem Mann in Kontakt bringen könntest ...«

»Nein. Dann landet irgend jemand im Knast, und ich wäre mit schuld daran. Das ist doch deine Arbeit, oder? Du schickst die Leute ins Gefängnis. Das ist doch dein Beruf, nicht wahr, Richter?«

»Hör mal, hier handelt es sich eher um das Gegenteil. Es geht darum, jemanden zu helfen, da wieder 'rauszukommen ...«

»Das glaube ich dir nicht. Negativ. Mit einem Richter vögeln mag noch angehen, aber seine Polizistin spielen – darüber brauchen wir gar nicht weiter zu reden.«

7
Ritter auf grauem Pferd

Einen Monat lang war die Hitze unerträglich gewesen, und jetzt, wo die Ferien vor der Tür standen, regnete es seit drei Tagen.

Lorenzo Michelozzi, für jeden nur Renzino, war Briefträger. Von den elf Pfarreien, die zur Gemeinde Scarperia gehörten, mußte Renzino drei mit Post versorgen: San Gavino, Sant'Agata und Montepoli.

Seine Runde begann auf der Strada Imolese, einer breiten, asphaltierten Landstraße, und führte auf deren Ostseite durch das gesamte Gebiet von Scarperia. Er fuhr vom Hauptplatz des Ortes los und legte bis San Gavino die ersten drei Kilometer zurück. Dann weitere dreieinhalb bis Sant'Agata und etwas weniger als acht Kilometer bis Montepoli. Wenn es sich um eine der schönen geraden Straßen in der Ebene gehandelt hätte, wo die Siedlungen rechts und links vom Asphaltband liegen, hätte Renzinos Runde hin und zurück achtundzwanzig Kilometer betragen. Statt dessen aber mußte er den Berg rauf und wieder runter und quer über die Hügel. Es war ein einziges Abschweifen vom direkten Weg, um zu all den verstreuten Bauernhäusern zu gelangen. Bis vor kurzem waren sie noch verlassen gewesen, doch seit einigen Jahren wurden sie von Leuten aus der Stadt und von Ausländern bewohnt, die einen Landhaustick entwickelt hatten. Seine vorletzte Etappe führte ihn zum Pian della donna, der »Ebene der Frau«, einer kleinen Gruppe von Häusern, die diesen Namen trug, weil hier während einer Pestepidemie im sechzehnten Jahrhundert außer einer einzigen Frau alle Anwohner gestorben waren. Ein Ort, in den niemals ein Sonnenstrahl drang und der Unglück brachte. Gespenster würden dort ihr Unwesen treiben, so hieß es. Doch im Sommer wohnten selbst da noch Leute aus Florenz, und dort wollten sie auch ihre Post empfangen. Danach kam Renzinos letzter Abstecher. Er überquerte zum zweihundertsten Mal die Landstraße, die von San Piero a Sieve kommt, und fuhr auf eine zwischen dem Graben von Romiccioli und dem Fluß Connocchio gelegene Hochebene hinauf. Er erklomm den Hügel über einen ungepflasterten, holprigen Feldweg, der sich im Gestrüpp und auf einem steinigen Gelände verlor, wo es von Vipern nur so wimmelte. Hier lagen die Überreste des Kastells von Ascianello, das der Guelfenfamilie der Ubaldini gehört hatte und nach der Schlacht von Montaperti von den Ghibellinen zerstört worden war. Doch das wußte Renzino nicht, und auch wenn er es gewußt hätte, wäre es ihm völlig egal gewesen. Ganz abgesehen davon, daß er niemals bis zu der Ruine vorgedrungen war, denn er mußte immer schon bei einem Landhaus abbiegen, in dem ein junger Musiker lebte, der ihm aus den verschiedensten Gründen unsympathisch war. Und zum Abschluß seiner täglichen Plackerei erwartete ihn noch eine verfallene Villa, La Pantiera, in der sich ein dicker alter Mann, ein gewisser Scalistri, verschanzt hatte. Kaum daß der einmal die Nase zur Tür 'raussteckte, und dabei, verdammt noch mal, erhielt er einen Haufen Post.

Am Tag zuvor hatte es gegen sechs Uhr nachmittags angefangen zu regnen. Zunächst sah es so aus, als sei es einer dieser kurzen Schauer, die noch nicht mal ausreichten, die Erdschollen zu befeuchten. Doch dann hatte es die ganze Nacht über gegossen, geblitzt und gedonnert. Mit Unterbrechungen regnete es auch am Morgen weiter.

Renzino konnte es kaum erwarten, seine Honda Transalp wieder unter dem Hintern zu spüren, die ihm der Händler aus Borgo San Lorenzo vor drei Tagen übergeben hatte, nach einer Wartezeit von über einem Monat. Heute aber fuhr er seine alte Garelli, die einmal schwarz gewesen war, doch jetzt farblos und grau aussah und völlig verrostet war, mit einem ganz zerfledderten Sattel. Wenn er seine Posttour hinter sich hatte, würde er gerne vor aller Augen auf seiner leuchtendroten Honda vor dem Krankenhaus von Luco warten. Dort nämlich arbeitete Deborah als Krankenschwester. Er hatte sie im Winter kennengelernt, als er wegen drei gebrochener Rippen nach einem Sturz mit der Garelli ein paar Tage ihr Patient gewesen war. Doch bei dem Wetter hatte es keinen Sinn, er hätte die Transalp nur versaut: so beschloß er, Deborah am Nachmittag zu Hause abzuholen.

Als er sich von seinem Unfall wieder erholt hatte, hatte er sich mehrmals mit ihr in einer Diskothek in Borgo San Lorenzo getroffen. Deborah war ein schönes Kind, das schönste von ganz Sant'Agata. Sie war dunkelhaarig, ziemlich groß, zog sich geschmackvoll an, wie ein Mädchen aus der Stadt. Seit zwei Monaten schliefen sie miteinander, und sie hatten beschlossen, zusammen in Urlaub zu fahren, zwei Wochen im August auf einem Campingplatz auf der Insel Elba.

Nachdem er die Häuser des Pian della donna hinter sich gelassen hatte, sah Renzino beim Überqueren der Landstraße vor der Einmündung des Feldweges, der zu den Ruinen von Ascianello führte, den Fiat Uno von Deborah stehen. Sie saß allein in dem parkenden Wagen, der Motor war abgestellt, und sie trug ihren weißen Krankenhauskittel. Renzino verspürte den Stachel der Eifersucht. Er hatte sie ein paarmal in der Bar beim Krankenhaus gesehen, wie sie sich mit dem Musiker unterhielt, der in dem Bauernhaus vor der Villa von Scalistri wohnte. Und sie lächelte dabei auf eine Art, wie Mädchen in bestimmten Fällen eben lächeln.

Sie wartet auf ihn, sprach Renzino zu sich selbst, dann fuhr er auf das Auto zu.

»Was machst du hier?«

»Nichts«, antwortete Deborah. »Ich war auf dem Weg nach Hause. Ich habe dich von weitem gesehen und angehalten, um auf dich zu warten.«

»Nach Hause? Und das Krankenhaus?«

»Ich bin seit heute in Urlaub. Hast du das vergessen?«

Er betrachtete den weißen Kittel, aber dann dachte er, daß sie vielleicht die Wahrheit sagte. Er war versucht, von seinem Mofa zu steigen, sich neben sie in den Wagen zu setzen und sie mal kurz zu drücken. Die Straße war menschenleer. Doch er fühlte sich schmutzig und klebrig. Er sollte besser erst nach Hause fahren, sich duschen und umziehen. Es hatte aufgehört zu regnen, und die Sonne kam zum Vorschein. Er würde die Transalp nehmen.

»Wir sehen uns später«, sagte er. »In zwei Stunden hole ich dich zu Hause ab.«

»Okay«, antwortete Deborah.

Renzino sah, daß sie in die Richtung des Feldweges schaute, auf das Dach des Landhauses, das man hinter einer Hecke erkennen konnte.

»Fährst du nach Sant'Agata?« fragte er. Er wohnte in Scarperia, und so hätten sie ein Stück den gleichen Weg gehabt.

»Uh-uh«, machte sie. Dann ließ sie den Motor an und legte den Gang ein, alles ganz langsam.

Renzino wartete, bis sie losgefahren war, und folgte ihr. Auf der Piazza von Sant'Agata winkten sie sich noch einmal zu. Fünf Minuten später war er beim Postamt von Scarperia vor dem Palazzo dei Vicari.

In dem Moment, als er das Register und die Tasche abliefern wollte, bemerkte er, daß ein Einschreibebrief noch in der Tasche lag. Verstohlen nahm er ihn wieder an sich, ohne daß die Bürovorsteherin etwas davon mitbekam. Er war an Scalistri adressiert, das wußte er, er war schon auf dem Weg zur Pantiera gewesen, als er Deborah kommen sah, danach hatte er den Brief vergessen. Er wollte ihn dem Alten vorbeibringen, bevor er sie in Sant'Agata abholte.

Zu Hause aß er einen Bissen, ging unter die Dusche, kämmte sich und schmierte sich eine große Menge Gel in seine schwarzen Haare, so daß sie ganz glänzend und steif wurden. Dann zog er sich um: Levis und hellblaues Popelinehemd. Bevor er die Transalp anließ, wischte er sie noch mit einem Wildledertuch ab. Das Wetter versprach nichts Gutes, doch jetzt war er durch den Sturzhelm und eine Regenjacke geschützt.

Als er von der Landstraße abbog, sah er vor sich ein Wasserloch, das sich über die gesamte Breite des Feldweges zur Villa Pantiera erstreckte. Der Regen hatte eine Senke bis obenhin mit Wasser gefüllt. Dahinter spiegelten weitere Pfützen eine blasse Sonne, die hinter den dichten Wolken zum Vorschein kam.

Renzino bremste und kam einen Schritt vor dieser Furt zum Stehen. Er zog den Briefumschlag aus der Tasche. Die staatliche Sozialversicherungsanstalt stand als Absender auf dem Einschreiben – eine Mitteilung des Rentenamts. Nichts Eiliges also. Was konnte es diesen Scalistri schon interessieren, ob sich die Höhe seiner Rente änderte? Obwohl er das Leben eines Höhlenbewohners führte, wußten im Dorf doch alle, daß er steinreich war. Das sah man allein schon an den astronomischen Beträgen, die er regelmäßig beim Fleischer bezahlte. Jeden Monat überwies er einer Frau aus Polcanto, die seinen Haushalt führte, eine beträchtliche Summe, und die seltenen Male, die er sich von seinem Haus fortbewegte, ließ er aus Scarperia einen Fahrer kommen, um sich in einem Mercedes, der mit Sicherheit seine hundertfünfzig Millionen Lire gekostet hatte, herumchauffieren zu lassen. Die meiste Zeit schimmelte das Gefährt allerdings in der Garage vor sich hin.

Das zweihundert Meter von ihm entfernt gelegene Tor

quietschte. Scalistri trug seinen üblichen Morgenrock mit Rautenmuster und trat zur Seite, um eine Dame aus dem Haus zu lassen. Nicht schlecht, die Signora, bemerkte Renzino. Sieh mal einer an, er küßt ihr sogar die Hand.

Renzino beschloß, ihm das Einschreiben am nächsten Tag zu überbringen. Das wäre sein letzter Arbeitstag vor den Ferien. Die Wolken streiften den Gipfel des Hügels von Ascianello und hatten die Sonne schon wieder verdeckt. Ein dicker Tropfen glitt über das Visier des Sturzhelms. Er wollte nicht völlig durchnäßt bei Deborah ankommen; so gab er heftig Gas und fuhr in Richtung Landstraße davon.

8
Schacher

Angelica notierte sich alles im Geist. Das Studio, in dem sie sich befand, lag im Erdgeschoß und hatte zwei niedrige Fenster, die von dünnen, verrosteten Eisengittern geschützt waren. Die Fenster gingen auf einen dichten Steineichenwald. Die Äste der Bäume berührten fast das Fensterglas, so nahe standen sie beim Haus.

Scalistri hatte sie durch das Tor hereingelassen, das in den verwilderten Garten führte. Es war Angelica nicht leichtgefallen, die Villa ausfindig zu machen, sie hatte in Sant' Agata zweimal anhalten und fragen müssen. Die Dorfstraßen waren fast menschenleer. Wegen all der Umwege, die sie trotz der Straßenkarte gefahren war, die sie neben sich auf dem Beifahrersitz liegen hatte und fleißig konsultierte, hatte sie ihr Ziel schließlich zu einer für einen Besuch wenig angemessenen Uhrzeit erreicht. Mittag war schon seit mehr als einer Stunde vorüber. Sie war drauf und dran, zu verzichten und alles auf morgen zu verschieben, doch dann hatte sie an den Grund für diesen Ausflug gedacht und war zu dem Schluß gekommen, daß sie sich in diesem Fall keine Sorgen um mangelnde Erziehung machen sollte. Ein Mann, der mit einem Paket aus einer Wäscherei kam, hatte sich fast den Arm ausgerissen, um ihr alle Kreuzungen bis zu einer kleinen Brücke zu zeigen, die über einen Graben führte. Während sie durch das Gartentor und die Haustür schritt, hatte Angelica aufmerksam den Architrav und die Mauern diesseits und jenseits der Türpfosten betrachtet. Die Haustür war gepanzert, und die Schwelle war aus Stahl, es gab drei komplizierte Schlösser mit oben und unten angebrachten Pflöcken, querliegenden Stahlzylindern, und zusätzlich noch einen Riegel, der den Türflügel in seiner gesamten Breite schützte. Doch nirgendwo die geringste Spur von einer Alarmanlage, weder in der Nähe des Eingangs noch in irgendeinem anderen Teil des Hauses.

Scalistri hatte sich dafür entschuldigt, daß seine Haushälterin in Urlaub war. Auch diesen Umstand hatte Angelica registriert. Dann hatte Scalistri ihr einen Kaffee angeboten und war in die Küche gegangen, um ihn zuzubereiten. Angelica war allein im Arbeitszimmer zurückgeblieben.

Von außen sah die Villa in der Tat, wie Guido gesagt hatte, ungepflegt und fast verfallen aus. Doch die Atmosphäre in den Räumen war ausgesprochen gemütlich. Die Wände des Arbeitszimmers waren mit Regalen aus Zypressenholz ausgekleidet, die bis unter die Decke mit Büchern vollgestellt waren. Es roch nach Harz und Wachs. Alles schien blitzsauber zu sein. Daraus hatte Angelica geschlossen, daß die Hausangestellte noch nicht allzu lange weg sein konnte, höchstens einen Tag.

Scalistri kam mit einem Tablett mit den Kaffeetassen zurück. Er stellte es auf einen Mantuaner Tisch aus dem fünfzehnten Jahrhundert, neben dem eine Holzskulptur aus Siena stand, etwa aus der gleichen Zeit. Angelica saß auf einer Savonarola neben dem Fenster, vor einer Kredenz im Stil Louis XIV., die einige Majoliken zierten. Auf dieser Kredenz stand außerdem noch ein kleiner Bacchus aus weißem Marmor und eine polychrome hölzerne Madonna. Zwei kerzentragende Engel, ebenfalls aus farbigem Holz, unterbrachen die Reihen der Bücher.

Scalistri saß hinter dem Tisch und trank in aller Ruhe seinen Kaffee, von seinem übergewichtigen Körper wie von einer Rüstung beschützt. Er schwieg und vermied es, Angelica anzusehen. Er hatte sie höflich und ohne übermäßig überrascht zu sein empfangen, er war fast galant gewesen

(»Du bist immer noch wunderschön. Du hast wohl einen Pakt mit dem Teufel geschlossen.«). Er hielt den Oberkörper etwas schief, als wolle er durch einen entgegengesetzten Fluchtpunkt den zynischen Zug um seine Lippen ausgleichen. Er wartete, reglos. Er war alt geworden und hatte seine Energie bereits bei der Zubereitung und beim Servieren des Kaffees verbraucht. Jetzt war es an Angelica, das Gespräch zu beginnen.

»Ich möchte es gerne noch einmal sehen«, sagte Angelica. »Deswegen bin ich gekommen. Ich habe die Geschichte in der Zeitung gelesen, und das war ein Schlag für mich.«

»Was möchtest du wiedersehen?«

»Das Gemälde von Paolo Uccello.«

»Ach das.« Das lange, typisch florentinische Gesicht Scalistris bewegte sich zustimmend, als wolle er zum Ausdruck bringen, daß er das erwartet hatte. Dann hob er die Augen zur Decke und stieß einen Seufzer aus.

Angelica veränderte ihre Position auf der knarrenden Savonarola.

»Nur so, um mir einen Wunsch zu erfüllen. Um die ganze Sache abzuschließen. Ich will einfach nur begreifen, wie ich so dumm gewesen sein konnte.«

»Wer ist dumm gewesen?«

»Ich. Wer denn sonst? Du doch bestimmt nicht.«

»Wieso.«

»Was heißt: wieso? Wenn die Zeitung die Wahrheit sagt …« Angelica hatte nicht damit gerechnet, daß er so friedfertig sein würde. Scalistri saß ihr schräg gegenüber und verhielt sich völlig gleichgültig. Er benahm sich wie ein alter Gymnasiallehrer, der von einer ehemaligen Schülerin besucht wird, zufrieden, daß sich jemand an ihn erinnert hat, aber auch leicht melancholisch.

»Du hast ein bißchen den Eindruck, ich hätte dich beschwindelt, was?«

»Ein bißchen beschwindelt, genau.« Angelica stimmte

ironisch zu. »Du hast alles getan, damit ich es dir praktisch schenkte.«

»Wenn ich mich recht erinnere, sind es mehr als drei Jahre her. Ich hatte dich um dieses bemalte Täfelchen gebeten, um den Preis für die Landschaft auszugleichen. Der ein Wucherpreis war, das weißt du genau. Übrigens war sie noch nicht mal von Ruysdael. Sie war von einem Schüler.«

»Bemaltes Täfelchen? Eine Studie von Paolo Uccello für die Predella des *Hostienwunders*, die nennst du ein bemaltes Täfelchen?«

»Es ist ein bemaltes Täfelchen, das weißt du genau.«

»Ich verstehe«, sagte Angelica. »So also läuft dein Spiel. Dann gib es mir zurück.«

»Das kann ich nicht. Ich habe es schon einem Kunden versprochen. Das hast du doch in der Zeitung gelesen, oder?«

»Für zehn Milliarden Lire!«

»Ich weiß nicht, ob sie so weit gehen ... Das ist die Forderung, mehr oder weniger ...«

»Und du hättest mich also nicht beschwindelt? Ich wäre also nicht unendlich dumm gewesen?«

»Nein. Wir sollten uns doch nicht gegenseitig was vormachen, du weißt doch auch, daß das Bild nicht echt ist.«

Aus dem Wald hörte man das Zwitschern der Spatzen, einen Augenblick lang war das Zimmer voll von ihrem Geschwätz, das sie untereinander von Baum zu Baum führten.

Scalistri faltete die Hände auf dem Tisch und blickte Angelica starr in die Augen. »Sieh mal, Cittina, du bist mit einer bestimmten Vorstellung hierhergekommen, ich weiß nicht mit welcher, als ob du dich in das Geschäft, das ich gerade mit den Amerikanern abschließe, in irgendeiner Weise einklinken könntest. Du dachtest, du könntest mich erpressen, nicht wahr? Als hätte ich dich damals betrogen und in dem Glauben gelassen, es handle sich um eine Fälschung, obwohl es in Wirklichkeit ein echter Paolo Uccello war. Niemand weiß besser als du, daß das Gemälde gefälscht ist. Es war schon unecht, als es noch dir gehörte, und ist auch jetzt noch unecht. Das wird es auch noch sein, wenn es in einem amerikanischen Museum an der Wand hängt. Und so wird es bleiben bis in Ewigkeit, Amen.«

Der alte Florentiner versuchte, sie mit jenem Geschick, das sich über Generationen von Händlern entwickelt hatte, im Vorfeld zu schlagen. ›Cittina‹, so hatte die Großmutter sie immer genannt. Er hatte versucht, sie mit einer zärtlichen Erinnerung zu entwaffnen, dann hatte er das einzige Argument vorgebracht, das ihm zur Verfügung stand und das ihn in Sicherheit brachte. Er wollte das Spiel fortsetzen, trotz der Expertise von Rozzi, trotz der Berge von Geld, die die Amerikaner zu zahlen bereit waren, und trotz der langen Geschichte des Bildes. Angelica holte die Zeitung aus ihrer Tasche und schlug sie heftig auf den Tisch. Sie deutete auf einige Abschnitte des Artikels, die sie rot unterstrichen hatte.

»Hier heißt es …«

Scalistri machte eine Geste, als wolle er ein Insekt verscheuchen. »Vergiß es. Was da steht, hat überhaupt keine Bedeutung.«

»Und was hat Bedeutung? Das, was du sagst?«

»Du willst mir doch nicht weismachen, du hättest dich jetzt selbst davon überzeugt, daß es sich um ein authentisches Werk von Paolo Uccello handelt?«

»Und warum sollte ich nicht davon überzeugt sein? Du behauptest doch, die Verhandlungen mit den Amerikanern seien fast abgeschlossen, ich kann mir nicht vorstellen, daß sie bereit wären, dieses ganze Geld zu zahlen, wenn sie auch nur den geringsten Verdacht hätten, es könnte sich um eine Fälschung handeln …«

Scalistri starrte sie auf seltsame Weise an und schüttelte den Kopf. Er schien schmerzlich berührt zu sein. »Sicher«, wisperte er, »seitdem ist sehr viel Zeit vergangen … Du warst noch ein kleines Mädchen …« Er hob die Stimme. »Aber hast du es denn wirklich vergessen?«

»Was?«

»Erinnerst du dich an Mario, den Fahrer?«

»Was hat Mario mit der Sache zu tun?« Angelica stand auf und trat ans Fenster. Sie drehte Scalistri den Rücken zu und sah nach draußen. Die Sonne kam hinter den Wolken hervor, zwischen den tropfnassen Bäumen war die Luft neblig wie im Hochgebirge.

»Ach … Mario … War das ein Geschäftemacher!« seufzte der Alte. »Wer weiß, ob der noch am Leben ist … Wenn er noch lebt, hat er bestimmt die Zeitung gelesen. Wollen wir wetten, daß auch er mich besuchen kommt? Es sei denn … Hat er dich vielleicht geschickt? Aus welchem wirklichen Grund bist du hier?«

Angelica blieb am Fenster stehen, sie zog es vor, ihr Gesicht nicht zu zeigen, ihre Verwirrung zu verbergen. Plötzlich war der Verdacht in ihr aufgestiegen, Guido könnte sie geschickt haben, um das Terrain für einen Diebstahl zu sondieren, und der geniale Plan, der Austausch der Gemälde, der einem »Spezialisten« anvertraut werden sollte, all das, was diskret ablaufen und dann mit einem Gentleman's Agreement enden sollte, könnte ein Trick sein, um sie ruhig zu halten und sich von ihr die Ausführung eines simplen kriminellen Coups finanzieren zu lassen. Guidos Plan schien ihr auf einmal der reinste Wahnsinn zu sein. Und die Wut, die sie seit zwei Tagen in sich spürte, wich mit einem Mal von ihr und hinterließ ein Gefühl von Leere und Scham.

Der Alte hatte immer weitergeredet, er war nicht mehr so gelassen wie eben noch, er schien jetzt verängstigt zu sein.

»Wenn du etwas vorhast, du zusammen mit jemand anderem, wirst du allen schaden, an erster Stelle dir selbst. Laß mich nur machen, in Ordnung, Angelica? Misch dich nicht ein. Laß mich dieses Geschäft zu Ende bringen, und dann werden wir sehen, ich werde auch an dich denken. Unserer alten Freundschaft zuliebe … Der Freundschaft zuliebe, die mich mit Piccarda verband … Wenn dieser verdammte Journalist nicht so indiskret gewesen wäre, wäre alles ganz ruhig abgelaufen.«

»Ja, das kann ich mir vorstellen«, rief Angelica, wieder wütend geworden.

»Aber nein, du verstehst mich falsch. Wenn du nicht gekommen wärst, hätte ich mich bei dir gemeldet, ich hätte dich schon angerufen. Glaubst du mir nicht?«

Dann erzählte Scalistri, wie er Piccarda Degli Alberetti kennengelernt hatte, als er noch ein bescheidener Trödler in der Via de' Macci war. Angelica kannte die Geschichte von dem schwarzen Bild schon, das er in seinem Laden gehabt und auf das Piccarda ein Auge geworfen hatte. Das Gemälde war so dunkel, daß man kaum das Gesicht darauf erkennen konnte. Scalistri hatte Piccardas Angeboten verbohrt und entschieden widerstanden, wenn ihm auch nicht bewußt war, daß er das Porträt des Kardinals Lorenzo Pucci von Sebastiano del Piombo in Händen hielt. Schließlich war es ihm gelungen, sich eine nicht unerhebliche Summe dafür zahlen zu lassen, wenn sie auch nicht dem Wert des Gemäldes entsprach. Piccarda aber war von der Entschlossenheit dieses Trödlers beeindruckt und begann ihn mit den verschiedensten Aufgaben zu betrauen. Da sie bei vielen Antiquitätenhändlern und Sammlern schon bekannt war, die sofort ihre Preise erhöhten, wenn sie erfuhren, daß sie sich für ein bestimmtes Werk interessierte, übernahm Scalistri die Rolle des Strohmanns und führte dann oft die Verhandlungen. Und an Auktionen nahm er stets in Piccardas Namen teil.

»Dann begannen wir, uns in den Kirchen auf dem Land umzusehen«, fuhr Scalistri fort. »In jene Zeit reicht die Geschichte mit dem Pseudo-Paolo Uccello zurück. Mario hatte mich mit dem Fälscher bekannt gemacht. Sie waren Freunde, beide zwei ziemlich komische Typen: Mario hatte vor Kriegsende schon auf dem Schwarzmarkt gehandelt und in der Gegend von Livorno diesen Pinselfuchser kennengelernt, der Porträts von amerikanischen Soldaten anfertigte.«

»In den Kirchen auf dem Land?« fragte Angelica.

»Ja, in den ›Bauernkirchen‹. Piccarda nannte sie so. Weißt du denn nichts darüber? Dann werde ich dir dein Heiligenbildchen zerstören müssen, aber du mußt begreifen, daß ich dich nicht hintergangen habe. Dir muß klar werden, wie die Dinge gelaufen sind.«

Laut Scalistri also retteten er und Piccarda durch ihre Arbeit Meisterwerke, deren Schicksal es gewesen wäre, zu verderben oder gestohlen zu werden. Sie zogen durch die Kirchen auf dem Land, in der Umgebung von Florenz, aber auch weiter weg, in Siena, in den Marken, auch in der Lombardei und im Veneto. Da der Staat sie vergessen hatte und die großen Werke der Meister verschimmeln und verstauben ließ, kümmerten sie sich um sie. Sie fotografierten das jeweilige Bild und ließen eine Kopie anfertigen. Dann ersetzten sie mit Hilfe des Pfarrers, der auch seinen Vorteil dabei fand, das echte Werk durch das nachgemachte. Die Kopien stammten alle von diesem Maler, dem Freund von Mario. Scalistri hatte sich davon überzeugt, daß er richtig gut war, ein echtes Genie. Der Alte unterbrach sich, schaute zur Tür, und wieder hatte Angelica den Eindruck, er habe Angst.

»Du steckst doch nicht mit ihm unter einer Decke?« fuhr er fort. »Es wird doch nicht … es wird doch nicht zufällig er gewesen sein, der dich geschickt hat?«

»Ich weiß nicht mal, von wem du redest«, erwiderte Angelica. »Abgesehen davon, daß du einen Haufen Lügen erzählst. Großmutter fand Fälschungen entsetzlich.«

»Das weiß ich auch. Und darum habe ich mir nicht im

Traum einfallen lassen, Piccarda jemals zu erzählen, daß ich von diesem Maler, dem Freund von Mario, ganz neue Bilder malen ließ. Sie hatte jahrelang mit ihnen zu tun, ohne auch nur das geringste zu ahnen. Wenn sie einen Verdacht gehabt hätte, hätte dies das Ende unserer Zusammenarbeit bedeutet. Piccarda hatte ihre Prinzipien. Sie mochte das Geld, weil sie in einer armen Familie zur Welt gekommen war. Doch wäre sie niemals das Risiko eingegangen, um des Geldes willen die Legende ihres unfehlbaren Auges zu zerstören. Aus einer vergessenen Kirche – wenn auch nicht von Gott, so doch vom Denkmalschutz vergessen – ein Bild von Sassetta, das wegen einer gesprungenen Fensterscheibe Wind und Regen ausgesetzt war, oder mit dem gleichen Motiv das letzte Fragment eines Freskos von Simone Martini mit nach Hause nehmen, das der Schimmel auf der Mauer ohnehin zerfressen hätte, das betrachtete Piccarda als eine gute Tat. Ich aber hielt das Genie dieses Malers für vergeudet, wenn er ausschließlich mit der Anfertigung von Kopien beauftragt wurde.«

Er hatte also angefangen, dem Maler-Freund von Mario Fälschungen in Auftrag zu geben. Angelica fragte sich, welchen Grund der Alte wohl haben mochte, ihr diese vertraulichen Mitteilungen zu machen. Damit begab er sich doch in ihre Hände. Welcher Kritiker hätte sie daran hindern können, ihn zu erpressen, damit zu drohen, ihn an die Amerikaner zu verraten? Scalistri führte also Fälschungen in die Sammlung Degli Alberetti ein. Er erfand den Verkäufer und die Geschichte, veränderte Dokumente, und manchmal bediente er sich auch eines gefälligen Kunstkritikers. In den meisten Fällen ließ er Piccarda in dem Glauben, er habe das System der »Bauernkirchen« angewandt. Piccarda war in jener letzten Zeit sehr gealtert, und ihre Gebrechen hinderten sie daran, ihn bei seinen Streifzügen zu begleiten. Die Werke des Fälschers waren vollkommen und täuschten selbst die Intuition von Donna Piccarda. Die Tatsache, daß ein Gemälde eine gewisse Zeit, und sei es nur kurz, Teil ihrer Sammlung gewesen war, war für die Käufer eine Garantie, und so waren viele von diesen Fälschungen in Museen gelandet.

»In der Sakristei einer Kirche in Acqualagna entdeckte ich die Aussparung für ein Pseudo-Fresko«, fuhr Scalistri fort, »die hinter einem Schrank verborgen war. Im fünfzehnten Jahrhundert, und auch später noch, haben viele Künstler eine Leinwand oder eine Holztafel in die Mauer eingelassen und so getan, als sei die Arbeit auf den frischen Putz gemalt. So vermieden sie, sich allzusehr beeilen zu müssen, was beim Fresko ja notwendig ist. Bei einem Teil eines Gemäldes, das sich in Florenz in der Kirche San Miniato befand und heute verloren ist, war Paolo Uccello genauso vorgegangen. Das brachte mich auf die Idee. Ich sprach mit dem Pfarrer, und der war meinen Argumenten zugänglich.«

Scalistri unterbrach sich. Angelica stand neben dem Fenster und war zerstreut. Sie gab vor, sich für den kleinen Marmorbacchus zu interessieren, aber in Wirklichkeit dachte sie an Guidos Plan, der ihr immer kindischer vorkam. In der Stille hörte man das Rauschen des Regens, der wieder angefangen hatte, und kurz darauf das Motorengeräusch eines Autos, das über den Feldweg, der zur Villa führte, näher kam. Das Geräusch drang gedämpft bis zu ihnen, denn das Arbeitszimmer lag auf der anderen Seite des Hauses. Scalistri lauschte ihm mit angespanntem, besorgtem Gesichtsausdruck. Dann war es wieder still. Der Alte setzte seine Erzählung fort.

Er hatte den Fälscher damit beauftragt, zwei Szenen des *Hostienwunders* zu malen. Und die Holztafel, die in die Wand der Sakristei eingelassen gewesen war, hatte er als Bildträger benutzt. Man konnte noch formlose Spuren einer vorangegangenen Bemalung auf ihr erkennen. Dann war die bemalte Holztafel wieder an ihrem Platz angebracht und schließlich erneut entfernt worden, nachdem ihre Entdeckung von einigen Besuchern bezeugt worden war. Wie andere Werke, die Piccarda dann für echt hielt, hatte Scalistri auch dieses in ihre Sammlung eingefügt und erzählt, er habe es dem Priester abgekauft (was auch stimmte, denn dieser Pfarrer hatte für seine Beteiligung eine unverschämte Summe verlangt). Zunächst war Piccarda auf die Sache hereingefallen und hatte wegen des Verkaufs Verhandlungen mit einer Stiftung in New York geführt.

»Dann jedoch bemerkte Piccarda den Schwindel.« Scalistri starrte Angelica lächelnd an. »Begreifst du jetzt, wie alles gelaufen ist?«

Angelica schüttelte den Kopf und zuckte mit den Schultern.

»Nein? Um so besser. Daß Piccarda es bemerkte, lag an mir und an Mario, und außerdem an einer Grille des Fälschers, der langsam verrückt wurde und uns dazu zwang, ihm etwas zu erlauben, was er nicht hätte tun dürfen ... Eine Dummheit ... Ein Wahnsinn ...«

»Und was?« fragte Angelica, die die Geduld verlor.

»Du hast es vergessen: also laß es uns nicht wieder ausgraben. Es soll reichen, wenn ich dir sage, daß Piccarda mir eine schreckliche Szene machte. Als sie erfuhr, wie die Sache geschehen war, entließ sie Mario auf der Stelle, und mit mir stellte sie jede Zusammenarbeit ein. Nach zehn Jahren setzte sie mich vor die Tür. Und ich hatte ihr zu ausgezeichneten Spekulationen verholfen – sowohl mit echten Werken, die wir in ganz Europa kauften, als auch mit denen, die wir aus den ›Bauernkirchen‹ holten, und nicht zuletzt mit den so gekonnt gefälschten, daß nicht mal sie es bemerkt hatte. Sie entzog mir jeglichen Kredit, sie ließ eine entsetzliche Leere um mich herum entstehen. Es hat mich mehrere Jahre gekostet, bis ich wieder auf die Beine kam, und zum Glück starb sie, denn sonst hätte sie mich gezwungen, meinen Beruf zu wechseln. Zum Glück für mich, nun, ich kann es nicht anders ausdrücken, erlag Piccarda ein Jahr später einem Herzinfarkt. Doch eins begreife ich nicht: In der ganzen Zeit, in der die Tafel in deinem Besitz war, hast du da nie etwas gesehen, etwas … Besonderes? Ist es denn möglich, daß du nichts bemerkt hast?«

»Ich habe sie mir nie genau angesehen. Sie gefiel mir nicht.«

»Gut, das kann sein. Wenn ich gewußt hätte …«

»Wenn du was gewußt hättest?«

»Daß … daß du es vergessen hast. Dann wäre ich eher gekommen. Stell dir vor, nach fast vierzig Jahren! Als ich erfahren habe, daß du die Galerie eröffnet hattest, bin ich gekommen, um mich ein bißchen umzusehen. Die ganze Zeit über hatte ich darauf gewartet, daß du den ersten Schritt tun würdest. Sie wird sich schon melden, sagte ich mir. Sie wird kommen und mir vorschlagen zu teilen. Du hattest das Bild, aber die Dokumente besaß ich. Denn es war ja schon alles fertig. Vierzig Jahre lang war schon alles vorbereitet gewesen: die notariell beglaubigten Aussagen der Zeugen über das Wiederauffinden des Gemäldes hinter dem Schrank, die Verkaufserklärung des Pfarrers, der Artikel in einem Lokalblättchen, der zum Zeitpunkt der vorgeblichen Wiederentdeckung erschienen war. Auch die Register des Bischöflichen Archivs von Urbino lagen bereit, die wieder ein anderer unehrlicher und hochbezahlter Priester gefälscht hatte; ihnen war zu entnehmen, daß die Tafel ursprünglich der Compagnia del Corpus Domini gehört hatte. Das alles mußte nur noch einem Kunstkritiker in die Hand gegeben werden – die Perfektion meines Fälschers würde ihn schon überzeugen. Der Maler, der Freund von Mario, bereitet erst die Farben zu, und das macht er genau wie der Maler, den er imitieren will. Es gelingt ihm, sich vollkommen in ihn hineinzuversetzen. Ich habe dir ja schon gesagt, daß er ein Genie ist. Und Rozzi ist natürlich voll drauf hereingefallen, wie alle anderen auch.

Als ich erfuhr, daß du die Galerie eröffnet hattest, kam ich also, um in deinem Magazin herumzuschnüffeln. Nachdem soviel Zeit vergangen war, ohne daß ich irgend etwas von dir gehört hatte, kam mir der Verdacht, du könntest die Sache vergessen haben.«

»Jetzt weiß ich alles«, sagte Angelica.

»Und was hast du vor?«

»Das habe ich noch nicht entschieden.« Und Angelica hatte zu diesem Zeitpunkt wirklich noch nichts entschieden. »Doch irgendwas muß ich unternehmen.«

»Du könntest mir damit drohen, daß du den Amerikanern alles erzählen wirst, nicht?«

»Zum Beispiel.«

»Überleg dir das gut. Wenn du die Geschichte, die ich dir erzählt habe, öffentlich machst, würden alle Stücke aus der Sammlung von Piccarda auf Herz und Nieren geprüft. Nicht nur die, die sie zu Lebzeiten verkauft hat, und die, die ich später noch veräußert habe, sondern auch all jene, die du dann in deiner Galerie ausverkauft hast: die Pontormos, die Bellottos, die Canalettos, die Boltraffios, die Filippino Lippis ... Die Museen der halben Welt würden erzittern. Es gibt heute so ein nukleares Teufelszeug, mit dem man ein Gemälde ganz genau datieren kann. In Montpellier in Frankreich gibt es ein Labor, das extra dafür eingerichtet wurde. Manche Museen, ehrlich gesagt sind es nur wenige, weil die Kustoden sich natürlich davor fürchten, haben sich schon an dieses Labor gewandt. Es reicht, ein winziges Fragment des Bildes einzuschicken, und sie können daraus ersehen, ob das Bleiweiß mit europäischem oder amerikanischen Blei hergestellt wurde. Die Fälschung eines Gemäldes aus dem fünfzehnten Jahrhundert wird sofort entdeckt. Das gleiche gilt für Kobalt, für die Erdfarben auf Eisenbasis, für Zink und so weiter. Diesen Analysen kann sich keiner entziehen. Es lohnt sich also nicht für dich. Und aus diesem Grund habe ich dir die ganze Geschichte erzählt, weil ich weiß, daß es keinen Sinn für dich macht, irgendeine Initiative zu ergreifen. Du würdest dich nur in die Nesseln setzen.« Scalistri unterbrach sich. Er setzte erneut dieses verängstigte Gesicht auf. Angelica hatte den Eindruck, als lausche er auf die Geräusche, die von draußen kamen. Der Regen hatte aufgehört, und es wehte eine leichte Brise. »Dieser verdammte Hund«, brummte der Alte, »haut einfach ab. Hier muß sich irgendwo ein läufiges Weibchen herumtreiben, und er verschwindet. Tagelang.«

»Zeig mir das Bild wenigstens mal«, sagte Angelica.

»Das geht nicht. Es ist nicht hier. Das wäre ja noch schöner: in so einem einsam gelegenen Haus. Es befindet sich in einem Saal im Palazzo Ducale in Urbino, der für Besucher nicht zugänglich ist. Ich habe es einigen sorgfältigst ausgesuchten Kritikern gezeigt, um ihnen den Vergleich mit der Predella von Paolo zu ermöglichen. Das Ergebnis war ein allgemeiner Lobgesang. Von Urbino aus geht es direkt nach Amerika.«

»Nun«, Angelica ergriff ihre Tasche, »ich glaube, wir haben uns nicht mehr viel zu sagen. Ich werde darüber nachdenken und mich dann bei dir melden. Wie die Dinge liegen, ist die Situation doch so, als sei das Bild echt, findest du nicht?«

»Ich habe ein echtes Gemälde daraus gemacht. Auch dieser Verrückte hat mich darum gebeten, es noch einmal sehen zu können, nachdem er die Nachricht in der Zeitung gelesen hat. Wenn die Journalisten wüßten, in was für Schwierigkeiten sie die Leute bringen … Dieser Verrückte, dieser Fälscher, er will noch mal drübergehen. Er will ein Detail entfernen, durch das man hinter die Fälschung kommen könnte. Der ist völlig irrsinnig, das sage ich dir. Ich habe versucht, ihm zu verstehen zu geben, daß es mein Problem wäre, wenn jemand was merkt. Was hat er denn damit zu tun? Er hat seinen Teil gehabt. Aber das will er einfach nicht begreifen. Er hat eine schreckliche Angst davor, jemand könnte feststellen, daß das Bild nicht von Paolo Uccello ist. Ich erzähle dir jetzt, wie weit sein Wahnsinn geht: Ich habe einen absolut seltsamen Anruf von ihm bekommen, in dem er behauptet hat, das Bild sei tatsächlich von Paolo Uccello, denn als er es gemalt habe, sei er Paolo Uccello gewesen. Er hat zu mir gesagt: ›Ich *bin* der Maler, dessen posthume Bilder ich schaffe.‹ Und von diesem Schwachsinn ist er fest überzeugt. Er besteht darauf, niemandem jemals erlauben zu wollen, das Gegenteil zu beweisen. Ich will schon lange nichts mehr mit ihm zu tun haben. Nach der Geschichte mit einem Bild des Boltraffio … Es war das letzte. Ich weiß, daß er jetzt für einen Antiquitätenhändler arbeitet … Für mich ist das eine Befreiung, ich wünsche ihm Erfolg.«

Scalistri begleitete Angelica durch die Räume der Villa und zwang sie, hin und wieder stehenzubleiben. Er hielt sie am Arm fest und redete dabei weiter, es schien fast, als wolle er sie nicht gehen lassen. »Eine sehr häßliche Angelegenheit, das mit dem Boltraffio …«

»Es interessiert mich nicht.« Die Berührung seiner fetten Hand ging Angelica auf die Nerven. Sie konnte es kaum erwarten, endlich das Haus zu verlassen. Vor der Tür blieb Scalistri noch einmal stehen und suchte den Garten mit den Augen ab. Sein Blick schweifte umher, wobei er sich nur mit Mühe auf den Beinen hielt. Dann ging er auf das Gartentor zu und stolperte dabei zweimal über den Saum seines Morgenmantels.

»Dieser verrückte Maler ist wirklich gefährlich, weißt du, Cittina? Ich werde mich früher oder später entschließen müssen, mit jemandem darüber zu reden …« Er blieb erneut stehen und forschte mit ängstlicher Aufmerksamkeit in Angelicas Gesicht. »Du hast mir doch die Wahrheit gesagt, ja? Er hat dich nicht zu mir geschickt, stimmt's? In Ordnung, in Ordnung, ich glaube dir, du kennst ihn ja noch nicht einmal. Um so besser für dich …«

Sie hatten das Gartentor erreicht. Scalistri nahm Angelicas Hand und küßte sie. »Wenn du mich nur machen läßt, Cittina, wirst du es nicht bereuen. Diese naiven Amerikaner sind begeistert. Wir werden eine Art Versteigerung veranstalten, das wette ich. Dabei wird genug für alle herausspringen. Ich werde dich nicht vergessen, glaub mir. Darauf gebe ich dir mein Wort.«

»Dein Wort, ach ja?« sagte Angelica.

Scalistri legte die Hand aufs Herz. Dann sah Angelica, wie er plötzlich mit erschrockener Miene in Richtung des Feldweges sah. »O Gott!« murmelte der Alte. Er schlug das Gartentor hinter Angelica zu, drehte sich abrupt um und ging auf die Villa zu. »Ich habe die Tür aufgelassen ...«

Sie fand ihn komisch, wie er da über den knirschenden Kies trottete. Sein dicker Hintern wackelte, und Angelica hörte sein Keuchen, dann ein Motorengeräusch. Ein leuchtendrotes Motorrad schoß in einiger Entfernung über die Straße und verschwand in der Kurve. Auch Scalistri war verschwunden. Die Villa lag wieder wie verlassen.

Der kleine Platz vor dem Gartentor grenzte an ein abschüssiges Gelände am Rande eines Grabens. In seiner Mitte stand, von Zypressen umgeben, ein verrostetes Kreuz mit einem abgebrochenen Balken. Neben Angelicas Mercedes parkte ein alter VW-Lieferwagen. Als sie angekommen war, hatte er noch nicht dort gestanden; nun aber nahm er ihr die Möglichkeit zum Wenden. Angelica versuchte die Wagentür zu öffnen: der rücksichtslose Mensch hatte sie abgeschlossen. Die wenigen Tropfen, die gefallen waren, als sie die Villa verließ, wurden mehr. Plötzlich ging ein Regenguß nieder, und aus dem Graben stieg ein Geruch von fauligem Wasser. Ein feiner Nebelschleier erhob sich. Ein Rotkehlchen, das eben noch gezwitschert hatte, gab keinen Laut mehr von sich.

Angelica flüchtete sich in ihren Wagen und drückte auf die Hupe. Sie wartete ein wenig, dann hupte sie erneut, aber kein Mensch ließ sich blicken. Sie startete den Motor und legte den Rückwärtsgang ein. Dann trat sie die ausgeleierte Kupplung ihres uralten Mercedes durch, er war noch älter als dieser verdammte Lieferwagen, und der Wagen machte einen Satz nach hinten. Angelica spürte einen Aufprall, sie sah das Kreuz mit dem abgebrochenen Balken an ihrer Seite, das ihr wie ein schlechtes Vorzeichen erschien. Sie legte den ersten Gang ein, gab Gas, aber der Wagen rührte sich nicht von der Stelle. Also stieg sie aus: der Regen durchnäßte ihr Gesicht, eine Haarsträhne fiel ihr über die Augen. Der hintere Stoßdämpfer war im Stamm einer Zypresse eingeklemmt und hielt das Auto am Rande der Böschung fest. Angelica stieg wieder ein und drückte das Gaspedal bis unten durch. Hinter sich hörte sie ein durchdringendes Geräusch, die Reifen drehten durch, der Wagen geriet ins Taumeln, sie erstarrte vor Angst. Mit einem Satz und lautem Gerassel schnellte die Kiste schließlich nach vorn, wobei sie die Seitenfront des Lieferwagens nur um ein Haar verfehlte. Auf der Fahrbahn angekommen, drehte Angelica sich noch einmal um und sah eine breite, helle Wunde auf dem Stamm der Zypresse.

Sie kam zur Landstraße und dachte an den großen Gewinn, den sie aus ihrem Ausflug gezogen hatte: nicht mehr als der Aderlaß, der sie in der Autowerkstatt erwartete. Dann dachte sie, daß es sich eigentlich gar nicht mehr lohnte, diesen Wagen, der schon kräftig vom Rost zerfressen war, noch zu reparieren. Es goß weiterhin heftig. Die abgenutzten Scheibenwischer tauchten die nasse, traurige Landschaft in einen dichten Nebel. Und Angelica sah die Zypresse mit dem tiefen Schnitt im Stamm wieder vor sich.

9
Ritter auf rotem Pferd

Es waren immer noch Wolken da, aber nur wenige. Sie zogen über einen schönen blauen Himmel bis zu den Gipfeln des Apennin – der unheilverkündenden Wettervorhersage zum Trotz, in der von schlechtem Wetter für die ganze Woche die Rede gewesen war. In der Nacht war Renzino ein paarmal aufgestanden, um die Sterne zu zählen: auf Campingferien im Regen hatte er keine Lust. Zum Glück waren sie immer zahlreicher erschienen, und am Morgen empfing ihn strahlender Sonnenschein.

Renzino lehnte seine Honda Transalp an das Kreuz mit dem abgebrochenen Balken. Es war neun Uhr. Er hatte sich überlegt, seine Runde heute von der anderen Seite zu beginnen, bei der Pantiera anzufangen, die normalerweise die letzte Etappe war. Schließlich war es der erste August, die Leute, die das ganze Jahr über hier lebten, waren in die Ferien gereist, in seiner halbleeren Tasche trug er nur die Post der Städter mit der Liebe zum Landleben, dazu ein bißchen Werbematerial. Und natürlich das Einschreiben für Scalistri. Eine Stunde, maximal zwei, und er wäre fertig mit der Arbeit. Die Fähre nach Elba ging am Abend um sechs: er hatte Zeit genug, um das Zelt vorzubereiten und die Koffer zu packen, dann würde er Deborah mit seinem funkelnden Motorrad abholen. Und vom nächsten Tag an gab es nur noch das Meer und die Sonne über dem Golf von Lacona, und Deborah ganz für ihn allein, ohne den Argwohn, daß er sie vielleicht mit einem anderen teilte. Wenn sie erst einmal auf der Insel wären, würde er ihr übrigens ein paar Takte dazu sagen.

Der Garten, der die Villa umgab, lag höher als die Straße. Ein paar Stufen führten zum Gartentor, dessen untere Hälfte aus verschraubten Eisenplatten bestand, die obere aus spitz zulaufenden Gitterstäben. Der Wald hinter dem Haus war bis in den ungepflegten Garten vorgedrungen. Wilde Pflaumenbäume wurzelten sogar schon unter der riesigen, in voller Blüte stehenden Magnolie gegenüber dem Hauseingang. Vor der Loggia, am Ende der ungefähr zwanzig Meter langen Allee, die zur Haustür führte, hatten die starken Regenfälle vom Vortag eine Zisterne bis zum Rand mit Wasser gefüllt.

Auf der letzten Stufe, als er die Hand schon nach dem Griff der Schelle ausstreckte, fühlte Renzino sich plötzlich beobachtet. Der Labrador von Scalistri, der auf dem Rand der Zisterne balancierte, starrte ihn aus seinen durch die Spiegelung des Wassers weiß erscheinenden Augen an. Renzino zog an der Schelle. Während ein Geläute wie im Kloster ertönte, beobachteten sich die beiden weiterhin mit gegenseitiger Abneigung. Schließlich wich der Labrador zurück und verschwand hinter der Brüstung der Zisterne.

Doch plötzlich war er wieder da. Von einem Erdwall aus nahm er Anlauf, schnellte über den trüben Wasserspiegel, flog wie ein schwarzer Cherub über ihn hinweg und kam die Allee entlanggesaust. Vor dem Tor bremste er, seine Krallen hinterließen eine Spur auf der festgetretenen Erde. Augen so kalt wie die eines Panthers blickten durch die Gitterstäbe. Der Hund bleckte die Zähne, geräuschvoll stießen sie gegen das Eisen. Renzino spürte seinen warmen Atem auf der Hand und wich zurück. Beim Rückwärtsgehen verfehlte er eine Stufe und konnte sich gerade noch auf den Beinen halten.

»Schei …«, hauchte er mit erstickter Stimme.

Der Labrador streckte den Kopf vor, er zitterte und sabberte, aber er bellte nicht. Doch ein Klang vibrierte in der

Luft. Knurrte er, oder war das noch der Nachhall der Schelle?

»Was hat dieser Hund bloß? He! Ab ins Haus!« brüllte Renzino. »Legen Sie doch den Hund an die Leine, oh!«

Von der Stelle aus, an der er sich jetzt befand, am Fuß der Treppe, konnte Renzino den Garten nicht mehr einsehen. Der Hund war verschwunden, doch er hörte ihn unterm Tor scharren. Jetzt sah er auch seine Krallen. Vorsichtig ging Renzino die Stufen wieder hinauf. Diesmal zog er kräftiger an dem Griff. Das Klingeln war jetzt ganz deutlich zu vernehmen. Als es aufhörte, herrschte absolutes Schweigen: kein Hausherr, keine Haushälterin, kein Hund. Selbst eine Zikade, die bis dahin gezirpt hatte, gab keinen Ton mehr von sich.

Auf dem trüben Wasser der Zisterne schien etwas zu schwimmen. Und am rückseitigen Rand des Beckens war ein Wust von grauen Dingen erkennbar, der die trockenen Zweige der Magnolie herabgezogen hatte. Renzino ließ seinen Blick auf diesem gewölbten Bündel ruhen, und ihm schien, als sähe er darin die grauen Rauten des Morgenmantels von Scalistri. Doch da war schon wieder der Hund. Er tauchte aus einem Gebüsch neben dem Gartentor auf und stürzte sich auf ihn. Renzino flog die Stufen hinunter und sah nichts mehr.

Am Fuß des Tores – er vermied es sogar, den Blick zu den Baumwipfeln im Garten zu erheben – schrieb Renzino ins Register für die Einschreibsendungen neben den Namen Scalistri: »Empfänger abwesend. Benachrichtigung hinterlassen.« Er füllte eine gelbe Karte aus und schob sie unter das Tor. Dabei dachte er: Gerade mir muß so was passieren, wie in einer Folge von *Miami Vice*. Polizei, Verhöre, eine Menge verlorene Zeit, und das an dem Tag, an dem ich in Urlaub fahren will. Ich habe einen Haufen Stofffetzen gesehen. Und die Zisterne war voller Dreck.«

Er steckte das Register wieder in die Tasche und ging zu

seiner Transalp zurück. Auf der Landstraße dachte er schon nicht mehr daran. Unter ihrem weißen Kittel trug Deborah nur einen Slip, und auf der Höhe der Brust öffnete sich der Stoff zwischen zwei Knöpfen …

10
Teufel

Hinter dem Friedhof von Trespiano ist die Straße weniger kurvenreich. Aber der alte Lieferwagen stuckert und ächzt trotzdem bei jeder Unebenheit im Asphalt. In jeder Kurve rumpelt einer der hinten gestapelten Gegenstände auf der Ladefläche herum.

Narcisse nimmt eine Kassette aus dem Fach unter dem Armaturenbrett und schiebt sie in den Recorder. Doch von der Arie des Calaf, dritter Akt, erster Aufzug, aus *Turandot* bleibt zwischen all dem Geschepper und Gerumpel kaum mehr als die Beschwörung einer Erinnerung. Narcisse fällt ein in die Stimme des Tenors und schlägt mit kleinen Hieben auf das Lenkrad den Takt dazu: »Nessun dorma! Nessun dorma! / Tu pure, o Principessa / Nella tua fredda stanza / Guardi le stelle che tremano / D'amore e di speranza …«* Und hier hebt er die Stimme noch: »Ma il mio mistero è chiuso in me, / Il nome mio nessun saprà / No, no, sulla tua bocca lo dirò / Quando la luce splenderàaa …«

Er singt, weil er einen Sieg zu feiern hat.

Er hatte sich zwischen den Steineichen in den Hinterhalt gelegt, nachdem er durch ein Loch im Zaun, das von einem Hund oder einem Wildschwein gegraben worden war, in den Garten gelangt war.

* Keiner schlafe … / Auch du, Prinzessin, in deinen kalten Räumen, / blickst schlaflos nach den Sternen, / die flimmernd von Liebe und Hoffnung träumen! / Doch mein Geheimnis wahrt mein Mund; / den Namen tu' ich keinem kund! / Nein, nur auf deinen Lippen sag ich ihn, / sobald die Sonne aufgeht.

Er beobachtete schon seit einigen Minuten, ob sich irgendwo ein Fenster öffnete, als er hörte, wie die Haustür aufging, und sah, wie sich der Alte in Begleitung einer Frau auf den Weg zum Gartentor machte.

Die Tür blieb angelehnt, und während die beiden, der Fettsack und die Signora, ihm den Rücken zuwandten, war er in die Villa geschlichen. Vom Hausflur aus führte eine Treppe in das obere Stockwerk. Die Galerie lag im Halbschatten. Mehrere Türen gingen von ihr ab. Er hatte die geöffnet, durch welche, von blauen und roten Fensterscheiben gedämpft, Licht hereinfiel, und fand sich auf der Loggia wieder, die sich über die gesamte Länge des Hauses hinzog.

Von hier oben hatte er den Alten zurückeilen sehen. Er stolperte über den Kiesweg und hielt sich die Hände schützend über den Kopf, denn es hatte schon wieder angefangen zu regnen. Er mußte den Lieferwagen bemerkt haben, den er auf dem Platz vor dem Gartentor geparkt hatte. Der Alte kannte diesen Wagen, er hatte ihn schon öfters gesehen. Er hätte ihn besser in etwas größerer Entfernung, in der Nähe der Landstraße, abstellen und dann zu Fuß herkommen sollen.

Als der Alte wieder im Haus war, hatte er die Tür von innen verriegelt. Dann hatte er alle Fenster im Erdgeschoß überprüft. Er hörte ihn hin und her laufen, anhalten, eine knarrende Klinke herunterdrücken, grummeln. Dann war er lange am Fuß der Treppe stehengeblieben, unsicher, ob er hinaufgehen und nachsehen sollte, ob auch oben die Fenster geschlossen waren.

Er hatte sich in die Öffnung einer Tür gehockt, die mit der letzten Stufe einen rechten Winkel bildete, und mit dem diamantförmigen Stein, mit dem er seine Farbmineralien zu Pulver verarbeitete, leicht auf die hölzernen Dielen geklopft. Der Alte hatte sich unendlich lange nicht von der Treppe wegbewegt, während er von oben dieses Tock-

tock hörte, das an ein aus dem Rhythmus geratenes Uhrpendel erinnerte. Wenn er bloß nicht zum Telefon geht, dachte er. Aber dann hatte der Alte sich doch entschlossen, Stufe für Stufe ächzend und stöhnend die Treppe zu erklimmen.

Er hatte so lange gewartet, bis der Kopf auf der richtigen Höhe erschien – der Alte hielt ihn gesenkt, er mußte auf seine Füße achten, um nicht über den Morgenmantel zu stolpern –, dann hatte er mit dem Stein zugeschlagen. Ein einziger Schlag, gleich über dem Nacken, aus dem Handgelenk heraus, als wolle er ein Stück Malachit zerkleinern.

Der Alte war auf die Stufe gesunken und langsam, »ojio-jio-joh!«, die Treppe hinuntergerutscht. Dann hatte er den Kopf gegen die Wand gelehnt und war liegengeblieben. Er erschlaffte nach und nach, erst noch ein wenig zittrig, dann lag er plötzlich unbeweglich da wie ein großer, unförmiger Plastilinblock.

Eine Sauarbeit war es gewesen, ihn die drei Stufen hinauf bis auf die Galerie zu hieven, dann auf die Loggia, und ihn von dort über das Geländer nach unten in die Zisterne zu werfen. Um diese Operation durchzuführen, hatte er gewartet, bis es dunkel war. Der Alte war entsetzlich schwer, seinem massigen Körper war kaum beizukommen. Doch seine Arme und Hände waren furchtbar stark, und er war ein Experte im Anheben von Gewichten, er wußte, wo er anfassen mußte. Dann hatte er das ganze Haus durchsucht, ohne zu finden, was er suchte. Dabei hatte er darauf geachtet, alles ordentlich zu hinterlassen und alles, was er angefaßt hatte, wieder abzuwischen. Er verließ das Haus schließlich zu sehr später Stunde. Um die Haustür zu öffnen, hatte er ein Taschentuch benutzt, mit dem er den Querriegel zurückschob und die Klinke herunterdrückte. Nicht, daß er an die Bedeutung von Fingerabdrücken geglaubt hätte, aber man kann ja nie wissen.

Am nächsten Morgen erwacht er wie üblich in aller Frühe. Und er folgt dem Impuls, sich in den Tümpel zu begeben. So nennt Narcisse die Stadt: den Tümpel. Ihm ist danach, sich unter das Sklavenvolk zu mischen, das sie bevölkert, er will den Leuten ins Gesicht sehen, während sie durch die Straßen gehen, als wüßten sie, daß er schon wieder gewonnen hat. Das werden sie auf jeden Fall in Kürze erfahren. Er könnte noch ein paar Tage warten, wer weiß, wie lange es dauert, bis sie die Leiche entdecken, das letzte Mal sind zwei Monate darüber vergangen. Doch hat er Angst, sich zu verraten, wenn er nach der Veröffentlichung der Nachricht durch die Gegend liefe. Vielleicht könnte er der Versuchung nicht widerstehen, ihnen höhnisch ins Gesicht zu grinsen.

Als die Stadt schließlich zwischen zwei Hügeln auftaucht, schwebt sie fast in einem leichten rosigen Nebelschleier, der sie wie eine optische Linse vergrößert. Noch hinter dem Hügel von Fiesole verborgen, sendet die aufgehende Sonne einen roten Schimmer auf eine Wolke, ein Licht eher von Sonnenuntergang denn von Sonnenaufgang. Ach, die Himmel über dem Tümpel! Rosig oder von fauligem Violett, wenn man sie von einer der Brücken aus in Richtung der Berge betrachtete. Kalt, wie geschliffen und starr, wenn die Stadt im Dunst lag. Wie blanker Stein, Obsidian in der Nacht, niemals gleich und immer eingeschlossen, wie aus einem Gefängnis gesehen! Während Narcisse die blutige Wolke betrachtet, wiederholt er im Geiste die Stelle aus einem Brief von Blake an Füssli: »... Schrekken erschienen hoch oben am Himmel. Und in der Tiefe der Hölle. Und eine gewaltige, furchtbare Erschütterung bedrohte die Erde. Und meine Engel haben mir gesagt, daß ich mit solchen Visionen auf der Erde nicht überleben könnte.«

Sollte gerade heute einer der drei Tage sein, an denen das kleine Museum Horne geöffnet ist, wird er hingehen und sich den heiligen Stefan von Giotto und Füsslis erotische Zeichnungen ansehen.

Die Luxusbar in der Via Tornabuoni ist ein Zufluchtsort der Feen. Alle kommen sie hierhin. Die wirklichen Feen und auch ihre Sklavinnen, die vorgeben, welche zu sein. Die erkennt man als erstes an den Händen; die sind entweder länger und kräftiger oder plump und muskulös, obwohl sie lange, bemalte Nägel haben.

Narcisse geht nicht hinein. Er hat es ein paarmal probiert, und zwei Kellner in roten Jacken haben ihn in ihre Mitte genommen und rausgeschmissen, während sie ihm mit heuchlerisch freundlicher Stimme irgendwas ins Ohr flüsterten. Er baut sich vor dem Schaufenster auf und beobachtet das Kommen und Gehen, die heimlichen Verabredungen, die Begegnungen. An den Bewegungen der Münder versucht er die Worte zu erkennen, das Lächeln in den Gesichtern zu deuten.

Auf der gegenüberliegenden Straßenseite hocken drei Männer und ein Mädchen auf den Stufen einer barocken Kirche, leicht versetzt nach oben und unten, wie Noten auf Notenlinien. Die Frau hält ihre Hände und den Rock zwischen den Beinen. Alle blicken scheinbar zerstreut vor sich hin. Doch sehen sie alle in die gleiche Richtung, nämlich in seine. Narcisse fühlt sich unwohl, wie immer, wenn jemand ihn ansieht. Von den Blicken der anderen geht etwas Bösartiges aus, darum fühlt einer sich so, wie die anderen ihn sehen.

Ihm wird schwindelig. Er stützt sich mit einer Hand an die Glasscheibe und spiegelt sich in ihr, sucht sein Abbild darin wiederzufinden. In der Scheibe sieht er, wie die vier die Treppe herunterkommen, die Straße überqueren und auf ihn zugehen. Er tut so, als bemerke er es nicht. Als der erste, der sich dicht an der Häuserwand entlangdrückt, sich in der richtigen Entfernung von ihm befindet, dreht er sich mit einer plötzlichen Bewegung um und schlägt ihm mitten ins Gesicht. Alle bleiben stehen. Sie haben olivfarbene Haut, die Frau trägt einen langen Rock und ein Tuch um den Kopf. Sie haben sich als Zigeuner verkleidet, aber da müssen sie sich schon etwas anderes einfallen lassen, wenn sie ihn reinlegen wollen. Der Mann faßt ihn bei den Handgelenken und zieht ihn mit einem Ruck zu sich heran. Narcisse spürt die Schläge auf seinen Rücken, gegen seine Beine, Fausthiebe und Tritte. Er macht sich frei, dann dreht er sich, mit den Armen fuchtelnd, herum. Narcisse ist sehr klein, sein Kopf geht den anderen gerade bis zum Bauch. Aber er ist unheimlich stark und blitzschnell, obwohl er schon über Sechzig ist. Von seinen Widersachern befreit, flüchtet er auf die andere Straßenseite. In der Via Strozzi sieht er einen Streifenwagen der Polizei. Drei Beamte sitzen darin, der Fahrer und der Polizist auf der Rückbank tragen die helle Uniform, während neben dem Fahrer ein Beamter in dunkelblauer Uniform sitzt. Der Wagen verlangsamt seine Fahrt, dann hält er neben dem Bürgersteig, der Polizist in Blau öffnet die Tür und spricht mit der Frau aus der Gruppe, die mit gutturaler Stimme etwas schreit. Narcisse macht sich in Richtung der Piazza della Repubblica davon. Dort geht er, eilig ausschreitend, aber nicht laufend, in der Menschenmenge unter. Er setzt seinen Weg mit gesenktem Kopf fort, ohne jemandem ins Gesicht zu sehen. Mit schnellen Bewegungen weicht er jedem aus, der ihm den Weg zu versperren sucht. Er erreicht den Lieferwagen, den er unter den Bäumen der Piazza della Libertà geparkt hat. Und zum ersten Mal seit dem Beginn seiner Flucht sieht er sich um: Niemand scheint ihm zu folgen, um den Platz herum der übliche Strom von Autos, die sich wie im Karussell drehen, an der Ampel halten und schließlich wieder anfahren. Narcisse wartet so lange, bis ein paar Passanten hinter einer Reihe von Taxis verschwunden sind, dann öffnet er mit einer schnellen Bewegung die Wagentür.

Die Fenster sind mit Stoffbahnen verhängt, die den Einblick von außen verwehren. Die hintere Ladefläche ist bis oben hin voll mit den verschiedensten Gegenständen. Da steht eine mit wundervollem rotem Samt bezogene Chaiselongue, die Narcisse bei einem Trödler am anderen Arnoufer erstanden und noch nicht in den Keller gebracht hat. Darauf streckt er sich aus. Er wird auf die Dunkelheit warten. Das ist eine lange Zeit, er hat Hunger, aber er ist es gewöhnt, auszuhalten. Ein Weilchen schläft er. Die Scheinwerfer der Autos, die um den Platz herumfahren und ihn für Augenblicke aufs Korn nehmen, wecken ihn schließlich auf. Jetzt setzt er sich ins Fahrerhäuschen, öffnet den Vorhang vor der Windschutzscheibe, läßt den Motor an und macht sich auf den Weg in Richtung Via Bolognese. Das Museum Horne wird er ein andermal besuchen.

11

Schwarzer Hut

Lembi traf um zehn Uhr im Gericht ein und ging in den zweiten Stock. Im Vorzimmer zu den Büros der Staatsanwälte traf er Orlandi in Begleitung eines Dienststellenleiters der Kriminalpolizei. Sie eilten auf die Treppe zu.

»Genau dich habe ich gesucht.«

Orlandi deutete auf den Dienststellenleiter: »Wir sind gerade auf dem Weg zu einem Lokaltermin. Kannst du nicht bis morgen warten?«

»Es dauert nicht lange«, sagte Lembi.

»Warten Sie bitte eine Minute auf mich, Dottor Tartaro.« Orlandi hob die Augen zur Decke, dann machte er kehrt und schritt vor Lembi her zu seinem Büro. Er trat ein, ging hinter seinen Schreibtisch, doch ließ er die Tür offen und setzte sich nicht. Auch seinen Hut aus feinem Stroh behielt er auf dem Kopf; diesmal war er schwarzglänzend und mit einem weißen Band verziert. Damit sah Orlandi fast aus wie ein Mafiaboß.

»Jetzt erzähl, mein Lieber«, sagte lächelnd der Staatsanwalt.

Lembi legte das Foto von Bice auf den Tisch, daneben die Reproduktion des Gemäldes, und drehte beides in Orlandis Richtung.

»Schau, wen wir da wiedersehen«, Orlandi deutete auf das Foto, »den verblichenen Bencivenga Euro.«

»Genau.« Lembi schob ihm die Reproduktion etwas näher unter die Augen. »Und das müßte eigentlich Boltraffio Giovanni Antonio sein, ist es aber nicht.«

»Und wer ist es dann, auch ein Transvestit?«

»Mit Boltraffio meine ich den Schöpfer des Gemäldes. Und das Bild müßte eigentlich gegen Ende des fünfzehnten Jahrhunderts entstanden sein. Jetzt sieh dir den Hund an.«

Orlandi hatte die Arme hinter dem Rücken verschränkt und beugte den Kopf über den Tisch. Seine Nase war nur wenige Zentimeter vom Bild entfernt. »Okay. Ich sehe ihn mir an. Und?«

»Dieser Hund ist auch auf dem Foto, siehst du? Es ist ein mexikanischer Nackthund.«

»Ausgezeichnet«, entgegnete Orlandi, »mexikanisch und nackt. Ja und?«

»Was heißt hier ›Ja und‹? Denk doch mal an die Entdekkung Amerikas.«

»Und deswegen wolltest du mich sprechen?« Orlandi sah zur Tür. »Um mir was von der Entdeckung Amerikas zu erzählen?«

Die zwei farbigen Bilder nebeneinander auf dem antiken Holz des Klostertischs erschienen Lembi auf einmal völlig unbedeutend, ein Kinderspiel an einem Ort, der für wichtigere Dinge bestimmt war.

»Aber, entschuldige«, seine Stimme klang unsicher, »siehst du nicht, daß die beiden Bilder praktisch identisch sind?«

»Identisch würde ich nicht sagen. Eins ist ein Foto von einem lebenden Modell und das andere die Reproduktion eines Gemäldes. Das hast du gesagt.«

»Genau! Das Bild hängt in einem Museum in Oxford und wird für einen Boltraffio gehalten, einen Maler des fünfzehnten Jahrhunderts aus der Umgebung von Leonardo da Vinci. Sagt dir das nichts?«

»Und was sollte es mir sagen?«

Sie hörten ein wohlerzogenes Klopfen an der Tür, die sich dann einen Spalt öffnete. Der Kopf von Tartaro erschien in der Öffnung. »Dottor Orlandi, der Gerichtsmediziner wartet bis elf auf uns, höchstens bis Viertel nach elf, dann muß er gehen. Für die Fahrt bis dahin brauchen wir mindestens eine Stunde, wenn kein Verkehr ist.« Orlandi forderte ihn mit einer Geste auf, ins Büro zu kommen. »Sofort, ich komme sofort. Unser Gespräch ist doch beendet, Lembi?«

»Noch einen Augenblick Geduld.« Lembi schob die Bilder erneut mit der Fingerspitze vor Orlandi, der sie keines Blickes mehr würdigte und mit Tartaro ein Lächeln tauschte. »Man könnte die Hypothese aufstellen, daß Bencivenga für dieses Gemälde Modell gesessen hat. Genau das versuche ich dir klarzumachen ...«

»Da sind wir wieder bei den Hypothesen. Aber hast du nicht gesagt, daß dieser Maler, dieser Bollaffio ...«

»Boltraffio.«

»Boltraffio. Hattest du nicht gesagt, das sei ein Maler des Quattrocento?«

»Um genau zu sein: Er ist fünfzehnhundertsechzehn gestorben..«

»Na also. Entschuldige, Lembi, aber ...«

»Der Hund! Der mexikanische Nackthund ...«

»Herrgott! Jetzt fang bitte nicht wieder mit dem Hund an. Hör mal, Lembi. An einem Ort im Mugello wartet die gesamte Garnison der Carabinieri von Borgo San Lorenzo auf mich. Und Professor Meoni vom Gerichtsmedizinischen Institut. Hier steht unser Tartaro, und auf der Piazza wartet ein Beamter mit dem Wagen auf uns. Alle vom Staat besoldet. Sie haben einen Alten gefunden, der in einem Wasserbecken ertrunken ist. Der Amtsrichter aus Borgo hat sich in den Kopf gesetzt, daß der nicht von allein da reingefallen ist, in das Becken. Über den mexikanischen Hund und diesen Bollaffio reden wir ein andermal, einverstanden?«

Lembi sammelte kochend vor Wut die beiden Bilder vom Tisch auf.

»Auf Wiedersehen«, sagte er und ging zur Tür.

Als er den Raum verlassen hatte, blies Orlandi Luft in

seine Backen, riß die Augen weit auf und bedeutete Tartaro, ihm vorauszugehen.

»Scatizzi«, sagte Tartaro, der neben dem Fahrer saß, »gib ein bißchen Gas, es ist schon halb elf.«

»Wir fahren schon neunzig, und das in der Stadt.« Scatizzi rückte sich auf seinem Sitz zurecht. »Soll ich die Sirene anstellen?«

»Worauf wartest du noch, wir sind doch im Einsatz, oder etwa nicht?« Der Fahrer hantierte unter dem Armaturenbrett, nahm die blaue Kugel, streckte den Arm aus dem Fenster des Alfa 2 000 und drückte auf den Knopf. Die Sirene setzte sich in Bewegung, ein bläulicher Reflex schlängelte sich über den Asphalt, die schrillen Töne hallten von den Mauern der engen Via Faentina wider. Tartaro konsultierte seine Aufzeichnungen, die er auf einer ziemlich abgenutzten Mappe auf seinen Knien liegen hatte, dann wandte er sich nach hinten zu Orlandi.

»Die Hausangestellte hat ihn gefunden. Hier: Bernardina Focacci, mit Wohnsitz in Polcanto, aber tatsächlich wohnhaft in Sant'Agata, in der Villa des Toten. Sie ist vorzeitig aus den Ferien zurückgekehrt, weil sie sich bei ihren Verwandten in Polcanto nicht wohlgefühlt hat, sie haben so viele Kinder, und so weiter, und so fort. Der Gefreite Santambrogio ist nicht glücklich, wenn er seine Berichte nicht mit völlig unnützem Zeug vollstopfen kann.«

»Da ist er nicht der einzige«, sagte Orlandi. »Auch der Amtsrichter hat mich über eine halbe Stunde am Telefon festgehalten. Ein Ehrenamtlicher, einer dieser Posten, auf denen man es hauptsächlich mit Verkehrsunfällen zu tun hat. Ich habe versucht, ihm zu verstehen zu geben, daß der Alte sich doch auch unwohl gefühlt haben könnte. Die Zisterne scheint sich direkt unter der Loggia zu befinden, warum könnte er nicht einfach runtergefallen sein? Aber nein, Signore, er hat schon die halbe Welt in Bewegung gesetzt: Carabinieri, Gerichtsarzt und natürlich die Staatsanwaltschaft. Meiner Meinung nach ein Schlag ins Wasser. Der Alte stand auf der Loggia, hat sich schlecht gefühlt und ist gefallen. Sie werden sehen, Tartaro, so ist es gelaufen.«

»Es heißt, man habe auf dem Kopf des Alten Spuren gefunden, die von einem Schlag herrühren, aber …«

»Und die könnte er sich nicht beim Aufprall auf den Zisternenrand zugezogen haben? Schauen Sie, Tartaro, auf unserem Gebiet gibt es einfach zu viele Dilettanten.«

Orlandi seufzte und fing dann an, die neue Strafprozeßordnung über alle Maßen zu loben. Sie würde aufräumen mit den Dilettanten, den Trödlern, den Anhängern des schönen Stils und der Logik des siebzehnten Jahrhunderts, den notorischen Zweiflern, denjenigen, die das Strafrecht mit der Literatur verwechselten. Er hatte seinen Hut ein wenig in die Stirn gezogen, um sich vor der blendenden Sonne zu schützen, er redete hastig und mit dem Gestus eines amerikanischen Distriktanwalts. Die moderne Kriminalität, sagte er, reist im Jet, die Justiz kann dem nicht mehr mit umständlichem Papierkram begegnen, mit handschriftlichen Protokollen, all dem byzantinischen Regelkram. Alles müsse schneller gehen, man brauche Techniker, Computer, Managermentalität, es sei an der Zeit, auch mit der ganzen bürokratischen Rhetorik Schluß zu machen. Dieser letzte kleine Fall wäre nach Orlandis Meinung in einem Augenblick erledigt gewesen, da würde er drauf wetten, wenn statt dieses vertrottelten Amtsrichters ein erfahrener Techniker zur Stelle gewesen wäre. Handelte es sich um einen Unglücksfall? Basta, beschlossene Sache: ein bedauerlicher Unfall, der einem alten Mann zugestoßen war, der zu isoliert lebte, einer von vielen. Tartaro entgegnete, die von der Zentrale hätten mitgeteilt, daß es sich bei dem Alten nicht um einen gewöhnlichen Typen gehandelt hätte, sondern um einen ziemlich reichen, mit vielen kostbaren Sachen im Haus, und es hieß, er sei im Begriff gewesen, einer amerikanischen Stiftung ein sehr wertvolles Gemälde zu verkaufen.

»Heute ist wohl der Gemäldetag ...«, Orlandi lächelte.

Jetzt kicherte auch Tartaro. »Hat Dottor Lembi über ein Bild mit Ihnen gesprochen?«

»Ja, über ein Bild.« Wieder blies Orlandi die Backen auf.

»Und in welcher Hinsicht?«

»Ach nichts. Er hat so seine Ideen. Sehr originelle Ideen. Aber ohne Bedeutung.« Orlandi nahm eine Zigarette, steckte sie in sein Mundstück und zündete sie bedächtig an. Er war ganz konzentriert bei der Sache. »Sehen Sie, Tartaro: Lembi ist natürlich ein ausgezeichneter Richter. Doch bei den Voruntersuchungen, finde ich, ist er nicht ganz an der richtigen Stelle. Da ist eine andere Mentalität gefragt.«

»Es heißt, er kenne sich gut aus, er sei sehr intelligent. Viel zu intelligent«, wagte Tartaro zu äußern.

»Genau«, stimmte Orlandi zu. »Manche Subtilitäten sind heute fehl am Platz.«

»Ich habe gehört, er sei ein etwas verschlossener Typ ... Einzelgänger ... ohne Bindungen. Ein bißchen merkwürdig eben.« Tartaro lächelte boshaft. Orlandi aber distanzierte sich von einem Gespräch, das drohte, in Klatsch abzudriften. Er erwiderte, das Privatleben seiner Kollegen interessiere ihn nicht, nur das Verhalten in der Arbeit. Und vor allem müsse jeder wissen, wo seine Grenzen seien. Lembi aber habe die Tendenz, ebendiese Grenzen zu überschreiten.

»Bei dem Mordfall mit dem Transvestiten, zum Beispiel, hat sich Dottor Lembi auf einen Hund fixiert. Das könnte eine witzige Geschichte sein«, mit einem Ruck zog Orlandi seine Jacke zurecht, »doch leider ist sie es nicht. Die Angelegenheit ist ernst, denn sie deutet auf eine Kompetenzüberschreitung hin.«

»Ich denke, die Sache mit dem Transvestiten ist abgeschlossen«, meinte Tartaro.

»Es gibt eindeutige Beweise, die den Beschuldigten belasten. Aber Lembi will noch weiter diskutieren. Heute morgen platzt er in mein Büro mit der Geschichte des Bildes von einem gewissen ... Jetzt habe ich vergessen, wie er hieß. Und wieder faselt er von diesem Hund. Von Anfang an hat er es mit diesem verdammten Tier gehabt. Er benimmt sich nicht nur ein wenig merkwürdig, er verstößt auch gegen die Regeln.«

Orlandi präzisierte, nach den neuen Regeln dürfe der Richter keine Beweise mehr sammeln, außer in den vom Gesetz streng limitierten Fällen. Aber das wolle Lembi nicht begreifen, er mische sich in unangemessener Weise ein. Bei anderen Gelegenheiten hatte er die Ermittlungsergebnisse des Staatsanwalts umgestoßen und sich in den Verteidiger des Angeklagten verwandelt. Und wenn ihm das in der Vergangenheit auch gestattet war, so konnte er es sich heute nicht mehr erlauben. Er konnte nicht darauf pochen, daß seine Intuition und seine Vorstellungskraft in Betracht gezogen würden. Und von jetzt an müßte er sich auch mit seinen kulturellen Ergüssen zurückhalten.

»Einmal hat er mir Galilei zitiert. Er meinte, Galilei habe gesagt, wer etwas finden wolle, müsse seine Phantasie arbeiten lassen. Ich verzichte auf Phantasie, wenn ich mich mit einer gerichtlichen Untersuchung beschäftige. Ich gehe übrigens auch nicht ins Kino. Erfundene Geschichten langweilen mich. Lembis Problem ist«, schloß Orlandi seine Betrachtung, »daß er sich für genial hält. Deshalb verhält er sich uns gegenüber, die wir auf solche gedanklichen Höhenflüge verzichten, auch so überheblich.« Tartaro nickte, zufrieden darüber, daß der Staatsanwalt ihn in die Phalanx der nüchternen Techniker eingereiht hatte.

»Wie heißt der Alte, der nach Ansicht unseres phantasievollen Prätors Opfer eines Mordes geworden ist?« Orlandi streckte sich entspannt auf seinem Sitz aus.

Tartaro konsultierte seine Aufzeichnungen. »Scalistri Giovanni. Von Beruf Kunsthändler. Alter: achtundsiebzig. Geboren in San Giovanni Valdarno.« Er machte eine Pause. »Hier steht, daß man im Haus verborgene Spuren einer Durchsuchung gefunden hat.«

»Ist auch etwas entwendet worden?«

»Es sieht nicht so aus.«

»Ja, dann ...«

Tartaro hielt ein Blatt Papier in die Luft. »Der Gerichtsmediziner sagt, daß die Kopfverletzung von einem stumpfen Gegenstand herrührt. Stumpf, aber mit Kanten.«

Orlandi ergriff das Dokument und las es stirnrunzelnd. Der Wagen hatte mittlerweile die Stadt verlassen. Die Straße führte durch zwei Reihen moderner, kleiner Villen im Landhausstil. Sie waren übertrieben bunt angestrichen und besaßen alle einen kleinen Vorgarten, der mit skelettartigen Rosensträuchern und verstaubten Zierzypressen bepflanzt war.

»Das ...«, knurrte Orlando, »ändert die Sachlage allerdings ein wenig,«

In sein Büro zurückgekehrt, rief Lembi Evelina an: »Ich brauche deine Hilfe. Jetzt muß ich wirklich mit diesem neapolitanischen Transvestiten sprechen, von dem du mir erzählt hast.« Während sie ihm ihr gewohntes »Negativ, Richter« entgegenhielt, bemerkte er, daß Signorina Sartoni, die vorgab, ein Dokument zu studieren, die Ohren spitzte. Er drehte sich zur Wand und senkte die Stimme: »Ich bitte dich wirklich dringend, mir diesen Gefallen zu tun. Es kostet dich doch nichts ... Und ich sage dir, es geht genau ums Gegenteil ... Es handelt sich darum, einen Unschuldigen aus dem Gefängnis herauszuholen ...«

Nach einem kurzem Schweigen, während dem er sie kichern hörte, ohne zu wissen worüber, fragte Evelina ihn, wo er jetzt sei.

»Dort komme ich dich abholen«, beschloß Evelina. »Ich warte im Wagen vor dem Gericht auf dich. Dann können wir uns weiter darüber unterhalten.«

Zusammen mit anderen Kollegen und Angestellten der verschiedenen Büros stieg Lembi die Treppe hinab. An diesem Tag führte die Urlaubsvertretung die Anhörungen durch, und es war Mittagspause. Ein Polizeiwagen lud eine Gruppe Angeklagter in Handschellen ein. Auf dem Rücksitz von Evelinas Panda lag ein mit einer zuckenden Masse gefüllter Jutesack.

»Ich bringe Guendalina zu mir nach Hause.« Evelina hatte Lembis mißtrauischen Blick bemerkt. »Sie ist in der Specola nicht besonders beliebt, für diese Umgebung ist sie einfach zu lebhaft. Nur, das Zusammenleben mit dem Hund wird ein bißchen schwierig werden. Alex ist ein Hund mit Vorurteilen, er ist Schlangen gegenüber auf ungerechtfertigte Weise voreingenommen.«

12
Gendarmen vor der Tür

Der Streit hatte mit einer Hänselei begonnen. Der Regisseur des *Sturm* wollte Strehler imitieren und hatte die Idee gehabt, Ariel an einem komplizierten System von Türmen aus Röhren, Rollen und Gegengewichten aufzuhängen und von rechts nach links über die Bühne schwingen zu lassen. Aber Giovancarlo wog ungefähr dreimal soviel wie Giulia Lazzarini (die in der Strehlerschen Inszenierung den Ariel gespielt hatte). Ein Zugseil war gerissen, er war auf den Steinboden des Teatro Romano gestürzt und hatte sich das Handgelenk verstaucht. Jetzt trug er ein Schultertuch, und Guido fing an, sich über ihn lustig zu machen. Er meinte, er wäre für die Rolle des Trinculo wohl besser geeignet gewesen. Da brach der Streit los. Guidos wütende Stimme war bis auf die Treppe zu hören, als die Beamten der Kriminalpolizei vor der Tür standen.

Um zu Angelicas Wohnung zu gelangen, mußte man einen kleinen Eingang neben dem Hotelportal im Borgo de' Greci nehmen und drei Treppen hochsteigen. Unter der Klingel war kein Namensschild angebracht. Angelica hatte diese – im übrigen wirkungslose – Schutzmaßnahme ergriffen, um sich vor Gläubigern und Gerichtsvollziehern zu schützen. Gleichwohl waren die Beamten bis zu ihrer Wohnungstür hinaufgestiegen und klopften. Angelica öffnete, und sie traten rasch und ungezwungen ein.

Der kleinere von beiden ließ, während er Angelica höflich lächelnd die Hand schüttelte, seinen Blick durch den Raum schweifen. Er schnüffelte mit seinen Augen in jeder Ecke herum, als seien es kleine Mäuse.

Es war elf Uhr vormittags, und Guido lief mit seinem üblichen alten Schlafanzug herum, der gestreift war wie eine Matratze. Auch Angelica trug noch den Morgenmantel mit der herunterhängenden Rüsche. Im ganzen Zimmer waren die Anzeichen der schlampigen Nachlässigkeit seiner Bewohner nicht zu übersehen. Die schmutzigen Teller vom Vorabend standen im Spülbecken, Weinflaschen und leere Gläser auf dem nur zur Hälfte abgeräumten Tisch. Die Türen von Angelicas Zimmer und dem Gästezimmer waren offen, man sah die ungemachten Betten. Die Gerüche einer in den Augen der Nachbarn, geschweige denn der Polizisten, zweideutigen Promiskuität lagen in der Luft.

Der magere kleine Kriminalbeamte fuhr sich häufig durch seine rabenschwarzen Haare, die so ordentlich waren, daß sie Angelica wie ein Toupet vorkamen. Der andere hatte einen ganz kurzen Bürstenschnitt. Die rötlichen Haare auf seinem Quadratschädel mit den Hängebacken waren fast unsichtbar und durchsichtig. Alles an ihm erschien unpassend und kurz vor dem Zerspringen, Aufplatzen, Zerbersten: die Jacke, in die er die prallen Schultern und den Bauch hineingezwängt hatte; die schmale, locker geknotete Krawatte, die auf der breiten Plattform seines Brustkorbs ruhte; die ausgetretenen Schuhe. Der Magere betrachtete den Raum und lächelte dabei unaufhörlich mit einer gewissen Genugtuung, als dächte er: Genau so habe ich es mir vorgestellt. Der Dicke, der zunächst verträumt in der Tür stehengeblieben war, warf Guido, der sich, auf dem Sofa liegend, einen Schwarzweißfilm im Fernsehen ansah, ein herzliches Lächeln zu. Und wie einer plötzlichen Eingebung folgend ergriff er einen Stuhl und setzte sich neben ihn. Er streckte eine Hand aus und berührte Guidos Knie: »Na, wie geht's, Alberetti?« sagte er, und sein Lächeln wurde noch breiter. Guido legte weiterhin große Gleichgültigkeit an den Tag, die Augen starr auf den Bildschirm geheftet, als habe in den letzten Minuten niemand von außerhalb die Atmosphäre gestört.

Der Magere stellte sich und seinen Begleiter vor: Dienststellenleiter der Kriminalpolizei, Dottor Tartaro, Kriminalbeamter Scatizzi. Sie waren gekommen, um ein paar Informationen einzuholen, normale Routine, eine Runde durch den Bekanntenkreis des Toten, der in diesem Fall nicht groß war, und Angelica gehörte eben zu diesem Kreis.

»Sie haben von dem Unglück gehört, nicht wahr?«

»Von welchem Unglück?« Angelica war von der Selbstverständlichkeit verblüfft, mit der die beiden in ihre Intimsphäre eingedrungen waren.

»Sie wissen von nichts? Und dabei waren Sie doch recht intim miteinander.«

»Intim mit wem?«

Tartaro verzog den Mund: »Könnte man den Fernseher nicht ein bißchen leiser stellen? Man kann sich ja gar nicht konzentrieren.«

Giovancarlo, der einzige von den dreien, der die Ehre des Hauses hochhielt, weil er bereits angezogen und gekämmt war und nach Puder duftete, ging auf den Fernseher zu und schaltete ihn aus. Guido warf ihm einen bösen Blick zu und stellte ihn wieder an, in der gleichen Lautstärke wie zuvor. Tartaro streckte seinen Zeigefinger nach ihm aus.

»Wir kennen uns. Stimmt's, Scatizzi, Guido Alberetti ist ein alter Bekannter von uns.«

»Aber gewiß doch.« Der Dicke legte erneut freundschaftlich die Hand auf Guidos Knie.

»Für heute lassen wir den bekannten Alberetti in Ruhe«, lächelte Tartaro, »obwohl er es schon zweimal versäumt hat, im Polizeipräsidium seine Unterschrift zu hinterlassen. Aber das ist nicht der Grund, warum wir Sie stören, Signora. Es tut mir leid, daß ich es bin, der Ihnen die Nachricht überbringen muß. Es handelt sich um einen Ihrer Bekannten. Giovanni Scalistri. Man hat ihn tot aufgefunden. Was ist heute für ein Tag? Freitag? Genau, also vor zwei Tagen. Man hat ihn in einer Zisterne gefunden. Ertrunken.«

Angelica schaltete den Fernseher ab und warf Guido einen bedeutungsschweren Blick zu, um ihn daran zu hindern, das Gerät erneut einzuschalten. Das darauffolgende Schweigen hätte eigentlich das Unbehagen verringern sollen, das durch die Unordnung im Raum und die Rücksichtslosigkeit des »bekannten Alberetti« entstanden war, doch statt dessen wurde die Atmosphäre durch die Stille nur streng und formal, wovon ausschließlich die Polizeibeamten profitierten.

Tartaro blätterte in seinem Notizbuch: »Wahrscheinlich war es ein Unglück. Doch werden auch andere Hypothesen aufgestellt. Sie kannten ihn ziemlich gut, nicht wahr?«

»Als meine Großmutter noch lebte, sah ich ihn häufig. Scalistri war ein Mitarbeiter von ihr.«

»Ein ausgesprochen enger Mitarbeiter, nicht wahr?«

»Ja, aber das war vor nahezu vierzig Jahren.«

»Und seitdem hatten Sie keinen Umgang mehr mit ihm?«

»Nein. Das heißt ... doch. Ich habe ihn manchmal gesehen, ganz unregelmäßig.«

»Haben Sie ihn kürzlich gesehen?«

»Nein ... Wir hatten schon seit Jahren keinen Umgang mehr miteinander. Er lebte sehr zurückgezogen ...«

Tartaro nickte und konsultierte dabei sein Notizbuch. »Genau! Mit einer Haushälterin und einem Hund. In einer einsamen Villa im Mugello. Wenn man ein gewisses Alter erreicht hat, sollte man nicht mehr an so stillen Orten leben. Mehr können Sie mir nicht sagen, Signora?«

Angelica sah Guido an, der sich nicht gerührt hatte und die Augen immer noch starr auf den toten Bildschirm geheftet hielt. Giovancarlo war verschwunden. Aus der halbgeöffneten Tür des Gästezimmers leuchtete ein helles Laken, das in der Luft hing.

»Nein.« Angelica räusperte sich. »Ich glaube nicht, daß ich sonst noch etwas wüßte«, sagte sie dann mit entschiedenerer Stimme.

Tartaro notierte sich etwas. Er wandte sich in vertraulichem Ton an Scatizzi: »Ich würde wirklich gern wissen, warum die Leute der Polizei gegenüber immer so mißtrauisch sind.«

»Hören Sie, ich bin nicht mißtrauisch, ich weiß einfach nicht mehr, das ist alles.«

»Ach, kommen Sie, Signora!« Tartaro lächelte nachsichtig. »Scalistri war im Begriff, ein Bild, das sich einmal in Ihrem Besitz befand und das Sie ihm für eine Handvoll Millionen überlassen hatten, für die phantastische Summe von zehn Milliarden Lire zu verkaufen. Das stand vor weniger als zwei Wochen in der Zeitung, und Sie erzählen mir, daß er allein lebte, und sonst nichts. Sie mißtrauen mir, Signora, leugnen Sie das doch nicht. »

»Dieses Bild habe ich ihm vor drei Jahren verkauft«, entfuhr es Angelica, »und seitdem habe ich ihn nicht mehr gesehen.«

»Aahh! Sehen Sie, daß wir der Sache schon näher kommen?« Tartaro breitete die Arme aus. »Was will die Polizei denn wissen? Doch nur die üblichen Dinge. Wann haben Sie den Sowieso zum letzten Mal gesehen, und so weiter.« Er buchstabierte fast in sein Notizbuch: »›Ich ha-be Scalistri seit drei Jah-ren nicht ge-seh-en. Da-mals ha-be ich ihm das Bild ver-kauft, in dem es bei der Un-ter-such-ung geht.‹ Das wär's. Alles in Ordnung. Jetzt setzen wir ein Protoköllchen auf, und Sie unterschreiben es mir, als spontane Erklärung. Eine Formalität, und damit ist alles erledigt.«

»Die Signora unterschreibt hier überhaupt nichts.« Guido schob Scatizzis Hand weg, die von neuem auf seinem Bein lag. »Ich möchte mal gerne wissen, wer euch das Recht gibt, ins Haus von anständigen Leuten einzudringen und Fallen auszulegen.«

»Oh, oh! Ich wußte nicht, daß der Anwalt zugegen ist. Das war uns nicht bekannt, stimmt's, Scatizzi?« Tartaro lächelte, aber seine Augen blickten kalt. »Rechtsanwalt Guido Alberetti kennt sich aus mit anständigen Menschen.«

Scatizzi kniff Guido mit einer weitausholenden Geste in die Wange und zog seinen Kopf so nahe zu sich heran, bis er seinen eigenen berührte. »Guido, Guidino, du willst den Bösen spielen? Wie lange kennen wir uns schon, du und ich?«

»Nimm deine Hände weg, Scatizzi.« Guido stand mit einer so plötzlichen Bewegung auf, daß er den Beamten aus dem Gleichgewicht brachte, dessen Arm jetzt auf komische Weise in der Luft hing. Angelica ging zum Telefon und hob den Hörer ab: »Den Anwalt rufe ich. Was meint der denn, wo er ist?«

Tartaro setzte ein ernstes Gesicht auf: »Scatizzi! Ich sage dir schon seit Jahren: du kannst dich einfach nicht benehmen!« Er sprach schnell, ohne Atem zu holen, wie ein Marktschreier auf dem Dorf, und entschuldigte sich für seinen Kollegen. Wenn die Signora Degli Alberetti das Protokoll nicht unterzeichnen wolle, sagte er, so sei sie keineswegs dazu verpflichtet. Sie handelten nur den Regeln entsprechend. Sie seien nicht gekommen, um jemandem eine Falle zu stellen. Das sei ein Mißverständnis. Die Signora habe sich wegen einer Nichtigkeit aufgeregt. Es sei noch nicht mal sicher, daß dieser Scalistri wirklich ermordet worden sei. Sie seien hier, um ein paar ganz allgemeine Auskünfte einzuholen. Das wäre alles. Die hätten sie erhalten, und jetzt würden sie wieder gehen.

In der Zwischenzeit lief Scatizzi wie ein Bär im Zimmer auf und ab. Er ging auf Angelica zu und sagte mit tiefer, vertraulicher Stimme zu ihr: »Kann ich mal eben Ihr Bad benutzen?«

Angelica sah ihn überrascht an. Der Riesenaffe mußte mal! Das war einer der fadenscheinigsten Tricks. Sie wollte gerade nein sagen, aber Scatizzi stand bereits auf der Schwelle zu ihrem Zimmer. »Ich finde den Weg schon allein.«

Er trat ins Schlafzimmer und machte die Tür hinter sich zu. Dann hörte Angelica, wie er die Tür zum Bad öffnete. In der darauffolgenden Stille ging Tartaro mit dem Notizbuch in der Hand zur Tür des Gästezimmers: »Dieser andere Herr, der eben noch hier war. Ich müßte auch seine Personalien notieren. Entschuldigen Sie, wie war Ihr Name?«

Giovancarlo erschien. »Meinen Sie mich? Quagliotti Giovancarlo.«

»Zeigen Sie mir bitte Ihren Ausweis.«

Giovancarlo zog seine Brieftasche und zeigte seinen Personalausweis. Tartaro machte sich eine Notiz und deutete dann mit dem Bleistift auf den Verband. »Was ist Ihnen denn da passiert?«

»Oh, nichts. Ein Unfall auf der Bühne.«

Tartaro nickte und betrachtete den Ausweis. »Schauspieler, was? Ein Künstler. Schöner Beruf.«

Man hörte die Wasserspülung. Scatizzi tauchte strahlend wieder auf. Tartaro steckte das Notizbuch und den Bleistift in die Tasche. »Entschuldigen Sie vielmals die Störung. Wir werden einen kleinen Bericht schreiben. Falls es nötig sein sollte, werden wir Sie vorladen.« Er deutete auf das geöffnete Fenster, das den Engel mit der Trompete auf dem Giebel des Gerichtsgebäudes einrahmte. »Zumindest wird es Sie keine große Mühe kosten. Wir sind ja sozusagen Nachbarn. Mein Büro liegt dort oben.«

Guido legte sich wieder aufs Sofa und schaltete den Fernseher an. Angelica wollte gerade die Tür hinter den Polizisten schließen, als sie durch Gegendruck von außen gezwungen wurde, sie noch mal zu öffnen. Scatizzis Gesicht erschien im Türspalt.

»Entschuldigen Sie, Signora, gehört diese Limousine, dieser alte Mercedes, der an der Ecke zur Via de' Benci geparkt ist, Ihnen?«

»Ja«, entgegnete Angelica. »Wieso?«

»Heute nacht ist hier Straßenreinigung. Der wird Ihnen abgeschleppt.«

»Danke.«

»Ich tu nur meine Pflicht.« Scatizzi führte eine Hand an die Stirn. Dann steckte er den Kopf ins Innere des Zimmers. »Ciao, Guido. Und nichts für ungut, eh?«

Angelica nahm die Hand vom Tisch, auf den sie sich gestützt hatte, weil ihr die Beine zitterten. Der feuchte Abdruck ihrer Handfläche mit allen fünf Fingern begann auf der Tischplatte zu verdunsten. Sie ging in ihr Zimmer und dann ins Bad. Sie duschte. Während sie sich anzog, konzentrierte sie sich auf die Geräusche im Nebenzimmer. Aus der Wohnküche hörte man nur hohl den Dialog des Films, der im Fernsehen lief. Guido und Giovancarlo sprachen nicht miteinander. Ihr Schweigen kam Angelica verdächtig vor. Als sie fertig war, nahm sie ihre Tasche und ging zur Tür.

»Du hast mich vielleicht in Schwierigkeiten gebracht«, flüsterte sie Guido zu, als sie neben dem Sofa stand.

Guido deutete auf den Bildschirm. »*Casablanca*«, sagte er. »Mit Ingrid Bergmann und dem großen Bogey.« Die Musik wurde lauter, es war die Flughafenszene. Man sah, wie sich die Propeller eines Viermotorers drehten, Bogart und der Polizist gingen nebeneinander durch den Nebel.

»Du taktloser Mensch«, sagte Angelica.

Guido machte eine zerstreute Geste, ohne den Blick vom Fernseher zu wenden. »Deine Tasche ist auf.«

Angelica beugte sich über das sackförmige alte Täschchen mit zwei Griffen, das wie ein aufgerissener Mund von ihrem Arm hing. Der Schnappverschluß stand offen. Sie wühlte aufgeregt in ihr herum. Dann warf sie Guido einen hilfesuchenden Blick zu. »Ich bin ruiniert. Wir sind ruiniert.«

»Ruiniert?« hauchte Giovancarlo.

»Dein Freund hat mich ruiniert. Der Orang-Utan hat die Straßenkarte mitgenommen.«

»Welche Straßenkarte?« Die beiden starrten sie an, Guidos Gesichtsausdruck war nun nicht mehr gleichgültig.

»Die Karte vom Mugello. Ich hatte den Weg darauf eingezeichnet, der zur ›Pantiera‹ führt. O Gott! Und auch der Wagen! Der Riesenaffe muß die Beule bemerkt haben!«

»Welche Beule?«

»Als ich von Scalistri wegfuhr, bin ich gegen eine Zypresse geprallt. Ich habe eine Schramme auf dem Stamm hinterlassen und meine Stoßstange verbeult. Der Riesenaffe weiß das. Deshalb hat er mich nach dem Mercedes gefragt. Sie haben es schon gesehen.«

»Wo steht der Wagen jetzt?« Guido erhob sich vom Sofa.

»Hier unterm Haus, an der Ecke zur Via de' Benci. Nach jenem verdammten Tag habe ich ihn nicht mehr von der Stelle bewegt.«

»Sieh mal nach, ob er dir auch die Wagenschlüssel geklaut hat«, sagte Guido. Angelica wühlte wieder in der Tasche. Dann kippte sie deren Inhalt auf den Tisch.

»Die Schlüssel sind da.« Sie fing an, alles wieder in die Tasche zurückzupacken.

»Nein«, sagte Guido, »laß die Schlüssel draußen.« Und er riß sie ihr aus der Hand. »Um das Auto kümmere ich mich.«

Angelica hatte das Telefonbuch aufgeschlagen.

»Was hast du vor?« fragte Guido.

Angelica ließ den Zeigefinger auf einer Seite des Buches liegen und drehte sich sehr plötzlich um. »Ich suche mir einen Anwalt. Hast du eine bessere Idee? Fällt dir vielleicht was anderes ein?«

Angelica hatte die Wohnung vor ein paar Minuten verlassen. Guido zog sich mit größter Eile an.

»Geh runter zur Via de' Benci«, sagte er zu Giovancarlo, »und warte neben dem Auto auf mich. Paß auf, daß niemand sich nähert. Solltest du bemerken, daß irgend jemand was

Komisches mit dem Wrack anstellt, Fotos schießt, oder so ähnlich, dann halt ihn davon ab. Sag ihm, daß der Wagen einem Freund von dir gehört. Stör ihn, frag ihn, ob er ein Papier vorweisen kann. Ich komme sofort.«

»Du hast einen Fehler gemacht, und damit basta.«

Tartaro sah aus dem Fenster des kleinen Büros der Kriminalpolizei im letzten Stock des Gerichtsgebäudes. Das Zimmerchen war einmal Lagerraum für Brennholz gewesen, früher, als noch alle Büros mit Terracottaöfen beheizt wurden. Wenn man genau darauf achtete, konnte man noch immer einen leichten Moosgeruch wahrnehmen. Der Hügel von Fiesole beschloß das Panorama hinter der Synagoge, ihre Kuppel erhob sich über den Dächern, aufgebläht wie ein Seidenballon vor dem Abflug.

»Einen schwerwiegenden Fehler«, bekräftigte Tartaro.

»Mein Gott! ...« Scatizzi tippte das Dienstprotokoll auf der elektrischen Olivetti, seine Wurstfinger verhedderten sich auf den flachen Tasten.

»Orlandi ist sauer. Er will einen Bericht darüber schreiben.«

»Soll er nur machen. Wenn es ein Disziplinarverfahren gibt, werde ich aussagen, daß er sich die Geschichte mit dem Unfall in den Kopf gesetzt hatte. Und daß es nicht leicht war, ihn zu überzeugen. Der Signor Orlandi soll bloß aufpassen. Der geht mir auf die Nüsse mit seiner Aufgeblasenheit.«

»Doch den Fehler hast du gemacht.«

»Du lieber Gott! Wer hat denn die Schramme auf dem Baum bemerkt? Und die Beule auf der Stoßstange, wer hat die gesehen? Wer hat denn in Sant'Agata den Typen von der Hochzeit ausfindig gemacht?«

»Ja, aber wenn du nicht diesen genialen Einfall gehabt hättest, die Karte aus dem Täschchen der Signora zu klauen, hätte Orlandi einen vorschriftsmäßigen Durchsuchungsbefehl ausstellen können. Und dann hätten wir jetzt ein Beweisstück, verstanden? Einen ur-kund-li-chen Beweis. Du hast zwei Fehler gemacht. Zwei auf einmal.«

»Zwei?«

»Ja, allerdings! Auch danach, als du noch mal nach oben gegangen bist, um das Schwätzchen über den Mercedes zu halten. Das war ein Fehler. Wie bist du bloß auf diese Idee gekommen. Was sollte das denn?«

»Ich war auf das Gesicht neugierig.«

»Welches Gesicht?«

»Auf das Gesicht von der Alberetti.«

»Das Gesicht hast du gesehen. Wie der Blitz ist sie zum Anwalt geflitzt. Die Geschichte mit der Straßenkarte ist nicht wiedergutzumachen. Damit haben wir ein Indiz weniger. Verschenkt. Man darf einen Verdächtigen nicht vorzeitig warnen. Dann hat man nämlich von Anfang an den Anwalt auf dem Hals, der einem gehörig auf die Eier geht.«

»Und wieso hat uns der Herr Orlandi dann überhaupt in den Borgo de' Greci geschickt? Das war doch auch ein Wink mit dem Zaunpfahl, oder etwa nicht?«

»Nein, vorausgesetzt, man benimmt sich entsprechend. Hast du gesehen, wie ich das Gespräch geführt habe? Ich habe schließlich eine Menge aus ihr herausgeholt, oder meinst du nicht? Sie hat erzählt, sie habe Scalistri schon seit drei Jahren nicht mehr gesehen. Diese Aussage habe ich ihr in den Mund gelegt, und ihr ist noch nicht mal bewußt geworden, was für eine Riesendummheit das war. So geht man bei einer delikaten Ermittlung vor. Gute Erziehung, Takt. Und du dagegen: Als erstes verärgerst du den Guido, dabei weißt du ganz genau, daß er dich nicht ausstehen kann. Seitdem du beim Überfallkommando warst, haßt er dich. Und dann die Geschichte mit der Limousine ... die Straßenreinigung. Wofür hältst du dich? Für einen Verkehrspolizisten? Wir haben es hier mit der Ermittlung in einem Mordfall zu tun, Scatizzi, einem Mord in der gehobenen

Gesellschaft! Daran können wir uns ganz schön die Finger verbrennen, versuch endlich, das zu begreifen!«

»O Gott, was für ein Theater!« Scatizzi zog das Blatt mit einer solchen Wucht aus der Maschine, daß die Walze kreischte.

»Wenn jemand einen Fehler gemacht hat, sollte er wenigstens den Mut besitzen, es zuzugeben.«

»In Ordnung! Ich habe einen Fehler gemacht! Ich habe etwas falsch gemacht. Reicht das?«

Scatizzi deutete auf die Straßenkarte, die auseinandergefaltet auf dem Tisch lag. Rote Zeichen und Wörter waren darauf zu erkennen. »Aber das Ding da ist der Beweis, daß sie bei der ›Pantiera‹ war! Es wird doch irgendeine Möglichkeit geben, die Karte im Prozeß zu verwenden!«

»Nein, damit kannst du dir jetzt eine Pfeife anzünden.«

Scatizzi erhob sich beleidigt. Für einen Augenblick füllte sein massiger Körper das ganze Fenster. Er ergriff die Karte und faltete sie nachlässig zusammen. Dann steckte er sie in sein offenes Hemd. »Doch! Und zwar so!«

Er öffnete die Tür und stürzte auf den Flur. Dabei stieß er gegen Signorina Sartoni, die mit einem Aktenberg im Arm auf dem Weg zum Büro der Untersuchungsrichter war. »He, Sie!« kreischte die Sartoni, während eine Akte auf den Boden fiel. »Entschuldigen Sie, Monica.« Scatizzi bückte sich, um sie wieder aufzuheben, und legte sie auf den Stapel zurück. »Sie haben mich ganz schön erschreckt, Scatizzi«, lamentierte die Sekretärin, »könnten Sie nicht etwas, könnten Sie nicht ein bißchen …«

»Jetzt fangen Sie bitte nicht auch noch an.« Scatizzi ergriff das Mädchen bei den Schultern und schob es zur Seite. Dann nahm er seinen Marsch durch den Korridor wieder auf.

»He!«, rief ihm Tartaro hinterher. »Warte auf mich! Wohin willst du?«

Er holte ihn vor dem Aufzug ein. Scatizzi stützte sich mit

einer Hand an die Wand und betrachtete gesenkten Kopfes den Fußboden. Mit der anderen drückte er wütend auf den Knopf.

»Könnte man vielleicht erfahren, was du vorhast?« sagte Tartaro leise.

Scatizzi bewegte seinen Kiefer auf und zu wie ein wiederkäuender Ochse. Er steckte eine Hand in sein Hemd, rückte die Karte auf seinem Bauch zurecht und knöpfte das Hemd bis zum Hals zu.

»Es stimmt nicht, daß ich die Karte mitgenommen habe. Sie war gar nicht in der Tasche. Sie lag mit allen Anmerkungen drauf bestens sichtbar neben dem Fahrersitz im Auto von Madame Alberetti. Und da ist sie immer noch. Du hast dich geirrt, als du ihnen davon erzählt hast. Ob er es nun glaubt oder nicht, der Signorino Orlandi wird mir die Freude machen, einen Durchsuchungsbefehl für den Wagen auszustellen. Und dann gehe ich zu diesem verdammten Auto. Ich werde es öffnen und die Karte reinlegen. Und dann ist wieder alles in Ordnung.«

Der Fahrstuhl kam, und Scatizzi stürzte hinein. Tartaro folgte ihm.

»Nun, es gibt schließlich nichts Schriftliches darüber, daß du sie geklaut hast.«

13
Arme Frau

»Entschuldige. laß mich einen Schritt zurückgehen.«

Noch einen Schritt zurück. Corrado Scalzi suchte mit dem Blick Zuflucht auf der Krone der Steineiche hinter dem offenen Fenster, dann ließ er ihn auf der Begrenzungsmauer des Gartens ruhen, der eines der Gebäude hinter der Piazza Santa Croce umschloß. Der Garten war in arkadischem Stil angelegt, mit einer imitierten Grotte, Gipsdekorationen, Kieselstein- und Glaseinfassungen und einer Nische, die wohl einst die Statue eines Fauns oder einer Nymphe beherbergt hatte, jetzt aber leer war. Diese Spuren antiker Eleganz machten den gegenwärtigen, verwahrlosten Zustand des Gartens nur noch augenfälliger; die Buchsbaumhecke war nachlässig geschnitten, die Ränder der großen, unbepflanzten Tonkrüge abgesplittert. Durch das Fenster drang der Friedhofsgeruch von aufgeworfener Erde bis ins Arbeitszimmer.

Rechtsanwalt Scalzi dachte, wenn er ihr jetzt ins Wort fiele, damit sie Ordnung in ihre chaotische Erzählung brächte, in der sich ferne Erinnerungen, unbedeutende Tatsachen und die Ereignisse, die sie im Augenblick ängstigten, in bunter Folge mischten, dann könnte sie leicht den Faden verlieren. Sollte sie also ruhig vor sich hin traben wie eine wilde Stute, die sie ja schon immer gewesen war; früher oder später würde sie die Katze schon aus dem Sack lassen. Und es mußte eine dicke Katze sein, nach all den Anekdoten und Abschweifungen zu urteilen, mit denen sie ihr Erscheinen hinauszögerte. Sie sprach in einem leichten, fast gleichgültigen Tonfall, mit einem Schuß Selbstironie, nur daß ihr Blick plötzlich große Bedrängnis verriet. Dann atmete sie einmal durch, gab ihrem Zwerchfell einen kräftigen Stoß, wie um die Angst in tiefere Regionen zurückzudrängen.

Schon wieder so eine schmerzliche Geschichte. Eine neue Falle, in die sie gegangen war, ein wenig komplizierter, so schien es, als die anderen, auch wenn das Ergebnis immer dasselbe war. Man hatte sie übers Ohr gehauen, ein Rest ihres Erbes war aus ihrer Tasche in die Tasche eines anderen gewandert.

Verlierer sah Scalzi genug. Fast alle, die in seine Praxis in den Borgo Santa Croce, Nummer 21, kamen, waren Verlierer. Leute, die das Leben in diese überfüllte Ecke getrieben hatte, in der alle hartnäckig darum kämpfen, sie eines Tages wieder verlassen zu können. Mit diesem Ziel betrügen sie einander, streiten, gehen aufeinander los, und manchmal bringen sie sich auch gegenseitig um. Angelica Degli Alberetti hatte das Glück gehabt, in weiter Entfernung von diesem Ring geboren zu werden, aber sie hatte sich ihm aus eigenem Antrieb ganz allmählich, Schritt für Schritt genähert, bis sie sich in den Seilen wiederfand, und so schien es auch jetzt zu sein. Schon bei früheren Anlässen hatte sie ihn immer erst aufgesucht, wenn es zu spät war, wenn die Würfel längst gefallen waren und jeder Ausweg versperrt. Sie hatte nie begreifen wollen, daß ein Anwalt so etwas wie ein Arzt und Vorbeugung das beste Heilmittel ist. Für sie war der Anwalt immer erst die letzte Instanz. Vorher versuchte sie es mit Wadenwickeln, Inhalationen, heißen Umschlägen, die ihr ein natürlich gänzlich uneigennütziger Quacksalber anlegte. Wie im vorliegenden Fall, wo es so aussah, als habe sie sich in ein verheerendes Unternehmen hineinziehen lassen, eines der schlimmsten, von denen sie ihm jemals erzählt hatte.

Wieder schluckte sie, und wieder trübte der Ausdruck eines verängstigten Tieres ihren Blick. Sie berührte ihre

Perlenkette, die auf dem noch blühenden Busen lag, strich ihre noch immer hellblonden Haare glatt und hob wieder an:

»Warte. Einen Schritt zurück. Ich muß dir noch sagen, wie wir auf diese Idee gekommen sind. Nachdem er die Sache in der Zeitung gelesen hatte, hat Guido mich zunächst auf niederträchtige Weise angegriffen, dann haben sie auch untereinander gestritten. Sie streiten in letzter Zeit noch häufiger als sonst. Ich glaube, Giovancarlo ist auch ein bißchen eifersüchtig. Sie sind, hm, sie sind leicht schwul, die beiden. Ah so, das habe ich dir schon gesagt, na gut. Giovancarlo ist eifersüchtig, weil Guido Lokale mit ziemlich schlechtem Ruf frequentiert. Ordinäre Diskotheken voll von Halbstarken, mitten in der Nacht auch mal den Bahnhof, wenn die Bar und die Wartesäle voll sind von kleinen Huren, Pennern und Drogenabhängigen. Die treiben ihre Schweinereien dann mit den etwas älteren und betuchteren Nachtschwärmern – die Armen können auf ihr Laster nun mal nicht verzichten – in den Waggons, die in den Depots stehen. Nein, Guido nicht, ich glaube nicht, daß er in die Waggons geht, ich hoffe es zumindest. Auf jeden Fall ist er ungehobelt, er wäscht sich nicht und kleidet sich schlecht, gleich nach dem Aufwachen kippt er Bier in sich hinein, und unter die Dusche muß man ihn mit Gewalt treiben. Und er ist vorbestraft. Giovancarlo dagegen ist die Sorte von Mann, der zur Kosmetikerin geht. ›Probier die doch auch mal, Angelica, diese Creme hier.‹ Und immer höflich und rücksichtsvoll, es ist fast schon zuviel. Er kleidet sich gut, liest viel, ist Theaterschauspieler. Frag mich nicht, wie zwei so unterschiedliche Typen sich zusammentun konnten und warum sie seit fast einem Jahr bei mir wohnen. Es ist nämlich so: Guido ist mein Neffe und weiß nicht wohin. Der andere, der menschlichere von beiden, würde ihm, wenn man es ihm erlaubte, bis in den Knast folgen. Doch wenn sie zusammen sind, zanken sie sich in einem fort.

Guido verschwindet für ein paar Tage, dann kommt er zurück, sie schließen wieder Frieden und ... bleiben da. In meiner Wohnung. Wo war ich stehengeblieben?

Ach ja, Guidos Plan. Es kommt mir jetzt unglaublich vor, daß ich all die Einzelheiten mit diesen beiden Jungs ausgeheckt habe, die fast dreißig Jahre jünger sind als ich. Total verrückt, das ist mir schon klar ... Eine Person in meinem Alter. Und ich bin schließlich keine Unbekannte in dieser Stadt. Okay, okay, das weißt du schon alles. Überleg nur mal, was das für eine Tragödie wäre, wenn mein Name ... Nicht, daß der Name mir besonders wichtig wäre. Was man schon alles über mich geschwätzt hat, würde eine Enzyklopädie füllen, von A für ›Abstieg‹ bis Z für ›Zielscheibe des Spotts‹. Aber die Schande, nein, die Schande hat mich bis jetzt noch nicht erreicht. Schulden, Verschwendung und ein sehr freizügiges Leben, das schon, aber nichts Schändliches, was allerdings der Fall wäre, wenn ...«

Seufzer, Pause.

»Ich gehe einen Schritt zurück: Die Großmutter begann mit meiner künstlerischen Erziehung, als ich als Externe im Internat von Poggio Imperiale zur Schule ging. Ich trug den Strohhut und das graue Samtkleid. Stundenlang ließ mich die Nonna die Bilder ihrer Sammlung betrachten. Sie starb, als ich zwölf war. Jahrelang hat sie mich in die Kirche geschickt, um bei jedem Geburtstag eines ihrer Malerheiligen ein Licht anzuzünden. Selbst als ich schon größer war und mich dafür schämte. ›Heute hat Sankt Velázquez Geburtstag, fünf Kerzen, Cittina, von den großen, hast du verstanden?‹ Die Großmutter konnte den Geburtstag eines Familienmitglieds vergessen, aber niemals den ihrer Malerheiligen. Und wenn bei einem das Geburts- oder das Sterbedatum nicht gesichert war, legte sie es kraft ihrer Autorität einfach fest. Da er einen so schweren Tod gehabt hatte, konnte zum Beispiel der heilige Rosso Fiorentino nur am letzten Februartag eines Schaltjahres geboren sein. Damit will ich nur sagen, daß sie die Bilder ihrer Sammlung alle bestens kannte, jedes einzelne. Doch von diesem Gemälde hatte sie mir nie etwas erzählt. Piccarda hatte ein außergewöhnlich gutes Auge. Der Historiker und Kunstkritiker Donald Davidson, sie nannte ihn Didino, schickte ihr immer zusammen mit einer Karte ein Foto des entsprechenden Gemäldes, wenn er Zweifel hatte. Ich besitze immer noch eins von diesen außerordentlichen Dokumenten. Denk nur, sie war die Tochter von Bauern, und er war Donald Davidson! ›Was meinst Du, Piccarda, ist diese Altartafel von Benozzo?‹ Und sie schrieb dann auf die Rückseite des Fotos: ›Lieber Didino. Das ist eine Fälschung reinsten Wassers. Sieh dir doch den Heiligen an, der auf dem Gesims des Palastes hockt. Glaubst du denn, Benozzo Gozzoli hätte ihn der Gefahr ausgesetzt, herunterzufallen?‹ Sie kannte die Schule des gesunden Menschenverstandes. Sie wußte, das die alten Meister auf gewisse Dinge achteten. Sie waren weder ›subjektiv‹ noch ›approximativ‹, denn sie hatten es mit Auftraggebern zu tun, die zwar ästhetische Werte schätzten, doch ohne sich allzusehr dabei aufzuhalten, und die ein Bild höchstens dann kritisierten, wenn darauf Früchte abgebildet waren, die nicht in der gleichen Jahreszeit reifen. Wenn sie dann also auf die Rückseite eines Gemäldes ›Fälschung!‹ mit Ausrufezeichen schrieb, ohne jemals mit mir darüber zu reden, dann hatte ich nicht den geringsten Zweifel daran.«

Sie hatte sich also ein Werk von Paolo Uccello aus der Hand nehmen lassen. Was war da noch zu tun? Einen Prozeß wegen Schädigung »ultra dimidium« anstrengen? Vorausgesetzt, die Sachlage würde es erlauben und es gäbe keine Verjährung in diesem Fall. Wieso kam sie überhaupt zu ihm? Scalzi war Strafverteidiger, seit Jahren hatte er schon nichts mehr mit Zivilrecht zu tun. Und allmählich wurde ihm das Ganze auch wirklich zu weitschweifig. Er war im Begriff, sie zu unterbrechen und ihr zu sagen, daß er sich mit dieser ihrer letzten Schererei nicht befassen könne, daß das nicht sein Genre sei, als sie schließlich die Katze aus dem Sack ließ.

»Sie haben diesen Scalistri tot in einer Zisterne gefunden, und heute morgen war die Polizei bei mir, um mich zu verhören.«

»Was hast du denn diesmal angestellt?«

»Der Scalistri hat mir immer nur Unglück gebracht.« Angelica zog ein Taschentuch heraus und hielt es sich unter die Nase. »Ich erinnere mich noch, wie er mich einmal in der großen Villa in Forte dei Marmi besuchte. Großmutter war schon seit sieben Jahren tot ...«

Die Villa lag jenseits der Strandpromenade, hinter einem Pinien- und Tamariskenwäldchen. Wenige Autos fuhren damals über die Allee, man roch noch das Meer und den Sommer. Das Mädchen und die Bande ihrer Freunde und Freundinnen überquerten die Straße und verbarrikadierten sich in einer auf Holzpfählen errichteten Baracke auf einem Privatstrand. Der junge Corrado lag unter einem Sonnenschirm im angrenzenden »Bagno Rina«, wo Buchhalter, Ingenieure, Rechtsanwälte, Ärzte, Steuerberater, Damen, kleine Jungs und kleine Mädchen (»Ughino, komm sofort her!«, »Donatella, es ist noch zu früh zum Baden«, »Mama, Pierantonio bewirft mich mit Sand«) dicht an dicht nebeneinander lagen.

Das Mädchen und sein Hofstaat tauchten einzeln nacheinander auf. Alle trugen sie diese phantastischen Holzklappern mit einer ganz dünnen Sohle aus Feigenholz, die sie auf dem amerikanischen Markt in Livorno gekauft hatten. Sie waren achtzehn, zwanzig Jahre alt, mit aristokratischem Gehabe, die Mädchen in winzigen Bikinis, und alle schienen sie ein heiteres Geheimnis zu teilen, das sie dazu brachte, einander immer komplizenhaft zuzulächeln. Es gab keinen Zaun, der die Baracke vom »Bagno Rina« trennte. Doch die Ermahnungen der Buchhalterväter (»Komm sofort her, Ughino!«), wenn die Unschuld der Kinder sich über die imaginäre Grenze hinauswagte, bildete zum Vorteil für die Barackenbande eine unüberwindliche Barriere und sicherte ihr so einen breiten Strand am südlichen Meer.

Für Corrado Scalzi war es ein grauer Sommer gewesen. Er hatte sich ein Biologiebuch mit an den Strand genommen, denn im Oktober mußte er die Nachprüfung fürs Abitur machen. Das Buch war blau eingebunden. Blau waren auch die Strümpfe von Corrados Vater, die er stets an den Speichen des Sonnenschirms aufhängte; dann kam, nur einen Augenblick bevor er sich ins Wasser stürzte, seine Badehose unter den weder langen noch kurzen Hosen zum Vorschein, die er ebenfalls aufhängte. Der junge Corrado haßte alles Blaue, auch das Meer und den Himmel – als er plötzlich den Eindruck hatte, als ob ein Mädchen aus der Umkleidekabine, das so blond war wie Marylin in dem Film *Niagara*, ihren Blick auf sein Biologiebuch und die wie eine Doppelflagge im Wind wehenden Socken richtete.

Gegen zwei Uhr nachmittags, wenn die Kleinfamilien mit dem Rückzug begannen, erschien ein großes Segelboot, die »Mi' Arca«, das von besagtem Mädchen mit heftigem Winken begrüßt wurde. Das Segelboot, das von einem Burschen aus Cinquale in zerlumpter Kleidung gesteuert wurde, der jedoch ebenfalls die obligatorischen Klappern mit der Feigenholzsohle trug, drehte nahe am Ufer bei. Die Jungen und Mädchen stiegen mit Körben voller Obst, Weinflaschen, Badetüchern, Bällen und anderen Dingen, die sie aus ihrer kleinen Festung mitgenommen hatten, an Bord. Die Mädchen verloren das Gleichgewicht, weil sich das Boot in der Brandung aufbäumte und unter der Last der einsteigenden Körper wankte. Die Jungen fingen sie auf, oder gaben es jedenfalls vor, um ihnen ungestört an die empfindlichen Stellen greifen zu können. Es gab Protest, Geschrei, Handgemenge.

Aber zu dieser Stunde, wenn die puritanische Miliz der Buchhalter abgezogen war, klang alles so viel fröhlicher.

Als die »Mi' Arca« hinter der Landzunge verschwunden war, wo der Golf von La Spezia beginnt, tauchte sein mit Büchern und Akten beladener Tisch wieder auf, und auch die Signora Angelica Degli Alberetti, die noch immer so attraktiv war, wie eine Frau es sein konnte, die vor dreißig Jahren einmal ein wunderschönes blondes Mädchen gewesen war. Davon abgesehen, daß sie jetzt ausgesprochen niedergeschlagen und den Tränen nahe war.

»Ist es sehr ernst?« Angelica schniefte.

»Was?«

»Die Sache mit der Straßenkarte, der Beule und der Schramme auf der Zypresse.«

»Welcher Zypresse?«

»Hör mal«, Signora Degli Alberetti lächelte, »wir sollten uns auf halber Strecke treffen. Du sagst mir, an welcher Stelle du warst, bevor deine Gedanken wer weiß wohin abgeschweift sind.«

»Scalistri in der Wanne. Was hat die Polizei gesagt: daß er ermordet wurde?

»Das haben sie nicht so ausgedrückt, aber sie haben es mir zu verstehen gegeben.«

Angelica nahm den Faden der Erzählung auf eine etwas weniger fragmentarische Weise als zuvor wieder auf. Als Scalzi begriff, daß sie sich in ernsten Schwierigkeiten befand, unterbrach er sie: »Jetzt antworte du auf meine Fragen. Das geht schneller. Wann hast du diesen Scalistri besucht?«

»Am 31. Juli.«

»Du bist mit dem Gedanken dahin gegangen, die Lage zu erkunden für den, der dann das Gemälde stehlen sollte ...«

»Nicht stehlen ... Guido sagte ...«

»Vergiß jetzt, was Guido gesagt hat. Ihr wart im Begriff,

einen Diebstahl vorzubereiten. So nennt man das, was ihr vorhattet. Nach dem Gespräch mit Scalistri, als du erfahren hattest, daß das Bild eine Fälschung ist, hast du dann von diesem Wahnsinn Abstand genommen?«

»Aber sicher. Es gab ja keinen Grund mehr …«

»Und haben die anderen das auch getan?«

»Ja … Ich glaube, ja. Zuerst hat Guido gemeint, Scalistri hätte mich schon wieder hintergangen. Doch dann überzeugte ihn die Sache. Er bat mich um Geld, weil er den ›Profi‹ bezahlen müßte, der sich, so sagte er, mit der Vorbereitung für diesen Coup schon einige Mühe gemacht hatte. Er bat mich um fünf Millionen, ich gab ihm zwei. Dann hat er mir nichts mehr gesagt. Er hat dieses Thema nicht mehr angesprochen. Und bis heute morgen, als die Polizei kam, hatte ich die Angelegenheit auch für abgeschlossen gehalten.«

Scalzi nahm den Telefonhörer ab und rief einen Gerichtsjournalisten an, der wegen ein paar Informationen, die er ihm vorzeitig abgerungen hatte, in seiner Schuld stand. Sobald er den Namen Scalistri hörte, fragte er ganz professionell: »Und wen verteidigst du?«

»Wieso?« fragte Scalzi, »ist da schon jemand zu verteidigen?«

Für geraume Zeit tauschten sie weitere Fragen aus, immer in dem Versuch, sich gegenseitig auszuhorchen.

»Wenn ich eine Antwort auf deine Fragen wüßte, hätte ich dich nicht angerufen«, schnitt ihm Scalzi schließlich das Wort ab.

Die Informationen des Journalisten waren von einer Art, daß sich Scalzis Miene verfinsterte. Angelica sah es und senkte den Kopf. Ihre Haare fielen ihr ins Gesicht und bedeckten es zur Hälfte. Sie sah jetzt aus wie ein frühzeitig gealtertes Kind.

Man hatte die Leiche vor vier Tagen gefunden, und der Gerichtsmediziner ging davon aus, daß der Tod eine Woche davor eingetreten war, also am 31. Juli. Diese Datierung konnte nicht mit Bestimmtheit gemacht werden, man mußte die Tatsache berücksichtigen, daß die Leiche lange Zeit im Wasser gelegen hatte, was die Ermittlung erschwerte. Aber das sagte Scalzi eher, um Angelica zu trösten, denn aus echter Überzeugung. Auch im Wasser bleiben auf einem Körper die Zeichen der Zeit erkennbar: das Wachstum der Bakterien, Algen und Schlammablagerungen, der Grad des Gewebezerfalls, alles Dinge, die in diesem Fall zuverlässige Hinweise liefern konnten, da das Wasser in der Zisterne still war. Außerdem wußte Scalzi, daß es nicht leicht war, einem Gutachter zu widersprechen, wenn der sich einmal eine Meinung gebildet hatte. Und die Verteidigung eines Angeklagten auf einen Widerspruch zu gründen, war immer riskant. Richter suchen nach einer Stütze für ihre Überzeugungen, eben weil diese subjektiv sind, und die finden sie häufig in den sogenannten objektiven Sachverhalten, ohne zu bedenken, daß auch die oft nur auf ebenso subjektiven Meinungen basieren.

»Es ist ratsam, den Besuch bei Scalistri Ende Juli zuzugeben.« Scalzi dachte an eine spontane Erklärung Angelicas gegenüber dem Staatsanwalt. Der Zeit vorgreifen, die Anklage überrumpeln, das könnte die richtige Taktik sein. Aber Angelica schüttelte immer betrübter den Kopf.

»Nein. Das ist nicht möglich. Nicht mehr. Ich habe den Polizisten gesagt, daß ich Scalistri schon drei Jahre nicht mehr gesehen habe.«

»Und warum hast du diesen Quatsch behauptet?«

»Ich weiß es nicht. Ich habe es gesagt, und dann habe ich es sofort bereut, aber da war schon nichts mehr zu machen.«

»Und ist dir nicht in den Sinn gekommen, es sei besser, erst mit einem Anwalt zu sprechen, bevor man den Mund aufmacht? Weißt du nicht, daß man Polizisten gegenüber immer besser schweigt? Ich frage mich, warum sie dich nicht gleich verhaftet haben. Ich wette, sie haben dich auch eine spontane Erklärung unterschreiben lassen.«

Nein, sagte Angelica, das habe ihr Guido verboten, dann fing sie an zu weinen. Sie weinte leise, die Tränen zogen Streifen durch das Make-up auf ihrem unbewegten, ausdruckslosen Gesicht.

Das Boot schaukelte wenige Meter vom Ufer entfernt, als sie das Segel setzten. Da ließ das Mädchen ihre weiße Badehaube über Bord fallen, die wie eine Qualle unterging. Corrado tauchte und gab sie ihr tropfend zurück. »Danke«, sagte sie, streckte den Arm aus und ließ das strohblonde Haarbüschel unter ihrer Achsel sehen.

»Es ist sehr schlimm, ja?«

»Hmm ...« Scalzi betrachtete den blauen Ausschnitt, den das Fenster freigab. Die Tischuhr zeigte halb elf.

»Hilf mir.« Angelica wühlte in der Tasche, sie trug noch immer diesen Pagenschnitt. Scalzi sah sie, wie sie an Stelle der Badehaube langsam im blauen Wasser versank. »Du bist der einzige, der dazu in der Lage ist. Wie du es mit Raffaello gemacht hast. Erinnerst du dich an Raffaello Bardini?«

Und ob er sich daran erinnerte. Der erste Prozeß vor dem Schwurgericht, die große Aufregung, in einem Mordprozeß verteidigen zu müssen, ohne daß er sich dazu schon in der Lage fühlte, er kam doch gerade erst von der Universität. Und sie saß immer im Publikum und verfolgte die Verhandlung mit angehaltenem Atem.

»Es gelang dir zu beweisen, daß er sie überhaupt nicht ausnutzte. Daß er im Gegenteil nicht mal wußte, daß sie eine Hure war, daß er sie aus Verzweiflung und Eifersucht getötet hatte ... daß er verliebt war ...«

Scalzi dachte, daß die neue Strafprozeßordnung ihm Möglichkeiten eröffnete, die sich zu Zeiten des Prozesses

Bardini an der Grenze zum Illegalen bewegt hätten. Jetzt konnte er Beweise suchen, indem er sowohl Zeugen als auch Verdächtige verhörte. Zumindest auf dem Papier ... Und wenn er von der gleichen Begeisterung beseelt gewesen wäre wie damals. Doch seitdem hatte er viele Enttäuschungen erlebt, zu viele seiner Plädoyers hatte er in den Wind gesprochen.

»Wo steht der Wagen mit der Beule jetzt?«

»Vor dem Haus. Auf jeden Fall in der Nähe. Guido wollte den Schlüssel haben.«

»Um was damit zu tun?«

»Keine Ahnung.«

»Und du hast ihn ihm natürlich gegeben. Ruf ihn an. Sag ihm, er soll herkommen. Er und dieser andere ...« Scalzi lag schon ein vulgäres Wort auf der Zunge, doch hielt er sich zurück. »Laß sie beide herkommen.«

Angelica hob den Hörer ab und sah aus dem Fenster.

»Sie sollen hierherkommen ... jetzt gleich?«

»Ja sicher, jetzt. Wann denn sonst?«

Angelica legte den Hörer wieder auf.

»Es geht keiner ran.«

Scalzi dachte, daß er an diesem Punkt gut zwei Polizisten hätte gebrauchen können. Doch standen ihm keine Polizisten zur Verfügung, die er in der Gegend herumschicken konnte.

14
Schmied

Der Mercedes stand nicht mehr da, wo sie ihn noch am Morgen gesehen hatten. Sie hatten ihn am Nachmittag, am Abend und die ganze Nacht lang auf Parkplätzen und in Parkhäusern gesucht. Ein Hinweis an einen Streifenwagen war ohne Ergebnis geblieben. Nachdem sie den großen Parkplatz vor dem Gemüsemarkt von Novoli abgesucht hatten, gingen sie in die Bar. Mit Obst und Gemüse beladene Lastwagen kamen ununterbrochen angefahren und manövrierten dröhnend auf dem Platz vor der Markthalle. Die Luft roch nach Pfirsichen und Diesel.

Es war sechs Uhr, die Bar, die dem Markt gegenüber lag, war die ganze Nacht über bis in die frühen Morgenstunden geöffnet. Verkäufer und Arbeiter machten hier kurz Rast, um ihr erstes Frühstück einzunehmen. Sie hatten das reinliche Aussehen, das Leute früh am Morgen haben, die anstrengende körperliche Arbeit leisten.

An einem Tisch saß ein Paar ziemlich mitgenommener Transvestiten. Sie hatten sich, bevor sie schlafen gehen würden, auf den Plastiksesselchen zu einer Meditationspause ausgestreckt. Der Eintritt der Polizisten ließ das fröhliche Geschwätz verstummen und beendete auch die Hänselei von zwei Halbwüchsigen, die neben dem Tisch der Transvestiten standen. Tartaro und Scatizzi bestellten einen Cappuccino und tunkten ihre Brioches hinein. An den Ringen unter ihren Augen, ihren zerknitterten Anzügen, ihrer Gesichtshaut, die so grau war wie nach einer duchzechten Nacht, konnte man schon von weitem erkennen, daß sie Polizeibeamte auf der Jagd waren.

Tartaro ging zum Telefon. Dann kehrte er zur Theke zurück, von wo aus Scatizzi das Gespräch abwesend und gelangweilt verfolgt hatte.

»Orlandi ist total sauer«, sagte Tartaro.

»Ich hab dir doch gesagt, du sollst ihn nicht so früh anrufen.«

»Er hat aber darum gebeten, daß wir ihn jederzeit anrufen. Er will, daß wir diesen Wagen um jeden Preis finden.

»Und warum hat er ihn dann nicht sofort beschlagnahmt?«

»Diese Maßnahme wäre unmotiviert gewesen. Ohne die Karte – die Beule allein reicht nicht aus.«

»Meiner Meinung nach haben sie ihn zum Schrottplatz gebracht. Es gibt jetzt wirklich keine andere Möglichkeit mehr.«

»Das ist eine Idee«, stimmte Tartaro zu. »Wenn wir ihn bei einem Abwracker finden, brauchen wir auch den Durchsuchungsbefehl nicht mehr. Dann legen wir die Landkarte einfach rein, und der Staatsanwalt beschlagnahmt die Karre. Die Tatsache, daß sie versucht haben, den Wagen loszuwerden, wäre ja schon ein Indiz. Komm, laß uns die Schrotthändler absuchen.«

Scatizzi ließ ein Gähnen hören, das dem Gebrüll eines Löwen nicht unähnlich war. Ein paar Arbeiter drehten sich nach ihm um.

Zwei Stunden später hielten sie auf einer kleinen, unbefestigten Straße zwischen der Autobahnauffahrt Firenze-Mare und den Gebäuden der Metro. Sie hatten ohne Ergebnis schon andere Abwracker in der Gegend aufgesucht. Dreihundert Meter weiter endete die Straße vor einem Metallzaun mit einem offenen Tor, hinter dem sich ein Berg von Autoleichen stapelte. Scatizzi meinte, wenn das Auto auch nicht bei Scintilla sei, könnten sie schlafen gehen. So weit das Auge reichte, sah man Scintillas Alteisen. Sein Depot war enorm. Wer ein verdächtiges Auto verschwinden lassen wollte, konnte gar keinen besseren Ort finden. Tartaro legte den Gang ein und fuhr ein paar Meter vor. Scatizzi streckte die Hand nach dem Zündschlüssel aus, um den Motor abzustellen.

»Nein. Halt an. Es ist besser, wenn ich allein hingehe.« Scatizzi stieg aus dem Wagen und reckte sich. Er hob die Fäuste gegen den vor Hitze schon blassen Himmel, der drohend über der von Industriegebäuden bedeckten Ebene hing. Tartaro sah ihn durch die Scheibe überrascht an.

»Und warum? Wir gehen zusammen.«

»Nein. Du wartest besser hier. Scintilla ist ein ganz Spezieller. Ich weiß, wie ich ihn zu nehmen habe. Mit Freundlichkeit.«

»Wieso, bin ich derjenige, der den Leuten Angst einjagt?« Mit einer diskreten Handbewegung rückte Tartaro sein Toupet zurecht, das nach all den Strapazen leicht verrutscht war. Er warf einen kurzen Blick in den Rückspiegel, überzeugt davon, daß es keinem Menschen jemals aufgefallen war, daß er ein Haarteil trug.

»Das nicht, aber es ist besser, wenn ich allein hineingehe. Scintilla kennt dich nicht. Er ist schüchtern, und wenn er ein fremdes Gesicht sieht, ist er gehemmt. Ich weiß, wie ich ihn zu nehmen habe. Ich kenne ihn seit zwanzig Jahren. Wenn sie den Wagen zu ihm gebracht haben, dann muß er uns schon sagen, wo er ihn hingetan hat. Kannst du dir vorstellen, bei dieser Hitze hier herumzuwühlen? Mir erzählt Scintilla alles. Auf die freundliche Art, keine Sorge.«

Scintilla saß auf den Stufen vor seinem staubigen Wohnwagen, der ihm als Büro diente, und las einen Comic. Dabei kühlte er sich hin und wieder die Stirn mit einem Fläschchen Bier, das er gerade aus dem Kühlschrank geholt hatte. Er saß draußen, denn schon um acht Uhr morgens erstickte man im Innern des Gefährts. Als er sah, daß Scatizzi schleppenden Schrittes und schwankend wie ein Boot im Sturm näher kam, stürzte er die Stufen herunter, legte Heftchen und Bierflasche beiseite, die die Treppe hinunterrollten. Atemlos rannte er auf das Tor zu, rannte gleichsam um die Wette mit dem Polizisten, der seinen Schritt ebenfalls beschleunigte. Er kam ein bißchen eher dort an, und es gelang ihm, das Tor zu schließen, die Kette vorzulegen und das Schloß einschnappen zu lassen, doch nicht rechtzeitig genug, um Scatizzis Hand, groß wie eine Kohlenschaufel, ausweichen zu können, die der zwischen die Eisenstäbe steckte, um ihn bei den Aufschlägen seines Arbeitsanzuges zu fassen und mit dem Bauch gegen das Tor zu schlagen.

»Hast du einen Durchsuchungsbefehl, he? Hast du einen?« kreischte Scintilla.

»Mach sofort auf, Arschloch!« Scatizzi zog seine nicht vorschriftsmäßige Beretta Kaliber siebenkommafünfundsechzig aus der Tasche und legte sie ihm an den Hals.

»He!« Scintilla schnappte nach Luft. »Verdammte Scheiße!«

Scatizzi lächelte freundlich. »Mach auf, oder ich mach dich einen Kopf kürzer.«

Mit zitternden Händen wühlte Scintilla in seiner Hosentasche und holte den Schlüssel heraus. Während er damit herumhantierte, schlug Scatizzi ihn wieder gegen die Eisenstäbe. Das Tor gab dumpfe Töne von sich.

»Wenn du nicht aufhörst, kann ich mich nicht bewegen«, wimmerte Scintilla.

»Warum bist du hierhergestürzt, um alles zu verrammeln, als du mich gesehen hast, he?«

Scatizzi stieß mit der Schulter gegen das Tor und sorgte dafür, daß es in Scintillas Gesicht landete. Der krümmte sich und hielt sich die Hand vor die Nase. Scatizzi faßte ihn beim Kragen und richtete ihn wieder auf. So führte er ihn bis zum Wohnwagen und zwang ihn, sich auf eine Stufe zu setzen. Dann schloß er die Tür des Wagens, drehte den Schlüssel um und steckte ihn in die Tasche.

»Laß dir bloß nicht einfallen, die Tür aufzubrechen und deine lieben Verwandten anzurufen, verstanden?« Scatizzi legte schützend eine Hand auf Scintillas Kopf und sprach ganz sanft mit ihm, wie mit einem Kind. »Deine lieben Brüder, Onkel, Vettern, diese ganze Bande von Mafiosi, klar?« Er nahm das Comic-Heftchen und legte es ihm auf die Knie. »So, jetzt bleib hier ganz brav sitzen und lies. Damit du ein bißchen Kultur abkriegst. Ich bleib auch nicht lange. Aber sieh bloß zu, daß keiner kommt, sonst knalle ich euch alle ab.«

Scintilla nahm die Hände von der Nase und betrachtete sie: sie waren voller Blut. Er wischte sie an seiner ölverschmierten Hose ab. Auf seinen Händen und im Gesicht war der Ölschlamm schon bis in die Poren gedrungen und verlieh der Haut eine bläuliche Färbung. Gehorsam ergriff er den Comic und blätterte mit dem Zeigefinger eine Seite auf.

»Darf man wenigstens wissen, wonach du suchst?«

Scatizzi hatte sich schon auf den Weg gemacht, er wandte den Kopf kaum merklich in seine Richtung. »Das sage ich dir später. Ich dreh nur mal eine Runde.«

Er ging durch die aufgetürmten Wagen auf das Ende des Depots zu, sich an der weißen Silhouette der Metro orientierend, die hin und wieder im Hintergrund erschien. Er gelangte in eine Zone, wo die Wracks völlig ungeordnet herumlagen. Hier befanden sich die am schlimmsten zerstörten Wagen, die durch Frontalzusammenstöße zusammengedrückt und zerschmettert waren, oder ausgebrannt und pechschwarz. Ein zu einem schwarzen Skelett heruntergekommener Autobus versperrte den Weg, es schien, als sei das Gelände hier zu Ende. Scatizzi stieg durch die ausgehängte Tür des Wracks, hinter der ein grüner Vorhang, sorgfältig mit Gummiseilen befestigt, einen Lieferwagen verdeckte. Scatizzi hob den Vorhang an, überprüfte das Nummernschild und den Schriftzug an der Seite und ging weiter. Mit einem breiten Lächeln kehrte er zum Wohnwagen zurück.

»Diesen grünen Lieferwagen mit dem Nummernschild Reggio Emilia sieben-sieben-null-neunundzwanzig solltest du besser nicht verschrotten: der ist ja fast neu.«

»Er ist nicht neu«, sagte Scintilla ohne große Überzeugung, »er hat einen Kolbenfresser.«

»Und der Käse da drin, hat der auch den Kolbenfresser?« informierte sich Scatizzi höflich. »Den Parmesan riecht man ja bis hierher, ich hab richtig Hunger gekriegt.«

»Ich weiß einen Scheißdreck von Käse«, knurrte Scintilla. »Sie haben ihn mir hier ins Depot gebracht. Mehr weiß ich nicht.«

»Dann sollte man sich also besser mal darum kümmern.« Scatizzi schüttelte den Kopf und schob die Lippen vor. »In dieser Jahreszeit schimmelt der Käse leicht. Vielleicht gehe ich mal eben zum Auto und rufe das Polizeipräsidium an. Vielleicht ist ja ein Lieferwagen der Firma Brunetti Paolo aus Cavriago, Käse und Molkereiprodukte, von einem Parkplatz an der Autobahn gestohlen worden. Was meinst du?«

»Boh!« Scintilla zog die Nase hoch und berührte sie mit der Fingerspitze. »Doch ich hätte auch 'ne Kleinigkeit zu erzählen.«

Scatizzi kauerte sich mit gesenktem Kopf vor Scintilla hin, und mit dem Zeigefinger zog er einen Strich in den Sand, wie Jesus, als er die Ehebrecherin freisprach: »Hör mal zu, Scintilla. Wußtest du, daß ich nicht mehr bei der Streife bin? Ich bin jetzt bei der Kripo. Ich arbeite mit der Staatsanwaltschaft zusammen. Das ist ein ganz anderer Stil. Ich hab's jetzt mit Fällen zu tun, die auf den Titelseiten stehen. Ich kümmere mich nicht mehr um geklauten Käse, wenn du verstehst, was ich meine. Ich bin hier, weil ich dir eine ganz leichte Frage stellen will. Taktvoll und mit aller Höflichkeit. Wohin hast du den alten Mercedes getan, schwarz, mit gewölbter Karosserie, eine Beule auf der hinteren Stoßstange, den man dir gestern nachmittag gebracht hat? Du sagst mir, wo du ihn hingestellt hast, ich werfe einen Blick drauf und gehe wieder. Und über den Käse reden wir gar nicht erst. Was hab ich mit Käse zu tun?«

»Und wer garantiert mir, daß ich keine Klage wegen Hehlerei an den Hals kriege?« warf Scintilla ein. »Wer garantiert mir, daß du keinen Bericht über diesen Lieferwagen schreibst?«

Scattizi erhob sich, und sein Schatten fiel auf den Schrotthändler. »Ich sage es dir, und du mußt mir vertrauen! Okay?«

Scintilla wischte sich noch einmal mit dem Handrücken über die Nase und machte sich auf den Weg mitten in die Automobilkatastrophe.

»Auf die freundliche Art, jawohl!« meinte Tartaro. »Ich hab dich gesehen, was glaubst du denn?«

»Ruf Orlandi an und sag ihm, er soll die Papiere für die Beschlagnahmung fertigmachen.« Scatizzi schlug auf das Wagendach, als wolle er das Zeichen zur Abfahrt geben. »Ich bleibe hier und behalte den Mercedes im Auge. Schließlich zählt das Ergebnis, oder?«

15
Alchimist

Der Frost hatte den Mörtel aus den Fugen gefressen, es sah so aus, als seien die Steine lose übereinandergelegt. Von vorn betrachtet, erschien das auf dem Gipfel eines Hügels gelegene Haus von Narcisse sehr niedrig, es hatte dort nur eine Tür und lediglich zwei Fenster. Doch war es wie die Spitze eines Eisbergs. Von der Küche aus gelangte man in einen riesigen Kellerraum, der sich ebenfalls über die ganze Fläche des Hügelchens erstreckte, so daß das Haus an seiner Rückseite, wo es von Dornengestrüpp überwuchert war, wie ein plumper Turm erschien.

In diesem Keller arbeitete Narcisse, neben einem großen Fenster, das einmal eine breite Tür für die Bütten gewesen war. Es gab im Keller kein elektrisches Licht. Künstliches Licht verfälscht die Farben. Ein Gemälde, das im ersten Morgenlicht geboren wurde, durfte nur bei diesem Licht fortgesetzt werden, Lasur für Lasur. Ein anderes dagegen verlangte das Licht des Nachmittags, das wärmer und weniger hart war. Wenn eine Wolke sich vor die Sonne schob, bedeckte, unterbrach Narcisse seine Arbeit. Oder er hörte auf zu malen, wenn er das Werk bei bedecktem Himmel begonnen hatte und die Farben unter einem Sonnenstrahl, der durch die Wolken brach, plötzlich aufleuchteten. Manchmal kam es vor, wie bei dem Bild, das jetzt auf seiner Staffelei stand, daß er nachts malte, bei dem gelben, satten Licht von Kerzen und einer Acetylenlampe.

Die Werke von Narcisse entstanden in einem sehr bestimmten Licht, aber sie waren zeitlos. Das Licht war konkret, die Zeit nur geträumt. Er selbst war ohne Zeit. Hinter ihm standen keine Generationen. Wer sein Erzeuger gewesen war, wußte er nicht. Die Mutter war vor einigen Jahren gestorben und hatte ihm nie von dieser Sache erzählt, die ein schändliches Geheimnis bleiben sollte.

Während er auf den Einbruch der Dunkelheit wartete, würde er die Farben zubereiten. Gewisse Farben mußten jahrelang ruhen, lagern wie guter Wein. Für die Ölfarben, die er für das nächtliche Bild benutzte, das ihn seit einem Monat beschäftigte, reichten einige Stunden. Er durfte sogar nicht länger warten, die Farbpaste mußte noch streichfähig sein, um auf die Leinwand aufgetragen zu werden.

Noch ein paar Nächte, und das Bild wäre fertig. Dann würde der unangenehme Teil der Arbeit beginnen. Er würde sich geistlosen, vulgären und an schnöden Dingen interessierten Leuten anvertrauen müssen, deren einziges Ziel Geld war. Er würde handeln und diskutieren müssen. Doch es gab keinen anderen Weg, um die Verehrer zu erreichen. Er würde sich in die Hände eines Maklers begeben müssen, damit dieses Werk von ihm bekannt und entsprechend gewürdigt würde. Von dieser Verehrung lebte er. Er würde lange davon leben, wenn das Glück ihm hold wäre und das Werk in ein Museum käme. Das Museum würde das Werk weihen, es würde dann für immer außerhalb der vulgären Raufereien der Auktionen bleiben, erhaben über die kleinliche Gier derjenigen, für die nur der Handelswert zählte. Die Verehrer in den Museen waren treue und demütige Gläubige. Und er würde wissen, daß auf einer stillen Wand, neben den Werken anderer Meister und Brüder, ein Bild von ihm, ein unveränderlicher Spiegel seiner selbst hing und der Zeit trotzte. Um dieses Ziel zu erreichen, hatte er noch einen langen Weg vor sich, würde er es noch mit vielen unzuverlässigen Händlern zu tun bekommen. Die Händler waren ein notwendiges Übel. Man mußte sie ertragen. Allerdings nur bis zu einem gewissen Punkt. So weit, wie ihre Bösartigkeit und ihre Gier das Werk und den Platz, den es in der Welt verdiente, nicht in Gefahr brachten.

Bei den Handwerkern und Restauratoren von Santa Croce und San Frediano hieß Narcisse Ori nur Narciso d'Oro, Goldnarziß. Er trat wie ein Bettler und ohne jemanden zu grüßen in die Läden, in denen ein knarrender Pantograph ununterbrochen Stilmöbel entwarf, er stöberte in den Lagern, nahm sich aus dem Fußboden Stücke von altem Holz, auch solche, die völlig vom Wurm zerfressen und zu nichts mehr zu gebrauchen waren. Man traf ihn an den Ständen des Flohmarkts und in den düsteren Budiken um die Piazza dei Ciompi, auf der Suche nach altem Plunder. Die Handwerker und Trödler nannten ihn Schwarzer Narziß, Narciso Nero, wenn sie ihn noch übellauniger als gewöhnlich sahen. Die großen Antiquitätenhändler der Via de' Fossi und Via Maggio kannten ihn zwar, doch sie erwähnten ihn nie. Wenn jemand zufällig auf ihn zu sprechen kam, lenkten sie das Gespräch in andere Bahnen. Auch in dem einen oder anderen etwas zwielichtigen Lokal traf man ihn mitunter des Nachts. In der Trattoria »Da Benvenuto« in der Via de' Neri aß er zu Abend, kurz bevor sie schloß, allein an einem Tisch neben den neapolitanischen Transvestiten, den »Femminielli«, und lauschte auf ihre Erzählungen über ihre Auseinandersetzungen mit den brasilianischen »Viados«. Hier sah man ihn weniger finster, er hatte dann ein starres, etwas sprödes Lächeln im Gesicht. In den Nightclub »Tabasco« in der Via Santa Elisabetta ließen sie ihn hinein, und manchmal fuhr sein alter Volkswagen, immer nachts natürlich, auch die Alleen der Cascine* entlang.

Wie unter den Antiquitätenhändlern, so wurde auch in

* Größter Park von Florenz, in dem sich nachts Prostituierte und Transsexuelle tummeln.

den Kreisen der Transvestiten niemals von ihm gesprochen. Bei diesen Leuten hatte er noch nicht mal einen Namen, er war nur eine Präsenz, einer von diesen alterslosen grauen Schatten, die sich nähern, ohne sich am Widerschein vergeudeter Leben zu verbrennen.

Narcisse ging die Treppe hinunter, die in den Keller führte. Arbeiten beruhigte ihn. Bei der Arbeit fand er sich selbst wieder und forderte jene Unbekannten heraus, die ihn mit dem Gedröhn ihrer Maschine überwachten und ihm seine schöpferische Ader auszusaugen suchten.

Das große Fenster des unterirdischen Labors, das fast so breit wie eine Kinoleinwand war, ging auf die Felder hinaus und umrahmte eine Reihe von Zypressen, Olivenbäumen, Hügeln und einen Höhenzug des Apennin.

In dem Teil des Raums, der am weitesten vom Fenster entfernt war, zur Treppe hin, die von der Küche herabführte, waren die Wände mit Tischen und Regalen vollgestellt. Antike Alchimisteninstrumente standen neben modernen Gläsern und Schmelztiegeln. Viele von den tönernen, gläsernen und hölzernen Behältnissen enthielten Kristalle, Edelsteine, pulverisierte Mineralien. Auf dem Boden standen mehrere große Flaschen mit Lösungsmitteln und Blechschüsseln, angefüllt mit noch nicht vom Fett gesäuberten Schlachteresten, die darauf warteten, draußen an der Sonne zu verkalken. Die Luft war erfüllt von Verwesungsgestank, aber auch von noch schärferen Gerüchen. Die bereits angerührten Farben standen in mit Wachspapier verschlossenen Dosen auf einem Tisch, neben einer Marmorplatte, auf der ein dunkler, pyramidenförmiger Stein lag. Daneben schimmerte weiß ein Berg von Eierschalen.

In der Nähe des Fensters standen die Staffelei und die Bühne für das Modell. Die Leinwand auf der Staffelei war von einem Laken bedeckt, wie es bei den Malern der Vergangenheit Brauch gewesen war, die ihren Schöpfungen gegenüber eine gewisse Scham empfanden. Auch Narcisse besaß dieses Schamgefühl. Niemand sollte sein Werk mit einem vorzeitigen Blick verletzen, nicht mal aus Zufall. Auch dieses letzte Werk, das unter dem Laken die Nacht erwartete, war so rein wie alle anderen, es war das Ergebnis allein seines Gehirns, seines Auges und seiner Hand. Ein Werk, das niemandem etwas schuldete, schon gar nicht seiner Entstehungszeit. Und auch nicht der Geschichte. Er selbst war die Zeit, die Geschichte und der Künstler.

Sie hatten gewartet, bis die Nacht vorüber war, und kaum war er ins Labor gegangen, begann die Maschine zu laufen. Die Vibration kam nicht aus der Nähe – noch waren sie vorsichtig –, doch war sie auch nicht weit genug entfernt, um harmlos zu sein. Und an diesem Morgen, so schien ihm, war sie intensiver als sonst.

Die Maschine mußte an einem höheren Punkt stehen als das Haus: irgendwo dort an der blauen Sinuskurve auf dem Weg zum Paß, auf jenem Berg, der bei feuchter Luft ganz verschwommen erschien, sich aber bedrohlich klar abzeichnete, wenn das Wetter so trocken war wie an diesem Morgen.

Vor einer Woche war er nachts nach einem für die Jahreszeit ungewöhnlichen Regenfall wach geworden, weil die Vibration stärker als sonst zu spüren war. Er hatte den Berg durch das schmale Fenster abgesucht, für sein Schlafzimmer hatte er über der Küche einen Hängeboden eingezogen. Die Sterne funkelten, groß und sehr nah. Er hatte ein Licht gesehen, das erst rot, dann weiß, dann grün, dann wieder rot und schließlich geradezu blendendhell geworden war, dort, wo das Joch lag, Richtung Scarperia, ungefähr da, wo das Haus dieses verdammten Scalistri stand.

Gegenüber der Staffelei dampfte ein Stapel Tontöpfe, der mit Mist bedeckt war. Narcisse befreite einen der Töpfe von dem Dung. Dann nahm er den Deckel ab und holte eine spiralförmige Bleifolie heraus, die, in Essig getaucht, im Innern des Gefäßes aufgehängt war. Der Gestank von Essig, Blei und Dung trieb ihm die Tränen in die Augen.

Narcisse legte die Bleifolie auf die Marmorplatte. Mit einem Spachtel kratzte er den Schaum ab, der das Metall bedeckte. Diesen Vorgang wiederholte er mit allen Folien, die er aus anderen Töpfen herausholte, so lange, bis sich auf der Marmorplatte ein ansehnlicher Berg von weißen Flocken gebildet hatte. Dann nahm er den diamantförmigen, insgesamt zwölfkantigen Stein, dessen Basis breit und flach war, und fing an, die Flocken zu zerstoßen. Bei dieser Arbeit und von den vertrauten Gerüchen umgeben vergaß er die Maschine und ihre Vibrationen, die vom Berg herunterkamen.

Er verarbeitete die hellen Späne unter dem Mörser zu Pulver, mit drehenden Bewegungen des Handgelenks, damit sich das basische Bleikarbonat auf der Marmorplatte nicht ausbreitete, sondern halbmondförmig angeordnet liegenblieb. Er sammelte das Pulver ein und siebte es durch ein engmaschiges Sieb. Mit einem Spachtel füllte er es in einen Kupferbottich.

Er arbeitete schon seit vielen Stunden. Das Material wurde allmählich grau. Narcisse sah aus dem Fenster und bemerkte, daß die Zypressen preußischblau geworden waren, und der Berg violett. Seitdem er angefangen hatte – er hatte die Arbeit nur unterbrochen, um eine Schüssel Panzanella zu essen, die er nach Art des Bronzino zubereitet hatte: trokkenes, in Wasser eingeweichtes Brot mit Zwiebeln, Basilikum, Thymian, Salz, Öl und Essig –, hatte er mindestens fünf Kilo Bleiweiß hergestellt. Diese Reserve würde ihm eine ganze Zeitlang ausreichen. Der Stapel von Tontöpfen und Dung war nur noch halb so hoch. Jetzt war es an der Zeit, das Modell fertigzumachen. Er ging auf die mit einem Teppich bedeckte Bühne zu, die rechts von der Staffelei aufgebaut war. Darauf stellte er das Sofa, das er aus dem

Wagen geholt hatte, und bedeckte es zu einem Teil mit einer Seidendecke, die er so drapierte, daß sie in einem halbkreisförmigem Faltenwurf zu Boden fiel. Ans Kopfende des Möbels stellte er ein rundes Mahagonitischchen mit gedrechselten Beinen, und auf dieses Tischchen ein antiquarisches Buch und zwei Kristallvasen, die eine länglich, die andere gedrungen wie eine Puderdose. Dann legte er eine weibliche Gliederpuppe in Lebensgröße auf die Chaiselongue, so daß der Kopf über den Rand hinausragte. Es sah aus, als sei die Puppe im Begriff zu fallen und würde nur von ihrem linken Arm unter dem Kopf noch zurückgehalten. Der Rechte hing leblos herab, die Hand streifte fast den Boden. Er drehte den Oberkörper, wobei er die Bewegung von der Taille nach oben akzentuierte, um die Brust durch die Spannung der Arme flachzudrücken. Natürlich blieb diese Wirkung bei den beiden hölzernen Höckern aus. Die große Marionette quietschte, als an ihr herumhantiert wurde. Es hörte sich an, als beklage sie sich. Narcisse verdrehte sie mit Gewalt, sie sollte seiner Vorstellung von weichem, elastischem Frauenfleisch entsprechen. Solange wie möglich würde er sich auf seine Phantasie verlassen, doch wußte er schon jetzt, daß ihm von einem bestimmten Augenblick an die stupide Unempfindlichkeit der Puppe nicht mehr genügen würde.

Hinter der Chaiselongue war ein karminroter Vorhang an der Decke aufgehängt. Narcisse drapierte ihn zu einem runden Faltenwurf. Er nahm eine Skulptur aus Pappmaché in die Hand und befreite sie von dem Stoff, der sie umhüllte. Es war eine seiner Schöpfungen, einer Gipsform entsprungen, die noch in zwei Stücke geteilt in einer Ecke des Labors lag. Er streichelte ihre Formen. Der »Kobold« von der Größe eines Kindes kauerte und stützte sein stumpfnasiges Zwergengesicht auf ein behaartes, krallenbesetztes Pfötchen. Narcisse hielt ihn in den ausgestreckten Armen, und es schien, als starre ihn der Gnom aus seinen weitaufgerissenen kugeligen Augen an, als denke er über einen Überfall nach. Dann setzte er ihn der Gliederpuppe auf den Schoß, drehte ihn mehrmals, als schraube er ihn darauf fest. Als alles fertig war, trat er ein paar Schritte zurück, um die Wirkung zu beurteilen. Mittlerweile war es fast dunkel geworden im Keller, die Modelle warfen geheimnisvolle Schatten auf die große Fensterscheibe.

Narcisse stieg in die Küche hinauf und von dort aus in seinen Schlafraum. Er begann sich vor dem Spiegel des Kleiderschranks auszuziehen. Mit jedem Kleidungsstück, das er ablegte, dem Arbeitsanzug, dem Hemd, dem Unterhemd und der Unterhose, wurde der trockene Bleigeruch schwächer. Als er nackt war, betrachtete er sich lange. Seine Brust- und Armmuskeln waren fest und elastisch wie die eines jungen Mannes. Die Schamhaare begannen zu ergrauen, und sein schrumpfendes Geschlechtsteil ging zwischen ihnen unter.

Er nahm einen alten, abgetragenen Morgenmantel aus dem Schrank und zog ihn über. Dann band er sich einen ausgefransten Gürtel um die Taille. Aus einer Schublade holte er ein Nähkörbchen, das im Innern mit rotweißkariertem Stoff ausgeschlagen und an mehreren Stellen schon durchlöchert war, so daß die Watte durch das Futter kam. Auch das Binsengeflecht war hier und da brüchig geworden, und einige Stäbe stachen wie winzige Hörner hervor. Narcisse betrachtete sich im Spiegel und stülpte sich den Korb über den Kopf.

Jetzt sah er wie jener andere aus, wie jener Maler, der im Keller gleich anfangen würde zu malen. Als wäre er selbst dieser Maler und bereit, die Rolle des gealterten, melancholisch gewordenen Künstlers zu spielen, der mit Groll an seine verstorbene Frau dachte, der sich wie sie kleidete und sich ihr Arbeitskörbchen wie einen Hut auf den Kopf setzte: seine Rache an dem kaltherzigen, eigennützigen Mädchen, das einem reichen Kaufmann den Vorzug gegeben hatte. In diesem schmutzigen Morgenmantel und dem ausgefransten Körbchen machte er sich über die nicht mehr geliebte Ehefrau lustig. Unten im Keller würde er das Mädchen mit seinen Pinseln quälen. Und Narcisse zwinkerte dem alten Maler zu. Ein verheißungsvolles Grinsen. Er holte eine silberne Tabaksdose aus der Tasche seines Morgenmantels, nahm eine Prise daraus und führte sie zur Nase. Er zog den Tabak erst durch das eine, dann durch das andere Nasenloch. Wieder bewunderte er sich im Spiegel und zog sich das Körbchen, das der Mutter gehört und das er bis zuletzt in ihrem Schoß gesehen hatte, als ihre Hände immer feiner und blutleerer wurden, tiefer ins Gesicht.

Dann ging er wieder in den Keller hinunter. Er zündete die Kerzen eines siebenarmigen Leuchters aus massivem Silber an, bei dem die Wachstropfen die kunstvolle Ziselierung noch nicht völlig verdeckten. Er zündete auch eine Acetylenlampe an, eine alte Eisenbahnerlampe. Ein versilberter Parabolspiegel war gegen die Leinwand gerichtet und verstärkte das Flackern des Gases.

Er nahm Pinsel und Farbpalette zur Hand. Hob das Laken an. Jetzt war er wirklich jener andere. Der Umriß des alten Malers auf der Fensterscheibe streifte den dunkelsten Schatten der Zypressen.

Narcisse stellte sich vor die Staffelei. Die weibliche Figur war gerade erst in ihren Umrissen skizziert und drückte doch schon die gequälte Erschlaffung der von einem Alptraum heimgesuchten Schlafenden aus. Der Kobold war bereits vollendet. Narcisse hob das Halbdunkel, in dem er kauerte, mit leichten Violettschleiern noch ein wenig hervor. Unter dem Pinsel wurde der Kobold schwerer, während er sich des Körpers bemächtigte, auf dem er ritt.

16
Säuleneinfassung

Die Bar lag an der Ecke zwischen der engen, dunklen Gasse, die von der Piazza Santa Croce ausging, und einer anderen, breiteren und verkehrsreicheren Straße, die von der entgegengesetzten Seite auf den Platz zu führte. Das Gerüst für die Restaurierungsarbeiten an der Torre degli Alberti verdeckte die Straßenlaterne, so daß die Bar, die sich im Erdgeschoß des Turms befand, nur von dem Licht in ihrem Innern beleuchtet wurde. Die Illumination war schwach, die Bar machte einen ungepflegten und provisorischen Eindruck. Man wollte mit den Renovierungsarbeiten so lange warten, bis die schon endlos lange währende Restaurierung des Turms abgeschlossen sein würde und man den ursprünglichen Eingang unter dem von Säulen getragenen Vordach wieder öffnen könnte. Das war es nämlich, dieses antike Dach und die Sandsteinsäulen, die dem Lokal Eleganz verliehen.

Auf der gegenüberliegenden Seite in Richtung der Uferstraße, vor einem schon geschlossenen Kiosk, sah man die ausgestellten Zeitungsseiten mit ihren Schlagzeilen. KUNSTHÄNDLER IM MUGELLO ERMORDET, titelten die Lokalblätter.

Das Halbdunkel vor der Bar begünstigte unsaubere Geschäfte. Diese Stelle des Bürgersteigs war zum Treffpunkt von Drogenhändlern und ihren Kunden geworden. Die Leute aus der Umgebung beklagten sich: über die Taschendiebstähle, die Galgengesichter, die Streitigkeiten, die hin und wieder ausbrachen, die nächtliche Ruhestörung, denn die Bar hatte bis vier Uhr morgens geöffnet .

Als Guido und Giovancarlo eintrafen und auf dem gegenüberliegenden Bürgersteig stehenblieben, war es gerade kurz nach zehn Uhr abends.

»Du gehst rein und wartest auf ihn, verstanden?« befahl Guido.

Giovancarlo betrachtete die Gruppe von gammeligen jungen Leuten, die miteinander schwatzten. Einige hatten sich erschöpft gegen die Mauer gelehnt, andere erschienen von der Geometrie des Gerüstes, auf dem Reihen schlafender Tauben hockten, wie in einen Käfig gesperrt.

»Ich warte auf ihn. Und wie lange?«

»Keine Ahnung. Bis er kommt. Bis die Bar zumacht.«

»Ich kann nicht die ganze Nacht durchmachen. Morgen früh habe ich Probe.« Giovancarlo machte den Versuch, seinem Gefährten Mitleid abzuringen, indem er den verbundenen Arm ein wenig anhob. »In drei Tagen ist die Aufführung.«

»Deine Aufführung«, stöhnte Guido, »die kannst du im Gefängnis von Sollicciano veranstalten, wenn ich die Sache mit Python nicht wieder hinkriege.«

»Ja, aber was habe ich denn mit euren Familiengeschichten zu tun?«

»Damit hast du ganz schön was zu tun.« Guido legte den Finger auf Giovancarlos Kehle und drückte ein wenig zu. »Auch du hast bei dem Plan mitgemacht. Du warst dabei, als ich mit Python gesprochen habe. Das nennt man moralische Mittäterschaft. Bei den Langzeitpatienten des ›Instituts‹ muß ein Typ wie du noch durchs Aufnahmebüro, und da losen sie dich unter sich aus.«

Giovancarlo erschauerte.

»Der kommt bestimmt hierher«, Guido machte es kurz. »Ich dreh inzwischen eine Runde. Ich geh zu ihm nach Hause, in die Wohnung seiner Hure, in die Wettbüros, und dann setze ich mich in die Piccolo Bar und warte dort auf ihn. Irgendwo wird er schon auftauchen, verdammt noch mal. Der erste, der ihn sieht, sagt dem andern Bescheid.«

Ein Junge, der an den Eingangspfosten gelehnt stand, beugte sich vor, um sich eine Zigarette anzuzünden. Sein schweißnasses Gesicht glänzte im Licht der Flamme.

»Aber warum ich … in diesem widerlichen Lokal?« Giovancarlo blickte auf die befahrenere und hellere Straße. »Könnte ich nicht in die Piccolo Bar gehen?«

Die Piccolo Bar lag nicht weit entfernt, in Richtung Piazza Santa Croce. Sie war geschmackvoll eingerichtet, mit Jugendstildrucken und Handschriften von D'Annunzio an den Wänden. Der Aperitif wurden in pastellfarbenen Kelchen mit extrem langen Stielen serviert. Und am Nachmittag verkehrten dort ruhige, elegante und wohlerzogene Menschen.

»Nein, weil ich bei dem Barkeeper hier schon seit einigen Monaten Schulden habe. Sag schon, daß du keine Lust hast, dich mit der Sache zu befassen. Sag: Das ist deine Angelegenheit, es interessiert mich nicht die Bohne.« Guido ergriff seinen Freund am Handgelenk und flüsterte ihm ins Ohr: »Wenn Python plaudert, sitzen wir in der Scheiße. Angelica steckt schon bis zum Halse drin. Wer weiß, was sie in dieser verdammten Villa gemacht hat …«

Giovancarlo riß die Augen auf: »Du glaubst, daß Angelica …«

Guido zog die Schultern hoch: »Denk doch mal einen Augenblick nach. Sie ist gegen einen Baum gefahren. Uns hat sie erzählt, sie hätte eine normale Unterhaltung mit Scalistri geführt. Und nach einer normalen Unterhaltung ist sie so nervös, daß sie gegen einen Baum fährt. Warum war sie deiner Meinung nach nervös?«

Giovancarlo legte die Handrücken gegen die Wangen, um sie zu kühlen, und stieß dann ein »Mammamia!« hervor.

»Auch Python macht sich im Moment in die Hosen«, fuhr Guido fort. »Python ist ein Feigling und eine Verräternatur. Der ist bestens in der Lage, uns zu verkaufen. Ich muß ihm unbedingt vorher das Maul stopfen.«

»Und wie?«

»Das laß meine Sorge sein. Ich weiß einen Haufen intimer Sachen über Python. Ach, übrigens: du darfst ihn nicht so nennen. Dann wird er sauer. Sein richtiger Name ist Africo. Wenn du ihn siehst, sagst du ihm einfach: ›Africo, Guido will mit dir sprechen.‹ Und du bringst ihn zu mir in die Piccolo Bar, okay? Kannst du dich noch an den Typen erinnern?«

»Jaaa ...« Giovancarlo nickte ein wenig unsicher. »Ich habe ihn nur jenes eine Mal gesehen ... Er ist doch so ein dunkler Typ, mit braunen Augen, ziemlich groß ...?«

»Er trägt eine kurze Jacke und schwarze Lederhosen. Immer die gleichen, sommers wie winters. Deshalb wird er Python genannt. Du kannst ihn nicht verwechseln.«

Die Bar war leer, nur der Barmann stand an der Kasse und kontrollierte die Rechnungen. Der Abend war noch jung, und die Kerle vor dem Eingang waren noch nüchtern. Sie sprachen leise. Ein trotz ihres verlebten Gesichtes sehr hübsches Mädchen saß in perfekter Yogastellung auf dem Bürgersteig und protestierte gegen die Welt. Dabei leierte sie mit gebrochener Stimme eine Litanei herunter.

Giovancarlo bestellte einen Caffè corretto, mit einem Schuß Alkohol, doch der Barmann hob nicht mal den Kopf. Er wiederholte seine Bestellung.

»Was soll denn rein?« Der Barmann sah ihn über seine Brillenränder hinweg an, ohne sich von der Kasse wegzubewegen.

»Brandy.«

Der Kaffee hatte einen säuerlichen Geschmack. Eine in dem Behälter für die Brioches gefangene Fliege flog hartnäckig immer wieder gegen das Glas. Auf dem Fußboden lagen noch Reste von Sägemehl. Giovancarlo betrachtete sich in dem Spiegel mit der Werbeaufschrift hinter der Theke. Er hätte sich mit seiner Kleidung etwas besser der Umgebung anpassen sollen. An diesem Morgen war er mit der Schnapsidee, elegant aussehen zu wollen, aufgewacht. Er trug ein zwirnfarbenes Hemd aus Rohseide unter einem weißen Jackett aus Baumwollcrêpe, und aus der Brusttasche lugten die Spitzen eines gelben Tuches hervor.

Aus dem Nebenraum hörte man das Knallen von Billardkugeln.

An einem der beiden Billardtische wurde unter zwei erfahrenen Spielern eine Partie ausgetragen. An der Stille und Konzentration selbst der Zuschauer konnte man erkennen, daß es dabei um eine Menge Geld ging.

Um sein Unbehagen zu überwinden, versetzte sich Giovancarlo in Gedanken in einen berühmten Detektiv: Archie Goodwin, rechte Hand von Nero Wolfe, elegant und anspruchsvoll wie er. Aufmerksam betrachtete er die Gesichter der ungefähr zehn Zuschauer, die auf der Bank neben dem Billardtisch saßen oder an der Wand lehnten. Als er sicher war, daß Python sich nicht unter ihnen befand, verließ er den Raum gemessenen Schrittes. Hinter seinem Rücken hörte er eine gelassene, nachdenkliche Stimme: »Die haben wohl Personalmangel bei der Sicherheit.« Und eine andere Stimme antwortete: »Was den Leuten fehlt, ist die Berufung. Die nehmen sie jetzt, wie sie kommen. Auch mehr von diesem Ufer als vom andern.«

Giovancarlo war nicht verletzt, er war an dumme Bemerkungen gewöhnt. Doch wäre er gern weniger aufgefallen. Er zog die Jacke aus, legte sie sich über den Arm und ging in den gegenüberliegenden Raum. Ungefähr zehn Tische waren von Kartenspielern besetzt. Auch hier herrschte andächtiges Schweigen. Hin und wieder wurde ein Glas gehoben, ein Reißverschluß hochgezogen, man hörte das Klatschen der Karten, die auf den Tisch gehauen wurden.

Und auch hier keine Spur von Python. Niemand, der ihm auch nur ähnlich sah, die Spieler waren alle eher alt und traditionell gekleidet.

Der Thekenraum war noch leer und der Barmann noch immer mit seiner Abrechnung beschäftigt. Giovancarlo quetschte sich in eine Reihe weißer Plastiktischchen, die wie Schulbänke hintereinander aufgestellt standen, und verdrehte den Hals, um einen Zeitungsartikel zu lesen, der eingerahmt an der Wand hing. Darin wurde dieses Lokal als eines der charakteristischsten der Stadt bezeichnet. Ein Alter mit Hund trat ein. Sein Gesicht war abgezehrt, die graue Haut zeigte deutlich die Anzeichen einer Krankheit. Der Gang des Hundes war schleppend, auch er schien krank zu sein. Der Alte setzte sich an den ersten Tisch neben dem Ausgang und bestellte einen Brandy. Er wartete geduldig darauf, daß der Barmann ihn beachten würde.

Draußen belebte es sich. Die jungen Leute kamen und gingen und redeten jetzt in erregterem Ton miteinander. Jemand wurde gerufen, er überquerte im Laufschritt die Straße, man hörte seine eiligen Schritte auf dem Pflaster, als er sich in Richtung Piazza Santa Croce entfernte, darauf das Dröhnen eines schweren Motorrads. Die ganze Gruppe entfernte sich geschlossen, wie Ratten hinter dem Rattenfänger. Lediglich zwei hielten die Stellung, das hübsche Mädchen und ein anderer. Sie lehnten rechts und links von der Tür, ihr Zigarettenrauch stieg spiralförmig zum abgeblätterten Putz des Gebäudes auf.

Ein Männlein in kurzen Hosen und Turnschuhen trat ein, schlampig anzusehen wie jemand, dem es egal ist, wie er das Haus verläßt. Es lehnte sich an die Theke und betrachtete die beiden Kunden.

Giovancarlo hatte den Eindruck, als würde er ihn auf besondere Weise beobachten. Er mußte sich eine Haltung geben: wie er so dasaß, ohne erkennbaren Grund, mußte jeder sofort begreifen, daß er auf jemanden wartete. Eben hatten sie ihn für einen Bullen gehalten. Auch Python könnte, falls er kommen sollte, diesen falschen Schluß ziehen. Giovancarlo dachte, daß er schließlich Schauspieler sei, und er beschloß, die Rolle des Trinkers zu spielen. Er stand auf, ging zur Theke und bestellte einen doppelten Whisky.

Mit fortschreitender Nacht hatte der Wind nachgelassen, und es war wärmer geworden. Nach dem dritten doppelten Whisky begann Giovancarlo zärtlich an Guido zu denken, der jetzt wahrscheinlich in der anderen Bar saß und ebenfalls wartete. Dann ließ er die Sommernächte vor zwei Jahren auf Ibiza vor seinem Geiste erstehen, und das Hotelzimmer mit Blick aufs Meer. Doch kehrte er mit seinen Gedanken gleich wieder zu dieser verwickelten Geschichte zurück, die ihn jetzt zwang, sich in dieser verlausten Bar zu betrinken.

Die jungen Leute waren zurückgekehrt, es war ein Kommen und Gehen in der Bar, sie belagerten die Theke, jemand aß die vertrockneten Brioches. Das hübsche Mädchen hatte wieder draußen auf dem Bürgersteig Platz genommen und setzte ihr Klagen fort. Alle diese Stimmen ließen in Giovancarlos Kopf ein verwirrendes Dröhnen entstehen, das seine Übelkeit noch verstärkte. Er stand auf und folgte dem Pfeil auf dem Schild, auf das jemand in ungeübter Handschrift »Toilette« geschrieben hatte. Man mußte eine steile, dunkle Treppe erklimmen. Er schwankte und stützte sich an die Wand. Die Kacheln klebten. Die Toilettenschüssel vor ihm hörte nicht auf zu schaukeln, es gelang ihm nicht, stehenzubleiben. Die Glühbirne vor ihm mit ihren 25 Watt zwang ihn, die Augen zu schließen. Sie blendete ihn mit Traumbildern: Guido und Angelica, dann die Zeichnung von Füssli, die beiden obszönen Frauen, eine drehte den Kopf mit einer abstrusen Frisur und entblößte die Zähne zu einem Hexenlächeln. Giovancarlo riß die Augen weit auf, ein Schwindelanfall ließ ihn zu Boden stürzen. Unter der Glühbirne las er, zunächst ganz verschwommen, dann auf unnatürliche Weise vergrößert, eine mit Kugelschreiber in den Putz geschriebene Botschaft: »*Ichbineineschönemuschiundhaberiesigelustaufeinenschönen* …« Ein Brechreiz überkam ihn, er senkte den Kopf, hustete, taumelte nach hinten. Er dachte: »Was für ein trauriger Sommer.«

An dem Tischchen, an dem er eben noch gesessen hatte, saß jetzt eine Rothaarige um die Dreißig. Sie trug eine fleischfarbene Tunika, die kaum ihre etwas welken Formen verbarg. Durch die Öffnungen unter den Achseln konnte man beinahe ihren ganzen Busen sehen. Das Lokal war jetzt brechend voll, alle anderen Tische waren besetzt. Giovancarlo bahnte sich einen Weg durch die Jugendlichen und ging an den Tresen. Er bat um ein Glas Mineralwasser. Als er gerade das Glas zum Munde führte, sah er Python am anderen Ende der Theke, auch er mit einem Glas an den Lippen. Ihre Blicke kreuzten sich. Giovancarlo drängte sich durch die Menge, er bewegte sich ungeschickt, schob und ließ sich ein wenig von allen schieben, bis er gegen Python stieß, aus dessen Glas ein Tropfen Magenbitter auf Giovancarlos weiße Jacke spritzte. Er hatte ihn wiedererkannt. Das sah Giovancarlo an der Art, wie er den Blick abwandte, nachdem er ihn einen Moment lang fixiert hatte.

Python schüttete den Magenbitter in sich hinein, legte einen Geldschein auf den Tresen und drehte sich zu den Tischen um, wobei er der Rothaarigen ein Zeichen gab: »Hey! Wir gehen!« Die Rothaarige trank gerade ein Bier und sah ihn aus schläfrigen Augen an. Sie begriff nichts. »Dann bleib eben da!« Python ging auf den Ausgang zu. Giovancarlo machte unbeholfen einen Bogen um ihn, um ihn daran zu hindern, durch die Tür zu gehen. Er hatte den Namen vergessen. In seinem Kopf wirbelte es durcheinander: Scipio, der Afrikaner.

»Sind Sie Scipio?«

»Scipio kannst du zum Schnabel deines Liebsten sagen«,

antwortete Python mit unterdrückter Stimme und schob ihn mit einem Schlag gegen das Brustbein beiseite, ein harter Schlag, wie mit einer Stockspitze. Giovancarlo ergriff seinen Arm und wurde von ihm bis auf die Straße gezogen.

»Einen Augenblick. Guido will Sie sehen. Es ist dringend!« Er versuchte ihn aufzuhalten, indem er ihm die Hände auf die Brust legte. Python faßte seine Handgelenke. Giovancarlos Hände rutschten über das Leder der Jacke und wurden vom Reißverschluß einer Seitentasche aufgefangen. Hier kam aus dem Nichts plötzlich eine fünfte Hand zum Vorschein, die des schlampig gekleideten Männleins in den kurzen Hosen. Das Männlein ergriff Python am Handgelenk und versuchte auch Giovancarlo zu fassen, der jedoch zurückwich und mit dem Rücken gegen eine Säule prallte.

»Bleiben Sie stehen!« brüllte das Männlein. »Polizei!« Giovancarlo machte eine Kehrtwendung und lief quer über die befahrene Straße. Die Reifen eines Wagens quietschten.

»Halt!« schrie das Männlein wieder. Aber Giovancarlo war schon um die Ecke und verschwand in der Via de' Neri.

Inspektor Alfonso Del Santo vom Rauschgiftdezernat brachte seine Beute zurück in die Bar. »Diesmal hab ich dich erwischt, Python.« Und er zwang Africo Gramigna, genannt Python, seine langen Beine zwischen die Bank und das Plastiktischchen zu zwängen, und drückte ihn auf den Sitz.

Die Rothaarige sprang auf: »Africo! Was will dieser abgebrochene Zwerg?«

»Paß auf, was du sagst«, meinte Inspektor Del Santo ruhig. »Diesmal tu ich noch so, als hätte ich nichts gehört. Leg die Hände auf den Tisch, Python.«

Python gehorchte und wandte den Kopf nach seiner Gefährtin um. »Keine verdammte Ahnung. Wer weiß, was die gepackt hat. Ich hab nichts getan. Misch dich nicht ein, Jolanda, geh nach Hause.«

»Sehr gut«, pflichtete ihm Del Santo bei. »Geh nach Hause, Jolanda. Wir werden gleich sehen, ob er nichts getan hast. Es dauert nur eine Sekunde.«

Der Reißverschluß der Seitentasche pfiff. Der Beamte steckte zwei Finger hinein und wedelte kurz mit einem weißen Tütchen in der Luft. »Hast du gesehen?«

Python zog die Schultern hoch: »Das ist noch nicht mal ein halbes Gramm. Und verschnitten. Mindestmenge für den persönlichen Gebrauch.«

Die Bar leerte sich. Die Kunden machten sich einer nach dem anderen unauffällig davon. Wenig später waren nur noch Python, der Beamte vom Rauschgiftdezernat, die Rothaarige, der Barkeeper und der Alte übrig, der immer noch an seinem Platz saß und erschrocken mit den Augen zwinkerte. Der Hund hatte sich unter dem Tresen ausgestreckt und war eingeschlafen.

»Hier geht es nicht um persönlichen Gebrauch. Ich habe dich beim Handeln erwischt. Ich habe gesehen, wie du diesem Typen, der abgehauen ist, das Zeug gegeben hast.« Der Inspektor nahm ein Paar Handschellen aus der hinteren Tasche seiner kurzen Hose und legte sie Python an.

»Das kann nicht sein«, protestierte Jolanda, »sag ihm doch, daß du abhängig bist! Warum sitzt du da und schweigst wie ein Idiot?«

»Misch dich nicht ein, Jolanda. Geh nach Hause.« Python schüttelte den Kopf mit einem Lächeln, das trauriges Selbstmitleid ausdrückte. »Die Sache mit dem Typen da draußen ist kein Beweis. Der wollte was anderes. Dieses Tütchen da gehört mir. Ich bin abhängig.«

»Ich seh mir deine Arme gar nicht erst an. Ich weiß sowieso, daß sie sauber sind. Steh auf, los. Ich bring dich in die Zentrale.«

Python schüttelte von neuem traurig den Kopf: »Nein, ich bin sauber, weil ich es schnüffle.«

Del Santo zog leicht an der Kette. Python hob die Arme

und bewegte sich nicht. »Komm schon! Steh auf! Was wollte dieser Kerl denn dann von dir? Warum ist er wie ein Pfeil davongeschossen? Ich hatte ihn schon eine ganze Weile beobachtet. Der hielt es kaum aus. Der hat dich sehnlichst erwartet, der Arme.«

»Auch die Geschichte, daß der Typ aufgeregt war, hat nichts damit zu tun. Der war wegen was anderem aufgeregt.«

»Weswegen denn?«

»Ich sollte mich mit seinem Freund treffen.«

»Du solltest es dem Freund geben, verstehe. Komm schon, verflucht noch mal!«

Python schlug mit den Fäusten und der Kette auf den Tisch. »Scheiße! Bring mich zur Kriminalpolizei. Das ist 'ne Nummer zu groß für dich. Ich habe wichtige Aussagen im Fall Scalistri zu machen.«

Bei seiner atemlosen Flucht lief er an dem Schaufenster vorbei, ohne es zu bemerken. Das Bild der Gliederpuppe, die als Dame aus dem neunzehnten Jahrhundert verkleidet in ihrem Reifrock dasaß, fiel ihm wieder ein, als er schon fünfzig Meter weiter war. Er kehrte um und betrat die Piccolo Bar. Guido saß an einem Tisch vor einem rosafarbenen Kelch und dem Rest eines Lachsschnittchens. Giovancarlo hockte sich neben ihn und legte den Mund an sein Ohr.

»Sie haben den Africano verhaftet«, hauchte er.

Guido wandte den Kopf ab. »Bist du betrunken?«

»Der Africano … wie heißt er denn noch mal … Python! Sie haben ihn geschnappt!«

»Wer?«

»Die Polizei! Sie haben ihn verhaftet!«

»Wo?«

»Nicht weit von hier! In der Bar Le Colonne!«

»Madonna!« Guido stand schon. »Schreiben Sie es an!«

sagte er zum Barmann, als er auf dem Weg zum Ausgang an der Kasse vorbeikam.

Die Piazza della Signoria sah aus wie ein Kriegsschauplatz mit ihren überall herumliegenden Steinblöcken, Gerüsten und Barrieren. Um diese Uhrzeit verließen die afrikanischen Händler die Via Calzaioli mit ihren Waren auf der Schulter und dem aufgerollten kleinen Teppich unter dem Arm. Sie stürzten sich in den Korridor des Vasari und verschwanden in Richtung Lungarno, der dunkler als das tiefste Dunkel in dieser Gegend war.

»Und was machen wir jetzt?« fragte Giovancarlo, der Schwierigkeiten hatte, auf der ansteigenden Straße vor der Loggia de' Lanzi mit Guido Schritt zu halten. Die Statuen waren alle in Käfige eingesperrt. Perseus streckte wie zum Beweis seiner Unschuld die erhobene Hand durch die Gitterstäbe.

»Was wir machen?« Guido wandte den Kopf, und Giovancarlo erschrak, denn seine Augen glänzten. »Ich haue ab! Du kommst doch mit, oder? Du wirst mich doch nicht allein lassen?«

Und wieder erwärmte Zärtlichkeit Giovancarlos Herz.

Scatizzi, der hinter seinem kleinen Schreibtisch so imposant anzuschauen war wie ein Zirkusbär auf einer Schulbank, betrachtete Python einige Sekunden lang schweigend. »Vergiß nicht, mein Herzchen, wenn das ein Trick sein sollte, mit dem du dir zeitweilig Luft verschaffen willst, zieh ich dir die Haut ab.«

17
Pfanne auf dem Feuer

Jemand klingelte ungeduldig an der Tür. Corrado Scalzi fuhr aus dem Schlaf und hob den Kopf vom Tisch; er spürte, daß eine Wange ganz heiß war. Seine Sekretärin mußte schon seit geraumer Zeit gegangen sein, sie hatte sich auf englisch verdrückt und ihn hier schlafen lassen. Es kam seit einiger Zeit des öfteren vor, daß er über der Arbeit einschlief.

Die beiden Jungen liefen fast die Treppe hoch. Der eine grinste. Scalzi trat ihnen noch auf dem Absatz mit einem schroffen: »Was wollt ihr?« entgegen.

»Sie haben mich herbestellt«, der erste zog aus der hinteren Hosentasche einen zerknitterten Briefumschlag hervor, »ich habe den Brief dabei.«

Scalzi drehte sich um und schritt ihnen voraus in sein Büro. Auf dem Flur deutete er auf eine offenstehende Tür, während er weiter ins Bad ging. »Wartet dort auf mich.«

Er wusch sich das Gesicht, doch der rote Fleck auf seiner Backe blieb. Die beiden sprachen miteinander, er hörte das Echo ihres Vorstadtdialekts, der fast ohne Konsonanten auskommt, und ihre ausgelassenen Stimmen. Glaubten die vielleicht, sie säßen auf der Piazza? Scalzi trat in sein Büro und bedeutete dem einen, ihm den Brief auszuhändigen: »Gib mal her.«

Sie hatten sich auf das Sofa vor seinem Schreibtisch geflegelt, und selbst als er eintrat, machten sie keine Anstalten aufzustehen, doch zumindest verstummten sie und betrachteten ihn jetzt lächelnd und mit hochgezogenen Augenbrauen. Scalzi legte den Brief auf den Tisch und öffnete ihn. Er setzte sich nicht.

Ja, richtig, den Signor Gilberto Cennini hatte er einberufen. Für einen Prozeß, der, so schien es, in zwei Wochen stattfinden würde.

»Bist du Cennini?« Der Junge nickte.

»Und wer ist der da?«

»Ich habe nichts damit zu tun. Ich bin ein Freund von ihm«, kicherte der andere, als fände er es sehr amüsant, grundlos in eine Anwaltspraxis vorgedrungen zu sein.

Cennini Gilberto wurde also der Prozeß gemacht. Was für ein Prozeß? Scalzi versuchte sich die Sache in Erinnerung zu rufen. Die Sorge um Angelica verdrängte alles andere. Das geschah ihm immer, wenn er mit einem bedeutenden Fall beschäftigt war.

Angelica war an diesem Morgen verhaftet worden. Das hatte Scalzi ganz zufällig von einem Journalisten während eines Telefongesprächs erfahren, gerade erst vor zwei Stunden, zu spät, um die Inhaftierte noch im Gefängnis aufzusuchen. Die Nachricht hatte ihn entmutigt wie eine Verurteilung. Er hatte noch nicht mal die Zeit gehabt, sich eine genaue Vorstellung von dem Fall zu machen oder mit dem Neffen Guido und seinem Freund zu sprechen. Einen Tag nach dem Gespräch hatte er Angelica angerufen, um die beiden in seine Praxis zu bitten; da erzählte sie ihm, sie hätten sich vermutlich in Luft aufgelöst. Als sie kurz nach Mitternacht nach Hause gekommen sei, wären die Männer nicht dagewesen. Eine Stunde später, sie war schon halb eingeschlafen, hörte sie sie heimkehren und in ihrem Zimmer rumoren. Doch hatte ihr die Kraft gefehlt, aus dem Bett zu steigen. Am nächsten Morgen hatte sie festgestellt, daß das Gästezimmer noch unordentlicher aussah als sonst, der Kleiderschrank war leer, Giovancarlos Koffer und ihr Samsonite fehlten.

Scalzi bereute es, Angelica die Position dieser beiden unerwünschten Gäste nicht deutlicher klargemacht zu haben. Sie hatte sich so ausweichend über sie geäußert. Die Hypothese, daß Guido nicht daran glaubte, daß das Bild in Scalistris Händen eine Fälschung war, und daraufhin ohne Wissen seiner Tante vorgegangen war, war keineswegs auszuschließen. Er konnte sich durchaus zur Villa von Scalistri begeben haben, allein oder in Begleitung seines Freundes, und auch der »Profi«, der mit dem Diebstahl beauftragt war, konnte dort gewesen sein. Wenn das der Fall gewesen war, würden die Folgen auch für Angelica recht gravierend sein. Eine Kurzschlußreaktion des Händlers konnte den Mord ausgelöst haben; möglicherweise hatte er bemerkt, daß jemand im Begriff war, ihn zu berauben. Und wußte Angelica tatsächlich von nichts? Und wie würde es möglich sein, im Prozeß zu beweisen, daß sie vorzeitig Abstand genommen hatte von einem Plan, an dessen Entstehung und Ausarbeitung der Einzelheiten auch sie mitgewirkt hatte? Schließlich hatte sie sich sogar bereit erklärt, ihn zu finanzieren.

Scalzi vermochte die unvermeidlichen Niederlagen in seinem Beruf nie hinzunehmen. Wenn einer seiner Klienten im Gefängnis landete, dann bedrückte ihn immer die Vorstellung, daß das ein wenig auch seine Schuld war. Er bezichtigte sich dann, irgendeine Initiative versäumt oder aber einen Fehler begangen zu haben.

Die beiden Besucher warteten auf eine Äußerung von ihm. Ach ja, jetzt fiel es ihm ein: der Streit im Kiesbett des Arno, im Stadtviertel Bellariva. Eine triviale Auseinandersetzung, die schon von weitem nach Rassismus roch. Fünf oder sechs Kerle, unter anderem auch dieses lustige Bürschchen Cennini, hatten zwei Soldaten krankenhausreif geprügelt, ebenfalls junge Burschen, aber aus dem Süden, die sich eines gewagten Kompliments an die Adresse von einem der Mädchen aus dem Viertel schuldig gemacht hatten. Scalzi betrachtete Cennini voller Groll: er war klein und kräftig, hatte wäßrige, ungesunde Augen und das Auftreten eines brutalen Dummkopfs.

»Heute abend habe ich zu tun. Kommen Sie ein andermal wieder.«

»Sie haben mich aber für heute bestellt ... Wann soll ich denn wiederkommen?« Er erlaubte sich, ein beleidigtes Gesicht zu ziehen, der Retter des Mägdeleins.

»Kann ich im Moment nicht sagen. Rufen Sie an. Machen Sie einen Termin mit meiner Sekretärin aus.«

»Aber der Prozeß ...«

»Der Prozeß ist in zwei Wochen. Da ist noch Zeit genug.«

»Man hat mir gesagt, daß die Amnestie ...«

»Also, jetzt hör mal gut zu«, fuhr Scalzi ihn an. »Ich habe dir gesagt, du sollst ein andermal wiederkommen!« Er ging in den Flur hinaus, ohne sich darum zu kümmern, ob die beiden ihm folgten. Er ließ die Tür offen und wartete. Dann hörte er die Federn des Sofas quietschen. Die beiden beschlossen murrend und verblüfft, sich dem Ausgang zu nähern. Kaum hatte er die Türschwelle überschritten, drehte sich der Freund von Cennini, der noch rowdymäßiger als der andere aussah, zu ihm um. Er richtete den Zeigefinger auf Scalzis Backe. »Sie haben geschlafen, was?«

»Wie bitte?« meinte Scalzi.

»Ich wollte sagen: Sie schliefen. Wir haben Sie geweckt. Schlafen Sie ruhig weiter.«

Scalzi schlug die Tür hinter ihnen zu.

Er kehrte zum Schreibtisch zurück, öffnete wieder Angelicas Akte und zwang sich zur Konzentration. Darin befanden sich die handschriftlichen Aufzeichnungen des Gesprächs, wirr und wegen der vielen Rückblenden nur schwer entzifferbar. Das war alles, was er an Informationen von ihr hatte. Das Porträt der Großmutter, das kostbare Gemälde, die Leiche des Maklers in der Zisterne, das alles sah aus wie die Fabel eines Krimis, die jemand mal eben so hingeworfen hatte und die nun darauf wartete, ausgearbeitet und vollendet zu werden. Was mochte sich dagegen in der Akte des Staatsanwalts befinden? Welche Beweise, die gegen Angelica sprachen? Ein paar Dinge konnte er sich vorstellen: der Besuch bei Scalistri, ihre Erklärung, ihn seit drei Jahren nicht mehr gesehen zu haben. Doch letzteres Element würde die Anklage nicht verwenden können. Angelica hatte keinerlei spontane Erklärung unterschrieben. Wenn sie sie verhaftet hatten, so mußte es noch einen anderen Grund geben. Der Besuch bei dem Kunsthändler, vorausgesetzt, er würde mit Sicherheit nachgewiesen, war nicht mehr als ein Indiz, ein einziges, weder schwerwiegend noch eindeutig, und das reichte absolut nicht aus, um sie ins Gefängnis zu bringen. Es mußte noch etwas anderes geben. Aber was? Die Vorteile der neuen Prozeßordnung unterschieden sich nicht sehr von den alten: Klient im Kühlen, Anwalt im Dunkeln.

Scalzi schob die Akte beiseite und löschte das Licht. Einen Augenblick hatte er Lust, sich wieder dem Schlaf hinzugeben. Dann aber stand er auf und ging zum Eingang. Er würde einen kleinen Spaziergang machen, um seine Nervosität abzulegen. Der weite Platz vor Santa Croce besaß die Macht, ihn zu trösten.

In der Tür traf er auf den Gerichtsvollzieher, der ihm die Beschlagnahmungsurkunde für Angelicas Wagen zustellte. Darin wurden die Gegenstände aufgeführt, die sich in dem alten Mercedes befunden hatten, und Scalzis geübtes Auge bemerkte inmitten der Aufzählung von lauter uninteressanten Dingen sofort eine Zeile, wie von einer düsteren blauen Linie unterstrichen: »Touristische Straßenkarte vom Mugello«. Wie war es möglich, daß man sie im Wagen gefunden hatte? Angelica hatte ihm etwas ganz anderes erzählt. Und wenn sie ihn in diesem Punkt belogen hatte, hatte sie das möglicherweise auch in anderen Zusammenhängen getan. Morgen würde er ins Gefängnis gehen. Weit entfernt von seinen romantischen Erinnerungen und auch ihren nostalgischen Visionen, würde er gnadenlos sein, er würde sich von ihren Tränen nicht erweichen lassen. Das Verhör, dem er sich zu unterziehen gedachte, würde den Staatsanwalt arbeitslos machen.

Am Tage darauf verbreiteten die Zeitungen die Nachricht von Angelicas Festnahme mit Schlagzeilen über sechs Spalten der Titelseite. Scalzi wurde als Verteidiger angegeben. Der Journalist, von dem er wenige Tage zuvor die Information über den Fall erhalten hatte, hatte diese Nachricht verbreitet.

Der Tag war in einer Atmosphäre müßiger Erregung vergangen. Während des Besuchs, den er Angelica in der Frauenabteilung des Gefängnisses von Sollicciano abstattete, war es ihm nicht gelungen, seine Absicht vom Vorabend wahrzumachen; er hatte sich von ihrer Verzweiflung schlicht anstecken lassen. Angelica hatte sich an seiner Schulter ausgeweint: das Leben ruiniert, die Schande, das Gefängnis als letzte Station, das Grab, das sich bald über ihr schließen würde, und so weiter. Das Unglück erzeugt Gemeinplätze, dachte Scalzi. Im Angesicht ihrer Tragödien greifen die Leute nach vorgefertigten Sätzen, da machte Angelica keine Ausnahme. Er war unzufrieden über dieses Gespräch weggegangen, von seinem Eindruck abgesehen, daß Angelica ihm die Wahrheit gesagt hatte. Doch war es erlaubt, sich bei einem solch schwerwiegenden Prozeß auf seine Intuition zu verlassen?

Den ganzen Rest des Tages mußte er sich der telefonischen Überfälle von Journalisten erwehren, die Sachen von ihm wissen wollten, von denen er keine Ahnung hatte.

Gegen Ende des Nachmittags klingelte das Telefon wohl zum hundertsten Mal. Scalzi atmete erleichtert auf, als er die Stimme seines Freundes Fabio Picchi hörte, des Besitzers des Restaurants »Cibreo«. Ein Kunde von Fabio hatte beim Gespräch über den Fall Scalistri geäußert, die Polizei sei auf der falschen Spur. Picchi war der Ansicht, daß diese Person wußte, wovon sie sprach. Wenn er es für angebracht hielte, könnte er eine Verabredung mit dem Mann arrangieren. Scalzi antwortete, er habe viel zu tun, und er halte es nicht für sinnvoll, seine Zeit mit Leuten zu verbringen, die ihre Nase in jede Skandalchronik stecken und, sobald mal ein aufsehenerregendes Verbrechen geschieht, den Fall bereits gelöst zu haben meinen, durch irgendeine brillante Schlußfolgerung, die sich entweder als naheliegend oder als völlig absurd erweist. Aber Fabio entgegnete, sein Kunde sei ein durchaus seriöser Mensch, ein überaus geschätzter Kunsthistoriker, ja sogar berühmt, eine echte Autorität:

»Du hast bestimmt schon von ihm gehört. Er heißt Massimo Rùffoli.«

Scalzi erinnerte sich, dieser Name war häufig Gegenstand heftiger Polemiken in der Welt der Kunst gewesen; einige seiner Forschungen zu berühmten Werken, deren Echtheit jahrzehntelang über jeden Verdacht erhaben war, die von ihm aber als Fälschungen nachgewiesen wurden, hatten empörte Reaktionen bei Museumsdirektoren, Kunsthändlern, Kritikern und namhaften Wissenschaftlern ausgelöst, die er damit nicht selten lächerlich gemacht hatte. Eine Begegnung mit ihm wäre also keine verlorene Zeit. Zumindest würde er Informationen aus erster Hand über eine ihm unbekannte Welt erhalten können.

Fabio Picchi übernahm es, ein Treffen in seinem Restaurant zu organisieren, nicht gerade zur üblichen Abendessenszeit, sondern etwas später, gegen halb elf. Dann war das Restaurant nicht mehr so voll, und man würde in Ruhe ein vertrauliches Gespräch führen können.

»Ihr könntet ja zusammen essen. Ich hebe eine farcierte Taube für dich auf.«

Bei der Aussicht auf die mit Birnen gefüllte Taube verflog Scalzis Unschlüssigkeit restlos.

»Diese Crostata mit Pinienkernen bitte auch für mich!«

Professor Massimo Rùffoli war gerade bei den Vorspeisen,

als er sah, wie eine mit Nougat gefüllte Crostata mit Pinienkernen an ihm vorbei zum Tisch etwas verspäteter Gäste getragen wurde. Er deutete auf das dunkle Dreieck, das sich von ihm entfernte: »Die wird doch wohl noch nicht ausgegangen sein?«

Fabio Picchi schüttelte den Kopf und strich sich über den Schnauzbart. »Davon ist noch genug da. Seien Sie ganz beruhigt.«

»Pinienkerne regen die Verdauung an, sagt Plinius der Ältere.« Rùffolis Gesicht war das Bildnis eines römischen Senators zu Zeiten von Julius Cäsar, bei dem der Künstler vor allem die antike republikanische Strenge hervorgehoben hatte, die noch nicht vom Zynismus und den Ausschweifungen des Kaiserreiches ausgelöscht war. Und seitdem sie bei Tisch saßen, war es Scalzi lediglich gelungen, sich vorzustellen. Bis jetzt hatte er nur dem Monolog gelauscht, den der Professor ihm mit der Eleganz einer Person darbot, die es gewohnt war, vor einem aufmerksamen Publikum erhabene Themen zu behandeln. Doch war der Ton leicht und ironisch, er glitt auf natürliche Art in den verfeinerten römischen Akzent eines Belli* hinüber.

»Wenn Polizisten und Richter Geschmack an philologischen Forschungen fänden, gäbe es ebensowenig juristische Irrtümer wie Kriminelle auf freiem Fuß und Unschuldige im Gefängnis. Ein guter Ermittler muß auchPhilologe sein. Sind Sie mit mir einverstanden?«

Rùffoli betrachtete Scalzi mit finsterer Mine, als wollte er ihn davor warnen, anderer Meinung zu sein.

Fabio saß in einiger Entfernung an einem anderen Tisch und diskutierte mit dem Chefkoch über das Menü des folgenden Tages. Er sah Scalzis ratlosen Blick. Der Vortrag über die Philologie währte nun schon eine Viertelstunde, und Scalzi fragte sich, wann der Professor sich endlich entschließen würde, zum eigentlichen Thema zu kommen.

* Giuseppe Gioachino Belli (1791–1863), römischer Dialektdichter.

»Auch Bilder und Skulpturen«, fuhr Rùffoli fort, »sind Texte, aus denen die Vergangenheit rekonstruiert werden kann. Daher kenne ich die Berufsgeheimnisse des Ermittlers so gut. Und wie irgendwer mal gesagt hat, muß die philologische Methode das Gewand eines jeden Forschers sein. Aber das versuch mal, denen klarzumachen. Den Ermittlern, Polizisten, all denen, die vom Staat dafür bezahlt werden, daß sie ein Verbrechen rekonstruieren. Es mangelt ihnen nicht nur an den unverzichtbaren Grundlagen, ihnen fehlt ganz einfach die *forma mentis*. Wenn sie sich doch mit Literatur befassen würden statt mit dieser Pseudowissenschaft, bei der einem schon die Haare zu Berge steigen, wenn man nur den Namen hört: Kriminologie. Es würde ihnen nicht schaden, hin und wieder mal einen Roman zu lesen. Aber man könnte fast meinen, die Polizeibeamten und Richter halten es mit jenem Literaten, der im Jahre 1915 meinte: *censeo philologiam esse delendam.«**

Scalzi bekam Bauchschmerzen bei all dem lateinischen Formelkram, den auch viele seiner Kollegen in den Gerichtssälen zitierten. Zum Glück hatte Fabio eine Flasche Sassicaia Jahrgang 69 auf den Tisch gestellt, der ihm in Verbindung mit einer samtigen Paprikacremesuppe sogar das Latein versüßte.

»Besagter Literat, der diese Ungeheuerlichkeit von sich gab, ist ein herausragendes Beispiel für die poetische Maniertheit, die die italienische Kultur lähmt.« Der Professor warf Scalzi einen mißtrauischen Blick zu. Vielleicht hegte er den Verdacht, einen Anhänger dieser verworfenen Kunst der Poesie vor sich zu haben. »Bei uns werden viele Probleme mit diesem gewissen Scharfsinn angegangen, und fast alle sind überzeugt davon, ihn zu besitzen. Der italische Genius hat mehr Schaden angerichtet als die Pellagra.

* (lat.) Im übrigen meine ich, daß die Philologie zerstört werden muß. – Der »Literat« war Ettore Romagnoli, den berühmten Satz parodierend: »Im übrigen meine ich, daß Karthago zerstört werden muß«, mit dem der römische Senator Cato alle seine Reden beschloß.

Nehmen Sie zum Beispiel nur meine Branche. Viele Professoren, die den Kunstmarkt bestimmen, sind überzeugt davon, daß ihr Instinkt sicherer ist als Röntgenstrahlen. Es geschieht nicht selten, daß ich in einem Museum auf Fälschungen stoße, und ich kann einfach nicht begreifen, wie jemand sie für echte Werke halten konnte. Eine dieser Personen, die sich für unfehlbar hielten, war Piccarda Degli Alberetti, die Großmutter Ihrer Mandantin. Sie sind doch der Verteidiger dieser armen Frau, nicht wahr? Angelica. Sie sind Ihr Anwalt, das hat Fabio mir erzählt.«

Scalzi bestätigte es ihm. Endlich kam Rùffoli zur Sache. Er hatte schon beinahe bereut, daß er Fabios Einladung angenommen hatte und einen Teil der kurzen Zeit, die noch bis zur Haftbestätigung verblieb, damit verbrachte, einer theoretischen Darlegung beizuwohnen. Er hatte ganz andere Probleme zu lösen. Nach der Beschlagnahmung des Mercedes würde der Untersuchungsrichter Angelica im Gefängnis behalten, wenn nicht irgend etwas Neues zu ihren Gunsten ans Licht käme.

Wieder drehte der Professor sich nach einem Gericht um, das an ihm vorbei auf einen anderen Tisch schwebte, und er hatte dabei den begeisterten Gesichtsausdruck eines Menschen, der gerade ein Ufo gesehen hat.

»Diese mit Birne gefüllte Taube bitte auch für mich! Gibt es noch welche, Fabio?«

»Glaubt ihr denn, ich würde euch die Taube vorenthalten?« Picchi beruhigte beide mit einem Lächeln. Scalzi gefiel es, daß Rùffoli die gleichen Speisen liebte wie er.

»Mit Kartoffeln nach Bauernart«, fügte der Professor hinzu. Fabio nickte auch diesmal. Doch die Ablenkung hatte den Kunsthistoriker wieder aus dem Konzept gebracht: »Wissen Sie, was Erasmus sagte? Was gibt es, das kleiner wäre als ein Komma? Und doch reicht so wenig, um einen zum Ketzer zu machen.«

»Sie sprachen eben von Angelica Degli Alberetti.« Scalzi

versuchte das Gespräch wieder auf die rechte Bahn zu lenken.

»Richtig. Ich kenne sie nicht. Ich kannte Piccarda. Ich habe sie als junger Student kennengelernt, da war ich Schüler eines Forschers, Altobrandi, den sie protegierte. Die Großmutter Ihrer Mandantin war berühmt für ihre Intuition. Und um die Wahrheit zu sagen: eine gewisse geniale Ader besaß sie tatsächlich. Was nichts an der Tatsache ändert, daß jemand sie bei vielen Gelegenheiten in die Falle gelockt hat. Einige der Fälschungen, die von mir entdeckt wurden, stammen aus ihrer berühmten Sammlung. Und es gibt noch weitere Gemälde hier und da, auch in bedeutenden Museen, die es wert wären, untersucht zu werden, und die den gleichen Ursprung haben. Diejenigen, die ich aufgedeckt habe, stammen alle von derselben Hand. Sie wurden alle vom selben Fälscher gemalt. Sehen Sie mal, hier.«

Rùffoli zog aus der Tasche seines weißen Leinenanzugs ein Foto und die Seite einer Zeitung, die er Scalzi reichte. »Fällt Ihnen hier etwas auf, Avvocato?«

Bei dem Foto handelte es sich um die Reproduktion eines Gemäldes. Die Zeitung war drei Jahre alt, und ein Artikel war mit Rotstift angestrichen. Es ging darin um einen Mord in Florenz. Das Foto des Ermordeten nahm drei Spalten ein.

»Die Person auf dem Gemälde und das Opfer sehen sich ähnlich«, sagte Scalzi.

»Sehr gut. Sie sind sozusagen identisch, finden Sie nicht?«

Der Kellner brachte die Tauben und die Beilagen: Kartoffeln nach Bauernart für Rùffoli, rote Rüben für Scalzi. Fabio trat zu ihnen, es lag ihm viel daran, den Service an ihrem Tisch persönlich zu überwachen, und er versuchte bei dieser Gelegenheit ganz unauffälig, ein Fragment der Unterhaltung zu erhaschen.

Rùffoli deutete auf den Teller mit den Kartoffeln.

»Davon möchte ich ein paar mehr. Und die Rübchen auch für mich.« Er schnippte mit dem Finger gegen die halbleere Flasche Sassicaia. »Sie trinken zuviel Wein, Avvocato. Wissen Sie nicht, daß Wein unrein ist?« Der Professor trank bei Tisch Mineralwasser. Doch hatte Scalzi bei seiner Ankunft gesehen, daß er eine Bloody-Mary kippte.

»Also, ordnen wir mal das Material.«

Rùffoli schob den leeren Teller von sich, auf dem eine Polenta mit Spinat serviert worden war, und legte das Foto und die Zeitung nebeneinander auf den Tisch.

»Zeiten, Orte und Umstände. Wie bereits gesagt, hatte sich ein gewisser Prozentsatz der Fälschungen, die ich entdeckt habe, ursprünglich in der Sammlung von Piccarda Degli Alberetti befunden. Berlin, vor vier Jahren. Ich bin wegen einer Konferenz dort und lese irgendwo, daß im Kaiser-Friedrich-Museum das *Porträt eines Musikers* von Filippino Lippi ausgestellt wird, aus der Erbmasse eines amerikanischen Sammlers irischen Ursprungs stammend. Ich weiß, daß dieser Sammler einer der treuesten Kunden von Piccarda war. Ich sehe mir das Bild an, es ist eine Fälschung. Von der Hand desselben Fälschers. Wie soll ich das erklären? Um Ihnen alle Gründe auch nur anzudeuten, bräuchte ich eine Stunde. Zur Vereinfachung: der Bildgegenstand. In allen gefälschten Bildern der Sammlung Degli Alberetti, von denen ich Grund habe, anzunehmen, daß sie von derselben Hand stammen, ist das Geschlecht des Protagonisten nicht genau definiert. Er ist ein Engel, auch wenn, wie bei dem Pseudo-Filippino-Lippi, von dem ich gerade spreche, der Bildgegenstand kein religiöser ist: das Bild, das ich in dem Berliner Museum sehe, ist das Porträt eines Musikers. Hier ist es« – Rùffoli deutete auf die Reproduktion –, »sehen Sie seine Züge, zweideutig, weiblich, ohne es ganz und gar zu sein. Und die Hände. Sehen Sie sich die Hände gut an. Die Art, wie er sie auf die Laute stützt. Sehen Sie, wie graziös sie sind, wie weich? Natürlich gibt es noch andere Dinge. Die perspektivische Verkürzung des Gesichts mit einer übertriebenen Akzentuierung, die ich als modern bezeichnen würde. Und die Landschaft im Hintergrund, nebelhaft, nordisch, eben romantisch. Die Gesamtatmosphäre: geheimnisvoll, gotisch. Ein Spiegelchen für die Lerchen. Insgesamt ist es diese Art von Fehlern, die eine Fälschung appetitlicher machen als ein authentisches Werk, denn sie sprechen den modernen Geschmack an. Schließlich noch etwas anderes. Betrachten Sie dieses Detail. Auf dem Foto kann man es nicht so gut erkennen, doch im Original ist es eindeutig. Dieser Fälscher malt mit Vorliebe Männer eines bestimmten Typs. Wenn er sich entschließt, eine Frau darzustellen, eine echte Frau meine ich, zwingt er sie in eine demütigende Position, die irgendeinen abstoßenden oder lächerlichen Aspekt hat. In einem Pseudo-Biagio-di-Antonio, den ich in einem bedeutenden europäischen Museum entdeckt habe, hat dieser Fälscher (immer derselbe, davon bin ich fest überzeugt, und auch dieses Bild kommt ursprünglich von Piccarda) eine Gruppe von Frauen gemalt, die nach der Belagerung von Pisa von Florentinischen Soldaten gefangengenommen werden. Alle in einer Reihe, mit gefesselten Händen, und von der Taille abwärts entblößt. Aus Verachtung der Soldateska gegenüber, sollte man meinen – doch ist die Verachtung seine eigene. Kein einziger Maler des Florentiner Quattrocento hätte eine solch heikle Situation dargestellt. Er selbst ist es, der die Frauen wegen eines persönlichen Grolls, den er ihnen gegenüber hegt, an den Pranger stellt, mit einer Hand zwischen den Beinen, um ihre Scham zu bedecken. Er haßt die Frauen abgrundtief. Kehren wir zu dem Porträt des Musikers zurück, das in Berlin ausgestellt ist. In der Landschaft hinter dem Fenster sieht man das Ufer eines kleinen Sees, und hier sind einige Gestalten, Leute, die spazierengehen, auf ganz impressionistische Art als Silhouetten dargestellt – allein das ist schon bezeichnend –, sehen Sie? Betrachten Sie die Frau: Sehen Sie nur, wie lächerlich! Er hat ihr einen Coulisson gemalt, als handle es sich um eine Dame des neunzehnten Jahrhunderts. Um seinen Haß auszuleben, es gibt keinen anderen Grund, dieses Figürchen ist absolut überflüssig, es ist ganz klar, daß er einfach Lust hatte, eine komisch gekleidete Frau hineinzusetzen, mit diesem grotesken Hinterteil, das da herausguckt ... Aber weiter.«

Der Professor zog noch einen Ausschnitt aus der Tasche.

»Ich schreibe einen Artikel. Hier ist er in der italienischen Ausgabe, die in ein paar Fachzeitschriften erschienen ist. Es ist ein sehr polemischer Beitrag. Ich wollte jene Göttergleichen lächerlich machen, die verantwortlich dafür sind, daß ein Museum einen so schlechten Ankauf getätigt hat – wobei ich keine Ahnung habe, ob sie in gutem Glauben gehandelt haben. Allerdings muß man sagen, daß die Ausführung wie immer perfekt ist, die Qualität der Farben verblüffend, die Craquelure, die feinen Risse in der Leinwand, mehr als glaubwürdig, der Bildträger aus der jeweiligen Epoche. Unser Mann ist ein meisterlicher Handwerker. Und ehrlich gesagt, war der Artikel auch nicht nur wegen jener leichtsinnigen Schwachköpfe so heftig ausgefallen. Er war eine Art Befreiungsschlag. Ich kann die Wut, die ein Fälscher in mir auslöst, auf rationale Weise gar nicht erklären. Diese Tarnung verärgert mich so ... Aber nein, das ist es gar nicht mal. Es ist die Umkehrung der natürlichen Ordnung der Zeit, die mich verstört. Ein Fälscher ist wie ein blinder Passagier, der sich in eine Zeitmaschine setzt, um ein Durcheinander auszulösen. Wie die Figur in einer Science-fiction-Erzählung. Ein Pirat, der zeitweilige Paradoxe hervorruft. Langweile ich Sie ?«

Scalzi zündete sich gerade eine Zigarette an und schüttelte den Kopf.

»Nein. Allerdings ... doch ich möchte Sie nicht bedrängen, Professor ...«

Rùffoli folgte mit dem ausgestreckten Finger dem Rauch.

»Fabio, komm mal her. Sieh nur, was der Avvocato da macht. Im Angesicht einer farcierten Taube!«

Fabio trat an den Tisch und stellte einen Aschenbecher hin. Scalzi seufzte und drückte die Zigarette aus.

»Schon besser«, meinte Rùffoli. »Drei Monate nach der Veröffentlichung meines Beitrags bin ich in Florenz. Ich bin oft hier, auch wenn ich keinen Wohnsitz in der Stadt habe. Und da sehe ich diesen Artikel hier. Rein zufällig: Justizberichte interessieren mich eigentlich nicht. Ich fasse den Vorfall kurz zusammen, es sei denn, er ist Ihnen bereits bekannt. Nein? Also: Der Ermordete ist zu Lebzeiten Diskjokkey gewesen. Das heißt, eine Art Musiker … Vorausgesetzt man kann dieses brututum-brututum, das sie in diesen Lokalen herauskreischen, als Musik bezeichnen. Man hat ihn in seiner Wohnung bäuchlings in einer geronnenen Blutlache auf dem Bett gefunden. Auf diesem Bett eine Decke und Zeitungspapier, beides angebrannt. Der Mörder hat ihn durch einen Schlag auf den Kopf erst besinnungslos gemacht und ihm dann die Adern aufgeschnitten; er ist daran verblutet. Doch vorher hat er ihm mit den brennenden Zeitungen und der angekokelten Bettdecke die Hände verbrannt. Erinnern Sie sich, daß ich mich in meinem Artikel vor allem auf die Hände als Indiz für die Fälschung des Gemäldes bezogen hatte. Das waren keine Hände, wie Filippino Lippi sie gemalt hätte, mein Gott noch mal! Und auch das Gesicht hat er ihm angekokelt, dem Armen, als er, so muß man wohl vermuten, noch nicht mal tot war. Ein langwieriges und ziemlich kompliziertes Geschäft, finden Sie nicht?« Der Professor grinste höhnisch. »Aber das Verbrechen blieb unaufgeklärt. Einer der vielen Morde, für den in dieser keineswegs freundlichen, im Gegenteil eher bösartigen und beunruhigende Stadt, nie ein Verantwortlicher gefunden wird. Der Krachmacher war homosexuell, und eine Zeitlang hatte man einen ältlichen Herrn in Verdacht, der, so scheint es, eine Schwäche für ihn gehabt hatte. Und der davongekommen ist, der Glückliche. Das wünsche ich auch Ihrer Mandantin, die mir den

Zeitungen nach zu urteilen allerdings ein bißchen schlechter dran zu sein scheint. Die Ähnlichkeit zwischen der Figur auf dem Pseudo-Lippi und dem Ermordeten haben sie registriert, nicht wahr? Die haben Sie nicht vergessen?«

»Nein«, sagte Scalzi und verglich beide Bilder noch einmal miteinander, »sie ist mir gegenwärtig.«

»Also machen wir weiter. Ende Juli diesen Jahres. Die Polizei identifiziert mit einigen Monaten Verzug das Opfer eines weiteren Mordes, der im Winter verübt worden ist. Die in Stücke geschnittene Leiche war auf eine Müllhalde geworfen worden. Schließlich findet man heraus, um wen es sich handelte. An den Namen erinnere ich mich nicht mehr, ich habe die Nachricht nur überflogen und sofort versucht, alles wieder zu vergessen. Diese Sache hat mich sehr aufgewühlt, den Grund muß ich Ihnen wohl nicht erklären. Ich habe die Zeitung weggeworfen. Um es kurz zu machen: Sobald der Tote ein Gesicht hat, wird es von den Zeitungen natürlich veröffentlicht. Mit der üblichen skandalträchtigen Indiskretion erscheint also ein Foto von diesem armen Kerl, der wunderschön gewesen ist, ein antikes Gesicht, in einer vulgären Haltung abgebildet: in Korsett und Netzstrümpfen, schließlich ist er ein Transvestit gewesen.«

»Der in Stücke geschnittene Transvestit?« sagte Scalzi, »sprechen Sie von diesem Fall?«

» Sie erinnern sich? Gut. Ich sehe das Foto und erkenne auf der Stelle die Figur aus einem anderen Gemälde: der *Dame mit Hund* von Boltraffio. Ein Bild, das sich seit einem Jahr in einem bedeutenden europäischen Museum befindet, dessen Namen ich nicht nenne. Und ich nenne ihn aus dem Grunde nicht, weil auch ich mit dafür verantwortlich bin, daß dieses falsche, unendlich falsche Bild immer noch in einem Museum hängt. Vor einem Jahr, als das Gemälde den Kritikern vorgestellt wurde, habe auch ich mich in den Chor der Begeisterten eingereiht. Wer nicht wenigstens einmal im Leben einen Fehler gemacht hat, der hebe die Hand. Auf meinem Gebiet arbeitet man in den Niederungen des Betrugs. Ich versuche mich mit den Korkstückchen der Ehrlichkeit und Kompetenz über Wasser zu halten, aber es ist unmöglich, nicht hin und wieder doch naß zu werden. Denken Sie nur an die Geschichte mit den Köpfen von Modigliani. Diese kalte Dusche mußten auch ziemlich ernsthafte Wissenschaftler erfahren. Und als mildernden Umstand für mich muß ich hinzufügen, daß die *Dame mit Hund* in technischer Hinsicht eine perfekte Fälschung ist. Unser blinder Passagier in der Zeitmaschine ist ein absolut prächtiges Chamäleon. Der fähigste Fälscher, dem ich jemals begegnet bin. Auf seinem Niveau hat es vielleicht nur Han Von Meergeren gegeben – der entdeckt wurde, weil er selbst es so wollte. Er hatte es nicht mehr ausgehalten, hinter Bildern anonym zu bleiben, die die ganze Welt für Meisterwerke von Vermeer hielt – wie zum Beispiel die *Jünger von Emmaus*, die jahrelang im Museum Boymans Van Beuningen hingen. Es fiel dem Armen sogar schwer, zu beweisen, daß er sie gemalt hatte.«

Das Restaurant hatte sich geleert. Der Chefkoch und die Kellner waren gegangen. Fabio hatte sich höflich an einen ziemlich weit entfernten Tisch gesetzt, um nicht der Versuchung zu erliegen, dem Gespräch zuzuhören. Auch das Essen war beendet. Rùffoli hatte die Taube verschlungen, wobei er sie meisterhaft und äußerst präzise mit einem feinen Messerchen zerlegte. Dann hatte er mit der gleichen Geschwindigkeit auch die gefüllte Ente und die »patéisierte Leber«, wie Fabio sie mit einem fragwürdigen Neologismus nannte, vom Teller gefegt. Und natürlich zwei Stücke von der Nougat-Crostata mit Pinienkernen.

»Fabio«, rief Rùffoli , »setzen Sie sich doch zu uns, ich bitte Sie. Und bringen Sie eine Flasche Malz-Whisky mit. Den, der mit Torfwasser gemacht wird, von dieser Insel, Sie wissen schon.«

Fabio ging zum Regal mit den Flaschen, einem streng wirkenden Apothekenmöbel. Er nahm Flasche und Gläser und setzte sich an ihren Tisch. »Ich möchte nicht stören«, sagte er und sah Scalzi an. »Ich hoffe, ich bin nicht indiskret.« Scalzi meinte, im Gegenteil, er freue sich. Fabios Gegenwart als Ausgeschlossener hatte ihn schon seit geraumer Zeit gestört. Außerdem war Fabio ein Freund. Einer der wenigen in dieser etwas abweisenden Stadt.

»Wir sprechen über einen Fälscher«, informierte ihn Rùffoli. »Einen eklektischen Fälscher, der, hätte er ein eigenes Talent, durchaus mit Picasso verglichen werden könnte. Picasso betrat ein Museum und war von einer Epoche, von einer Malweise wie vom Blitz getroffen. Das geschah zum Beispiel, als er zum ersten Mal die Fresken von Pompei und Herculaneum sah. Von heute auf morgen veränderte er seinen Stil und gab ihm eine klassizistische Richtung. Ein Umstand, der Kritiker und Künstlerfreunde konsternierte. Auch dieser Mensch ist auf ähnliche Weise aufnahmefähig. Er erlernt den Stil eines Malers, vorwiegend des Florentinischen Quattro- oder Cinquecento (ich bin überzeugt, daß er Florentiner ist, so ein Typ kann nur aus Florenz stammen), er gibt dem Kaleidoskop in seinem Kopf einen Stoß, die Farben wechseln, die Zeichnung, die Perspektive und die Geometrie, und so entsteht ein Botticelli, ein Pontormo … Mit äußerster Genauigkeit verfolgt er das Verfahren des Künstlers zurück, den er imitieren will, angefangen von dem Material, das ihm als Untergrund dient, über die Techniken der Farbherstellung bis zu den Posen seiner Modelle. Und in der Tat *braucht* er eine Person, die für ihn posiert: Ich halte ihn für begrenzt, was seine Phantasie angeht, wenn ich auch glaube, daß ihm die lebende Pose zuallererst von seinem Perfektionismus auferlegt wird … Und dann sprachen wir von diesem Verbrechen, das vor weniger als zwei Monaten aufgedeckt wurde: ein Transvestit, den sein Mörder vollkommen zerstückelt hat.«

Fabio nickte und gab zu verstehen, daß ihm der Fall bekannt war.

»Die Nähe zu dem Fall des Berliner Musikers ist natürlich augenfällig. Und so widme ich nun diesem Bild, das auch von mir – verflucht sei das italische Genie – dem Boltraffio zugeschrieben worden war, endlich die Aufmerksamkeit, die ich ihm schon früher hätte widmen müssen. Und ich entdecke, daß das Chamäleon in diesem Fall einen gewaltigen Fehler begangen hat. Einen Fehler, der, hätte ich mich nicht von Fragen des Geschmacks, von der poetischen Manieriertheit, von der ich vorhin sprach, ablenken lassen – wie im übrigen viele andere auch –, mir nicht offensichtlicher hätte sein können. Diesmal war der Mann voll einem Paradoxon der Zeit erlegen. Er hatte in den Arm der Dame einen Hund mexikanischen Ursprungs gemalt, und diese Rasse wurde in Europa erst hundert Jahre nach dem Tode Boltraffios allmählich bekannt. Wie im ersten Fall kommt mir also der Gedanke, die Fälschung könnte in irgendeiner Weise mit dem Verbrechen in Verbindung stehen. Was macht ein braver Bürger in solchen Fällen? Er geht zur Polizei, nicht wahr? Nicht zuletzt, weil er in den Zeitungen liest, daß diese Angelegenheit wie ein banaler Fall von Gewalt und Kuppelei behandelt wird. Und weil ein unschuldiger Mensch im Gefängnis sitzt, ein elendes Individuum, daß sich von diesem Transvestiten aushalten ließ. Ich gehe zur Kriminalpolizei und zum Staatsanwalt, einem herausgeputzten Yuppie namens Orlandi. Ich treffe mich auch mit zwei Polizisten, die der Phantasie eines die Gegensätze liebenden Kriminalschriftstellers entsprungen zu sein scheinen. Der Gesprächigere von den beiden, ein kleiner Mann mit Toupet, behandelt mich mit größter Ehrerbietung, macht mir Komplimente für meinen Scharfsinn, doch ich begreife sehr wohl, daß er durchaus nicht überzeugt ist. Beim Staatsanwalt sieht die Sache schlechter aus. Ich mache ihm lediglich eine Andeutung, da springt dieser seltsame Typ von seinem Stuhl auf: ›Jetzt kommen auch Sie mir noch mit dem Bollaffio!‹, wobei er den Namen verballhornt. Ich schwöre euch, ich habe nichts begriffen. Als ich den Namen Boltraffio nannte, hat er sich verhalten, als hätte ich etwas Obszönes gesagt. Möglicherweise berührt dieser Name eine empfindliche Stelle in ihm, keine Ahnung, ich bin kein Psychoanalytiker. Auf jeden Fall hat er mich unhöflich abgespeist. Also bitte ich um einen Termin bei dem Verteidiger des Zuhälters. Man beschreibt ihn mir als einen sehr gefragten Anwalt, Kriminologe, außerordentlich redegewandt, und so weiter. Seine Praxis hängt voll von fürchterlichen Bildern, wissen Sie, solche, die man bei Friseuren angeboten bekommt? Und während unseres Gesprächs ruft er drei- oder viermal hintereinander aus: ›Sieh mal einer an!‹ Er fühlt sich geschmeichelt, einer ›Persönlichkeit aus der Welt der Kultur‹ von Angesicht zu Angesicht gegenüberzusitzen, und kann es sich nicht verkneifen, mir seine originellen Ideen zur zeitgenössischen Kunst darzulegen. Ein Haufen Banalitäten. Als wir endlich beim Thema sind, wälzt er die Situation auf andere ab. Er erklärt mir, das Übel – nämlich, daß der Zuhälter im Gefängnis sitzt – sei vom Pflichtverteidiger veranlaßt worden, er selbst habe den Fall erst später übernommen. Aber im übrigen sei die Lage seines Mandanten hoffnungslos. Er tut die ganze Zeit so, als ob er sich Notizen macht, aber ich wette, daß er nichts von dem begriffen hat, was ich mich bemühte, ihm zu erklären.«

Rùffoli sah Scalzi an. Er legte ihm eine Hand aufs Knie.

»Man muß schon sagen, daß die Leute in eurem Milieu ein bißchen seltsam sind. Vielleicht liegt das daran, daß ihr es oft mit Blut zu tun habt. Daß ihr euch mit Leuten befassen müßt, die sich normale Menschen vom Halse halten … Jetzt komme ich zu Ihrer Mandantin. Enttäuschen Sie mich nicht auch noch.«

Scalzi begriff, daß der Professor das Geschichtchen über

das geistige Defizit dieses Verteidigers zu seinen Gunsten erzählt hatte. Schon seit einer Weile testete Rùffoli ihn unauffällig, mit diesem ungeheuren Redefluß und seinen beißenden Kommentaren suchte er ihn zu provozieren. Doch Scalzi hatte die Taktik der Geduld gewählt. Jetzt war er froh darüber. Das Gespräch begann interessant zu werden.

»Der Mentor dieses Fälschers war seit nahezu dreißig Jahren Scalistri. Fabio hat ihn mal kennengelernt, nicht wahr, Fabio?«

Rùffoli nahm Picchi das Glas aus der Hand und hielt es gegen das Licht. »Ach, die Bächlein, die zwischen dem Braun des Torfs und dem Violett des Erikakrautes fließen … Dieser Whisky, in dem liegt wirklich Poesie!«

Fabio nickte: »Scalistri kam oft ins ›Cibreo‹, bevor er sich in sein Exil ins Mugello zurückzog. Er wußte gutes Essen zu schätzen, das muß man sagen.«

»Und man muß auch sagen – wenn wir von ihm zu seinen Lebzeiten sprechen –, daß er ein echter Schurke war«, fügte Rùffoli hinzu. »Er war es, der Piccarda in die Falle gelockt hat. Jahrelang hat er dafür gesorgt, daß die Fälschungen unseres infamen Reisenden zwischen den Zeiten sich eine Weile in der Sammlung Degli Alberetti aufhielten, um an Glanz und Glaubwürdigkeit zu gewinnen. Und er hat immer Glück gehabt. Doch gehen wir der Reihe nach vor. Vor etwa fünf Monaten erhalte ich von einer kulturellen Vereinigung eine Einladung: eine von diesen ›Exkursionen‹, zu denen Ministerialbeamte, Geschäftsleute, Freimaurer, kurz gesagt die ganze Mischpoke geladen wird, die sich immer dann sammelt, wenn es um viel Geld geht. Exklusive Einladung – an mich und ein paar andere Säulenheilige – nach Urbino, wo in einem der Öffentlichkeit verschlossenen Saal des Palazzo Ducale ein Gemäldefragment ausgestellt wird. Es soll sich um ein Teilstück eines Altarbildes handeln, das Paolo Uccello im Auftrag der

Compagnia del Corpus Domini gemalt habe. Das Gemälde sei von den Auftraggebern abgelehnt worden, und Paolo habe dann ein anderes gemalt, eben jenes, das heute in den der Öffentlichkeit zugänglichen Räumen im Palazzo Ducale zu sehen ist. Der Entwurf aber, oder das abgelehnte Werk, sei vor fast dreißig Jahren in einer Kirche in Acqualagna entdeckt und von Piccarda Degli Alberetti erworben worden, und mit dem allbekannten Scalistri schließt sich der Kreis dann wieder. Es muß wohl kaum erwähnt werden, daß auch die anderen Fälschungen aus der Sammlung von Piccarda, die ich aufgedeckt habe, durch Scalistris Hände gegangen waren. Sowohl das Berliner Musikerporträt als auch die Dame mit dem mexikanischen Hündchen, doch das sollte ich erst später feststellen. Ich war also bereits ziemlich voreingenommen, als ich nach Urbino fuhr. Um mich herum nur begeistertes Blabla. Allerdings muß man schon sagen, daß das technische Niveau perfekt und die historische Dokumentation scheinbar lupenrein war. Und die Initiatoren dieser Veranstaltung waren ihrer Sache auch ganz sicher, sonst hätten sie ja niemals einen Spielverderber wie mich dazu eingeladen. Es handelte sich dabei um zwei Szenen aus dem *Wunder der entweihten Hostie*: jene, in der die Gendarmen vor der Tür des jüdischen Kaufmanns stehen, und eine andere, in der er und seine Söhne hingerichtet werden. Und da war es wieder, das Chamäleon, und machte sich über mich lustig.«

»Das Bild ist eine Fälschung!« entfuhr es Scalzi, aber er bereute es sofort, den Mund aufgemacht zu haben.

»Wer hat Ihnen das gesagt?«

»Angelica Degli Alberetti.«

»Und woher weiß sie es?«

»Das kann ich nicht sagen.«

»Verraten Sie mir wenigstens, ob Ihre Mandantin den Fälscher kennt.«

»Nein.«

»Das glaube ich nicht. Ihr Journalisten und Rechtsanwälte seid doch alle vom gleichen Schlag: sehr geschickt darin, einem Informationen zu entlocken, doch wenn es darum geht, den Gefallen zu erwidern, dann paßt ihr. Halten Sie das, was ich Ihnen bis jetzt erzählt habe, für die Verteidigung für nützlich?«

»Ja. Noch weiß ich nicht, auf welche Weise, aber es eröffnet eine Perspektive.«

»Also machen wir es folgendermaßen: Sie sagen mir den Namen und die Adresse dieser Roten Primel, hinter der ich schon seit Jahren her bin, gut, dann rücke ich auch noch mit dem bißchen raus, was ich bis jetzt nicht gesagt habe. Im gegenteiligen Fall mache ich dicht, und sollten Sie mich in den Zeugenstand rufen, werde ich eine Schweigevorstellung geben.«

»Wie Sie meinen. Ich kann das Berufsgeheimnis nicht verletzen. Ich habe sowieso schon zuviel gesagt.«

Scalzi sah auf den Zeitungsausschnitt, in dem es um das Gemälde aus dem Berliner Museum ging, um sich das Datum einzuprägen. Rùffoli entzog es sofort seinem Blick und steckt es wieder in die Tasche. Doch zu spät.

»Nun«, meinte der Professor beleidigt, »dann ist das Gespräch ja beendet. Machen Sie mir die Rechnung fertig, Fabio.«

»Ich kann Ihnen nur versprechen«, sagte Scalzi, »daß, wenn die Ermittlungen den Namen des Fälschers ergeben sollten, Sie die erste Person sind, die ihn erfahren wird. Und ich kann Ihnen auch versprechen, das ich alles daran setzen werde, ihn herauszubekommen. Im Rahmen meiner Möglichkeiten.«

Rùffoli verschloß sich und dachte nach. Der antike römische Senator schien jetzt wie aus Marmor zu sein. Er nahm mit halbgeschlossenen Augen ein paar Schlucke aus seinem Glas. Dann fuhr er sich mit der Hand über die hellen, kurzgeschnittenen Haare. Er seufzte indigniert: »Ihr schafft es immer, euch durchzusetzen, ihr Männer aus dem Palast. Also gut. Der Rest ist schnell gesagt: Im Juni habe ich einen Artikel geschrieben, in dem ich die Geschäftemacher, die berühmten Kritiker, die Ministerialbeamten allesamt in die Pfanne haue. Denn auch diesmal habe ich eine historische Inkongruenz feststellen können.«

»Nämlich?« fragte Scalzi.

»Finden Sie sie selbst heraus, wenn Sie können.« Rùffoli kniff die Lippen zusammen wie ein bockiges Kind. »Im Juni also erscheint der Artikel, und wieder nehme ich mir vor, Scalistri damit aufzusuchen und ihn unter Druck zu setzen. Im August nimmt der betrügerische Händler sein Bad in der Zisterne. An diesem Punkt habe ich die begründete Hoffnung – vorausgesetzt, Sie geben sich ernsthafte Mühe, den wirklichen Mörder zu finden, und ich kann mir nicht vorstellen, daß Sie eine andere Wahl haben, wenn Sie Ihre Mandantin entlasten wollen –, begründete Hoffnung, dem Usurpator der zeitlichen Ordnung ins Gesicht zu sehen.«

Vor dem Restaurant dröhnte die städtische Müllabfuhr und sammelte die Abfälle des nahegelegenen Marktes ein. Die Gläser auf dem Apothekenregal klirrten. Scalzi trank Fabio zu, um sich bei ihm zu bedanken. Ein Weg hatte sich aufgetan, auch wenn der Professor nicht zu bremsen gewesen war. Von wegen Philologie. Die drei Geschichten hatten ihren Schnittpunkt in einer einzigen Konstante: den gefälschten Bildern. Hier schien sich das Motiv abzuzeichnen. Doch kann man kein Verbrechen rekonstruieren, indem man beim Motiv beginnt. Und selbst wenn: worin bestand es denn?

»Wenn ich richtig verstanden habe, Professor«, sagte Scalzi, »sind Sie der Meinung, daß dieser geheimnisvolle Fälscher sowohl etwas mit dem Verbrechen an Scalistri als auch mit den beiden vorhergehenden Morden zu tun hat? Erklären Sie mir, warum Sie das vermuten.«

Rùffoli musterte ihn aufgebracht, dann aber entspannte

er sich und dachte lächelnd nach. Jetzt schien er sich in einen übergewichtigen, genießerischen Etrusker verwandelt zu haben, wie er auf dem Deckel eines Sarkophags lag. »Sie führen mich in Versuchung. Sie wollen mich von etwas abbringen.«

»Wovon?«

»Von der Regel der sicheren Prämisse.«

»Ich würde sagen, über die haben Sie sich mit Ihrer Schlußfolgerung schon hinweggesetzt.«

Der Professor lachte. »*Touché*, wie man in einem Roman aus dem vorigen Jahrhundert sagen würde. Aber eine Prämisse, wenn auch keine hundertprozentig sichere, so doch eine glaubwürdige, habe ich schon. Nur müßte ich dafür Sie und unseren Freund Fabio, der jetzt schon zum zehnten Mal gähnt, die ganze restliche Nacht einspannen. Nur so könnte es mir gelingen, Ihrem kritischen Instrumentarium die induktiven Forschungsergebnisse näher zu bringen, die meine Ermittlungen über diesen Mann erbracht haben. Und selbst dann hätte ich meine Zweifel, ob es mir gelingen würde, Sie davon zu überzeugen, daß ich zu einer echten historischen Schlußfolgerung gelangt bin. Wenn Sie sich damit zufriedengeben, nehme ich die Ergebnisse vorweg, den Niederschlag meiner analytischen Forschung und meiner intellektuellen Phantasie – ohne Ihnen verbergen zu wollen, daß ich auch die eine oder andere alogische Variable hinzugefügt habe. Schließlich bin ich kein Richter.«

»Ich gebe mich damit zufrieden.«

»Zum Beispiel gibt es in diesem letzten Bild, dem falschen Paolo Uccello, meine ich, eine Figur, die vieles über die Person des Fälschers verrät ... Doch darüber will ich gar nicht reden, Sie sollten es selbst herausfinden«, wieder diese verdrossene Stimme, »und das schaffen Sie, wenn Sie aufmerksam beobachten ... Es reicht, wenn Sie wissen, daß es sich um einen Verrückten handelt. Um einen schwer geisteskranken Mann. Er hat sein Ich verloren. Er identifiziert sich jedesmal mit dem Maler, dessen Werk er imitiert. Er ist ein Gemisch aus all den Künstlern, die er verkörpert. Wer weiß, wer er in diesem Moment ist: Biagio di Antonio? Pontormo? Wer weiß? Einer von den vielen, die er in dieser Stadt sehen kann, wo es eine Menge davon gibt. Aber daß man seine Fälschungen entdecken und ihn selbst als Usurpator entlarven könnte, diesen Gedanken kann er nicht ertragen. Er kann sich nicht mit sich selbst konfrontieren, mit dem, der er wirklich ist – das wäre grausam für ihn.«

Es war ein Uhr morgens, als Fabio den schweren Rolladen vor dem »Cibreo« herunterzog.

Auf der Via de' Macci sog Rùffoli die Luft ein.

»Ah! Dieser faulige Geruch in dem Viertel! Als ob das Hochwasser des Arno die Leichen aus den Gräbern von Santa Croce gewaschen und sie über die Abwasserkanäle verteilt hätte.« Er wühlte in seiner Tasche, zog eine Zigarre, eine »Toscanello«, hervor und zündete sie an. »Die brauche ich jetzt.«

18
Mondsichel

Lembi mußte lange auf die Klingel drücken, bevor ihm ein verärgerter Portier öffnete. Der Eingang der Specola lag fast im Dunkeln, er wurde nur schwach von der Portierloge erhellt. In den Stein des Türsturzes daneben war das Wort MAGAZIN eingraviert. Er dachte an die Erzählung von Evelina, und seine Phantasie schweifte von dem Korb des Totengräbers, dieses Cinzio, zu dem, was zu Zeiten des Großherzogs hinter dieser Tür verstaut worden war. Die Anatomen der Specola hatten oft ein schlimmes Ende genommen, einer hatte durch einen Sprung in den Arno Selbstmord begangen, ein anderer war verrückt geworden. Ein ganz besonderer Mensch mußte der große Wissenschaftler Fontana gewesen sein, wenn es stimmte, was Evelina erzählt hatte: Um keine Zeit zu verlieren, mußte Cinzio ihm die anatomischen Teile sogar während des Essens auf den Tisch legen.

Die Treppe lag im Dunkeln. Lembi tastete sich langsam bis in den zweiten Stock hinauf, dort im Flur führte ihn Evelinas Stimme, die ihn kommen gehört hatte.

Sie war gerade dabei, mit der Pinzette etwas Faseriges, Gelbes aus einem Glas zu ziehen. Lembi zog es vor, seine Augen auf sie zu richten. Er bemerkte, daß sie ihre Haare offen trug. Sie reichten ihr bis auf die Schultern, nur eine Locke hatte sie mit einer Spange seitlich vorm Gesicht festgemacht. Und sie war auffälliger geschminkt als gewöhnlich.

Während sie ihre Arbeit fortsetzte – sie trocknete gerade mit dem Schwamm einen Wurm, oder war's eine kleine Schlange, ab, die sich immer noch zu winden schien, obwohl sie doch schon wer weiß wie viele Jahre tot war –, erzählte Lembi ihr, daß er es jetzt mit zwei Verbrechen zu tun habe und daß er bis zum nächsten Morgen entscheiden müsse, ob er die Untersuchungshaft einer Dame bestätigen solle oder nicht, die eines Mordes verdächtigt werde, der mit dem des Transvestiten in Zusammenhang stehen könnte. Es gab da zwei Berührungspunkte: Das letzte Opfer war durch einen Schlag in den Nacken getötet worden, und Lembi war beim Studium der Nekropsiebefunde dieses Euro Bencivenga aufgefallen, daß man auch den Transvestiten mit einem Schlag in den Nacken getötet hatte. Einem einzigen Schlag mit einem kantigen Gegenstand, der einen Abdruck im Schädel hinterlassen hatte.

»Der zweite Verbindungspunkt«, fügte er hinzu, »ist komplexer, und den würde ich gerne im Gespräch mit deinem neapolitanischen Femminiello vertiefen.« Er unternahm einen letzten Versuch, den Kelch an sich vorübergehen zu lassen, der ihm zu bitter erschien. »Könntest du ihn nicht anrufen und hierher kommen lassen?«

»Hierher? Bist du verrückt? Wir werden ihn an dem Ort aufsuchen, den ich dir genannt habe und mit dem du einverstanden warst.«

»Da kann man sich aber nicht in Ruhe unterhalten. Könnten wir ihn nicht in seiner Wohnung aufsuchen?«

»*Sie* aufsuchen! Sie! Sie! Sie fühlt sich als Frau, und sie ist eine Frau. Sie heißt Patrizia. Wenn du zu ihr nach Hause gehen willst, dann geh. Ich begleite dich nicht dorthin.«

»Warum nicht?«

»Weil ich nicht will, daß sie mich für etwas hält, was ich nicht bin.«

»Und das wäre?«

»Ich will nicht, daß sie meint, ich arbeite für die Polizei. So etwas wie eine zufällige Begegnung ist mir lieber.«

»Na, für eine Anarchistin hast du ja noch eine Menge Hemmungen!«

»Du bist doch der, der hier die Hemmungen hat. Was ist schon so schlimm daran, eine Runde durch eine Diskothek zu drehen?«

»Das Schlimme ist, daß diese Lokale von der Polizei frequentiert werden.«

»Und du hast keine Lust, gesehen zu werden. Ich verstehe.«

»Darum geht es nicht. Die Sache ist die, daß ich gar nicht in der Gegend herumlaufen dürfte, um den Leuten Fragen zu stellen. Ich bin Richter, und ich bin dabei, etwas sehr Regelwidriges zu tun, auch jetzt schon, wenn ich mit dir über eine Untersuchung spreche.«

»Dann vergiß es und laß uns ins Kino gehen.«

»Nein, nun bin ich schon so weit gegangen. Ich will die Geschichte begreifen.«

»Wenn du also Patrizia sehen willst, muß du in diese Diskothek gehen, du hast keine andere Wahl. Ich jedenfalls gehe nirgendwo anders mit dir hin. Und außerdem gefällt mir die Vorstellung, mit einem Richter in der Disko.«

Evelina zog den Kittel aus. Sie trug eine lange, plissierte Tunika, die bei jedem Schritt gewagte Ausblicke freigab. Sie machte das Licht aus, nur ein Aquarium hinten im Labor war noch erleuchtet. Sie bewegte sich in einem blauen Halbschatten und schien wie eine Sirene darin zu schwimmen.

Nach einer letzten fiebrigen Aufwallung hatte ein zyklonartiger Sturm Hitze und Feuchtigkeit vertrieben. Am Abend spürte man schon den September. Der abnehmende Mond war eine Sichel mit klaren Umrissen.

Lembi und Evelina betraten das »KGB«, eins der Lokale, das der neapolitanische Transvestit ihrer Meinung nach besuchte. Beim Abendessen im Restaurant hatte Evelina erzählt, daß im »KGB« manchmal auch ein paar ihrer Schüler aus den heißen Tagen auftauchten. Vor allem einer davon konnte ihnen vielleicht behilflich sein, Patrizia zu finden. Er war nicht mehr sehr jung, auch wenn er sich bemühte, es zu scheinen, und hatte die Stürme des Jahres siebenundsiebzig und danach nicht ganz heil überstanden. Bruno, so hieß er, hatte erst nach einer langen Pause wieder angefangen zu leben, einer Unterbrechung, während der er einen härteren Rock gehört hatte als den mit den elektronischen Schnörkeln, der im »KGB« gespielt wurde. Ein Tanz, der ihn fast acht Jahre seines Lebens gekostet hatte, hinter den Gittern eines Hochsicherheitstrakts.

Während sie sich ihren Weg durch die Menge bahnten, um in den letzten Saal zu gelangen, wo getanzt wurde, fühlte sich Lembi beobachtet. Ein magerer junger Mann in grauem Anzug lehnte mit den Schultern an der Wand. Er starrte ihn ernst und mit einem Flackern im Blick an. Lembi kam das Gesicht bekannt vor.

»Da ist er, da ist Bruno!« Evelina hob die Hand, doch der junge Mann war verschwunden. Evelina erzählte mit lauter Stimme, um gegen den Lärm der Musik anzukommen, daß Bruno einen kühnen Ausbruchversuch aus dem Gefängnis von Porto Azzurro unternommen hatte. Er hatte sich in dem Wagen der Müllabfuhr begraben lassen, der das Gefängnis verließ. Vierundzwanzig Stunden lang hatte er in diesem Dreck gesessen. Sein Pech war es, daß der Wagen von Elba zu einer Verbrennungsanlage auf dem Festland umgeleitet wurde und beim Warten auf die Fähre viele Stunden in der sengenden Sonne stand. Da hatte es der Entflohene nicht mehr ausgehalten und war wieder aufgetaucht. »Dann doch lieber Knast«, hatte er gesagt.

»Ich gehe ihn suchen.« Auch Evelina verschwand, vom Wirbel der Tänzer aufgesogen.

Lembi trank am Bartresen einen Whisky. Das Lokal vermittelte ihm ein Gefühl von Klaustrophobie, es war schwül, und es dröhnte wie im Innern einer Glocke. Auf kobaltblau gestrichenen Wänden feierten mit Akrylfarben gemalte, nackte heidnische Gottheiten vorzeitig das Ende des zwanzigsten Jahrhunderts. Und die Tänzer aus Fleisch und Blut tanzten bereits das Ballett des dritten Jahrtausends; nahezu schwebend bewegten sie sich in der von allzu weißen Zirruswolken geschwängerten Luft, die Beine immer auf derselben Stelle, und hin und wieder schlugen sie, mit Armen und Ellbogen wedelnd, wie erschreckte Gänse um sich.

Hinter der Theke arbeitete eine hübsche Dunkelhaarige. Lembi beneidete sie, denn sie war die einzige, die über ein wenig Platz verfügte. Er bestellte einen zweiten Whisky, an dem er nur nippte, wobei er versuchte, das ständige Scheuern an seinem Hinterteil zu ignorieren.

Evelina kehrte zurück und hielt den jungen Mann an der Hand, der vor kurzem noch an der Wand gelehnt hatte.

»Das ist Bruno.«

»Wir kennen uns bereits«, sagte der junge Mann kühl.

Bruno ließ seinen Blick über die Flaschen schweifen, die hinter der Theke aufgestellt waren, und vermied so, dem Richter ins Gesicht zu sehen, unter dessen Vorsitz sein Prozeß geführt worden war.

»Es tut mir leid für dich«, sagte Evelina leise, »aber Bruno hat Patrizia auf dem Weg ins ›Tabasco‹ getroffen. Wenn du ihr begegnen willst, müssen wir ins ›Tabasco‹ gehen.«

Auf der Straße war die Luft angenehm frisch. »Wieso tut es dir leid für mich?« fragte Lembi. »Was ist so besonders an diesem anderen Lokal?«

»Das wirst du schon sehen«, antwortete Evelina lakonisch.

Nachdem sie die Piazza della Signoria unter Brunos Führung hinter sich gelassen hatten, der mit finsterem Gesicht voranging, als wolle er nicht in ihrer Begleitung gesehen werden, gingen Lembi und Evelina zur Via Calimala hinunter. Hinter dem Palastbau der »Fondiaria« bogen sie in eine enge Gasse ein, die am Ende in ein noch engeres Gäßchen mündete. Es war von schmucklosen hohen Steinpalästen umgeben. Hier hatte sich die Erinnerung an die Turmhäuser der Calimala noch erhalten, die von den Deutschen auf der Flucht gesprengt worden waren, um den Zugang zum Ponte Vecchio zu blockieren. Lembi erinnerte sich an ein Aquarell von Gustave Moreau, das von der Florentiner Pest im vierzehnten Jahrhundert inspiriert war. Der Künstler hatte die Stadt in Richtung Himmel schießen sehen wie eine Metropole mit Wolkenkratzern. Unten starben die Pestkranken, von der schwindelerregenden Perspektive der Türme erdrückt. Lembi hatte diese beiden Gassen, die ins Nichts führten, vorher noch nie betreten. In dieser Stadt gab es Orte, die im Schatten lebten.

Die linke Gasse endete vor dem Eingang des Nightclubs, einer Art hölzernen Kasematte, die gegen einen steinernen Palast lehnte. Zwischen rauchschwarz gestrichenem Gebälk schimmerte ein blaues Fensterchen wie das erleuchtete Bekken eines Aquariums. Daneben waren diskret zwei Messingschilder angebracht: »Tabasco Gay Club«. Und: *»Zutritt für Jugendliche unter achtzehn Jahren verboten. Eintritt für Erwachsene nur mit deren eigener Zustimmung.«* Evelina schien verlegen.

»Wenn ihr die Absicht hattet, euch einen Scherz mit mir zu erlauben, hättet ihr das auch gleich sagen können«, brummte Lembi. Und er fragte sich: Zustimmung wozu?

»Sind Sie daran interessiert, eine gewisse Patrizia zu treffen, oder nicht?« Bruno sah ihn herausfordernd an. »Patrizia ist da drin.«

»Dieses Lokal betrete ich nicht«, ereiferte sich Lembi. Das ist ja noch nicht mal eine Diskothek.«

»Na gut«, sagte Bruno. »Ciao, Evelina. Es hat mich gefreut, Sie wiederzusehen, Dottor Lembi.« Er drehte sich um und ging auf den Ausgang der Gasse zu.

Evelina setzte ein enttäuschtes Lächeln auf. »Ohne ihn lassen die uns hier nicht rein«, sagte sie.

Lembi zwirbelte seinen Vollbart. »Ruf ihn zurück.«

Nachdem er den Klingelknopf betätigt hatte, steckte Bruno seinen Kopf in das wäßrige Licht des kleinen Fensters. Er verhandelte flüsternd. Das massige Gesicht des Rausschmeißers wurde durch ein freundlicheres, von einem hellen Bärtchen umrahmtes ersetzt. Lembi stand an der Seite und hoffte darauf, nicht eingelassen zu werden. Doch das Bärtchen nickte höflich, lehnte sich dann ein wenig aus dem kleinen Fenster, um Lembi zu betrachten und ihm zuzulächeln. Die Tür an der Seite des Hühnerstalls ging auf.

Hinter der Tür führte eine steile Treppe nach unten. Lembi ging zur Kasse. Seine Hand, die im Begriff war, das Portemonnaie herauszuholen, wurde durch eine sanfte Berührung davon abgehalten.

»Bitte. Sie sind unser Gast«, lächelte das freundliche Gesicht.

Unten lehnten zwei Jungen an der Mauer und küßten sich inniglich.

»Aber …«, stieß Lembi hervor, »hat Bruno ihnen denn gesagt, wer ich bin?«

»Natürlich nicht. Dann wären wir nicht reingekommen.«

Evelina neigte sich zu seinem Ohr. »Er hat ihm erzählt, du seist ein berühmter Modemacher. In diesem Halbdunkel hat der Direktor das geschluckt. Weißt du eigentlich schon, daß du dich von Ferré getrennt hast?«

Halbdunkel und steinerne Bögen – es war das echte Kellergewölbe eines Florentinischen Turmhauses, über dessen Grundriß der Palast errichtet worden war; hier unten aber hatten sich Strenge und Mysterium erhalten. Auf dem Rand eines Brunnens, der von innen erleuchtet war, stand ein kupferner Wasserkrug. Aus dem nebenan gelegenen Tanzsaal leuchtete im Rhythmus einer erträglichen Musik – »*Dance music*«, präzisierte Evelina – Flashlight auf. In diesem kleinen, überschaubaren Saal tanzten ausschließlich

Männer, von zwei oder drei schönen und elegant gekleideten Mädchen abgesehen. Sie tanzten gruppenweise und sprangen in einer einzigen gewundenen und graziösen Bewegung in die Luft, wenn aus dem Plattenspieler eine heftige Kaskade melodischer Musik ertönte. Der Flash fixierte sie in dieser schwanenseegleichen Stellung, sie wirkten dann wie die Figürchen in jenen Heften, die sich scheinbar bewegen, wenn man ganz schnell durchblättert.

Lembi und Evelina setzten sich an einen Tisch, während Bruno sich auf die Suche nach Patrizia machte. Lembi bestellte beim Kellner eine Bloody-Mary und machte es sich bequem. Zu beiden Seiten des Thekenraums stand ein Videogerät, auf einem lief ein Zeichentrickfilm mit Donald Duck, auf dem anderen *Alien 2*. Lembi hatte das stumme kleine Monster vor sich – der Ton war heruntergedreht –, Sigurney Weaver ergriff das überlebende Kind einer Erdkolonie an den Haaren und errettete es aus einer gefahrvollen Lage. Das Gesicht des Mädchens, streng und süßsauer wie das eines Erzengels, erinnerte an den Boltraffio. Die Atmosphäre fing an, ihm zu gefallen. Die Bloody-Mary hatte genau die richtige Süße, die eleganten, fast alle dunkel gekleideten Männer an der Bar tranken schweigend. Ein angenehmer Geruch lag in der Luft, die Musik dröhnte nicht, die Wände strömten die erfrischende Kühle eines Kellergewölbes aus. Evelina war sehr schön in diesem gotischen Ambiente, sie lächelte amüsiert und schien sich wohl zu fühlen.

Bruno stand in einiger Entfernung und sprach mit einem kräftigen Mann, der in einem Flur an der Wand lehnte. Dann kam er an ihren Tisch zurück. »Patrizia ist dort drüben«, sagte er, »geht nur zu ihr, ich haue ab. Ich hab dem Typen Bescheid gesagt: Er läßt euch durch.«

Der Flur war mit jenem Stoff ausgekleidet, der normalerweise im Theater für die Hintergrunddekoration verwendet wird. Der Kräftige berührte die Wand hinter seinem Rücken, öffnete einen Spalt, drückte gegen einen unsichtbaren Türflügel und machte den Weg frei. Evelina hielt Lembis Hand, während sie voranging. Sie waren plötzlich von einem Dunkel wie in der Geisterbahn auf dem Jahrmarkt umgeben, selbst die Luft war so trocken wie dort und kratzte im Hals. Der Richter blieb stehen, er spürte, wie Evelina sich bückte und ihn zu sich herunterzog. An die Wand gelehnte Kissen dufteten wie in einem arabischen Souk. Allmählich gewöhnte Lembi sich an die Dunkelheit: Die vordere Wand war von einem Spiegel bedeckt, der schwach glänzte. Darüber leuchtete einen Moment lang ein kleiner blauer Spot auf, so zart wie die nächtliche Beleuchtung in einem Eisenbahnabteil, und Lembi konnte gerade eben einen Mann erkennen, der bis auf einen winzigen cache-sexe nackt war. Er tanzte allein vor dem Spiegel, dem Rhythmus der Musik folgend, die man aus dem angrenzenden Tanzsaal hörte. Er nahm auch zahlreiche langgezogene Schatten auf den Kissen an der Wand wahr. Er war im Begriff, aufzustehen und zu gehen, vorausgesetzt, er würde den Ausgang wiederfinden, als er spürte, wie Evelina seinen Arm drückte.

»Patrizia«, wisperte sie, »da ist sie, sieh mal.«

Das Lämpchen ging wieder an. Lembi sah auf der gegenüberliegenden Seite eine ausgesprochen große Frau in halb ausgestreckter Stellung liegen. Sie trug eine Strumpfhose und eine kurze Jacke. Ihre Haut war dunkel, die Haare schwarz. Als der Spot ausging, entschwand sie wie der Kater von Cheshire, und durch ein Schimmern, das von wer weiß woher kam, erkannte man nur noch ihre fleischigen, glänzend geschminkten Lippen.

Evelina streckte sich in Richtung des Mädchens und stützte sich dabei auf Lembis Knie. »Das ist der Mann, von dem ich dir am Telefon erzählt habe. Er würde sich gern mal mit dir unterhalten …« Evelinas Stimme war ungewöhnlich schüchtern, sie zitterte sogar etwas.

»Etwa 'n Bulle, eh?« Der neapolitanische Dialekt hatte auf den karminroten Lippen eine außerordentliche Wirkung.

»Aber nein, er ist Journalist.«

Der blaue Spot blieb diesmal ein wenig länger an. Es gelang Lembi, ein paar Bewegungen auf den Kissen an den Seitenwänden wahrzunehmen. Der nackte Mann setzte seinen Tanz vor dem Spiegel fort. Lembi wußte nicht, wie er anfangen sollte. Er fühlte sich wie in einer Falle, und Patrizias blendende Schönheit schüchterte ihn ein. Sie rauchte, ohne in seine Richtung zu blicken, und schien vom Tanz des Einzelgängers ganz gebannt zu sein.

»Also, was ist?« brummelte Patrizia, »Erhebe dich, Lazarus.«

»Wie bitte?« meinte Lembi.

»Nein ... ich will sagen, stimmt schon, die Nacht ist noch jung, ... aber ... wolltet ihr was von mir wissen?«

Lembi dachte, daß er das Schlimmste hinter sich hatte (wenn ein Mann auch niemals weiß, was die Zukunft für ihn bereithält) und daß er Patrizia genausogut gleich die Frage stellen konnte, die ihn interessierte: »Kannten Sie einen gewissen Euro Benci ... Ich meine, haben Sie eine gewisse Bice gekannt?«

»Welche Bice? Diese Betuliche mit dem kahlen Hund?«

Patrizia hätte ihrer Stimme gerne einen tiefen Klang verliehen, statt dessen klang sie nur hohl im Rhythmus der musikalischen Phrasen, die aus dem angrenzenden Raum herüberkamen. Abgesehen von der einen oder anderen graziösen Stimmexplosion des Tänzers und dem Gewisper, das sich an den Wänden entlangschlängelte, waren keine weiteren menschlichen Töne zu vernehmen. Patrizia hatte keine Sympathie für Bice empfunden. Natürlich entlastete ihr schreckliches Ende sie von allem, doch in der letzten Zeit war sie einfach zu aufgeblasen gewesen. Seitdem sie diesen Hund gekauft hatte. Das war ein Tier, das

Unglück brachte. Aber was war das eigentlich für ein Tier? Nackt wie ein Christenmensch, wenn er nackt ist, von ein paar dunklen Flecken abgesehen, die aussahen wie Schorf. Und nach der Mafia mit dem Hund hatte sie angefangen, die unbekannte Prinzessin zu spielen mit dieser Geschichte mit dem Museum. Sie erzählte allen, selbst den Idioten in den Cascine, daß ein Porträt von ihr in einem Museum hinge und daß sich Tausende von Leuten täglich ihr wunderschönes Gesicht und die Fratze von diesem Hündchen anschauten, das wie eine Ratte aussah. Darüber hatte sie in einer Kunstzeitschrift gelesen, über die Sache mit dem Museum. Sie gab damit an bis zum Erbrechen, sie ging allen auf den Geist damit und war bis ans Ende der Welt gereist, um sich an der Wand dieses Museums zu sehen. Schöne Befriedigung. Nach ihrer Rückkehr war sie noch mafiöser geworden und ließ das Tier nicht eine Sekunde mehr aus den Augen. Sie nahm es mit ins Bett, die wenigen Male, die sie allein schlief; sie war sogar bissig, die Ratte, die hatte keinen guten Charakter.

Patrizia erzählte in einem angeekelten Tonfall, als habe sie einen unangenehmen Geschmack im Mund. Lembi fragte sie, ob sie den Maler kenne, der das Porträt von Bice geschaffen habe. Patrizia erwiderte, sie kenne ihn nicht, sie wisse seinen Namen nicht, doch sie hatte ihn hin und wieder mal getroffen, auch damals, als er Bice zum ersten Mal sah und sie darum bat, ihm Modell zu sitzen für ein Porträt.

»Wir waren zusammen in der Villa eines Alten, um eine Nummer abzuziehen.«

»Eine Nummer, was ist das?«

Patrizia kicherte. »Oh je, Evelina. Den Freund ein bißchen abstillen, das ist eine Nummer, verstehst du?«

Vor dem Spiegel war ein anderer Spot angegangen, er war rot. Neben dem Tänzer zog sich ein dicker älterer Herr, der schon in Hemd und Unterhose dagestanden hatte, nun restlos aus und versuchte ungeschickt, dem Rhythmus zu folgen, während er seine Hände nach dem jungen Tänzer ausstreckte.

»Erinnern Sie sich an den Namen dieses Alten, bei dem Sie und Bice gewesen waren, um diese … ehmm … Nummer zu machen?«

»Aber sicher erinnere ich mich an ihn. Es gibt doch niemanden, der diesen alten Schmierfink nicht kennt.« Und wieder hörte man Patrizias tiefes Lachen. »Mit seinem Geld habe ich mir einen Volvo gekauft. Schade, daß er tot ist. Man hat ihn ermordet. Ein gewisser Scalistri.«

Ein dritter Spot ging an, diesmal ein gelber. Jetzt war es sogar ziemlich hell. Lembi senkte den Kopf und suchte das Gesicht hinter seinem Bart zu verstecken. Ein Mann stand an der gegenüberliegenden Wand und starrte ihn an. Er hob die Augen, als der Dienststellenleiter Tartaro durch den Raum auf ihn zukam. Tartaro berührte seine Schläfe, als wolle er einen militärischen Gruß andeuten, warf einen langen Blick auf die beiden Engel, einer rechts, einer links neben dem Richter, dann beugte er sich herab, drückte ihm die Hand und flüsterte ihm dabei schnell ins Ohr: »Verraten Sie bitte nicht, wer ich bin, ich bin dienstlich hier.«

Zweiter Teil

Die Natur gibt, was ursprünglich ist,
die Kunst folgt ihr und formt es;
und derjenige weiß mehr um die Kunst,
der den Verstand benutzt,
und weniger der, der sich auf die Alchimie versteht:
ich glaube nicht, daß die Alchimie Wahrheit birgt,
denn sie beruht auf Verwandlung.

Bonagiunta Orbicciani
(13. Jahrhundert)

19
Beschuldigte

Im Gefängnis erinnert sich Angelica wieder an die Gewohnheit ihrer Großmutter, den Kaffee mit Malzkaffee zu verlängern. Die Gefangene, die die Zelle mit ihr teilt, nimmt ihn an der Tür entgegen.

Man hat ihr zugestanden, sich als Gast in Dorinas Zelle aufzuhalten, um ihr das Gefühl von Gesellschaft zu geben. Dorina hat in einem Dorf in der Umgebung von Arezzo ein Blutbad angerichtet. 1958 hat sie drei Frauen getötet, alle am gleichen Tag, eine nach der anderen. Sie war überzeugt davon, daß die ihren Mann mit dem bösen Blick verhext hatten. Alle drei mit einem extrem scharfen Messer, nachdem sie von ihnen in ihren Häusern empfangen worden war und einen Kaffee mit ihnen getrunken hatte. Sie ist zu lebenslänglicher Haft verurteilt, doch nach der neuen Gesetzgebung könnte sie jetzt entlassen werden. Sie hat nicht einmal darum gebeten, denn sie wüßte gar nicht, wohin sie gehen sollte. Im übrigen hat sie Ausgang, tagsüber arbeitet sie als Köchin in einem Altersheim. Wenn sie dann abends zum Schlafen zurückkehrt, haftet ein Geruch von abgestandenem Fett an ihr. Sie spricht nicht viel, auch nicht in der wenigen Zeit, die sie in der Zelle verbringt.

Nach dem Kaffee legt sich Angelica wieder aufs Bett und versucht vergeblich, noch einmal einzuschlafen. Es sind keine Träume, die in ihrem Kopf umgehen, sondern Bruchstücke einer Erinnerung, immer der gleichen, wie eine Warnung.

Im Speisenaufzug zusammengekauert, fährt sie die drei Stockwerke von der Personalküche in die Garage hinunter.

Es gibt einen Fahrstuhl, aber sie mag diesen abenteuerlichen Speisenaufzug mit seinem Geruch nach Teigwaren. Die magische Schachtel, der fliegende Teppich, er hält mit einem Ruck an. Im Untergeschoß durchquert Angelica den Saal mit den Spielen: da steht ein Billardtisch, die Tischtennisplatte, eine Jukebox mit Platten von Fats Waller und Louis Armstrong und ein Kodakprojektor für die Filme von Charlie Chaplin.

In der Garage wäscht Mario den Dilambda mit einem Fellhandschuh, um mehr Schaum zu erzeugen. Dann stellt er ein paar Nelken in die Bleikristallvase an der Scheibe; das macht Mario immer, auch wenn sie, das Kind des Hauses, sein einziger Passagier ist. Sie fahren über die Uferstraßen, überqueren die »Eisenbrücke«, die der Krieg in einen prekären Steg verwandelt hat. Angelica stöhnt ein bißchen und rutscht unbehaglich auf ihrem Sitz herum.

»Sollen wir ein Loch in den Reifen fahren?«

»Das wäre das zweite in zwei Wochen. Die Nonna ist schließlich nicht blöd. Ich muß heute morgen eine Lateinarbeit schreiben.«

»Magst du Latein?«

»Natürlich nicht. Ich kriege schon Bauchschmerzen, wenn ich nur dran denke.«

»Na also, du hast Bauchschmerzen? Du fühlst dich nicht wohl, was?«

Es wird ein Schwänzen ohne durchlöcherte Reifen oder defekten Verteiler: eine plötzliche Übelkeit. Morgen wird Mario ihr die Entschuldigung schreiben und Großmutters Unterschrift fälschen. Mario ist nett, er ist sehr jung, höchstens acht oder neun Jahre älter als Angelica. Er kann eine Menge Geschichten aus der Zeit erzählen, als er auf dem Schwarzmarkt arbeitete und im Pinienhain von Tombolo in der Nähe von Livorno Zigaretten schmuggelte; er erzählt ihr von den »Signorine« und den schwarzen Amerikanern und von allem, was man so zwischen den Bäumen sehen konnte.

»Wir fahren zu meinem Freund«, sagt Mario und legt sich, dem Lenkrad folgend, mit seinem Körper in die Kurven der gewundenen Straße.

»Nein, Mario, Mariolino, dazu habe ich keine Lust, das ist langweilig. Fahr mich zur Morgenvorstellung ins Kino ›Italia‹.«

»Das geht nicht. Donna Piccarda hat mich für zehn Uhr bestellt. Du wartest ein bißchen bei meinem Freund auf mich, ich drehe eine Runde mit der Signora und hole dich dann wieder ab.«

Mario fährt weg und läßt sie im Haus seines Freundes zurück.

Eine Bauernküche mit einem großen Kamin. Eine nähende Alte mit einem sanften Gesicht, doch wenn sie die Augen von ihrer Arbeit hebt, sieht sie Angelica auf seltsame Weise an. Sie hat sehr tiefliegende Augen, die Lider fallen über die äußeren Winkel herab und bilden so ein Dreieck. Angelica kommt sie wie ein trauriger Hund vor. Sie spricht nicht, sie schaut nur, und hin und wieder seufzt sie.

Der Freund von Mario sieht der Alten ähnlich. Er hat sie eine ganze Zeitlang verzaubert angestarrt, während sie mit einem Kätzchen spielte und eine Nuß vor ihren Füßen hin und her rollen ließ.

»Komm mit mir«, sagt er zu ihr. Er nimmt sie an der Hand. Sie gehen eine Treppe hinunter.

Angelica weiß nicht, was sie tun soll, sie langweilt sich, oben war die Katze und die schweigende Alte, die ihr hin und wieder zulächelte. Durch das große Fenster sieht sie auf Zypressen (draußen weht jetzt ein stürmischer Wind), die sich mit ihren zerzausten Ästen fast im rechten Winkel neigen und ihre so typische Haltung distinguierter alter Herren im Gehrock verlieren. Der Keller liegt im Halbdunkel, die Wolken, die sich an der Flanke des Berges sammeln, tauchen ihn in ein grünes Dämmerlicht.

Angelica hat nicht die üblichen Ängste von Kindern. Seit dem Tod ihrer Eltern wird sie von der Großmutter nur noch verhätschelt, die ihr alles durchgehen läßt, weil sie sicher ist, daß die Privilegien des Reichtums sie vor jeder Gefahr schützen werden. Und sie hält sich für allmächtig, kein Schatten hinter der Tür kann sie aus der Ruhe bringen. Ihre Augen sind immer neugierig und in ständiger Bewegung. Doch jetzt fährt sie vor Schreck zusammen, als sie bemerkt, wie Marios Freund schweigend in der dunkelsten Ecke des Zimmers steht und sie anstarrt; wer weiß, wie lange er schon reglos dort gestanden hat und sie betrachtet. Dann kommt Marios Freund auf sie zu.

Angelicas Erinnerung verschwimmt. Da ist dieses große Zimmer, ein mit vielen Dingen vollgestellter Kellerraum, und der Gestank, ein furchtbarer Gestank, und noch ein anderer, schärferer Geruch. Von da ab herrscht Nebel. Angelica versucht sich zu erinnern, sie weiß, daß es wichtig wäre, sich ins Gedächtnis zurückzurufen, was von dem Augenblick an geschieht, doch sosehr sie sich auch anstrengt – es gelingt ihr nicht. Das Dunkel ist undurchdringlich; bis zu Marios Rückkehr erinnert sie sich an nichts, abgesehen von ihrem Hut, der wegfliegt, dem Band, das davonweht, den Haaren, die sich verfangen. Dann flieht ihr Geist, kreist im Leeren, kehrt schließlich wieder zurück.

Auf der Rückfahrt steuert Mario den Dilambda leise singend, während Angelica weint.

»Es wird dir doch wohl nicht einfallen, der Großmutter davon zu erzählen, he?« sagt Mario. »Denn sonst wird die Signora auch all die anderen Sachen erfahren. Das mit der Tanzschule und alles andere. Du wirst doch kein Dummchen sein, was? Erzähl der Großmutter nichts davon, wo wir heute waren, kein Wort, hast du gehört?«

20
Selbstgespräch

»Wenn diese dreckigen Neidhammel doch endlich aufhören würden mit ihrem ekligen Gerät hier rumzubrummen glaubt ihr vielleicht ich wüßte nicht ich hätte die Tausende von Unfällen mit Autos mit Flugzeugen nicht bemerkt mißratene Transplantationen beschleunigte Evolutionen die Evolution der Affen denen ihr Organe entnehmt um einen Degenerationsprozeß aufzuhalten der euch zu warzigen Zwergen macht ganz zu schweigen von der Unfähigkeit zu begreifen wie das mit dieser ganzen Korruption losgegangen ist was ist glaubt ihr ich wüßte nicht daß es niemals eine Mutter oder Verwandte gegeben hat die ihr mir anhängen wollt und glaubt ihr vielleicht ich wüßte nicht daß ihr in diesem Moment versucht mir meine Intuitionen zu entlocken und glaubt ihr wirklich ich wüßte nicht daß ihr mich sehen berühren betrachten wollt meine Gedanken wissen mir meine Sachen verstecken meine Erinnerungen rauben wollt glaubt ihr ich wüßte nicht daß die sogenannten Mächtigen schon lange das Szepter vor den Füßen bildschöner Frauen niedergelegt haben nur weil ich sie so sehen wollte wie sie nicht sind glaubt ihr ich wüßte nicht daß ihr versucht mir die Gesichter und die Körper zu entlocken die ich zeichne die die ihr Frauen mit euren Männern zu machen versucht zeichne Antonio zeichne Antonio zeichne und verlier keine Zeit schrieb Michelangelo auf das Blatt auf dem sein Assistent versucht hatte die Madonna mit dem Kind zu kopieren er muß geglaubt haben wer weiß was für ein Meisterwerk geschaffen zu haben er ließ es gut sichtbar herumliegen damit Michelangelo es sah aber der Meister schrieb diesen Satz drauf und um das Papier noch für was Nützliches zu verwenden notierte er auf der Rückseite die Ausgaben des Tages Getreide zehn Saubohnen einundzwanzig zum Sägen des Marmors vierunddreißig Soldi glaubt ihr ich wüßte nicht warum ihr ihm diesen unfähigen weibischen Antonio Mini auf die Fersen gehetzt habt diesen Eingebildeten der glaubte mit dem Rötelstift aus einem Guß Figuren zeichnen zu können die ganz steif waren und er hatte noch nicht mal soviel Anstand die Blätter auf denen der Meister zeichnete nicht zu beschmieren und ihr habt versucht mir um jeden Preis Frauen an die Seite zu stellen was soll das glaubt ihr vielleicht mich zu verwirren indem ihr dafür sorgt daß sich die Gedanken der Frauen über meine eigenen legen ...«

Bei Kerzenlicht zeichnet Narcisse einen David, flankiert von zwei »Gefangenen«, die drei Statuen auf einem Sockel wie die Dioskuren auf dem Quirinal. Mit gischtsprühenden Wellen brandet das Meer gegen die Basis des Sockels, sie sind scharf wie die Spitze eines Krummsäbels, dunkle, nächtliche, finstere Kräfte, die den weißen Marmor angreifen. Das Meer steigt aus einer noch dunkleren Tiefe empor, Abgrund der Vergangenheit, der der Reinheit des David eine Falle stellt. Ozean und Kloake, Tiefe und Weite vereint mit dem Unrat, und statt Wellen schwarze, bedrohliche Jauche.

Heute bewegt sich seine Hand nur mit Mühe, sie ist so steif wie die des armen Antonio Mini, die Zeichnung wird leblos, plump, zu schwarz und zu schwer. Das kommt, weil die Maschine heute lauter als gewöhnlich ist, sie dröhnt mit größerer Intensität. Es ist klar, sie haben ihn nun schon besser ausgemacht, es ist ihnen gelungen, ihn fast bis auf den Punkt zu lokalisieren, die geschlossenen Fenster nützen überhaupt nichts mehr.

Narcisse zeichnet, um in Übung zu bleiben. Dabei geht

es ihm nicht so sehr um das Zeichnen, sondern um die Welt des Malers, den er gerade verkörpert. Auf diese Weise bleibt er innerhalb des Werkes, das er im Begriff ist zu vollenden, ohne Ablenkung, in Erwartung der Möglichkeit, es sich wieder vorzunehmen. Das Bild ist fast fertig, der Kobold, die Allegorie des Alptraums, ist bis zum letzten Grünschleier, der das Helldunkel noch unterstreicht, vollbracht.

Noch ist die Schlafende eine Skizze. Bis jetzt war die Puppe ausreichend, um die Figur in die Gesamtkomposition einzuordnen. Doch nun reicht sie nicht mehr. Sie hat kein Gesicht, das hölzerne Oval hat eine ironische Starrheit, die ihn stört, ihn von der Arbeit abhält, ihn unfähig macht, zum Pinsel zu greifen. Von jetzt an muß ihm eine echte Frau Modell sitzen.

Die Schlafende ist jenes infame Weib, das den Maler Füssli betrogen hat: Fuseli, wie sie seinen Namen in England italianisierten, den Namen eines Schweizers. In Florenz verdrehen sie dagegen den anderen Namen: Sie nennen ihn Narciso, die Handwerker vom anderen Arnoufer, wobei sie das »c« auf schleppende, süßliche Weise aussprechen. Würden sie ihn bei seinem richtigen Namen nennen, Narcisse, wäre das »c« auf entschiedene, männliche Weise gestärkt. Doch ihm gefällt der Name überhaupt nicht, er hat niemals erfahren, wem zu Ehren seine Mutter ihn an diesen Klang fesselte. Sie haben ihn von Geburt an mit einem halb männlichen, halb weiblichen Namen verraten.

Füssli liebte die junge Nichte seines Freundes, des Philosophen Lavater, er war ganz verrückt nach ihr. Und sie hat gewartet, bis er nach London zurückgekehrt war, um sich mit einem reichen Kaufmann zu vermählen. Deswegen sind alle Frauen bei Füssli Dirnen.

Der Alptraum reitet auf dem Schoß dieser reifen nächtlichen Hure, die sich im Wachzustand allen hingibt, man braucht sie nur zu fragen, aber nur im Schlaf und im Traum läßt sie sich den Schoß vom Kobold-Füssli-Fuseli-

Narcisse-Narciso martern. Sie spielt mit dem Feuer, die alte Hure, sie weiß nicht, daß der Gnom seine gerechte Rache üben wird. Der »Gnom« ist er: Füssli-Fuseli-Narcisse-Narciso, wie jener klein und kräftig, und auch er reißt die Augen weit auf, weil er nicht mehr gut sieht, so daß er manchmal zufällig mit dem Pinsel eine Farbe vom Tisch aufnimmt und Streifen von leuchtendem Karminrot oder Preußischblau auf den hellen Fleischton setzt, die man anschließend mildern muß, doch gänzlich kann man sie nicht mehr tilgen, dadurch würde die Farbschicht verschmiert und schwer. Der Zufall, das heißt der Teufel (Füssli-Narcisse ist des Teufels offizieller Maler), der teuflische Zufall nimmt sich seinen Teil, auch er arbeitet mit an dem Werk.

»Ich werde mir eine von euch holen müssen meine lieben Damen eine echte keine falsche eine mit einer natürlichen Fotze eine aus der Gruppe eine von euch aus deren Uterus nur Eiter läuft mit euren weichen Knochen die ihr nur durch Kleber und Bindfaden zusammengehalten werdet ihr an denen außer den Zähnen nichts Festes ist und mit denen beißt ihr mich nachts in den Arm in die Schulter in die Pobacken in die Lende und nur dank meiner Erfahrung mit Schmerzen habe ich überlebt obwohl man mir in die Pupillen nicht menschliches Material eingesetzt hat eine von euch eine Marschällin ist nach Spanien gegangen um in eine Kirche aus Diamanten eine Wachskerze zu bringen die Diamantkirche ist jene deren Steine eine Pyramidenform bilden diese Form die euch fernhält wie der Knoblauch die Vampire in der Wachskerze befand sich ein System ein Zeitzünder mit dem man eine Explosion auslösen konnte glaubt ihr ich wüßte nicht daß ihr auch mich mit eurem dreckigen Gerät in die Luft sprengen wollt und daß es euch gefallen würde meinen Körper in Stücke gerissen und das Gehirn gegen die Mauern spritzen und die jungfräulichen Leinwände beschmieren zu sehen wie in einer von den Schmierereien dieses deutschen Malers der mit Blut malt mit Ochsen- und Schweinevierteln gegen das Bild schlägt der Blut zwischen die Schenkel der Frauen gibt die er wie Objekte zu benutzen glaubt und statt dessen haben sie sich ihn nur mit ihrer Willenskraft unterworfen mir aber gelingt es mich nicht gehenzulassen weil ich so stark bin wie Michelangelo der es schaffte eine Münze mit den Fingern zu verbiegen aber diesmal riskierst du nichts du läufst ihnen auch nicht hinterher die Verbindung wird sofort abgebrochen ich werde sie nicht eine Minute länger als nötig ertragen ich werde nicht noch einmal die Undankbarkeit von einem abwarten der mir die Erhöhung die er als Geschenk von mir erhalten hat mit so schlechter Münze heimzahlt das Werk wird vollendet und in sich abgeschlossen sein ohne Nachspiel noch Geschwätz es wird nach soviel Mühe nichts mehr zu erledigen geben niemandem mehr hinterherzulaufen sein es wird ein abgeschlossenes Kapitel sein es wird einzig noch das Werk vor seinen Bewunderern sein niemand wird Beweise finden um es in Zweifel zu ziehen die ewig mäkelnden Kritiker werden sich an nichts aufhängen können was soll das glaubt ihr ich wüßte nicht daß es die berühmten Feen gibt daß ihr mir die Lebensfreude genommen habt um mich zu zwingen mit Dube zu kommunizieren dem Stern der siebten Größe dessen Frauen die berühmten Mörderinnen sind die ihr Feen nennt was soll das glaubt ihr ich wüßte nicht daß alles was geschrieben fotografiert gefilmt ferngesehen wird nur ein Mittel ist die Auflösung einer Welt vorzubereiten deren Schicksal es sein wird von Sklavenmonstern und Herrinnenmonstern bewohnt zu werden auch von denen die vorgeben frei zu sein und versucht haben mir nah zu sein und dabei vorgaben mir zu helfen um mich noch mehr leiden zu lassen was soll das glaubt ihr ich wüßte nicht daß die sogenannte Zeugung nicht existiert und daß der einzige Grund für den aufgeblähten Bauch die Implosion der Eigenbesamungsflüssigkeit ist …«

21
Verteidiger

Es war zu spät, um noch in der Praxis zu sitzen, eine bedrückende Stille stieg vom Borgo Santa Croce in die sommerliche Freitagnacht auf, die noch ruhiger war als sonst. Zu dieser Stunde drängten sich die Leute an den Strandpromenaden der Versilia und genossen den Seewind.

Scalzi studierte die Akten und bereitete sich auf die Debatte zu Angelicas Untersuchungshaft vor, die am nächsten Morgen im Gefängnis von Sollicciano stattfinden würde. Er versuchte sich vorzustellen, welche Bedeutung ein Umstand erhalten mochte, der sich aus der Untersuchung der Leiche Scalistris ergeben hatte.

Der Händler war mit einem stumpfen Gegenstand am Kopf getroffen und anschließend in das Wasser der Zisterne geworfen worden. Die Entscheidung, ob er bereits als Toter dort hineingeworfen wurde oder ob der Tod durch Ertrinken eingetreten war, stellte sich angesichts des Verwesungszustandes des Körpers als schwierig heraus. Der Mangel an Korpuskeln in der durch Osmose in die Atemwege eingetretenen Flüssigkeit – der Gutachter hatte in Bronchien und Lungenbläschen nach Spuren des Schlamms gesucht, der sich in der Zisterne befunden hatte, und nur einen unbedeutenden Gehalt vorgefunden – ließ es fast als sicher erscheinen, daß Scalistri schon nicht mehr atmete, als er in die Zisterne fiel.

Auf dem Nacken des Opfers befand sich eine Riß- und Quetschwunde, deren Ränder relativ scharf gezackt waren. Die Autopsie hatte Spuren einer tiefgehenden Gehirnblutung ergeben, die als Folge des Traumas und wahrscheinliche Todesursache auch den Augapfel in Mitleidenschaft gezogen hatte. Die Wunde mit den gezackten Rändern hatte die Haut und das darunterliegende Gewebe wie eine Briefmarke gezeichnet. Der Sachverständige schloß auf einen vieleckigen Gegenstand mit glatten Kanten. Und auf einem Rand der Wunde war ein winziger Streifen gefunden worden, den eine weißliche Substanz hinterlassen hatte. Bei der chemischen Untersuchung hatte sie sich als basisches Bleikarbonat herausgestellt. Das ließ vermuten, daß es sich bei der Mordwaffe um ein Rohr gehandelt hatte, zum Beispiel um den äußeren Mantel einer Gasleitung. Diese Hypothese stand jedoch im Widerspruch zu dem Zeichen, das auf dem Nacken zurückgeblieben war und ganz deutlich mindestens drei Ecken aufwies. Daraus schloß der Sachverständige, wenn auch mit großer Zurückhaltung, daß es sich etwa um einen Briefbeschwerer oder einen ähnlichen Gegenstand mit sehr scharfen Kanten gehandelt haben mochte. Und genau das irritierte Scalzi, der sich einfach keinen Briefbeschwerer aus Blei in einer solchen Form vorstellen konnte; jedenfalls hatte er einen derartigen Gegenstand noch nie gesehen. Nicht, daß dieses Detail von großer Bedeutung wäre: nach den wenigen Unterlagen zu schließen, war auch kein Objekt dieser Art gefunden worden, und nichts brachte Angelica in Verbindung damit; die Indizien, die gegen die Signora Degli Alberetti sprachen, waren andere. Aber Scalzi hatte sich auf dieses mysteriöse Objekt fixiert, fast als ob er sich damit trösten und seine Gedanken von den negativen Umständen ablenken wollte, die Angelicas Position so heikel machten. Was aber mochte es genau sein? Es gelang ihm nicht, sich von dieser Frage zu lösen und auf den entscheidenden Punkt zu konzentrieren. Denn da stand er vor einem Dilemma, und das Dilemma war: Sollte er sich darauf beschränken, die Beweise zu widerlegen, die sie belasteten, oder sollte er versuchen, die ganze Ermittlung auf den Kopf zu stellen und von Anfang an Rùffolis Informationen verwenden?

Wenn Scalzi noch in der Praxis blieb, nachdem seine Sekretärin gegangen war, ließ er sowohl die Tür offen, die von seinem Büro ins Wartezimmer führte, als auch die zur Treppe.

Die beiden unterhielten sich, während sie die Treppe hochstiegen: »Das ist mir doch egal«, sagte die männliche Stimme. »Ach, das ist dir egal?« entgegnete die weibliche. Sie blieben unschlüssig im Eingang stehen. »Genau, es ist mir egal«, sagte die männliche Stimme wieder.

»Herein«, forderte Scalzi sie auf.

Die beiden jungen Leute traten in sein Arbeitszimmer.

Scalzi betrachtete sie, ohne seine schlechte Laune zu verbergen. Sie störten ihn in einem Augenblick, in dem er durch nichts Neues abgelenkt werden wollte, und alle beide waren noch sehr jung, was mit ziemlicher Sicherheit auf ein kleines Drogenproblem und ein geringes Honorar schließen ließ, wenn nicht gar auf das übliche »Dann erst mal schönen Dank« eines abgebrannten Junkies.

Der Bursche mit seinen verwahrlosten langen Haaren und dem Aussehen von einem, dem die ganze Welt gestohlen bleiben kann, setzte sich ohne Aufforderung hin und stellte einen Cellokasten auf den Boden, aus dem sich eine vibrierende Klage erhob. Und er legte einen Arm um das Instrument, als sei es die Schulter einer Frau. Auf den ersten Blick hatte Scalzi erkannt, daß es nicht um ihn ging, sondern daß sie es war, die Scherereien hatte, die hübsche und elegante Brünette, die verlegen stehen geblieben war.

»Nun«, brummte der Junge, »erzähl dem Anwalt, was du zu sagen hast, bringen wir es schnell hinter uns. Das Konzert beginnt in einer Stunde.«

»Ich weiß nicht, wie ich anfangen soll.« Das Mädchen sah unentschlossen auf die Tür.

»Fang an dem Punkt an, als ihr am Meer wart.«

»Ich hatte mich mit meinem Verlobten gestritten ...« Das Mädchen richtete eine hilfesuchenden Blick auf ihren Begleiter.

»Mit solchen Sachen befasse ich mich nicht, nicht mal mit streitenden Eheleuten.« Mit einer entschiedenen Bewegung schnippte Scalzi die Asche von seiner Zigarette. »Ich habe eine Menge zu tun.«

»Also, wir hatten diese Auseinandersetzung, weil mein Verlobter nicht will, daß ich mit jemandem über das spreche, was er mir erzählt hat. Ich dagegen habe ihm gesagt, daß es bekannt werden muß, deswegen haben wir gestritten. Er weiß nicht, daß ich hier bin, und ich möchte auch nicht, daß jemand davon erfährt.«

»Was soll das den Anwalt schon interessieren, daß ihr euch gefetzt habt, du und dieser Langweiler. Sag ihm, was er dir erzählt hat, als ihr am Meer wart. Das allein interessiert den Anwalt.«

»Aber jetzt weiß ich nicht, ob das gut ist. Vor allem bräuchte ich einen Rat ...«, das Mädchen machte Miene, sich zur Tür zurückzuziehen, »doch wenn Sie keine Zeit haben ...«

Sein Instinkt sagte Scalzi, daß er sie nicht gehen lassen dürfe. Die ängstlich flatternden Augen der Brünetten ruhten jetzt auf einer Zeitungsseite, auf der ein Foto von Angelica zu sehen war.

»Was für einen Rat?«

»Ich wollte wissen: Wenn eine Person etwas über ein Verbrechen weiß und es nicht sagt, macht sie sich dann strafbar?«

»Das kommt darauf an, ob sie als Zeugin geladen wird. Wenn sie gerufen wird und nicht sagt, was sie weiß, ist das eine strafbare Handlung.«

»Doch wenn sie von niemandem vorgeladen wird? Wenn die Polizei noch nicht mal weiß, daß sie existiert?«

»Dann nicht.«

»Siehst du?« Die Brünette wandte sich an den Jungen. »Also hatte ich doch recht. Wenn es ihm egal ist, wieso soll ich mich dann darum kümmern?«

»Ist es dir denn auch egal?«

»Ja. Und dir?«

»Mir? Wieso soll es mir denn nicht egal sein?«

»Und wieso hast du mich dann hierhergeschickt, um den Anwalt zu stören?«

Der junge Mann blies die Backen auf und zuckte mit den Schultern.

»Ich habe den Eindruck, du willst, daß er Ärger kriegt. Deswegen hast du mich herkommen lassen«, sagte das Mädchen.

»Ich? Mir ist doch egal, ob der Probleme kriegt.«

»Ach, das ist dir egal?«

Das Mädchen ging zur Tür und drehte sich auf der Schwelle um. Sie hatte es eilig. »Danke für den Rat, Dottore. Und Entschuldigung.« Der junge Mann folgte ihr.

»Wie war noch mal Ihr Name, Signorina?« Scalzi legte die Zeitung so, daß man sie von der anderen Seite des Tisches aus lesen konnte.

»Cerini Deborah … warum?«

»Und wo wohnen Sie?«

»In Sant'Agata del Mugello … Warum? …«

»Ausgezeichnet, Deborah.« Scalzi sah sie eindringlich an und runzelte die Stirn. »Komm zurück und setz dich wieder hin. Und du auch, Musiker, setzt euch alle beide.«

Deborah setzte sich zögernd wieder vor den Tisch und starrte erneut auf die Zeitung.

»Hören Sie, ich weiß nichts.«

Der junge Mann nahm wieder Platz.

»Kennst du zufällig diese Dame?« Scalzi deutete mit der Hand, in der er die Zigarette hielt, auf das Foto.

»Ich? Absolut nicht!« Deborah wandte die Augen ab.

»Ich habe nur in der Zeitung gelesen, daß man sie verhaftet hat.«

»Jetzt sag ihm schon, was dir dieser Arschkneifer erzählt hat, und beeilen wir uns!« Der junge Mann schlug mit den Fingern gegen sein Instrument.

»Du willst ihn in Schwierigkeiten bringen, ist es das, was du willst?«

»Warum erzählst du es mir nicht?« Scalzi stieß den Rauch aus, so daß der Junge ein bißchen davon ins Gesicht bekam. »Sag du mir doch, was deiner Freundin Deborah auf dem Magen liegt, wenn sie lieber schweigen will.«

»Ich? Was weiß ich denn von der Sache? Ich war doch gar nicht dabei, an dem Tag bin ich nach Frankreich gefahren.«

»Dann werdet ihr gleich sehen, was wir machen«, sagte Scalzi wütend und drückte heftig die Zigarette im Aschenbecher aus. Er nahm ein Blatt und einen Stift zur Hand. »Wie heißt du?«

»Ich? Pasquale … Es spielt keine Rolle, wie ich heiße. Der Typ hat ja mit ihr geredet.«

»Und wohnst du auch in Sant'Agata?«

»Ja, aber was habe ich damit zu tun?«

»Das werde ich euch gleich sagen, was ihr damit zu tun habt, alle beide.« Scalzi hatte die Nase voll. Sie waren wirklich ganz schön unverfroren, bei all ihrer Jugend. Sie kamen außerhalb der Arbeitszeit in seine Praxis, unterhielten sich untereinander, als sei er gar nicht vorhanden, wollten dann genauso einfach wieder gehen, wie sie gekommen waren, nachdem sie gratis seine Meinung eingeholt hatten, und hielten sich auch noch vollkommen bedeckt.

»Ich werde euch alle beide als Zeugen laden: Deborah Cerini und Pasquale, nicht genauer identifiziert, aus Sant' Agata del Mugello.«

Er machte sich gut sichtbar eine Notiz. »Und wenn ihr weiterhin das Äffchen mit der Hand vor dem Mund spielen wollt, auch vor dem Richter, werdet ihr sofort erfahren, ob das eine Straftat ist oder nicht. Ich lasse euch zu einem Vorverfahren laden.«

»Vorverfahren?« fragte der Junge ganz besorgt. »Was ist das?«

»Vergiß es und pack aus.«

»Sie hat eine Art Verlobten, der in Sant'Agata Briefträger ist ...«

»Was heißt hier ›eine Art‹?« Deborah war beleidigt. »Er hat sich sogar schon meinen Eltern vorgestellt ...«

»Schon gut, ich bin jedenfalls ein Freund. Nicht von ihm. Von ihr. Ich habe sie begleitet, weil ich heute abend in der Badia Fiesolana spiele. Benedetto Marcello, mögen Sie den? Möchten Sie eine Eintrittskarte?«

»Nein«, erwiderte Scalzi finster, »ich höre lieber Rock and Roll.«

»Das würde man gar nicht denken, wenn man Sie so sieht.« Pasquale zog eine Grimasse. »Auf jeden Fall: Bis vor ein paar Tagen waren sie zusammen am Meer, die Deborah und diese Art Verlobter, der Briefträger ist ... dieser Langweiler, Renzo heißt er, glaube ich, ich hab ihn vielleicht dreimal gesehen, wenn's hoch kommt, er hat ein Motorrad, das er auf Hochglanz poliert, und gibt unheimlich an, aber man sieht schon von weitem, daß er vom Land kommt. Samstags läßt er sich in der Disko den Kopf volldröhnen ...«

»Ich geh auch in die Disko«, ließ sich Deborah wieder vernehmen. »Was ist daran falsch?«

»Das ist falsch daran, daß es euch nicht guttut. Die Vibrationen der Verstärker gehen auf die Knochen. Ihr wißt das nicht, aber im Alter kriegt ihr alle Osteoporose.« Pasquale sah Scalzi schräg an. »Und zu den Konzerten kommt dann fast kein Jugendlicher, außer ein paar Schülergruppen, die sie mit Gewalt dahin schleppen, weil's auf dem Stundenplan steht.«

»Komm zur Sache«, seufzte Scalzi.

»Am Meer kaufen diese beiden eine Zeitung, nicht wahr, und lesen von der Verhaftung der Signora, die Sie verteidigen. Angeklagt des Mordes an diesem Scalistri, der übrigens ganz in meiner Nähe wohnte. Da hat Renzo Deborah erzählt, daß er ihm ein Einschreiben hätte bringen sollen, dem Scalistri, doch als er es ihm schließlich gebracht hat, hat er ihn tot in einer Wanne liegen sehen.«

»Aber nein! So war es nicht! Siehst du, daß du ihm nur Ärger schaffen willst?«

»Dann erzähl du ihm doch, was dir dein Renzino gesagt hat!«

»Bevor er die Leiche sah … Doch hat er erst mal gar nicht gedacht, daß es sich um eine Leiche handelte, er hatte es für einen Haufen alter Lumpen gehalten, er hat erst hinterher, als er die Zeitung las, an eine Leiche gedacht, als er gelesen hat, daß man Scalistri in der Zisterne gefunden hatte. Also jedenfalls, die wichtige Sache, die mit der Signora zu tun hat«, Deborah deutete auf die Zeitung, »ist die, daß Renzo auch am Tag davor schon einmal bei der Villa war, doch wieder umgekehrt ist … weil er sein schönes Motorrad nicht mit Schlamm vollspritzen wollte, glaube ich.«

Pasquale nickte und warf Scalzi einen bedeutungsvollen Blick zu.

»Renzo sagt, daß Scalistri quicklebendig gewesen sei, als er am Tag davor zur Villa gefahren sei, und da war auch diese Signora, nicht übel, sagt Renzo, sie standen alle beide vor dem Gartentor, und Scalistri gab der Signora einen Handkuß.«

»Kam die Signora gerade an, oder ging sie?«

»Renzo sagt, er sei umgekehrt, während die beiden sich grüßten. Doch kurz darauf hat ihn die Signora in Richtung Florenz überholt, während er auf der Provinzstraße Richtung San Piero a Sieve weiterfuhr. Er fuhr langsam, weil das Motorrad noch nicht eingefahren war, und er hat das Auto wiedererkannt, das er in der Nähe der Villa gesehen hatte, es war nämlich ein besonderer, ganz alter Wagen. Renzo ist also der Meinung, daß sie sich gerade verabschiedeten, als er sie gesehen hat.«

»Und hat er sonst noch was gesehen?«

Der Musiker verfolgte gelangweilt einen Gedanken an der Zimmerdecke. Das Mädchen warf ihm einen hilfesuchenden Blick zu.

»Ich weiß nicht, ob ich das sagen darf … Er hat darauf bestanden, daß ich mit niemandem darüber spreche.«

»Also gut, dann sage ich es ihm eben«, stöhnte der Junge. »Am nächsten Tag ist er zur Villa zurückgekehrt, um dieses berühmte Einschreiben hinzubringen, und da hat er die Leiche Scalistris in der Zisterne gesehen. Der hat doch sofort gesehen, daß das eine Leiche war, von wegen Lumpen, er hat nur nichts gesagt, weil er sich die Ferien nicht verderben wollte.«

»Das stimmt nicht. Du willst ihn schlecht machen. Was hast du bloß gegen Renzo, was hat er dir denn getan?«

»Der ist mir unsympathisch.«

»Am nächsten Tag, um wieviel Uhr?«

»Am frühen Morgen, gegen acht.«

Deborah machte nicht den Eindruck, als sei sie ein Problem losgeworden. Sie schien furchtbar verlegen zu sein, sie saß auf der Stuhlkante und betrachtete die Spitzen ihrer Schuhe.

»Bist du sicher, daß du mir sonst nichts zu erzählen hast?«

Das Mädchen sah den Freund an und wurde rot. Es gab also noch Mädchen, die erröteten. Das lag wohl an der guten Luft im Mugello.

»Es ist nichts Wichtiges … und hat nicht nur was mit Renzo zu tun, sondern auch mit mir. Und ich will nicht vor Gericht landen. Das hast du mir garantiert, daß ich keine Scherereien kriege, das hast du mir doch garantiert, stimmt's, oder nicht?«

»Was habe ich dir garantiert?« fragte Pasquale.

»Du hast mir garantiert, daß ich rausgehalten werde.«

»Die Sachen werden von demjenigen bezeugt, der sie gesehen hat, stimmt's, Avvocato?« Der Junge schien überrascht zu sein. »Das habe ich dir gesagt. Und wenn du nichts gesehen hast …«

»Genau, ich habe nichts gesehen.«

»Das ist nicht wahr.« Scalzi legte wieder seine wütende Miene auf. »Du weißt etwas aus erster Hand, nicht nur vom Hörensagen, aber du ziehst es vor, zu schweigen.«

»Hast du gesehen, bist du jetzt zufrieden?« schluchzte das Mädchen.

»Jetzt reicht's!« Scalzi verlor die Geduld. »Erzähl mir alles, was du weißt, und hör endlich auf, die Sache so in die Länge zu ziehen. Es sei denn … Es wird doch wohl nicht dein Renzino gewesen sein, der dem Scalistri den Schlag auf den Kopf versetzt hat? Und du weißt es und führst mich hier die ganze Zeit an der Nase herum?«

»O Gott!« Das Mädchen sprang entsetzt auf. »Was haben Sie denn bloß verstanden? Renzo hat mit dem Verbrechen überhaupt nichts zu tun. Und ich auch nicht! Nur daß …«. Sie hielt inne und senkte erneut den Kopf.

»Nur?«

»Nur daß wir an jenem Abend, nachdem Renzo den Handkuß gesehen hatte, zusammen aus San Piero zurückgefahren sind, er mit dem Motorrad und ich mit dem Uno. Er ließ das Motorrad dann stehen und stieg ins Auto ein … also zu mir. Und wir sind in den Weg hineingefahren, der zur Pantiera führt.«

»Ach«, stieß der Junge aus, »davon hast du mir gar nichts erzählt.«

»Was geht es dich an? Mit dem Wagen sind wir den Weg ein bißchen hinaufgefahren, der zu der Villa von Scalistri führt.«

»Ich verstehe«, Pasquale trommelte auf seinem Cellokasten herum. »Direkt unter meinem Haus, sehr nett, die lieben Verlobten!«

»Du warst doch mit der Französin in Urlaub gefahren, stimmt's, oder etwa nicht?«

»Es gibt doch wirklich genug Stellen, wo man hinkann, aber gerade unter meinem Haus …«

»Die Stelle kenne ich eben …«

»Ach, die kennst du?«

»… und da habe ich mich sicherer gefühlt.«

»Wenn ihr mich gerufen hättet, hätte ich euch ja das Kerzchen halten können …«

»Du warst nicht da. Du warst abgereist. Am Morgen hattest du mich noch zu einer Verabredung bestellt, aber in der Zwischenzeit warst du schon mit der kleinen Französin abgefahren.«

»Und was interessiert dich das?«

»Und was interessiert es dich, daß ich mit Renzo auf die Tenne gegangen bin?«

»Mich? Mir ist das doch egal. Nur daß du es gerade vor meinem Haus … Meiner Meinung nach hast du das getan, um mich zu kränken.«

»Um dich zu kränken? Ich sollte ein Interesse daran haben, dich zu kränken?«

»He!« Scalzi schlug mit der Handfläche auf den Tisch. »Was glaubt ihr eigentlich, wo ihr seid, Kinder? Weiter jetzt: Was hast du gesehen, als du auf der Tenne warst?«

»An einem gewissen Punkt habe ich das Geräusch eines Autos gehört, das von der Villa kam. Ich habe nachgesehen, doch ich sah kein Scheinwerferlicht. Das ist seltsam, die Villa liegt einen halben Kilometer entfernt, und auf dem letzten Stück ist die Straße gerade. Also habe ich Angst bekommen und das Fernlicht eingeschaltet … Wissen Sie, in unserer Gegend sind wir wegen der Geschichte mit dem Monster ziemlich verunsichert, dem mit den Pärchen. Bei uns in der Gegend hat der verdammte Kerl schon vier umgebracht.«

Scalzi bedeutete dem Mädchen mit einer Geste, sich kurz zu fassen: Jetzt fehlte nur noch ein Vortrag über das Monster von Florenz, darüber wurde sowieso schon soviel geredet, daß Scalzi es nicht mehr hören konnte.

»Dann habe ich das Auto gesehen, einen Volkswagen, der ohne Licht fuhr. Als ich das Fernlicht auf ihn richtete, ist er vom Weg abgekommen und auf die Tenne gefahren. Er hat sich erst im letzten Moment gefangen, beinahe wäre er mit meinem Fiat zusammengestoßen. Wir hatten ihn direkt vor der Nase, ich habe den Fahrer gesehen ...« Deborah unterbrach sich und zog die Schultern hoch. Sie rieb mit den Händen über die Unterarme, als wäre ihr kalt.

»Du hast ihn gesehen, und dann?«

»Ich habe einen Schreck gekriegt, das war es. Vielleicht, weil ich sowieso schon Angst hatte ... Ihn so ohne Licht auf mich zukommen zu sehen ... Und dann diese Geschichte mit dem Monster ... Nein, nein, das Monster hat damit nichts zu tun. Der Typ war einfach beängstigend, ich habe ihn genau gesehen, während er das Manöver machte, um wieder auf die Fahrbahn zurückzukommen. Er war klein, hinter der Windschutzscheibe sah man nur den Kopf und die Hände auf dem Lenkrad, wie ein Kind. Doch hatte er nicht das Gesicht eines Kindes ... Im Gegenteil, er kam mir eher alt vor. Als er sich im Lichtkegel befand, hat er eine Bewegung gemacht, als wolle er sich verstecken, und sich zur Seite gebeugt. Kennen Sie die alten Volkswagentransporter mit der zweigeteilten Windschutzscheibe? Nun, er hat versucht, sich so zu setzen, daß er durch das Mittelstück verdeckt würde, es sah aus, als sei sein Gesicht von den beiden Hälften der Scheibe in zwei Stücke geteilt, wie in einem zerbrochenen Spiegel. Ein Gesicht wie ein Äffchen, genau, faltig und mit Augen, die unter den Augenbrauen tief in den Höhlen lagen, die man fast nicht sehen konnte, finstere Augen ... er kam mir irgendwie verstört vor, ich weiß nicht, wie ich es ausdrücken soll. Und dann ... es hat vielleicht an dem entstellenden Licht meiner Scheinwerfer gelegen ...« Deborah schloß die Augen und erschauerte, wobei sie wieder ihre Schultern umfaßte. Scalzi wartete schweigend.

»Sie werden sagen, ich hätte Visionen gehabt, doch es ist die reine Wahrheit. Er hatte etwas Seltsames auf dem Kopf ... ein Körbchen, genau, das hatte er auf dem Kopf.«

»Ein Körbchen«, kicherte der Musiker.

»Jawohl, mein Herr, ein Körbchen! Er hatte es ziemlich tief in die Stirn gezogen. Renzo hat es auch gesehen.«

»Und das ist passiert, nachdem Renzo gesehen hatte, wie Scalistri sich von der Dame verabschiedete?«

»Ja, nachdem Renzo am Nachmittag dort gewesen war. Dann haben wir uns getroffen, wir sind ins Kino gegangen, dann in die Disko ... Wir waren eben zusammen. Es ist spät geworden, und auf dem Rückweg haben wir in der Nähe der Pantiera angehalten, und dann ist das geschehen, was ich gerade erzählt habe.«

»Wie spät war es, als ihr diesen Lieferwagen gesehen habt?«

»Es war fast Mitternacht. Dann sind wir schnell nach Hause gefahren. Wir hatten uns zur Abreise ans Meer für den nächsten Tag verabredet. Am Morgen darauf hat Renzo die Lumpen in der Zisterne gesehen.«

Scalzi betrachtete die beiden jungen Leute und zwang sich zu einer väterlichen Miene. »Ihr werdet vor dem Richter als Zeugen aussagen müssen, Kinder. Ihr müßt nur das wiederholen, was ihr hier erzählt habt. Und auch dieser andere, Renzo, wird vor Gericht erscheinen müssen. Er wird keine gute Figur abgeben, und vielleicht wird er auch wegen des nicht zugestellten Einschreibens ein Problem mit dem Postamt bekommen, doch wenn er die Wahrheit sagt, geht er kein großes Risiko ein. Wie heißt er übrigens mit Nachnamen?«

»Michelozzi«, sagte Deborah.

»Und er wohnt auch in Sant'Agata?«

»Nein, in Scarperia.«

»Na gut. Was soll ich euch sagen, Kinder? Ihr habt mich ganz schön ins Schwitzen gebracht, aber danke.«

Sie waren schon auf der Treppe. Scalzi hörte, wie das Mädchen sagte: »... Renzino wird mit dem Postamt von Sant'Agata schon klarkommen. Mir ist das doch egal.«

Scalzi schrieb wie wild. Er hätte auf der Stelle vor dem Richter stehen mögen. Er fügte den Entwurf für seinen Antrag auf ein Vorverfahren zu seinen Akten: darin bat er darum, daß der Professor als Zeuge vernommen würde. In absehbarer Zeit würde sich Rùffoli auf eine Vortragsreise durch die Vereinigten Staaten begeben, wo er sich einige Monate lang aufzuhalten gedachte. Das gab Scalzi die Möglichkeit, den Untersuchungsrichter darum zu bitten, den Zeugen noch vor der Verhandlung zu verhören. Deborahs Bericht fügte er in den Entwurf ein. Bis zu diesem Moment war er unsicher gewesen, ob er den Antrag auf ein Vorverfahren einreichen sollte. Doch zusammen mit Deborahs Erzählung erhielt Rùffolis Hypothese, die vorher für ein literarisches Phantasiegebilde gehalten werden konnte, einen objektiven Hintergrund. Viele Dinge mußten geändert werden: Vor allem mußte Angelica zugeben, daß sie sich an jenem Tag mit Scalistri getroffen hatte. Abgesehen von dem Plan dieses verrückten Guido, über den man besser schwieg, war die Begegnung mit dem Kunsthändler sogar nützlich geworden, nun, da Angelica durch Renzo ein Alibi hatte. Bei der Debatte über die Haftbestätigung würde er den Richter bitten, sich vor seiner Entscheidung mit diesen Fakten vertraut zu machen. Vielleicht überzeugte ihn die Lektüre der Akte davon, daß der Verbrechensverlauf von anderen Umständen bestimmt gewesen war als von denen, die der Staatsanwalt aufgeführt hatte. In diesem Fall würde er Angelica aus der Haft entlassen.

Scalzi hatte eine arbeitsreiche Nacht vor sich. Aber zum ersten Mal hatte er das Gefühl, eine aktive Rolle zu spielen, er würde sich nicht darauf beschränken müssen, brummend über den Fertiggerichten der Polizei und des Staatsanwalts die Nase zu rümpfen, diesmal würde auch seine Suppe mit auf den Tisch kommen, der Richter würde die Küche des Verteidigers kennenlernen müssen. Aufgeregt dachte er an die Stunden, die ihn vom Gerichtstermin trennten, als ob in der Zwischenzeit irgend etwas geschehen könnte, das alles wieder zunichte machte.

22
Anhörung

Auf der Gegenfahrbahn bewegten sich zwei durchgehende Autoschlangen langsam zum Meer. Zum Stadtzentrum waren dagegen nur wenige Wagen unterwegs. Es war der erste Samstag im September, und er versprach schön zu werden.

Hinter der Autobahnausfahrt bog Scalzi nach rechts ab. Nachdem er die Brücke über den Arno hinter sich gelassen hatte, fuhr er eine ganze Weile an der halbrunden Silhouette des Gefängnisses von Sollicciano entlang, das die Ebene zwischen den Häuserblöcken des sozialen Wohnungsbaus und einzelnen bestellten Felder beherrschte. Von weitem gesehen erschien es fröhlich wie ein Feriendorf, ganz in Weiß, Rot und Blau.

In dem kleinen Gesprächsraum begann ihm nach einer halbstündigen Wartezeit der Boden unter den Füßen zu brennen. Die Verhandlung war für zehn Uhr angesetzt, es war schon halb zehn, und Angelica hatte ihre Zelle noch immer nicht verlassen. Er brauchte Zeit, um ihr all die Neuigkeiten mitzuteilen und sie auf die neue Verteidigungslinie vorzubereiten. Während des voraufgegangenen Gesprächs hatten sie beschlossen, keine Erklärungen abzugeben, doch jetzt plante Scalzi eine mutigere Strategie.

Die Sonne kam hinter einem Wachturm hervor und schien auf ein Stückchen Wiese und einen Rosenstrauch. Sie waren beide viel zu kurz geschnitten, durch eine allzu strenge Regel verstümmelt. Eine unbegreifliche Funktionalität nahm in diesem Gefängnis bizarre Formen an und hatte den Rosenstrauch in ein dürres Gestrüpp verwandelt, auf dem die

Blüten wie unecht wirkten. Ein Sonnenstrahl traf durch das Fenster und blendete Scalzi, so daß er seine Position auf dem Stuhl wechseln mußte.

Viertel vor zehn begleitete eine Wärterin die Beschuldigte ins Gesprächszimmer. Angelica trug ein dunkelgrünes Seidenkleid mit langen Ärmeln, der Plisseerock reichte ihr bis zu den Knöcheln. Veronica Lake, ein wenig zu frivol, um mit soviel Mißgeschick noch harmonieren zu können, war verschwunden. Angelica hatte die Haare im Nacken zu einem Chignon zusammengefaßt. Sie war dezent geschminkt: Der Lippenstift belebte das Rosa der Lippen nur wenig, die Augen waren gerade eben unterstrichen, und ein leichtes Make-up ließ zwar die Falten nicht verschwinden, machte sie aber weniger sichtbar.

Scalzi empfand – und das im Gefängnis! – wieder einmal die Atmosphäre jener wunderbaren sechziger Jahre, und seine nostalgische Rührung hatte nichts Professionelles. Vor der Geometrie der blauen Gitterstäbe, die ihre Gestalt hervorhoben, erschien ihm Angelica wie Alida Valli in dem Film *Der Fall Parradine*. Obwohl sie ganz bewußt auf diese Weise vor ihm erschien – aus dem Grund hatte sie ja auf sich warten lassen, darauf wettete er –, erwiderte sie seinen Blick mit einem halb ironischen, halb traurigen Ausdruck, und Scalzi ärgerte sich über sich selbst, weil er sie auf diese Weise betrachtet hatte. Dann begann er fieberhaft auf sie einzureden. Hin und wieder unterbrach er sich, das Echo seiner Stimme noch im Ohr, von der er gewünscht hätte, daß sie überzeugend klänge. Doch sie verriet lediglich künstliche Erregung.

Als die Wärterin in der Tür erschien und sagte: »Alberetti, zum Richter«, hatte Scalzi den Eindruck, als wäre seit Beginn des Gesprächs kaum mehr als eine Minute vergangen. Und Angelicas Stimme klang verängstigt, als sie den Raum verließ und ständig wiederholte: »Aber war es nicht besser, was wir vorher beschlossen hatten? Wäre es nicht besser, wenn ich schweige?«

Das Beratungszimmer, in dem die Sitzung stattfand, war der übliche Raum, den die Richter für ihre Verhöre benutzen. Er war eng und schräg. Alle Räume im Gefängnis von Sollicciano waren eng und schräg. Von außen gesehen war das Gebäude riesig, doch im Inneren konnte man gar nicht begreifen, was mit all dem Raum geschehen war, der überall segmentiert, eingeengt, von Ecken, Fluren, Absperrungen behindert wurde.

Der Richter hatte am Schreibtisch Platz genommen. Neben ihm saß die Sekretärin, die Hände im Schoß, vor einer elektrischen Schreibmaschine der Marke Olivetti, einem dieser Modelle aus den unheilvollen siebziger Jahren, die wie Maschinengewehre knatterten. Der kleine Raum und die in Bürograu gehaltenen Möbel unterschieden sich durch nichts von den Räumen, die Scalzi bis zu diesem Tag für gewöhnlich frequentiert hatte. Die neue Prozeßordnung hatte eigentlich in jeder Hinsicht Veränderungen auferlegt, und doch war alles auf melancholische Weise wie immer, die Justiz zeigte ihr altes, verkommenes Gesicht.

Richter Lembi zwirbelte seinen Bart, seine Augen waren gerötet, als habe er wenig und schlecht geschlafen. Der Staatsanwalt stand entspannt und mondän neben der Tür. Er unterhielt sich mit Tartaro, dem Dienststellenleiter der Kriminalpolizei. Dottor Orlandi war überaus elegant gekleidet, sein rohrzuckerfarbener Anzug und die lebhafte Krawatte bewiesen einen erlesenen Geschmack. Als er nach einer geflüsterten Bemerkung seines Gesprächspartners kurz auflachte, hob Lembi die Augen vom Tisch und sah ihn finster an. Scalzi hatte den Eindruck, daß zwischen dem Richter und dem Staatsanwalt eine gespannte Stimmung herrschte. Seltsam, daß sie so auf Distanz zueinander schienen und der Staatsanwalt es vorzog, mit dem Polizisten zu plaudern.

Nachdem Angelica sich an den Tisch gesetzt hatte, stellte man fest, daß die Stühle im Raum nicht ausreichten. Die drei vorhandenen waren vom Richter, der Sekretärin und der Beschuldigten besetzt. So stellte sich Scalzi hinter Angelica und stützte sich mit den Händen auf die Lehne ihres Stuhls. Der Staatsanwalt lehnte neben dem Fenster an der Wand, und Tartaro stand noch immer in der Nähe der Tür. Schon vor Beginn der Sitzung war etwas nicht in Ordnung.

»Der Dienststellenleiter kann nicht hierbleiben.« Scalzi deutete, ohne sich umzudrehen, auf die Tür. »Dies ist ein Beratungszimmer«, fügte er hinzu und warf einen bösen Blick auf den Staatsanwalt, der mit dünner, aber vernehmlicher Stimme eingeworfen hatte: »Das fängt ja gut an.«

Der Richter nickte finster. »Der Anwalt hat recht. Verlassen Sie bitte den Raum.«

»Aber gewiß doch. Ich weiß ja, wo mein Platz ist.« Tartaro richtete sein Toupet. Wie konnte er es wagen, diesen spöttischen Ton anzuschlagen? »Ich hatte gar nicht die Absicht, hierzubleiben, wissen Sie?«

»Nun gut«, der Richter sog die Luft ein, »fangen wir an.«

Scalzi legte seine in der Nacht aufgearbeitete Akte vor.

»Ich möchte Ihnen diesen Antrag auf Zwischenstreit vorlegen. Würde es Ihnen etwas ausmachen, Herr Richter, vor Sitzungsbeginn ein Auge darauf zu werfen?«

»Zwischenstreit?« Orlandi lächelte wie ein großer Künstler angesichts der Probe eines Dilettanten. »Und warum? Ihre Beweise, die können Sie doch bei der Verhandlung vorlegen. In dieser Phase scheint mir das etwas verfrüht.« Er ging zum Richtertisch und schielte auf das Blatt.

»Einer der aufgeführten Zeugen«, fuhr Scalzi unbeirrt fort, »wird bald eine Auslandsreise antreten müssen und dann viele Monate lang nicht verfügbar sein. Ein anderer Zeuge ist Angestellter im öffentlichen Dienst. Seine Aussage könnte negative Konsequenzen für seine Arbeit haben.

Man kann die Ansicht vertreten, je mehr Zeit vergeht, um so eher könnte der Zeuge aus wachsender Furcht, seinen Arbeitsplatz zu verlieren, beschließen, nicht die Wahrheit zu sagen.« Scalzi wußte genau, daß dieses Argument ziemlich weit hergeholt war und es in Wirklichkeit keine triftigen Gründe gab, die Vorladung von Renzo Michelozzi in der Phase der Voruntersuchung zu erwirken. »Die zwei anderen aufgeführten Zeugen ergänzen die beiden ersten auf notwendige Weise.« Und auch das war kein besonders überzeugender Grund für die Dringlichkeit der Vorladung.

»Avvocato Scalzi«, sagte Orlandi, »ich habe den Eindruck, Sie wollen diesen Fall auf schnellstem Wege verlieren. Die Beweise werden in der Verhandlung zusammengetragen. Und im übrigen verstößt die Präsentation der Anfrage an dieser Stelle gegen die Regeln. Avvocato, Sie müssen die Eingabe erst der Gerichtskanzlei einreichen und sie mir anschließend zustellen. Dann nehme ich dazu Stellung. Ich habe nicht die Absicht, mich jetzt damit auseinanderzusetzen.«

»Ich würde sagen, die Kanzlei ist anwesend.« Scalzi deutete auf das dickliche Mädchen hinter der Schreibmaschine.

»Machen wir es so: Ich nehme die Eingabe in Empfang. Doch kann ich sie jetzt nicht in Augenschein nehmen. Wir müssen uns mit dem Problem der persönlichen Freiheit der Beschuldigten beschäftigen.« Der Richter machte es kurz.

»Aber ich verlange ja gar keine sofortige Entscheidung. Ich möchte nur, daß Sie einen Blick darauf werfen.«

»Sie versuchen gerade, Avvocato, dem Richter die Argumente der Verteidigung auf sehr unangemessene Art unterzuschieben.« Der Staatsanwalt lächelte nachsichtig, als habe er ein Kind bei einem Streich ertappt. »Machen Sie eine Eingabe, Avvocato Scalzi, und reichen Sie sie vor der Vorverhandlung ein. Ich kann nicht zulassen, daß Sie an dieser Stelle einen gesetzwidrigen Schriftsatz beibringen.«

Lembi legte eine Hand auf das Dokument, als wolle er verhindern, daß ein Windstoß es vom Tisch fegte.

»Das reicht jetzt. Die Anfrage ist zu den Akten genommen. Signorina Sartoni, schreiben Sie als Fußnote in das Protokoll, daß sie heute eingereicht wurde. Ich behalte mir vor, sie mir zu gegebener Zeit anzusehen.«

Der Richter diktierte der Sekretärin Angelicas Personalien und den Namen des Verteidigers. Die alte Olivetti schoß los.

Der Staatsanwalt erläuterte die Gründe, die für die Aufrechterhaltung der Untersuchungshaft sprachen. Der Gutachter hatte zwar eine gesicherte Angabe für unmöglich erklärt, doch konnte das Todesdatum Scalistris mit sehr hoher Wahrscheinlichkeit bestimmt werden. Und daß die Signora Degli Alberetti kürzlich die Villa Pantiera aufgesucht hatte, war dadurch bekannt geworden, daß nach der Beschlagnahmung ihres Wagens darin eine Straßenkarte vom Mugello gefunden wurde. Auf dieser Karte war der Weg zur Villa eingezeichnet, und auf dem Rand waren einige handschriftliche Notizen zu lesen, in denen die Beschuldigte die Lage des Hauses beschrieb. Außerdem hatte die Signora nach dem Verlassen der Villa eine Zypresse angefahren, auf deren Stamm die Polizei eine frische Spur des Aufpralls entdeckt hatte. Die Beule in der Stoßstange ihres Wagens wies einen Überrest der Baumrinde auf. Und es gab weitere Beweise für den genannten Umstand: Verschiedene Personen hatten ausgesagt, an jenem Tag in der Umgebung von Sant'Agata eine Mercedeslimousine mit gewölbter Karosserie bemerkt zu haben, ein sehr altes, ausgesprochen ungewöhnliches Modell, und der Wagen im Besitz von Angelica entsprach dieser Beschreibung in allen Punkten.

Was das Datum anging, so verfügte der Staatsanwalt über eine sehr viel genauere Angabe. Ein gewisser Fosco Giunti hatte vor der Reinigung von Sant'Agata, wo er seinen Anzug für eine am folgenden Tag stattfindende Hochzeit abgeholt hatte, einer Dame, deren Personenbeschreibung auf Angelica zutraf, den Weg zur Pantiera beschrieben. Und der Zeuge war absolut sicher, daß es der 31. Juli war, denn die Hochzeit seiner Tochter wurde am 1. August gefeiert. Nach einer effektvollen Pause fügte Orlandi hinzu:

»Die Signora Degli Alberetti hat dem Dienststellenleiter Tartaro gegenüber erklärt, Scalistri seit drei Jahren nicht mehr gesehen zu haben.«

Das hatte Scalzi erwartet. Er verstärkte den Griff, mit dem er die Rückenlehne des Stuhls umfaßt hielt, und spürte dabei Angelicas Bewegung, die sich hilfesuchend zu ihm umdrehte. Seine Finger fühlten, wie ihr Körper unter dem leichten Stoff zitterte.

»Einen Moment!« Scalzis Stimme war lauter als nötig, als ob er sich nicht in dem Gefängniszimmerchen, sondern im Gerichtssaal befände, wo es notwendig war, die weit von den Bänken der Anwälte entfernten Richterstühle mit der Stimme zu erreichen. »Der Herr Staatsanwalt bedient sich einer informellen Unterlage der Kriminalpolizei. Die ist ungültig. Signora Degli Alberetti wurde ohne die geringste Garantie und in Abwesenheit eines Verteidigers verhört. Ihre Erklärungen, vorausgesetzt, es gibt welche, können nicht verwendet werden. Dienststellenleiter Tartaro hätte sich nicht herausnehmen dürfen, sie zu befragen.«

»Dienststellenleiter Tartaro hat diese Erklärung erhalten, während er allgemeine Informationen einholte. Es handelt sich um eine spontane Aussage der Beschuldigten.« Auch Orlandis Stimme war lauter als gewöhnlich geworden.

»Wollen Sie daraus eine Formfrage machen, Avvocato?« fragte der Richter.

»Selbstverständlich.«

»Sehr gut. Und hoffen wir, daß wir danach ohne weitere Behinderungen fortfahren können, sonst wird diese neue Prozeßordnung noch zur Qual, statt daß sie die Dinge vereinfacht. Signorina Sartoni, schreiben Sie bitte: ›Auf den

Einspruch von Avvocato Scalzi, des Verteidigers der Beschuldigten, erklärt der Untersuchungsrichter die informelle Unterlage vom 14. August dieses Jahres, unterschrieben Tartaro, für nicht verwendbar. Sie enthält eine scheinbare Erklärung der Beschuldigten, die als solche ungültig ist. Der Untersuchungsrichter ordnet ihren Ausschluß aus der Akte an.‹«

»Das kannst du nicht machen, Lembi.« Orlandi verfiel lächelnd in den vertraulichen Tonfall. »Wenn überhaupt, so steht das dem Richter der Hauptverhandlung zu, was soll das heißen, du schließt die Unterlage aus meiner Akte aus?«

»Das heißt, daß ich sie herausnehme, und basta. Machen wir weiter. Herr Staatsanwalt, fahren Sie mit der Darlegung Ihrer Gründe für eine Haftverwahrung fort.« Richter Lembi betonte das »Sie« und die förmliche Ausdrucksweise.

Orlandi seufzte, doch lächelte er weiter.

»Signora Degli Alberetti hatte Gründe, über den Toten verärgert zu sein, denn dieser war im Begriff, ein Gemälde für den Betrag von zehn Milliarden Lire zu veräußern, das sich in der Vergangenheit in ihrem Besitz befunden hatte und das sie ihm selbst einst für ungefähr vierzig Millionen überlassen hatte.«

»Das also wären die belastenden Indizien. Und der Staatsanwalt möge bitte auch erklären, warum die Beschuldigte die Fortsetzung des Prozesses nicht bei sich zu Hause abwarten kann.« Der Richter verbarg seinen polemischen Tonfall nicht.

Scalzi nickte, er fühlte sich gestärkt.

»Das werde ich Ihnen sofort erklären, Herr Richter.« Orlandi lächelte jetzt nicht mehr und stieß die Worte zwischen den Zähnen hervor. Der Vertreter der Anklage begann das Fair play zu vernachlässigen. »Nach den Informationen eines Zeugen, Africo Gramigna, genannt ›Python‹, hat die

Kriminalpolizei Gründe, anzunehmen, daß ihr Neffe, Guido Degli Alberetti, der Komplize der Signora Degli Alberetti gewesen ist. Zwischen den beiden, die in der gleichen Wohnung wohnen, nämlich der Wohnung der Beschuldigten, besteht ein Verhältnis, auf das hier nicht näher eingegangen werden soll ...«

»Was für ein Verhältnis? Wovon sprechen Sie?« Scalzi reagierte auf eine stumme Aufforderung Angelicas, die sich erneut zu ihm umgedreht hatte.

»Nichts von Wichtigkeit. Das hat mit dem Thema dieser Sitzung nichts zu tun. Jedenfalls hatten Tante und Neffe den Diebstahl des Bildes aus der Villa Scalistris geplant. Der Besuch der Beschuldigten im Hause des Opfers fügt sich in diesen Plan ein. Nachdem sie versucht haben, durch die Verschrottung des Autos, von dem ich eben sprach, einen Beweis zu zerstören, und nach dem Versuch der Beeinflussung des Zeugen Gramigna ist der junge Herr Degli Alberetti verschwunden, die Polizei sucht ihn seit einer Woche. Das macht, falls die Beschuldigte auf freiem Fuß bleiben sollte, weitere Versuche der Absprache unter den beiden zur Beweisvereitlung möglich. Ich bestehe daher darauf, daß der Richter die Untersuchungshaft aufrechterhält und jede andere, davon abweichende Schutzmaßnahme ausschließt.«

Richter Lembi wandte sich an Angelica.

»Möchten Sie eine Erklärung abgeben?«

Angelica wandte sich mit ängstlichem Blick an Scalzi, und er nickte unmerklich. Aber er fragte sich, ob es wohl richtig sei, ihr diesen Rat zu geben. Angelica sagte mit erstickter Stimme: »Ja«. Sie erschien ziemlich unsicher.

»Möchten Sie auf meine Fragen antworten?« fragte Lembi.

Angelica nickte.

»Wann haben Sie Signor Scalistri vor seiner Ermordung zuletzt gesehen?«

»Am 31. Juli.«
»Diesen Jahres?«
»Ja.«
»Wo?«
»In seiner Villa in Sant'Agata.«
»Sind sie dort hingefahren?«
»Ja.«
»Worüber haben Sie miteinander gesprochen?«
»Über das Bild von Paolo Uccello. Es ist eine Fälschung.«
»Was?«
»Das Gemälde. Das, welches ich ihm vor drei Jahren überlassen habe. Es ist eine Fälschung. Das hat Scalistri mir gesagt.«

Orlandi zog sein Jackett aus und suchte mit den Augen nach einem Platz, wo er es ablegen könnte. Er fand keinen und legte es sich ordentlich gefaltet über den Arm. Die bereits hochstehende Sonne durchflutete den Raum, es wurde heiß. Orlandi grinste und schüttelte den Kopf.

»Richter, würden Sie der Beschuldigten bitte entgegenhalten, daß diese Fälschung, wie sie sie nennt, für die Summe von zehn Milliarden Lire mit einem Vorvertrag an eine Stiftung in New York verkauft wurde. Das scheint mir für eine Fälschung ein etwas hoher Preis zu sein. Ganz abgesehen davon, daß selbst Rozzi, ein Kunstexperte von internationalem Rang, sie für ein Bild von Paolo Uccello hält. Doch kann man nicht ausschließen, daß Scalistri der Beschuldigten diese Lüge aus mehr als verständlichen Gründen erzählt hat.«

»Einen Moment«, der Richter wandte sich an seine Sekretärin, die das Kinn auf die Arme und die Arme auf die Schreibmaschine gestützt hatte und gelangweilt aus dem Fenster sah. »Signorina Sartoni, wie weit waren Sie mit dem Protokoll?«

»›... ordnet ihren Ausschluß aus der Akte an‹«, las die Sekretärin.

Der Richter diktierte ihr eine Zusammenfassung seiner Fragen, der Antworten von Angelica und des Einwandes von Orlandi. Das Geknatter der Olivetti übertönte seine Stimme. Die Sekretärin unterbrach sich einige Male, um sich den Satz wiederholen zu lassen. Aus einem angrenzenden Raum hörte man das Rauschen einer defekten Wasserspülung. Scalzi öffnete das Fenster, das auf eine Wiese hinausging. Hinter der Umgrenzungsmauer sah man die Dächer mehrerer Mietskasernen. Der Duft frisch geschnittenen Grases erfüllte den Raum.

»Es war keine Lüge«, warf Angelica ein, als die Sekretärin zu Ende geschrieben hatte. »Zunächst habe ich auch geglaubt, Scalistri würde lügen, doch dann hat er mir gewisse Dinge erzählt, denen ich entnehmen konnte, daß er die Wahrheit sagte. Das Bild ist eine Fälschung, und es hat nicht die geringste Bedeutung, wieviel die Amerikaner dafür zahlen wollen …«

»Herr Richter«, mit einer Hand berührte Scalzi flüchtig Angelicas Schulter, um ihr zu verstehen zu geben, daß sie nicht weiterreden solle, »in meinem Antrag auf ein Vorverfahren mache ich den Vorschlag, ein Gutachten von dem Gemälde anfertigen zu lassen. Ich bitte auch darum, Professor Massimo Rùffoli anzuhören, dessen Ruf als Kunsthistoriker nicht geringer ist als der von Rozzi, im Gegenteil.«

»Was heißt denn hier Gutachten! Der Anwalt versucht, diesen Prozeß in eine Auseinandersetzung zwischen zwei Rivalen auf dem Gebiet der Kunstgeschichte zu verwandeln!« Orlandis Tonfall verriet seine Überraschung, Scalzi schien ihn mit seiner Taktik aus der Fassung gebracht zu haben. »Hier geht es um einen Mord. Darum haben wir uns zu kümmern, nicht um einen Gelehrtenstreit!«

»Es geht nicht nur um *einen* Mord, davon ganz abgesehen.«

»Was sagten Sie, Avvocato?« Der Richter betrachtete Scalzi interessiert.

»Es geht hier um mehr als *einen* Mord, habe ich gesagt, nicht nur um den von Scalistri, soviel ich weiß. Und das möchte ich gern beweisen. Es geht um mindestens noch zwei weitere, die sich im Laufe der letzten drei Jahre ereignet haben, einer davon vor nicht allzu langer Zeit. Um zwei ermordete Homosexuelle …«

»Aber was reden Sie denn da!« ereiferte sich Orlandi. »Wollen wir uns mit der Haft der Beschuldigten beschäftigen, oder plaudern wir hier nach Belieben über dies und jenes?«

»Ich werde die Abschweifung nicht ins Protokoll aufnehmen, Herr Staatsanwalt«, sagte Lembi, »doch nichts hindert mich daran, mir eine Idee des Verteidigers anzuhören.«

»Aber natürlich! Was spricht schon dagegen, ein wenig Konversation zu betreiben?« bemerkte Orlandi ironisch. »Der Verteidiger versucht die Untersuchungen hinauszuzögern. Das ist es, was der Verteidiger macht. Von wegen Idee!«

Scalzi ging über die Provokation hinweg, beobachtete den Richter, der sich seine Eingabe vorgenommen hatte, die bis zu diesem Moment vernachlässigt auf dem Tisch gelegen hatte. Er überflog sie scheinbar zerstreut, blätterte um, las aufmerksamer, dann hob er den Blick:

»Sie sprechen hier von einem Gemälde von … hm! Boltraffio. Woher haben Sie diese Information?«

»Bollaffio?« meinte der Staatsanwalt. »Haben Sie Bollaffio gesagt?«

»Von Professor Rùffoli«, präzisierte Scalzi und sprach eilig mit Lembi, als ob der Staatsanwalt nicht existiere. »Das steht in der Eingabe. Er hat entdeckt, daß diese *Dame mit Hund* eine Fälschung ist. Wie das Bild von Paolo Uccello. Er meint, daß beide Bilder von der Hand desselben Fälschers stammen. Und auch die *Dame mit Hund* ist mit einem Verbrechen in Verbindung zu bringen.«

»Also, wollen wir mit dem Verhör weitermachen, oder

muß ich auf einem Formfehler bestehen?« Der Staatsanwalt schrie fast. »Was hat denn jetzt dieser Bollaffio mit der Sache zu tun?«

»Ich habe keine weiteren Fragen an die Beschuldigte«, sagte Lembi.

»Was heißt, Sie haben keine weiteren Fragen, Herr Richter? Und die Fluchtgefahr? Und die Beweisvereitlung? Wollen wir die Beschuldigte zu diesen Punkten anhören oder nicht?«

»Ich habe keine weiteren Fragen«, wiederholte Lembi und legte die flache Hand auf die Eingabe. »Und Sie, Avvocato?«

»Ich auch nicht«, sagte Scalzi, innerlich frohlockend.

»Ich schon!« Orlandi blickte bestürzt um sich, als wolle er jemanden um Hilfe anrufen. »Was ist hier bloß los? Wollen wir die Beschuldigte nicht fragen, ob sie zusammen mit Guido Degli Alberetti geplant hatte, Scalistri das Bild zu stehlen?«

»Diese Frage lasse ich nicht zu.« Lembi entzog sich Orlandis wutentbranntem Blick, indem er den Kopf über den Tisch neigte.

»Du läßt die Frage nicht zu? Habe ich richtig verstanden? Es interessiert dich nicht, zu erfahren, ob diese Dame hier zusammen mit ihrem invertierten und ultravorbestraften Neffen einen Diebstahl zum Schaden des Opfers geplant hatte? Es interessiert dich nicht, zu wissen, ob sie auf dem laufenden darüber ist, daß jener Signore flüchtig ist? Der Beweis: Die Polizei sucht ihn überall, auch in gewissen zweideutigen Etablissements«, Orlandi betonte das Wort ›zweideutig‹, »die im übrigen von den übelsten Leuten frequentiert werden«, – Lembi hob den Kopf und sah mit finsterem Blick auf Orlandi –, »ohne daß man ihn irgendwo ausfindig machen könnte. Wäre es nicht angebracht, die Signora Degli Alberetti zu fragen, ob sie zufällig weiß, wo sich ihr Neffe versteckt hält?«

»Wissen Sie es, Signora?« fragte Lembi.

»Was?« Angelicas Augen drückten Erstaunen und Unschuld aus.

»Wo sich Ihr Neffe jetzt aufhält.«

»Nein. Seit dem Tag, an dem die Polizei mich in meiner Wohnung verhört hat, habe ich ihn nicht mehr gesehen. Ich glaube, das war vor zwei Wochen.«

»Sie haben ihn nicht mehr gesehen, so wie Sie auch Scalistri seit drei Jahren nicht mehr gesehen haben, nicht wahr?« sagte Orlandi giftig.

»Signora Degli Alberetti hat eben hier ausgesagt, und allein das, was sie dem Richter sagt, zählt …«, hob Scalzi an, doch fiel ihm Lembi ins Wort: »Signorina Sartoni, schreiben Sie: ›Auf die Frage des Staatsanwalts antwortet die Beschuldigte: Ich habe meinen Neffen Guido Degli Alberetti seit zwei Wochen nicht mehr gesehen.‹ Ist es so recht, Dottor Orlandi?«

»Ganz und gar nicht! Ich wünsche, daß auch meine anderen Fragen zu Protokoll genommen werden, von denen der Untersuchungsrichter meinte, daß er sie der Beschuldigten nicht stellen müsse!«

Lembi nickte seiner Sekretärin zu. »Der Staatsanwalt kann alles zu Protokoll geben, was er möchte. Signorina Sartoni steht zu Ihrer Verfügung.«

Orlandi ging zur Sekretärin, beugte den Kopf über das Manuskript und fing an zu diktieren. Scalzi roch seinen starken Duft von Kölnisch Wasser. Signorina Sartoni hielt ihren Kopf so weit entfernt wie möglich. Dann verstummten die gereizte Stimme Orlandis und das Ticken der Schreibmaschine wieder. Lembi wandte sich an Angelica.

»Ich hätte nur noch eine einzige Frage, mehr aus Gewissenhaftigkeit. Was haben Sie für eine Ausbildung, Signora?«

»Altsprachliches Gymnasium«, Angelica hob fragend den Blick zu Scalzi, »und dann habe ich mich an der Universität im Fach Kunstgeschichte eingeschrieben. Allerdings habe ich kein Abschlußexamen gemacht.«

»Können Sie zeichnen, Signora?«

»Ich kann eine Sonne malen«, Angelica lächelte, »mit Strahlen, Augen, einer Nase und einem Mund ... Das Häuschen mit den Strichmännchen ... Die Großmutter sagte immer, ich hätte überhaupt kein Talent ... Im Zeichnen hatte ich immer furchtbar schlechte Noten ...«

Lembi nickte. »Avvocato, stellen Sie Ihren Antrag.«

Scalzis Instinkt riet ihm, sich kurz zu fassen. Er sagte, es gebe keine Indizien zu Lasten Angelicas, auf jeden Fall keine schwerwiegenden, ein Beweis für eine Fluchtgefahr liege nicht vor, und somit beantrage er Haftverschonung.

Lembi füllte einige Minuten lang handschriftlich einen Vordruck aus, dann hielt er ihn sich vor die Augen und las den Text eilig herunter:

»Nach Artikel 391 der Strafprozeßordnung und in Anbetracht der Tatsache, daß die Indizien zu Lasten von Angelica Degli Alberetti nicht schwerwiegend genug erscheinen und eine Fluchtgefahr somit unbegründet ist, bestätigt der Untersuchungsrichter die vom Staatsanwalt angeordnete Haft nicht und ordnet die unverzügliche Freilassung der Beschuldigten an.«

»Vorbehaltlich des Einspruchs«, sagte Orlandi finster.

»Sie sind frei, Signora«, sagte Lembi, »doch erlege ich Ihnen auf, das Territorium der Stadt Florenz nicht zu verlassen. Sollten Sie in den folgenden Tagen unauffindbar sein, würde die Fluchtgefahr, von der hier die Rede war, auf der Stelle begründet sein, verstehen Sie? Doch Ihr Verteidiger wird Ihnen das noch genauer erklären.«

»Selbstverständlich. Darauf können Sie sich verlassen.« Scalzi war außer sich vor Freude. Der Sitzungsverlauf hatte seine rosigsten Erwartungen noch übertroffen, der Richter schien seine Schlußfolgerungen vorweggenommen zu haben. Ein seltsamer Typ, dieser Lembi, aber intelligent.

Orlandi beugte sich über den Tisch, um die Anordnung der Haftverschonung zu unterschreiben, und sagte leise: »Da hast du einen schweren Fehler gemacht, Lembi.«

Der Richter antwortete ebenso leise, doch ganz ruhig: »Das werden wir ja sehen.«

Die Unordnung in seinem Wagen, einem Citroën DS, der fast so alt war wie der berühmte Mercedes von Angelica, machte ihn verlegen. Lose Blätter, Zeitungen, ein alter Hut. Der Aschenbecher, der auf obszöne Weise heraushing und nicht mehr zu bewegen war, quoll von Zigarettenstummeln über; bei jeder etwas heftigeren Erschütterung – die Straße, die vom Gefängnis zur Landstraße führte, war ein einziges Loch – fiel ein Ascheregen auf den Boden. Angelica öffnete das Wagenfenster und atmete die Luft dieses schönen Tages ein.

»Aah! Gott, was für ein Himmel! Ich möchte am Piazzale Michelangelo zu Mittag essen. Fährst du mich dahin, Avvocatissimo?«

Sie saßen vor einem Fenster mit dem klassischen Postkartenpanorama. Im Vordergrund sah man, gleich einer Bühne, die Bronzekopie des David von Michelangelo und die Balustrade, und vor dem Hintergrund der Hügel zeichneten sich die Domkuppel und die Glockentürme der Stadt ab.

Angelica redete ununterbrochen, kaum daß sie von Zeit zu Zeit einen Bissen hinunterschlang.

Sie war vier Tage im Gefängnis gewesen, doch sprach sie davon, als wären es Jahre gewesen. Sie fand, es gab dort merkwürdige Ähnlichkeiten mit den Verhältnissen im Palast im Borgo de'Greci zu der Zeit, als die Großmutter noch lebte. Die Klingeln vor allem, durch die alles wie eingeteilt war, und die Frauen in ihren Uniformen, grau-blau die Gefängniswärterinnen, wie einst schwarz-weiß Großmutters Dienstmädchen. Und dann die Geschichten, die die Gefangenen wie früher die Hausdiener erzählten. Makabre oder geheimnisvolle Geschichten, wie die von Dorina und ihren Verbrechen, die aus den Abgründen bäuerlichen Aberglaubens hervorgegangen waren. Doch war es wirklich Aberglaube gewesen, fragte sich Angelica lächelnd, oder hatte Dorina vielleicht recht gehabt, und die Hexen hatten ihren Mann tatsächlich verzaubert? In anderen Erzählungen der Gefangenen ging es um Eifersucht, um sapphische Liebe, die zwischen den Mauern des Gefängnisses schmorten; sie hatten Angelica an die Mißgunst, den Neid, den versteckten Haß erinnert, die sie als kleines Mädchen in den Garderobenräumen und den Küchen des Hauses Alberetti belauscht hatte. Auch Marios Zweideutigkeit war ihr wieder in den Sinn gekommen. Einmal hatte sie ihn auf dem Dachboden dabei überrascht, wie er halbnackt und lachend einen blutjungen Küchengehilfen verfolgte. Sie erinnerte sich an das wilde Gesicht, das er machte, als er sich beobachtet sah. Da war ihr Mario so anders vorgekommen, gar nicht mehr freundlich, sondern feindlich.

Plötzlich erschien sie wie erschöpft und verwandelte sich wieder in die zerbrochene Puppe. Von einem Augenblick zum andern wurde sie schweigsam und finster. Sie richtete ihre tränenverschleierten Augen auf die Stadt, deren harmonische Farben sich in der Nachmittagssonne belebten; die Rottöne hoben sich nun stärker voneinander ab, und auch die Grüntöne erstrahlten.

»Wie unschuldig die Stadt von hier aus aussieht«, seufzte Angelica. »Dabei ist sie voll von ekelhaften Kakerlaken, die in den Ecken schlafen und davonrennen, sobald du das Licht anmachst. Wenn ich darüber nachdenke, wie ich da unten gelandet bin!« Sie deutete auf die vom Smog bedeckte Ebene des Industriegebiets. »Aber kannst du dir das vorstellen, Corrado! Ich bin des Mordes angeklagt! Nach Ansicht dieses unangenehmen Typs soll ich Scalistri umgebracht haben. Der glaubt tatsächlich, daß ich eine Mörderin bin!«

Scalzi erklärte ihr alles, was er ihr während des knappen Gesprächs im Gefängnis nicht hatte mitteilen können. Er hatte die Vorahnung, es sei falsch, ihr von Rùffolis Hypothese zu berichten, von den beiden anderen Verbrechen und dem geheimnisvollen Fälscher. Und doch erzählte er ihr jede Einzelheit, damit sie nicht über sich selbst nachdachte. Die Angst, die ihren Blick bei dem Gedanken gefrieren ließ, noch einmal »da unten« hinzumüssen, erregte sein Mitgefühl. Angelica folgte ihm mit bestürztem und leidendem Ausdruck. Dann schienen ihre Gedanken abzuschweifen, ihre Augen verloren sich in Richtung der Hügel, und schließlich hörte sie ihm gar nicht mehr zu.

23
Kreuzung

Nach ihrer Rückkehr in den Borgo de' Greci begann Angelica von neuem, sich mit diesem Tagtraum zu quälen, der alle ihre realen Ängste begleitete. In den unordentlichen Zimmern mit ihren ungemachten Betten war es heiß wie in einem Ofen, und sie stanken. Nachdem sie gelüftet und sich der abgestandene Geruch verzogen hatte, hatte sie den Wunsch, sich an den Kater gekuschelt aufs Bett zu legen und endlos lange zu schlafen. Das hatte ihr gefehlt in den vier Tagen. Doch Horaz war verschwunden; sie begriff nicht, wie er es geschafft haben mochte, die Wohnung zu verlassen. Fenster und Türen waren doch verschlossen gewesen. Die Unruhe verließ sie nicht. Wie die Anziehungskraft einer schwindelerregenden Leere, die ausgefüllt werden wollte, drängte sie das, was Scalzi ihr im Restaurant erzählt hatte, zum Handeln.

Sie setzte sich an den Sekretär in ihrem Schlafzimmer, öffnete die aufklappbare Schreibunterlage und begann, das Foto des gefälschten Paolo Uccello noch einmal zu betrachten, das sie sich schon angesehen hatte. Sie wühlte in Piccardas Karteikasten herum, bis sie weitere fünf Fotos von dem Bild fand. Eins davon zeigte die Szene, in der der jüdische Kaufmann, seine Söhne und die Tochter hingerichtet werden. Angelicas Blick verweilte auf diesem letzten Bild, ohne es eigentlich zu sehen. Ihre Gedanken hingen einer Erinnerung nach, deren Einzelheiten undeutlich blieben. Es war schmerzhaft für sie, ihr Gedächtnis darauf zu fixieren, so daß ihr nur ein Eindruck ohne Sinn und Verstand blieb, eher ein unangenehmes Gefühl, wie nach einem bedrückenden Traum, als eine wirkliche Erinnerung. Diesen Alptraum hatte sie seit jenem Tag, an dem sie in der Zeitung die Notiz über den bevorstehenden Verkauf des dem Paolo Uccello zugeschriebenen Gemäldes gelesen hatte. Die Hauptperson darin war ein Mann, der ihr wie ein kleiner Bauer vorkam, ein Männchen, von dem ihr nur die Statur und der winzige Körper in Erinnerung geblieben waren und seine Augen, die sie die beiden Male, als sie Kontakt miteinander gehabt hatten, mit unbändiger Gier angeschaut hatten. Dieser Unbekannte mußte etwas mit dem Paolo Uccello zu tun haben, mit Scalistri und dem Betrug, dem erst Donna Piccarda und dann sie selbst zum Opfer gefallen waren. Denn warum sollte ihr sonst jedesmal, wenn sie an ihre unglückliche Lage dachte, Scalistri einfallen, der sie zusammen mit diesem Unbekannten am Ausgang der Schule erwartete, und Mario, der sie dann in dem Landhaus zurückließ, und die Augen dieses Männchens und das riesige unterirdische Zimmer, und er, wie er an den Knöpfen ihres Kleides herumfummelte?

Das Foto mit der Hinrichtungsszene, großformatig und in Farbe, schreckte sie immer noch ab, es machte ihr angst. Sie schob ein anderes Bild mit einer Gesamtansicht des Gemäldes darüber.

Das gefälschte Gemälde hatte nur zwei Szenen (die Predella von Urbino hatte fünf), eine neben der anderen und wie in der Originalpredella durch eine kleine Säule voneinander getrennt. In der ersten Szene bricht ein Schmied die Tür zum Haus des jüdischen Kaufmanns auf, während die Gendarmen wartend davorstehen. Hinter der Tür sieht man die Küche mit der Feuerstelle, und auf dem Feuer einen alchimistischen Schmelztiegel (nicht, wie in der Predella von Urbino, eine gewöhnliche Bratpfanne). Das göttliche Blut läuft über den Rand des Schmelztiegels, in dem die geweihte Hostie kocht, überschwemmt den Fußboden (kein dünnes, elegantes Rinnsal, wie in der Predella von Paolo, sondern ein wahrer Strom von rotem Blut) und fließt zur Tür. Hier ändert sich der Fluchtpunkt, in einem dieser irrealen perspektivischen Sprünge, die so typisch sind für Paolo. Darin bewies sich auch die Klugheit des Fälschers, der genau das erkannt hatte, was dem ungeschulten Betrachter entging: daß nämlich Paolo nicht der kühle Techniker der Perspektive gewesen war, als den Vasari ihn hinstellt, sondern in Wirklichkeit so mit ihr gespielt hatte, daß er in ein und demselben Bild den Fluchtpunkt verdoppeln, manchmal sogar verdreifachen konnte. Der schwarz-weiße, schachbrettartige Fußboden dreht sich wie in eine andere Dimension, als ob man die Szene jetzt von der Tür aus betrachtet. Das Blut tritt durch einen Spalt aus und überschwemmt die Straße. Es fließt den Waffenträgern und dem Schmied, der vor dem verschlossenen Tor einen Dietrich schwingt, bis vor die Füße. Ein Detail auf dem Foto konnte man nur erkennen, wenn man es sich ganz nah vor die Augen hielt: Neben dem Blutstrom gingen, als würden sie von ihm verdrängt und erregt, abstoßende Insekten aufeinander los. Ihre Körper waren eine Mischung aus Grille und Ratte, ihre Köpfe mit Scheren, Antennen, Schnäbeln bewehrt. Zwei Engel ergriffen schreckerfüllt die Flucht.

Die andere Szene, die, welche sie so abstieß, stellte die Hinrichtung dar. Angelica überwand sich und betrachtete das Farbfoto, das ein Detail davon zeigte. Sie starrte es aufgeregt an und erwartete unvernünftigerweise, daß plötzlich eine Bildunterschrift erscheinen und ihr das Geheimnis lüften würde – wie in einem Stummfilm.

Die Szene spielte nachts in einer Landschaft mit dunklen Hügeln, über die sich eine Stadtmauer schlängelte. Man erkannte auch ein Kastell. Am Himmel steht die Mondsichel im ersten Viertel. Zwei Edelmänner mit einem Mazzocco auf dem Kopf überwachen vom Rücken ihrer Pferde den Vollzug der Strafe. Der Kaufmann und seine beiden Söhne sind an einen Pfahl gebunden, das Feuer von den

Reisigbündeln züngelt schon unter ihren Füßen hoch. Rechts martern die Waffenträger mit aufgekrempelten Hemdsärmeln das Mädchen, während aus einem Erdloch ein Teufel auftaucht. Die Tochter des Kaufmanns! dachte Angelica, und plötzlich begriff sie, warum ihr gerade diese Szene aus dem Gedächtnis entfallen war und warum sie in der Vergangenheit solche Abneigung empfunden hatte, das Bild zu betrachten.

Angelica besaß einige Fotos aus ihrer Kinderzeit, als sie in Poggio Imperiale zur Schule ging. Sie hatte sie in ein Samtalbum geklebt, dessen Ecken mit Bordüren geschmückt waren. Auf diesen Fotos sah man sie einmal neben dem Dilambda, eine Hand auf den Kofferraum des Wagens gestützt; dann bei einem Kostümfest, mitten in einer Gruppe von Freundinnen (und man erkannte deutlich, daß sie die Beliebteste war, die am meisten Verhätschelte, die Unbefangenste); mit ihrem ersten Tennisschläger; beim Füttern des Ponys; in strenger Pose mit einem Buch in der Hand (doch ihre Augen verraten den Spaß, den sie dabei hat); schließlich ein Gruppenfoto mit den Freundinnen aus dem Internat, im Garten des Hauses im Borgo de' Greci, alle Mädchen in schmachtenden Kinoposen, wie es gerade Mode ist. Dank dieses Albums hatte Angelica ihr Bild als Zwölfjährige genau vor Augen. Nicht in ihrem Spiegelbild, unter dem sie litt, erkannte sie sich wieder, sondern in diesem unveränderlichen, pfiffigen und frechen Mädchen aus dem Album, das glücklich zu sein schien.

Auf dem Gemälde ist das Mädchen nackt auf zwei Bretter gebunden, die zu einem Lothringischen Kreuz zusammengefügt sind. Ihr Gesicht zeigt keinerlei Regung. Einer der Waffenträger bearbeitet ihre unreife Brust mit einer Zange, ein anderer hält ihr eine Fackel ganz nah vor die Augen, ein dritter richtet einen Pfriem mit glühender Spitze auf ihren Mund.

Angelica erkannte sich wieder, mit ihrem kurzen Haarschnitt von damals. Dies mußte das von Scalistri erwähnte Detail gewesen sein, an dem die Großmutter erkannt hatte, daß es sich bei dem Gemälde um eine Fälschung handelte. Das Figürchen war im Hintergrund, und es hielt das Gesicht ein wenig geneigt. Auf diese Weise hatte der Fälscher versucht, das Modell zu verbergen, doch unbewußt hatte er damit auch das Detail betont, das den Schwindel am deutlichsten machte. Piccarda hatte sich furchtbar aufgeregt, als Angelica sich die Haare so kurz hatte schneiden lassen, mit einem Seitenscheitel wie ein Junge.

Angelica spürte, wie ihr vor Wut das Blut ins Gesicht schoß. Es war nicht der Schwindel mit dem gefälschten Bild, der in ihr brannte, sondern der Betrug, der an dem kleinen Mädchen verübt worden war und der ihr ganzes Leben beschmutzt hatte. Das Kitschgemälde mit der Tochter aus reichem Hause, die durch viele Privilegien geschützt war, erschien ihr sogar noch falscher als das Tafelbild. Auch später, als sie sich mit der Engstirnigkeit und dem Verrat von sehr vielen Menschen auseinandersetzen mußte, hatte sie immer gedacht, alles Unangenehme, was ihr zustieß, habe im Grunde nichts mit ihr zu tun. Sie zog es vor zu glauben, daß ihr Leben vor jeder Gefahr geschützt sei, wie in jener glücklichen Zeit ihres Lebens. Jetzt wurde ihr bewußt, daß ihr auch damals jemand so schrecklich mitgespielt hatte, daß sie die Erinnerung daran im Dunkeln begraben haben mußte. Scalistri und Mario, der freundliche Fahrer, der ihr erlaubt hatte, die Schule zu schwänzen, hatten sie an den Gnom verkauft und sie zum kostbaren Gegenstand eines Schachers gemacht. Das würde er ihr bezahlen müssen. Es ging nicht mehr nur noch darum, daß sie nicht ins Gefängnis kam. Mit fünfzig Jahren, aber schließlich war es nie zu spät, hatte sie endgültig genug davon, die selbstauferlegte Rolle der Naiven zu spielen.

Angelica suchte weiter in den Unterlagen der Großmutter: Rechnungen, Notizen, Aufzeichnungen, Fotos. Donna Piccarda notierte überall die Dinge, die sie nicht vergessen wollte. Ihre ursprüngliche Armut lebte beim Papiersparen wieder auf. Es war dann die Aufgabe des Verwalters, ihre eilig hingeworfenen Notizen in die Register zu übertragen. Auch ihre große, kindliche Schrift verriet ihre überaus bescheidene Herkunft.

Auf der Rückseite eines Fotos, auf dem ein berühmter Theaterregisseur der Großmutter während einer Premiere des Maggio Musicale im Stadttheater von Florenz die Hand küßt, stand eine mit Bleistift geschriebene Anmerkung, sehr energisch hingeworfen, so daß sich die Buchstaben bis auf das Bild durchgedrückt hatten. Donna Piccarda trug eine Hermelinstola und war mit Schmuck behängt. Die Schrift hatte sich in ihr Dekolleté eingedrückt: »Gebt Mario als Abfindung 50 000 Lire.« Und für die Buchhaltung: »Mario Bicchi, Fahrer, Via della Mosca 7. Er soll noch heute gehen, dieser Schuft.« Das Datum war der vierte Mai 1949, wenige Monate vor Piccardas Tod.

Als Angelica Namen und Nachnamen auf dem Plastikschildchen las, konnte sie es kaum glauben. Nur aus Gewissenhaftigkeit war sie hergekommen, nach so vielen Jahren hatte sie es für unwahrscheinlich gehalten, ihn noch unter dieser Adresse zu finden.

»Er ist nicht da.« Die Frau hatte sich ärgerlich aus dem Fenster gelehnt, während Angelica unaufhörlich klingelte. »Suchen Sie den Bicchi? Der ist nicht da!«

»Wo kann ich ihn finden?«

Die Alte machte eine Geste und deutete auf die Fußgängerzone in der Via de' Neri. Die Schritte auf dem Pflaster hallten wie auf einer fröhlichen Dorfstraße wider.

»Woher soll ich das wissen? Der wird hier irgendwo in der Gegend rumlaufen.«

Angelica saß an einem Tisch in der Trattoria Da Benvenuto, in einer Ecke, von der aus sie die Via della Mosca überblicken konnte. Sie war schon seit geraumer Zeit fertig mit dem Essen. Als sie gekommen war, war das Lokal fast leer gewesen, doch jetzt füllte es sich allmählich. Nachdem ihr der Kellner durch einen Blick zu verstehen gegeben hatte, sie möge nun ihren Platz räumen, stand sie auf und ging.

Das Licht der Schaufenster und der Laternen spiegelte sich auf dem bläulichen Pflaster der Kreuzung, das wie Wasser erschien. Der kleine Platz, der Geruch nach Gebratenem, die Stimmen der Passanten, all das erinnerte Angelica an eine ähnliche Kreuzung im Quartier Latin in Paris. Einige Jahre zuvor hatte sie in Begleitung eines Schauspielers, der in einem winzigen Theater in einem Stück von Ionesco mitspielte, in einem kleinen, heruntergekommenen Hotel in der Rue de la Huchette gewohnt. Die Geschichte war übel ausgegangen, wie so viele andere. Heute war ein Tag der Negativbilanzen.

Zunächst tauchte hinter der Ecke der Hund auf, der mit gesenktem Kopf, die Nase auf dem Pflaster, an einer langen Leine lief. Er war einer von diesen fetten, schwarzen Kötern, die des Lebens überdrüssig sind, mit einem Rükken so platt wie ein Tablett. Hinter ihm erschien schlürfend der Mann, die Nase in die Luft erhoben, mit einem gewissen arroganten Ausdruck im Gesicht. Angelica verließ die Trattoria und stürzte hinter ihm her, während er durch das Tor des Hauses Nummer sieben trat. Sie wollte gerade klingeln, als sie bemerkte, daß der Mann den Türflügel noch in der Hand hielt, um ihn nicht ins Schloß fallen zu lassen. Er beobachtete sie durch den Spalt.

»Entschuldigen Sie, wen suchen Sie?«

»Mario Bicchi.«

»Und wer sind Sie?«

»Angelica Degli Alberetti.«

»Sieh mal einer an! Die Signorina Angelica! Sie wollen zu mir?« Der Mann drehte sich um und ging durch den Flur, während der Hund schon die Treppen hochhechelte. »Ich gehe vor. Wissen Sie, wie oft ich Sie durch diese Straßen habe gehen sehen? Ich habe nie den Mut gehabt, Sie anzusprechen.«

Im Treppenhaus war es dunkel, auch im Wohnungsflur mit dem Kleiderständer und einem kleinen Sofa, unter dem sich der Hund ausgestreckt hatte und knurrte. Es roch nach Fichtennadeldeodorant. Hinter dem Flur lag die Küche, sie war schmal wie ein Handtuch, der Herd stand auf der Waschmaschine und ein schiefer Turm von Pisa aus Plastik auf dem Kühlschrank. Von der Küche aus konnte man im Nebenzimmer ein Doppelbett und einen Fernseher erkennen. An den Wänden hingen ein paar gerahmte Fotos. Auf einem sah man den jungen Mario mit Schirmmütze neben dem Dilambda stehen.

»Ich mache Ihnen einen Kaffee.« Mario drehte ihr den Rücken zu, während er sich an der Kaffeemaschine zu schaffen machte.

»Mach dir keine Mühe.« Auch der andere, Scalistri, der Grund all ihrer Probleme, hatte ihr einen Kaffee angeboten. Dann wurde ihr klar, daß sie ihn geduzt hatte wie in den guten alten Zeiten.

»Wenn Sie erlauben, mache ich einen für mich.«

Von hinten sah man die Tonsur inmitten der schwarzgefärbten Haare, die am Ansatz schon wieder weiß wurden. Er war wie ein gealterter Jugendlicher gekleidet, doch das dunkle Hemd mit weißen Rauten, das nicht besonders sauber zu sein schien, und die zu enge schwarze Hose verliehen ihm etwas Düsteres. Aus dem Ausschnitt des Hemdes schaute ein grotesker Schal hervor. Mario drehte ihr in Erwartung des Kaffees weiterhin den Rücken zu, wandte sich aber zweimal um, um ihr zuzulächeln. Er schien nicht überrascht zu sein, sie in seiner Wohnung zu haben, nachdem er vierzig Jahre zuvor aus dem Hause der Degli Alberetti verjagt worden war. Mario zeigte betonte Gleichgültigkeit, als hätten sie immer noch eine durch den Alltag geprägte Beziehung zueinander, und die gleiche Komplizenschaft, mit der er die kleine Schulschwänzerin behandelt hatte. Angelica dachte, daß es dieses Viertel war, das älteste und am wenigsten veränderte von Florenz, das der Zeit gegenüber immun war. Mario hatte sich wohl niemals von hier wegbewegt, hatte immer in diesem Loch gelebt, eingeschlossen von den Gäßchen ringsum, in einem kreisförmigen Labyrinth, dessen Tangente der Borgo de' Greci bildete.

Mario goß seine Tasse zur Hälfte mit Kaffee voll und füllte sie anschließend mit Brandy auf. Dann drehte er sich zu Angelica um, hob die Flasche und lud sie augenzwinkernd zu einem Gläschen ein. Angelica schüttelte den Kopf, und ihr Blick verfinsterte sich bei der Geste, die ihr zu vertraulich erschien. Vielleicht wußte er von ihr, man wußte immer alles über jeden in dieser Stadt, vielleicht war er also auf dem laufenden darüber, daß man ihr nicht mal mehr den ironischen Respekt zu schulden brauchte, den der Fahrer dem kleinen Mädchen gegenüber einst gezeigt hatte. Durch diese Geste erhielt die Zeit wieder ihre reale Dimension.

Nachdem er seine Tasse ein erstes Mal geleert hatte, füllte Mario sie nur mit Brandy auf, trank, füllte sie erneut, trank wieder, und als er sich umdrehte, hatten seine entzündeten Augen einen aggressiven Ausdruck. Er fixierte sie schweigend. Angelica hatte den Verdacht, er wüßte genau, was sie von ihm wollte.

»Hast du meinen Besuch erwartet?«

»Wieso sollte ich? Ich will nicht sagen, daß ich mich nicht freue, aber warum hätte ich gerade Sie erwarten sollen?«

»Wegen der Sache, die mir zugestoßen ist. Hast du das nicht in der Zeitung gelesen?«

»Gelesen hab ich's. Und außerdem reden in Florenz alle

darüber. Aber was hab ich damit zu tun, entschuldigen Sie die Frage?«

»Erinnerst du dich an Scalistri?«

»Ich habe gehört, daß sie einen gewissen Scalistri umgebracht haben. Aber woran sollte ich mich denn erinnern? Damals sind so viele Leute im Haus der Signora ein- und ausgegangen.«

»Und an diesen anderen, erinnerst du dich an den? An deinen Freund, der auf dem Land wohnte?«

Mario kippte eine weitere Tasse Brandy hinunter und schüttelte dann kichernd den Kopf. »Ich habe keine Freunde auf dem Land. Ich bin immer schon ein Stadtmensch gewesen.«

»Warum hat dich die Großmutter denn entlassen, Mario?«

»Warum die Großmutter mich entlassen hat …?«

»Genau,warum? Außerdem mit einer so lächerlichen Abfindung.«

»Es war hart da drin, was?« Mario grinste und schwankte ein wenig. »Möchten Sie eine Kleinigkeit, um sich wieder aufzurichten?« Er legte Daumen und Zeigefinger unter ein Nasenloch und zog hoch. »Wenn Sie wollen, kann ich Ihnen was besorgen. Einmal sniffen, und die Welt sieht wieder rosig aus.«

»Nein.«

»Und was genau wollen Sie von mir? Wissen Sie eigentlich, wieviel Zeit seitdem vergangen ist? Ich bin seit sieben Jahren pensioniert: wie soll ich mich da an einen Tritt in den Arsch vor vierzig Jahren erinnern?«

Mario saß mit dem Rücken an der gegenüberliegenden Wand, doch sie berührten sich fast. Er streckte die Hand aus und legte sie auf Angelicas Knie. Er beugte sich vor, so daß Angelica den starken Alkoholgeruch aus seinem Mund wahrnahm.

»Es gibt Dinge, die sollte man lieber nicht wieder ausgraben.«

Angelica fuhr zurück und lehnte sich starr gegen die Wand.

»Wer war dieser Mensch auf dem Land, Mario? Wohin hast du mich damals gebracht?«

»Wohin ich Sie gebracht habe? … Aber was haben Sie bloß? Bei dem Pech, das Sie haben, wollen Sie ihre Zeit jetzt auch noch mit Erinnerungen verlieren? Was wollen Sie denn eigentlich genau von mir?«

»Wohin hast du mich gebracht? Die Tanzstunden bei deiner Freundin, der Maestra, kannst du dich nicht erinnern? Wer waren diese Herren, die damals kamen, um mich zu sehen? Abgesehen von diesem Schwein von Scalistri, an den erinnere ich mich: nein, die anderen. Und dieser Freund von dir, der auf dem Land wohnte, wer war das?«

»Es gefällt mir überhaupt nicht, wie Sie mit mir reden, wissen Sie das? Ihr Tonfall gefällt mir nicht. Es sei denn … Du hast Lust, einen Sprung in die Vergangenheit zu machen, eh, Angelica? Ist es das, was dich kitzelt?«

Mario hatte schon die roten Augen eines Betrunkenen. Er legte die Hand wieder auf Angelicas Knie und ließ sie aufwärts gleiten, wobei er den Rock um ein paar Zentimeter anhob. »Du hast dich ja nicht sehr verändert, weißt du das?«

»Nehmen Sie die Hand weg, Bicchi!«

»Wir haben uns geduzt, erinnerst du dich nicht mehr?« Mario ließ die Hand liegen und trommelte mit den Fingern. »Ich habe ein bißchen Schulschiff für dich gespielt, ja und? Und jetzt kommst du, vierzig Jahre später, und beklagst dich? Es hat dir doch auch gefallen, die Künstlerin zu spielen. Es hat dir doch unglaublich gefallen, die Idioten sabbern zu sehen, mir kannst du doch nichts vormachen.«

Angelica schlug ihn so heftig auf den Mund, wie sie konnte. Mario bedeckte sein Kinn mit der Hand und saugte an der Unterlippe. Der schwarze Hund erschien in der Küchentür. Seine Haare standen auf dem Hals in einem komisch wirkenden Kamm zu Berge, er fletschte seine gelben

Zähne und knurrte. Angelica machte eine Geste mit dem Fuß, als ob sie ihm einen Tritt versetzen wollte, woraufhin er sich winselnd und weiter knurrend wieder unter das kleine Sofa flüchtete.

»Es ist nicht zu fassen, es ist wirklich nicht zu fassen«, grummelte Mario und wusch sich den Mund im Spülbecken ab. »Da kommt sie aus heiterem Himmel in meine Wohnung und fängt an, um sich zu schlagen. Sind Sie verrückt geworden, Signorina? Hat das Institut vielleicht einen Schaden in Ihrem Kopf angerichtet?«

»Du hast ja keine Ahnung, in was für Schwierigkeiten sie dich bringen werden.« Angelica versuchte zu bluffen und setzte die härteste Miene auf, die ihr zu Gebote stand. »Draußen stehen zwei Polizisten, die mir gefolgt sind. Ich lasse sie jetzt heraufkommen. Und dann sehen wir ja, ob du ihnen sagst, wer dieser Typ auf dem Land war.« Angelica stand auf und strich sich mit der Hand über die Stelle ihres Rocks, an der Marios Hand gelegen hatte. »Ich geh sie jetzt holen. Die sollten sich hier drinnen sowieso mal ein bißchen umsehen. Wollen wir wetten, daß sie das Zeug finden, das du mir eben angeboten hast?«

Mario verstellte ihr den Weg und blockierte die Tür. »Du hast die Krätze, Angelica. Das war immer schon so, auch früher. Dein Großmütterchen wollte mich in den Knast schicken, wußtest du das? Und was hatte ich getan? Ich hatte dafür gesorgt, daß du dich ein bißchen amüsiertest.«

»Den hattest du verdient, den Knast, und wie. Doch das läßt sich ja noch nachholen. Spät, aber es läßt sich nachholen.«

»Was willst du wissen?«

»Wer ist dieser Freund von dir, und wo wohnt er, der damals auf dem Land gelebt hat?«

»Was willst du mit der Information?«

»Das geht dich nichts an. Ich will mit ihm reden.«

»Wie soll ich mich denn daran noch erinnern? Ganz abgesehen davon, daß er bestimmt schon seit geraumer Zeit tot ist.«

»Es stimmt nicht, daß er tot ist.«

»Was hast du davon, wenn du gewisse Dinge wieder ausgräbst?«

»Laß mich bloß nicht hier raus, Mario, bevor du mir nicht gesagt hast, was ich wissen will.« Angelica stand auf und ging einen Schritt auf die Tür zu. »Es wäre besser für dich.«

»Du willst mit ihm reden? Du willst zu ihm hinfahren, ist es das, was du willst?«

»Ja.«

»Gut, du sollst deinen Willen haben. Mir kann es doch egal sein. Du hättest auch gleich sagen können, daß du bloß eine Information haben wolltest. Doch halt mich da raus. Sprich mit keinem drüber. Daß dir bloß nicht in den Sinn kommt, es ihm zu erzählen. Mach mir bitte keine weiteren Schwierigkeiten. Und halt mir die Polizei vom Leib, gegen die bin ich allergisch. Ich weiß nicht, ob es gut für dich ist, mit diesem Typen zu reden. So über den Daumen gepeilt, scheinst du mir schon allerhand Probleme zu haben. Ich hätte dir aber auf jeden Fall geholfen, auch ohne daß du in meine Wohnung kommst und dich so aufspielst. Als ich gelesen habe, daß man dich verhaftet hat, hatte ich schon die Absicht, mich zu melden.«

»Das glaube ich nicht.«

»Da machst du einen Fehler. Ich weiß viel über dieses berühmte Gemälde. Interessiert dich das nicht? Ich sage dir alles, ohne Spekulationen, und ich gebe mich mit wenig zufrieden.«

»Ich will nur die Adresse. Und verlang nichts von mir, denn ich gebe dir nichts.«

»Wenn ich dir die Adresse gebe, darfst du aber nicht allein dahinfahren. Nicht, daß ich es hinterher bereue. Ich möchte dir keinen schlechten Dienst erwiesen haben, und das auch noch gratis.«

24
Museum

Mit einer gereizten Geste riß das Mädchen dem letzten Besucher des Tages die Eintrittskarte ab. Sie kannte diesen Mann, der in den letzten zwei Monaten schon ungefähr zehn Mal gekommen war, fast jede Woche. Und jedesmal so kurz vor dem Ende der Einlaßzeit, daß sie stets gezwungen gewesen war, später zu schließen. Sie mußte ihn auch immer mehrmals rufen, bevor er sich endlich entschließen konnte zu gehen.

»Diese Zeichnungen sind nicht mehr da«, sagte das Mädchen und sah ihn ein wenig angeekelt an, als sei er Kunde eines Pornoshops.

»Welche Zeichnungen?«

»Die Zeichnungen von Füssli. Ich habe gesehen, wie Sie immer ganz entzückt davorstanden.«

»Mich entzückt nichts. Ich sehe mir an, was ich will.«

»Auf jeden Fall schließen wir gleich.«

»Das Museum schließt um 19 Uhr. So steht es auf dem Schild am Tor.«

»Genau. In einer halben Stunde.«

Der Besucher betrat den Saal im Erdgeschoß, in dem sich Dokumente und Zeichnungen befanden. Er war sehr klein, fast ein Zwerg, es gelang ihm gerade noch, in die verglasten Schaukästen zu schielen. Und auch dazu mußte er schon den Hals recken.

»Ich habe Ihnen doch gesagt, sie sind nicht mehr da. Sie wurden ins Kupferstichkabinett der Uffizien überführt.«

»Lügnerin«, der Besucher stellte sich auf die Zehenspitzen und deutete mit einem Finger auf das Glas. »Eine ist noch da.« Dann machte er sich hastig auf den Weg zur Treppe. Er bewegte sich mit einer gewissen Elastizität, obwohl er schon ziemlich alt war. Das Mädchen lief seufzend hinter ihm her, eine so seltsame Person sollte man besser nicht allein lassen.

In den Räumen des ersten Stocks warf der Besucher einen flüchtigen Blick auf die kleinen Holztafeln von Masaccio und Simone Martini, dann hielt er sich ein paar Minuten mit erhobener Nase vor dem heiligen Stefan von Giotto auf, wobei er kurz den Kopf neigte, als grüße er jemanden. Fast im Laufschritt nahm er die Stufen zum zweiten Stock und ging schnurstracks in die Mitte des Saales, wo auf einer großen Kredenz ein »desco da parto«* ausgestellt war. Er blieb wenige Zentimeter davor stehen, die Hände auf dem Rücken verschränkt. Das Mädchen erschrak, als er noch einen Schritt vortrat, so weit, daß er die Tafel fast berührte und den Alarm auslöste.

»Er wußte es dieser Künstler er wußte alles über Feen und auch der Ehemann mußte es wissen der der Gebärenden dieses Geschenk gemacht hat aber was heißt hier Geschenk eine Warnung eine Beschwörung ein Festnageln die wußten damals wie man das macht was für eine Idee eine Gebärtafel mit einer Szene des Jüngsten Gerichts daraufgemalt mit den Teufeln die die Verdammten in die Hölle zerren so muß man das machen sieh nur dieser Teufel wie er sich die Hure krallt um sie in den pechschwarzen Graben zu werfen die Todsünden sind alle durch Frauen dargestellt der Stolz ist eine Frau der Geiz ist eine Frau die Freßsucht ist eine Frau die Trägheit ist eine Frau der Zorn ist eine Frau die Wollust ist eine Frau der Neid ist eine Frau es sind alles weibliche Begriffe** denk nur an diese Hure

* (ital.) Gebärtafel. Ein bemaltes Tablett für Speisen und Tücher, das der Gebärenden geschenkt wurde.

** im Italienischen.

wenn sie die Wehen hat und sie bringen ihr auf diesem Tablett die Handtücher und die Laken um sie von dem faulen Zeug zu reinigen das ihr zwischen den Beinen runtertropft und wenn die Tafel leer ist sieht sie dieses Bild und ihr wird klar daß die Verdammte die der Teufel mit seiner Hakenkralle an einer Brust gepackt hält ihr ähnlich sieht der Ehemann hat den Maler darum gebeten daß sie sich wiedererkennen möge sei vorsichtig Hure sei vorsichtig Hure das ist das Ende das dir blüht die wußten damals schon wie man sie behandeln muß nicht dieser ganze süßliche Kram über die Geburt und die Mutterschaft und die Mutterliebe und dieser ganze Scheiß von heute und die schmerzlose Geburt sie sah sich schon verdammt während sie noch in den Wehen lag und nach Luft schnappte bravo der liebende Ehemann und bravo der Maler das müssen Leute aus meiner Gegend gewesen sein Leute vom Land gesunde Leute wir sind hier am Ende des vierzehnten Jahrhunderts nach der Pest die mit all dem Geziere aufgeräumt hat als wir Bauern in diese Stadt herunterkamen und uns die Sachen holten von den Leuten die an der Pest gestorben waren auch heute bräuchten wir eine anständige Reinigung der Kamm würde ihnen abschwellen sie würden sich wieder im Spiegel betrachten wie auf dieser Tafel sie würden aufhören ihren Sieg zu feiern das wird das nächste sein was ich machen werde wenn ich den Alptraum hinter mir habe eine Gebärtafel vom Ende des vierzehnten Jahrhunderts ich müßte die Zusammensetzung des Lacks auf dem Holz studieren es sieht aus wie chinesischer Lack und auch der geschnitzte Fries könnte orientalisch sein …«

Wieder schrillte die Alarmklingel. Das Mädchen, das neben der Tür gestanden hatte, trat einen Schritt vor.

»Seien Sie vorsichtig. Gehen Sie nicht zu nah ran. Hören Sie nicht, daß Sie den Alarm auslösen?«

»Leck mich am Arsch. Mußt du mir immer auf die Pelle

rücken? Ich komme hierher, weil hier nicht diese Touristenhorden einfallen, und statt dessen ist diese verdammte Kuh wie eine läufige Hündin hinter mir her …« Der Mann murmelte leise vor sich hin, aber das Mädchen hatte die Beleidigung gehört.

»Was haben Sie gesagt? Entschuldigung, was haben Sie gesagt?« Das Mädchen blickte sich besorgt um. Zu dieser Uhrzeit war das kleine Museum Horne menschenleer, durch die großen Fenster mit den dicken, bleiverglasten Scheiben schien nur schwach ein rötliches Licht und schuf einen Regenbogeneffekt. Sie hatte strikten Auftrag, die elektrische Anlage nicht einzuschalten. Die Verwaltung des privaten Museums wollte sparen. Aber das Mädchen war alarmiert, sie überwachte jede Geste des Besuchers. Sie war als einzige für acht Räume zuständig, es wäre diesem affengleichen Männchen mit dem bösen, flackernden Blick nicht schwergefallen, ein kleines Bild oder einen Gegenstand aus Keramik unter das Hemd zu stecken. Sie folgte ihm, während er eilig die Treppen hinunterlief und in den Saal mit den Zeichnungen im Erdgeschoß zurückkehrte.

»Das haben sie absichtlich gemacht daß sie die erotischen Zeichnungen von Füssli verlagert haben sie haben ihre Hände überall drin diese Verdammten hier ist der Untergrund heller hier war die Zeichnung von dem Mann der von zwei Peinigerinnen mißhandelt wird sie haben nur die andere dagelassen sie müssen sie vergessen haben das ist es was ich brauche das ist keine Zeichnung das ist eine Vergewaltigung Füssli hat die Hure aus dem Bordell nicht gezeichnet es sieht so aus als vögle er sie nachdem er sie gezähmt hat die Frisur auf dem Kopf sagt schon alles es gibt geheime Zeichen er hat ihr diese Frisur aufgezwungen um sie damit auf den Boden zu nageln bevor er angefangen hat zu zeichnen da ist die Verzierung des Diamantsteins ich muß mir eine Skizze davon machen …«

Der Mann zog einen Zeichenblock und einen Bleistift aus der Tasche, stützte sich auf die Scheibe des Schaukastens und begann zu zeichnen. Das Mädchen sah auf die Uhr, es war kurz vor sieben.

»Was machen Sie da? Sie dürfen sich da nicht drauflehnen, treten Sie bitte zurück!«

Der Mann stand auf Zehenspitzen, und er zeichnete mit einer solchen Hast, daß er am ganzen Leib zitterte. Das Mädchen stöhnte. Diese verdammte Knickerigkeit der Verwalter, wie sollte sie sich denn ganz allein um alles kümmern? Und wenn dann etwas verschwand oder beschädigt wurde, war es ihre Schuld. Vielleicht wäre es besser, jemanden anzurufen. Heute benahm sich dieser Typ wirklich zu seltsam. Das Mädchen ging auf den Mann zu, streckte den Arm aus und deutete auf ihre Uhr. Sie hielt sie ihm unter die Nase und klopfte mit dem Zeigefinger darauf. »Ich muß schließen. Wollen Sie das endlich begreifen, ja oder nein? Und außerdem ist es verboten, Reproduktionen von den ausgestellten Werken anzufertigen.«

Es war nicht zu erkennen, ob der Mann etwas gehört hatte. Er arbeitete eilig weiter an seiner Skizze.

»Ich spreche mit Ihnen. Sind Sie taub? Ich muß schließen.«

Plötzlich griff der Mann sie an. Das Mädchen war groß und hatte ein langes, knochiges Gesicht; er hieb ihr mit einem Schlag, der ihr den Atem nahm, seinen Kopf in den Magen, klammerte sich dann mit seinen Armen an ihre Hüften, und seine in ihr Hinterteil verkrallten Hände hoben sie vom Boden auf. So aneinandergepreßt sahen sie aus wie ein Gobelin, den ein Windstoß erfaßt hat – der Faun, der die Nymphe ergreift. Er trug sie in die Portiersloge. Dabei stieß sie mit ihrem Rücken gegen den Türpfosten. Die Schachtel mit den Postkarten fiel herunter, die Karten wurden über den ganzen Boden verstreut. Der Mann warf sie auf den Stuhl hinter dem Tisch, an dem die

Eintrittskarten ausgegeben wurden, und dem Mädchen fiel der Unterkiefer auf die Brust.

Während sie, mit den Beinen auf dem Tisch, in dieser halb ausgestreckten Position dalag, beobachtete sie, wie der Mann in den Taschen seiner weiten Leinenhose wühlte, die seine kurzen Beine wie eine Tunika umspielte. Dann ließ die Vorsehung den Stuhl umkippen, aber im Fallen sah sie noch, wie er mit der Rechten einen dunklen Stein in die Luft hob. Der Kopf des Mädchens verschwand hinter der Schreibtischkante und war für ihn außer Reichweite. Der Mann stieß einen Fluch aus, dann verschlang ihn das rosige Licht des Eingangsportals, das auf die Straße führte.

Die Gesichtszüge des Mädchens waren durch den Schrekken ganz verzerrt, sie weinte, und ihr Kinn wurde noch länger, wie bei einer griechischen Maske, als sie am Telefon sagte: »Hier war ein Verrückter. Ich bin die Aufsicht im Museum Horne … Ein Verrückter war hier und hat mich angegriffen …«

25
Campagna in der Nacht

Der Mann mit der roten Jacke händigte Angelica die Schlüssel eines sandfarbenen Fiat aus.

Nach Hause zurückgekehrt, warf sich Angelica angezogen auf ihr Bett und versuchte zu schlafen. Doch war sie so aufgeregt und ungeduldig, daß sie statt vom Schlaf von einer unbändigen Erregung ergriffen wurde. Sie konnte nicht bis zum nächsten Tag untätig bleiben, der Gedanke an die Nachtstunden, die vor ihr lagen, und an ihre nutzlosen Versuche, einzuschlafen, machten ihr angst. So beschloß sie, etwas zu unternehmen. Sie würde dort hinfahren, den Ort ausfindig zu machen, dann würde sie sich in der Gegend kurz ausruhen, in einem Hotel in Borgo San Lorenzo, und früh am Morgen wieder nach Hause fahren. Nicht allein. Sie würde Avvocato Scalzi benachrichtigen, es war unklug, ohne sein Wissen zu handeln. Sie würde ihn anrufen, um einen Zeitpunkt mit ihm zu verabreden, zu dem sie sich gemeinsam mit diesem Mann treffen konnten. Doch zuvor mußte sie das Haus allein sehen und sich davon überzeugen, daß all das, was ihr in diesen Stunden wieder ins Gedächtnis zurückkehrte, keine Phantasie war. Die Erinnerung begann bei einem niedrigen, schmalen Steinhaus, das hinter einer Scheune lag, eins nach dem anderen waren die Gebäude plötzlich aufgetaucht, während Mario mit dem Dilambda manövrierte. Angelica wußte, eine Zelle in ihrem Gehirn war auf unveränderliche Weise davon geprägt: ein Blick würde reichen, um die fehlenden Erinnerungsstücke hinzuzufügen.

Auf der Faentina angekommen, wurde der Verkehr schon spärlicher. Hinter den Hügeln von Fiesole begann das Mugello. Ein abgeschiedenes Land, das sich auch von der etruskischen Helligkeit der Gegend um Fiesole abhob. Es war spät, fast schon elf Uhr, die Straße, die selbst in Neumondnächten immer dunkel war, führte durch schlecht beleuchtete Dörfer. Der Lichtschein der Straßenlaternen wurde von der Dunkelheit des umgebenden Landes augenblicklich verschluckt.

Sie fuhr keine fünfzig, ihre Gedanken waren dabei, ins Zentrum der quälenden Erinnerung vorzustoßen, die sich bis jetzt noch an der Grenze zwischen Traum und Wirklichkeit befand.

Mario trug eine amerikanische Uniform, die viel zu weit war für seine siebzehn Jahre und seinen im Krieg abgemagerten Körper. Wie der Blitz fuhr er mit einem bis oben vollgeladenen Jeep durch das Tor im Borgo de' Greci. Er kam meist nachts, der Portier hatte Weisung, ihm jederzeit zu öffnen. Sie stand im Nachthemd auf, stieg auf einen Stuhl, um in den Hof zu sehen, während die Dienerinnen und Diener des Hauses Degli Alberetti das Füllhorn dieses Engels des Überflusses leerten: Dosen mit Fleisch, Schokolade, Bonbons, Mehl, Öl, Whiskyflaschen, zylindrische Metalldosen mit Lucky-Strike-Zigaretten. Mario lehnte an der Motorhaube des Jeep, rauchte und grüßte zu ihrem Fenster hinauf. Später dann Mario elegant in Chauffeursuniform, er zog die Mütze mit dem glänzenden Schirm vom Kopf, ehrerbietig und wohlerzogen der Großmutter gegenüber, doch wenn er mit Angelica allein war, benahm er sich rotzig und kumpelhaft, brachte ihr Schimpfworte und das Zigarettenrauchen bei.

Die Stadt war voller Trümmer, die elektrischen Straßenbahnen ratterten über die Schienen, mit Trauben von Menschen, die noch auf den Stufen hingen. Holzbrücken führten über den Arno, Frauen standen vor dem Brunnen auf der Piazza Santa Croce nach Wasser an, unter Dantes grimmigem Blick.

Dann die Sommerabende auf den dunklen Alleen, die nur von Glühwürmchen erleuchtet wurden, und der Duft der Linden, der einen ganz schwindlig machte. Mario drehte mit quietschenden Reifen eine Runde um einen Park im Zentrum. Er erzählte ihr seltsame und aufregende Geschichten. Wie war es möglich, daß sie um diese Uhrzeit noch unterwegs waren? Wie hatte die Nonna das erlauben können? Die Nonna war nicht da, sie war auf Geschäftsreise in Amerika. Und das Personal war unterwegs, die Jungen waren tanzen, die Älteren schliefen. Sie hatten den glänzenden Dilambda ganz für sich, und auch die leeren Straßen von Florenz. Eine Patrouille in einem Jeep der »Military Police« überholte sie mit halsbrecherischer Geschwindigkeit, die weißen Helme der Soldaten glänzten im Scheinwerferlicht. »Die von Okinawa«, sagte Mario und sang leise die Melodie der Marines: »Tattatà ta-ta-ta-tatta-ta-tata-ta-tatta-ta!«

In einer mondbeschienenen Allee des Parks, der durch den Krieg ganz zerstört war – voll von Gestrüpp, Erdhügeln und Bombenkratern –, machte Mario sie mit der Bande seiner Freunde und Freundinnen bekannt, die alle älter waren als sie. Mario und seine Freunde und Freundinnen spielten, in den Büschen versteckt, geheimnisvolle Spiele. Sie ließen sie allein, sie hörte das Flüstern und Rufen von einem Busch zum nächsten. Plötzlich setzte sich Mario ganz außer Atem und von wer weiß woher kommend neben sie auf die Bank: »Komm näher zu mir, kleine Angelica.«

Die Lichter des Fiat beleuchteten eine dunkelgrüne Landschaft. Wenige Olivenbäume, die bei dem großen Frost im letzten Winter nicht erfroren waren, standen in Mulden, wo sie vor dem Nordwind geschützt waren. Mauern und

Häuser aus Stein: Es hieß, die Steine wüchsen im Mugello wie sterile Pflanzen immer wieder neu aus dem Boden. Angelica stimmte diese Gegend stets traurig. Die Landschaft ihrer Kindheit war das Chiantigebiet, wo das Anwesen von Großmutter Piccarda lag. Auch dort steinige Hügel, aber aus Galestro, jenem weichen, hellen Gestein, das die Nässe von den Weinstöcken fernhält. Das Chiantigebiet war eine südliche Landschaft. Das Mugello mit seinen Bergen und den dunklen Nadelbäumen, mit dem Schnee im Winter und den Geschichten von den Räubern aus der Romagna, die zur Zeit des Granduca über das Grenzgebirge kamen, strahlte eine nördliche Atmosphäre aus. Und auch in dieser jüngsten Geschichte, die sich gerade erst ereignete und die dorniger und verwickelter war als alle anderen in ihrem chaotischen Leben, sollte das Mugello eine Rolle spielen. Jetzt half es ihr, das verletzte, zerstörte kleine Mädchen wieder auszugraben, das ebenso wirklich war wie das andere, reiche und glückliche, eine Fiktion.

Mario hatte ihr eine Signora vorgestellt, die in einer kleinen Villa wohnte. Auch die Villa (»Fahren wir zur kleinen Villa?« fragte Mario, wenn sie Schuleschwänzen planten) erreichte man über diese Straße. Sie müßte schon dran vorbei sein, denn sie lag sehr nah bei der Stadt.

»Ein schönes Kind, die Kleine«, sagte die Signora und betrachtete sie mit halbgeschlossenen Augen. »Ein Ghirlandaio, ein Pollaiuolo, ein Cherubim des Beato Angelico.« Abends gab sie Tanzstunden. Wenn die Großmutter nicht da war, fuhren sie auch abends zu ihr. Die Maestra – so mußte man diese Dame nennen – zog sie dann eigenhändig an, kleidete sie wie die Salome im Fresko von Filippo Lippi im Dom zu Prato. Und wie auf dem Fresko gab es auch hier einige Herren, die im Dunkeln standen und sie beobachteten, während allein sie beleuchtet war und auf einem großen Tisch tanzte.

»Du hast Stil, du hast Stil«, hörte sie die Stimme der Signora sagen. »Doch hör nicht auf, mach alles, was du willst, mach dich frei.« Aus dem Dunkeln schoß hin und wieder ein Blitzlicht. Man gab ihr zu trinken, ihr wurde ganz schwindlig. Meistens waren es nur zwei, drei Herren, oder ein Herr und eine Dame, abgesehen von Mario und der »Maestra«. An manchen Abenden bestand der eine oder andere Herr darauf, ihr persönlich das Gewand der Salome anzuziehen. Mitunter schliefen sie auch in der kleinen Villa, selbst Mario. Bleierner Schlaf. Eines Abends hatte Angelica Scalistri bemerkt und furchtbare Angst bekommen, er würde der Großmutter davon erzählen. Aber Scalistri hatte geschwiegen.

Ein rotes Haus, eine ansteigende Kurve, hinter der Kurve die Abzweigung und eine unbefestigte Straße, die zum Kastell von Trebbio führte: so hatte Mario ihr den Weg beschrieben. Als die Scheinwerfer das Backsteinhaus beleuchteten, fuhr Angelica langsamer. Vor dem Hinweisschild nach Trebbio hielt sie an und bog in die kleine Straße ein. Der Weg zog sich den Hügel hinan und verschwand im dichten Gebüsch eines kleinen Wäldchens. Die Scheinwerfer beleuchteten einige Meter weit Zypressen und Brombeergestrüpp. Sie hatte den Ort also gefunden, jetzt war es vernünftiger, die wenigen Kilometer bis nach Borgo San Lorenzo weiterzufahren und im Hotel den morgigen Tag abzuwarten. Doch wieder erfaßte sie beim Gedanken an ein Bett und an den Schlaf, den sie nicht finden würde, große Unruhe. Sie machte kehrt und fuhr den Waldweg voller Schlaglöcher hoch. Sie war bereits seit zehn Minuten im Schrittempo gefahren und noch immer nicht auf ein Wohnhaus gestoßen. Sie nahm den Fuß vom Gaspedal. Ein Gedanke ließ sie plötzlich erstarren und holte sie in die Wirklichkeit zurück: Der Richter hatte ihr auferlegt, sich nicht aus dem Stadtgebiet zu entfernen, und nun befand sie sich schon weit außerhalb. Auch Scalzi hatte ihr nahegelegt, die Stadt auf gar keinen Fall zu verlassen. Wenn sie in eine Polizeikontrolle geraten würde, wäre die Fluchtgefahr, die Scalzi als eine unbewiesene Vermutung bezeichnet hatte, bewiesen, und die Tore von Sollicciano würden sich erneut für sie öffnen.

Es war kein Platz zum Wenden. Die Straße verlief längs des Hügels, auf der einen Seite der Hang, auf der anderen der Abgrund. Ihr Wagen kam nur mit Mühe voran. Von unten hörte sie Motorengeräusch auf dem Weg nach oben, im Rückspiegel sah sie entfernt ein Aufleuchten. Ein Auto kam mit ziemlicher Geschwindigkeit den Berg herauf. Sie gab Gas, hinter einer Kurve sah sie sich einem Platz gegenüber, der an seinem hinteren Ende von einer halbverfallenen Scheune abgeschlossen wurde. Angelica wendete den Wagen und stellte sich mit der Front in die Richtung, aus der sie gekommen war, die Straße hatte sie freigemacht. Dann drosselte sie den Motor, um das andere Gefährt beim Näherkommen besser hören zu können. Es war die einzige Stelle, an der zwei Autos aneinander vorbeikonnten, es war also sinnvoll, hier zu warten. Der Abhang lag jetzt zu ihrer Linken, unter ihm sah man in einer Entfernung von fünfhundert Metern Luftlinie einen Abschnitt der Straße. Auf dem hellen Boden dieses Abschnitts erkannte man, deutlich wie einen ausgestreckten Finger, den langen Schatten einer Zypresse, der kürzer zu werden begann und sich dem Hügel zuwandte. Dann tauchten die Scheinwerfer auf, die sie einen Augenblick lang blendeten, um schließlich hinter Büschen wieder zu verschwinden. Ein Lichtkegel fuhr über ihre Wipfel wie ein Heiligenschein, dann tauchte der alte Volkswagen mit der zweigeteilten Windschutzscheibe vor ihr auf. Angelica erkannte ihn wieder, es war jener Lieferwagen, der ihr an dem Tag, an dem sie Scalistri besuchte, das Manövrieren mit dem Mercedes so erschwert hatte. Ein Schrei entfuhr ihr, über den sie so sehr erschrak, als habe nicht sie selbst, sondern ein anderer geschrien.

Sie machte die Wagenlichter aus und stellte gleichzeitig den Motor wieder an. Sie hatte das Gefühl, in einer Falle zu sitzen. Rechts von ihr führte ein Weg in den Wald. Von Panik ergriffen, fuhr Angelica darauf zu. Der Fiat bewegte sich hüpfend vorwärts, zu seinen Seiten knackte das Unterholz, das immer dichter wurde, je weiter sie vordrang. Ein letzter Satz, und der Motor ging aus. Sie drehte den Schlüssel im Anlasser herum, vergaß aber, den Leerlauf einzulegen. Das Auto tat einen kurzen Sprung nach vorn, und der Motor ging erneut aus. Angelica wandte sich um, die tiefhängenden Zweige einer kleinen Kastanie bildeten einen Vorhang zwischen ihr und dem Platz, der jetzt erleuchtet war, ein heller Schein hinter smaragdgrünen Blättern. Vor ihrem Wagen lag der nun ebenfalls hell beschienene Weg, der immer schmaler wurde und von Felsbrocken bedeckt war, es war eigentlich gar kein Weg, sondern das Bett eines ausgetrockneten Flusses. Wütend versuchte sie noch einmal, den Motor anzulassen, erinnerte sich plötzlich, daß sie vergessen hatte, die Handbremse zu lösen, der Wagen ruckte nach hinten, ein Knall, sie mußte gegen einen Felsen gefahren sein. Dunkelheit. Die weißen Steine des Flußbetts, die eben noch angestrahlt gewesen waren, waren plötzlich verschwunden. Sie hatte nicht den Mut, sich umzudrehen oder die Lichter einzuschalten, sie ließ sich von der Dunkelheit und der Stille einhüllen, die nur vom Rascheln der Blätter unterbrochen wurde. Ein ersticktes Geräusch hinter ihr, jemand hatte eine Wagentür zugeschlagen. Angelica schloß vorsichtig erst die eine, dann die andere Fensterscheibe, zwang sich zur Ruhe. » …Mein Gott, was mache ich bloß hier, gefangen in einem Wald mitten im Mugello …«

Ihre Augen begannen sich an die Dunkelheit zu gewöhnen, sie sah den schwarzen Schatten der Blätter sich vor der Windschutzscheibe bewegen. Platsch! Ein großes Insekt flog auf die Scheibe und wurde durch den Aufprall zerquetscht, eine riesige Spinne, riesig wie eine Schneeflocke unter dem Mikroskop, hob sich weiß vor dem Schwarz der Blätter ab. Ein Hagelschauer traf ihr Gesicht. Eisstückchen verfingen sich in ihren Haaren, fielen prasselnd auf das Plastik des Armaturenbretts. Angelica beugte sich über das Lenkrad, um ihr Gesicht zu schützen. Ein Schlag in den Nacken, eine Ohrfeige. Angelica, böses Mädchen, liederlich und verdorben, die hattest du verdient. Endlich hatte sich jemand entschlossen, sie zu bestrafen. Es war, als würde ihr jemand einen Eimer eiskaltes Wasser in den Nacken gießen. Eis und dann Feuer. Ein Blitz vor den Augen. Dunkelheit.

26
Unter vier Augen

Das mit schwarzen Buchstaben bedruckte Flugblatt war von dem gleichen Himmelblau wie der Mantel der Madonna und sah so gottgefällig aus wie eine Bekanntmachung der Pfarrei. Fünfhundert Exemplare hatten sie davon gedruckt und sie nachts unter die Scheibenwischer der Autos gesteckt, die auf den Straßen des Dorfes Ceccagno in der Provinz Lucca geparkt waren.

Der Text lautete:

»An die Bevölkerung von Ceccagno. Gegenstand: Unkeuschheit des Pfarrers. Nachdem wir von der Unkeuschheit des Pfarrers von Ceccagno, Don Saverio Arrighi, erfahren haben und von den Fleischessünden, die er mit der Dalila aus Fegli begangen hat, fordern wir euch auf, beim Erzbischof dagegen zu protestieren. Eine Gruppe empörter Gemeindemitglieder.«

Der Rechtsstreit hatte sich durch einen Fall von Namensgleichheit ergeben. Ein gewisser Saverio Arrighi, ein junger Mann ohne irgendwelche religiöse Überzeugungen, hatte von einer Dalila aus dem Dorf Fegli einen Anruf erhalten, in dem sie ihn in drängendem Ton (»Wir haben uns schon zwei Wochen nicht gesehen, Savy!«) um eine Zusammenkunft bat. (»Was heißt hier: wo? Am gewohnten Ort, Savy, hast du das denn vergessen?«) Der junge Mann hatte das Mißverständnis zunächst genossen, bis die weibliche Stimme schließlich fragte: »Aber mit wem spreche ich denn da? Bist du nicht der Pfarrer von Ceccagno?« Und da der überraschte, ungläubige Saverio daraufhin schwieg, hatte Dalila das Gespräch Hals über Kopf abgebrochen. Dann aber hatte Saverio in der Bar von Ceccagno seinen Gefährten und Gegnern im Kartenspiel davon erzählt. Es waren Nachforschungen angestellt worden, und man stellte fest, daß nicht nur der Name, sondern bis auf eine Ziffer auch die Telefonnummern der beiden Arrighi übereinstimmten, was den Irrtum möglich gemacht hatte. Daraufhin hatte sich eine Gruppe zusammengefunden, die den Text zu Papier brachte, eine geheime Druckerei fand und den Stoßtrupp zur Verbreitung des Flugblatts stellte. Doch ein treues Gemeindemitglied, das Scherze auf Kosten des Pfarrers nicht zu schätzen wußte, hatte sich die Nummer eines Wagens, der an dieser Expedition teilnahm, notiert. Auf die Klage des Priesters hin wurde ein Prozeß wegen übler Nachrede angestrengt. Die Verhandlung sollte in fünf Tagen vor dem Gericht von Lucca stattfinden.

Scalzi hatte die Verteidigung diesen einen Teilnehmers an der Aktion übernommen und löste die Spannung der vorausgegangenen Tage bei dem Gedanken an den lockeren Ton, in dem er sein Plädoyer zu halten gedachte. War der Pfarrer ein Staatsdiener? Wenn das der Fall war, war der Beschuldigte befugt, die Wahrhaftigkeit des Umstands nachzuweisen. Sollte ihm das gelingen, würde er freigesprochen werden. Man mußte also besagte Dalila aus Fegli finden und sie auf die Zeugenbank bringen. Er würde sie im amerikanischen Stil verhören: »Signora, frequentieren Sie die Pfarrei von Ceccagno?« Scalzi dachte amüsiert an die respektlosen Traditionen gewisser Gegenden der Toskana – Ceccagno war ein Dorf an den Hängen der Apuaner Alpen, das von Marmorarbeitern bewohnt wurde, die fast ausnahmslos Anarchisten waren –, und er stellte gerade ein paar juristische Nachforschungen an, als das Telefon klingelte.

Es geschah nicht oft, daß ein Richter einen Anwalt anrief,

und es verstieß vor allem gänzlich gegen die Regeln, daß er ihn zu sich bestellte, um mit ihm privat über einen noch laufenden Prozeß zu reden. Scalzi war überrascht und verlegen.

»Ich würde ja zu Ihnen kommen, Avvocato«, sagte Richter Lembi, »doch Ihre Praxis liegt zu nah beim Gericht. Ich muß Sie vertraulich sprechen.« Es schien dringlich zu sein, der Richter konnte nicht am Telefon darüber reden. Scalzi versprach, noch am gleichen Nachmittag zu ihm in die Wohnung zu kommen. Dann rief er mehrmals bei Angelica an. Er versuchte es immer wieder, doch es meldete sich niemand.

In der Wohnung des Richters spürte man deutlich das Fehlen einer Frau. Hier herrschte eine männliche Ordnung. Es ist nicht leicht zu erklären, wodurch sich die Art einer Frau, die Dinge zu organisieren, von der eines Mannes unterscheidet. Nicht daß es schmutzig gewesen wäre, im Gegenteil, das Appartement von Lembi war sogar extrem sauber, und doch war ganz deutlich, daß diese Ordnung und Sauberkeit von einem Mann ausging, der höchstens hin und wieder mal stundenweise eine Putzhilfe kommen ließ. Das Arbeitszimmer roch nach kaltem Rauch und ähnelte der Lese- und Korrespondenzecke eines zweitklassigen Hotels; die Stühle und der einzige Sessel, die an die Wand gerückt waren, ließen zuviel Platz im Raum. Der Schreibtisch, der dazugehörige Lehnstuhl und ein englisches Regal dahinter unterstrichen in ihrer Strenge nur die Einsamkeit des Hausherrn.

Lembi empfing Scalzi ohne die geringste Liebenswürdigkeit. Er war kurz angebunden und drängte. Halb hinter seinem ergrauenden Bart versteckt, drückte sein Gesicht Ekel vor der Welt aus. Gleichwohl hatte Scalzi den Eindruck, in dem Blick, den der Richter ihm zuwarf, einen Anflug von schüchterner Sympathie zu erkennen.

»Ich weiß, daß Sie, im Gegensatz zu vielen Ihrer Kollegen, ein zurückhaltender Mensch sind«, begann der Richter, während Scalzi, um die Entfernung zu verringern, seinen Sessel von der Wand in die Nähe des Schreibtischs zog. »Wenn diese neue Prozeßordnung nur nicht alles komplizieren würde, auch unsere jeweiligen Rollen, finden Sie nicht? …« Lembi kratzte sich unschlüssig den Bart, vielleicht hatte er den Verdacht, Scalzi könnte von der neuen Strafprozeßordnung begeistert sein.

»Hm, ja«, stimmte Scalzi zu, »den Eindruck habe ich auch …«

»Sonst hätte ich mir niemals einfallen lassen, Sie hierher zu bestellen. Ich danke Ihnen, daß Sie gekommen sind. Dadurch, daß ich mit Ihnen rede, begehe ich einige schwerwiegende Regelwidrigkeiten, ich setze meine Karriere aufs Spiel, wenn es bekannt wird – habe ich mich verständlich ausgedrückt, Avvocato?«

»Wenn Sie mir vertrauen, Richter, dann fahren Sie fort. Andernfalls war es mir eine Freude, Sie gesehen zu haben …«. Scalzis Ton war auf höfliche Weise gekränkt.

»Entschuldigen Sie. Ich weiß, wie seriös Sie sind. Also: Die Signora Angelica Degli Alberetti ist auf und davon. Es war ja zu erwarten, daß man sie überwachen würde. Sie sind in ihre Wohnung gegangen, und sie war nicht da. Das war vorgestern. Sie sind seitdem mehrmals wieder hingegangen, sie ist nicht da. Sie haben sie in der ganzen Stadt gesucht: nichts. Sie ist verschwunden. Wußten Sie das?«

»Nein. Seit dem Tag, an dem sie aus dem Gefängnis entlassen wurde, habe ich nichts mehr von ihr gehört. Sie hatte mir gesagt, sie wolle ein paar Tage ausspannen und an nichts denken. Aus diesem Grund habe ich bis heute morgen, bis zu Ihrem Anruf, keinen Kontakt mehr mit ihr gehabt. Erst dann habe ich sie angerufen, aber es hat sich niemand gemeldet. Vielleicht ist sie bei einer Freundin, einem Verwandten …«

»Nein, Orlandi hat sie überall suchen lassen. Selbst in den Krankenhäusern. Die Polizei hat bestätigt, daß sie einen Wagen gemietet hat, mit dem sie sich vor zwei Tagen am späten Abend mit unbekanntem Ziel aus der Stadt entfernt hat. Bis heute wurde der Wagen nicht zurückgegeben. Ihre Mandantin hat meinen Anweisungen zuwidergehandelt: ich muß Ihnen nicht erklären, was das bedeutet. Besonders für mich ist es eine Niederlage, ich habe einen Fehler gemacht, ich hätte ihr nicht vertrauen dürfen.«

»Die Signora Degli Alberetti hat einen schweren Fehler begangen, aber das ändert doch nichts an der Unhaltbarkeit der Indizien, die gegen sie ins Feld geführt werden.«

»Im Gegenteil, es ändert eine ganze Menge daran. Sie wissen, wie ein Prozeß abläuft, ich muß Ihnen da nichts beibringen. Die Wahrheit ist nur eine entfernte Verwandte des Prozesses. Häufig sehen beide sich schief an, wie die Mitglieder mancher Familien, wenn es ums Erbe geht. Wenn Prozeß gespielt wird, ist die Position des Spielers von höchster Bedeutung. Dadurch, daß Ihre Mandantin sich davongemacht hat, hat sie sich in die schlechteste Position begeben, die der Flüchtigen. Sie ahnen schon, Avvocato, welche Maßnahme ich ergreifen mußte.«

Scalzi nickte beunruhigt.

»In der Tat. Orlandi hat einen Haftbefehl verlangt. Ich meine natürlich einen Sicherungsgewahrsam im Gefängnis, wie das heutzutage genannt wird. Und ich mußte diesen Haftbefehl ausstellen. Gerade heute morgen. Jetzt sucht man sie, um sie nach Sollicciano zurückzubringen. Was sagen Sie dazu, Avvocato?«

»Ich hoffe, sie finden sie schnell. Unter professionellem Aspekt wünsche ich mir das. Aber ich kann dabei nicht behilflich sein, ich bin Anwalt, kein Polizist.«

»Ich hatte mir schon gedacht, daß Sie das sagen würden. Doch sollten Sie wissen, wie sehr die Abwesenheit Ihrer Mandantin auch Ihrer Verteidigung schadet. Mit einer flüchtigen Signora Degli Alberetti ist Ihr Spiel verloren, selbst wenn Sie tausend gute Gründe hätten. Im besten Fall ist ein Prozeß ein Wettkampf, bei dem die eine oder die andere Mannschaft gewinnt. Ihre Mannschaft ist im Begriff zu verlieren.«

»Ich habe niemanden zu meiner Verfügung, keine Polizeibeamten, keine Carabinieri, die wenigen Informationen, die Sie kennen, habe ich durch Zufall erhalten.« Scalzi starrte den Richter an und fragte sich, worauf dieser hinaus wollte. »Jetzt habe ich nicht mal mehr eine Beschuldigte. Ich habe keine Mannschaft.«

»Doch haben Sie eine. Außer Ihnen und der Beschuldigten ist da noch jemand. *Ich* würde Ihnen gern helfen.«

Scalzi zündete sich eine Zigarette an, um seine Verlegenheit zu verbergen. Wirklich ein seltsamer Typ, dieser Lembi. In seiner gesamten Karriere hatte er es noch nie, nicht einmal indirekt, mit einem Bestechungsfall zu tun gehabt, in den ein Richter verwickelt gewesen wäre. War er gerade im Begriff, sich in einen solchen Sumpf zu begeben? Er rutschte unbehaglich auf seinem Sessel herum, unsicher, ob er dem Impuls, aufzustehen und zu gehen, folgen sollte. Wenn man ihn so ansah, sollte man das eigentlich nicht vermuten. Doch konnte man sich heutzutage leicht verschätzen. Die üble Atmosphäre in den Verwaltungen verpestete alles.

»Woran denken Sie, Avvocato?«

»Ich weiß nicht, was ich denken soll.«

»Das heißt …?«

»Nun …« Scalzi wußte nicht, wie man sich in solchen Fällen verhielt, welche Worte man gebrauchte. Er hatte plötzlich Lust, eine Annäherung zu versuchen. Nur so aus Neugier. Eine Provokation, um ihn dann anschließend genüßlich sonstwohin zu schicken. Er lächelte augenzwinkernd. »Werden Sie deutlicher. Reden Sie. Schlagen Sie etwas vor.«

»Raus.«

»Wie bitte?«

»Gehen Sie.« Lembi war aufgestanden. Er war sehr groß und kräftig. Er starrte mit gesenkten Augen auf die Schreibtischplatte, mit hochrotem Kopf und leicht keuchend. Auch Scalzi erhob sich aus seinem Sessel; er machte einen Schritt auf den Schreibtisch zu und drückte die Zigarette in dem Aschenbecher aus, der darauf stand. Er fühlte sich schuldig.

»Verzeihen Sie. Ich glaube, ich habe Sie falsch verstanden. Doch Sie müssen zugeben, daß Ihr Angebot aus dem Munde eines Richters ein wenig seltsam klingt.«

Lembi ließ sich in den Schreibtischstuhl fallen und forderte Scalzi mit einer Geste auf, wieder Platz zu nehmen. Er schüttelte seufzend den Kopf:

»Nun, ich gebe zu, daß Sie mich in gutem Glauben mißverstanden haben können. Was ich gesagt habe, mag tatsächlich wie ein Angebot geklungen haben. Ich habe mich vielleicht etwas brüsk ausgedrückt. Betrachten wir es aus einer anderen Perspektive: Es war schon vorher ein riesiges Problem, sind wir uns da einig? Wissen Sie, wie oft ich an einem Justizirrtum gerade noch vorbeigekommen bin? Auch Ihnen wird das wahrscheinlich schon passiert sein. Über andere zu richten ist an sich schon eine perverse Tätigkeit. Aber dabei einen Fehler zu machen ist teuflisch. Mit der Mentalität und dem System, das bei uns herrscht, ist es leichter, sich zu irren, als etwas mit einem Minimum an Anstand zu tun, finden Sie nicht? Erst recht in dieser Übergangsphase mit den neuen Normen, da ist alles möglich. Es wäre ein ziemlich vernünftiges System, auf dem Papier, wenn wir die Mittel und die entsprechende Bildung hätten, es anzuwenden. So wie es anläuft, ist es allerdings nichts weiter als eine byzantinische Komplikation, mit zusätzlichen Bergen von Papierkram, neuen Formblättern, einer aufgeblähten Bürokratie, einer Polizei und einer Staatsanwaltschaft, die noch mehr im geheimen arbeiten als vorher schon … Ich habe den Eindruck, daß sich die Kultur der Geheimdienste bereits auf die Gerichtsbarkeit ausgeweitet hat. Natürlich gibt es Leute, denen all das gefällt: mir nicht. Ich hasse es. Ich habe das Gefühl, in einer Firma zu arbeiten, die kurz vor dem Konkurs steht, und die Angestellten begreifen, daß der Chef die Dinge hinter ihrem Rücken regelt und sie die einzigen sein werden, die dabei verlieren. Es herrscht eine Atmosphäre wie an den Schulen in den siebziger Jahren, erinnern Sie sich? Ich habe damals viele Prozesse geführt: wegen Besetzungen, Schlägereien, aufwieglerischen Versammlungen, dieser ganze Kinderkram, so schien es. Erinnern Sie sich an das, was danach passiert ist? In den Jahren nach siebenundsiebzig, meine ich. Der Alptraum der darauffolgenden Jahre, erinnern Sie sich? Nicht, daß ich mir in der Rolle der Kassandra gefiele, aber wenn in einem Land solche Schiffe wie die Schule oder die Justiz dermaßen leck sind, daß die Seeleute alles daransetzen, sie eigenhändig zu versenken, dann können Kettenreaktionen ausgelöst werden, wie bei einer immer schlimmer werdenden Krankheit. Hören Sie, ich habe keine Ahnung, warum ich mich Ihnen gegenüber auf diese Weise auslasse, wo Sie doch eben noch die Vorstellung hatten, ich könnte … Nun, leugnen Sie es jetzt nicht. Wenn ich nach all den Verhören, die ich in meinem Leben schon geführt habe, nicht verstünde, im Kopf meines Gegenübers zu lesen, müßte ich den Beruf wechseln. Sie haben geglaubt, daß ich … Aber vergessen wir das lieber.«

»Sind Sie dabei, mich zu verhören, Richter? Sie glauben doch nicht etwa, daß ich der Signora Degli Alberetti zur Flucht geraten hätte?«

»Ich sehe, Sie haben wirklich den Hang, mich mißzuverstehen. Ich habe Sie herkommen lassen, um Ihnen meine Hilfe anzubieten. Interessiert Sie das?«

»Das kommt drauf an. Wissen Sie, was wir Rechtsanwälte sagen: *Timeo Danaos** … und alles, was darauf folgt.«

»Und über Sie hat man mir berichtet, daß Sie ein Vollblutanwalt sind. Nicht ohne Vorliebe für lateinische Zitate.«

»Ich möchte doch mit Respekt bemerken, Dottor Lembi, daß auch Ihnen gelegentlich etwas Latein herausrutscht.«

»Na gut, den Schlagabtausch haben wir hinter uns. Jetzt hören Sie mir zu. Ziehen Sie in Betracht, daß ich viele Regeln mit Füßen trete, wenn ich Ihnen jetzt erzähle, was ich durch mein Amt weiß. Sie haben ja keine Ahnung, wie kritisch die Lage Ihrer Mandantin ist. Ich persönlich bin überzeugt, daß sie mit dem Mord an Scalistri nichts zu tun hat, das möchte ich sofort klarstellen: Sie hat ihn nicht umgebracht und hat auch niemanden dazu verleitet, es zu tun. Meine Gründe für diese Überzeugung werde ich Ihnen später darlegen. Und doch sieht es schlecht für sie aus, vor dem Schwurgericht kann sie verurteilt werden, nicht nur wegen der Flucht. Der Antrag auf ein Vorverfahren, den Sie mir vorgelegt haben, ist zumindest zum Teil unbegründet, die Aussage des Briefträgers kann durchaus auch während des Verfahrens gehört werden, es gibt nicht den geringsten Grund für eine Dringlichkeit. Das wußten Sie genau, als Sie mir den Antrag vorlegten. In diesem Punkt hatte Orlandi recht: Der Verteidiger hat diesen Antrag vorgelegt, um dem Richter eine Hypothese zu unterbreiten, die den Fall Scalistri von einer anderen Seite her rekonstruiert. Eine geschickte, aber leichtsinnige Vorgehensweise, und sehr riskant. Sie hätten darauf verzichten sollen. Der Anwalt hat sein Ziel, Haftverschonung für seine Mandantin zu erwirken, erreicht, da der Richter, also ich, diese Spur schon aus anderen Gründen verfolgte. Ich nehme eine Tatsache vorweg: Als ich mit dem Verbrechen an Scalistri zu

* (lat.) Ich fürchte die Danaer. – Ein Danaergeschenk ist ein unheilvolles Geschenk.

tun bekam, hatte ich mich bereits mit dem Fall des zerstückelten Transvestiten beschäftigt.

Die Sache mit den Fälschungen hatte ich schon ohne die Hilfe irgendeines Experten herausgefunden. Was Professor Rùffoli Ihnen erzählt hat, stimmt mit meinen eigenen Ergebnissen überein. Auch ich hatte – im Alleingang – den Pseudo-Boltraffio entdeckt.« Lembi deutete auf die Bücher hinter seinem Rücken. Scalzi stellte fest, daß es keine Werke der Rechtswissenschaft, sondern Kunstbände waren. »Ich bin ein leidenschaftlicher Kunstliebhaber. Kehren wir zu Ihrem Fehler zurück, das Vorverfahren zu verlangen. Meiner Meinung nach haben Sie der Überschwenglichkeit, mit der die neue Prozeßordnung angekündigt wurde, bevor sie überhaupt in Kraft trat, zuviel Glauben geschenkt: die größeren Möglichkeiten, die größeren Freiräume für die Verteidigung, all dieser Quatsch wurde viel zu früh verkündet. Ich verstehe ja, daß Sie das Problem hatten, die Dame wieder freizubekommen, aber mit diesem Antrag haben Sie sich den Ast abgesägt, auf dem Sie saßen.«

»Wenn ich Ihre Einstellung gekannt hätte … Doch wie konnte ich ahnen … Und ich mußte ein Mittel finden, um Ihnen klarzumachen, daß Orlandi auf der falschen Spur ist.«

»Orlandi hat die Lage sofort für sich genutzt. Sie haben keine Polizisten, die Sie für Ihre Zwecke einsetzen können, der Staatsanwalt schon. Er hat sich an die Carabinieri gewandt. Besonders an einen gewissen Oberst, den ich nur zu gut kenne. Er ist ein sehr zwangloser Typ, der die Zeugen auf überzeugende Weise kontaktiert – wenn Sie verstehen, was ich meine. Gut. Ich dachte, Orlandi würde sich Ihrem Antrag widersetzen, statt dessen hat er ihm zugestimmt und selbst einige Zeugen benannt. Es wird also ein Vorverfahren geben. Auch Orlandi schlägt vor, diesen Briefträger als Zeugen zu vernehmen, und bittet mich darum, die Anhörung an einem der nächsten Tage durchzuführen.

Er behauptet, der Zeuge könnte durch Personen, die Ihrer Mandantin nahestehen, eingeschüchtert werden, womit er an ihren Neffen denkt, diesen Guido, der nicht nur flüchtig, sondern auch ein übles Subjekt ist, ein echter Betrüger, dessen Strafregister aussieht wie eine Landkarte. Und ich weiß, daß Orlandi den Briefträger von diesem Offizier der Carabinieri bereits hat aufsuchen lassen. Das weiß ich, weil ich in dem Ambiente auch noch ein paar Freunde habe. Was dachten Sie? Auch wir sind gezwungen, mit Hilfe von persönlichen Kontakten ein paar Informationen zu erhalten. Verstehen Sie, wie die Sache ausgehen wird? Versuchen Sie sich das Vorverfahren einmal vorzustellen. Es wird ein gewisser Africo Gramigna vernommen werden, den dieser Guido damit beauftragt haben soll, Scalistri das Bild zu stehlen. Nach der These der Anklage ist Ihre Mandantin zu dem Händler gefahren, um den Boden für den Diebstahl zu bereiten, sich den Ort anzusehen, herauszufinden, wo das Gemälde aufbewahrt wird, und so weiter. Unter uns gesagt – ich glaube es auch: Ihre Mandantin ist durchaus fähig, sich in eine solche Dummheit hineinziehen zu lassen.«

»Ich leugne nicht, daß die Signora Degli Alberetti ein wenig exzentrisch ist ... Allerdings bedeutet das noch lange nicht, daß sie sich zur Komplizin eines Diebstahls hat machen lassen ...«

»Avvocato, dies hier ist eine informelle Unterhaltung. Der Augenblick für Ihr Plädoyer ist noch nicht gekommen. Kehren wir zum Vorverfahren zurück. Man wird den Briefträger vernehmen. Wir werden einen völlig terrorisierten Burschen vor uns haben, und nicht weil er Angst hat, seine Stelle zu verlieren! Jemand hat ihm die Vorstellung nahegelegt, daß er des Mordes an Scalistri angeklagt werden könnte, weil er kein Wort darüber verloren hat, daß er an jenem Morgen, als er das Einschreiben zu Scalistri brachte, die Leiche gesehen hat. Er wird alles sagen, was der

Anklage entgegenkommt, und nichts von dem, worauf die Verteidigung hofft. Damit aber ist Angelicas Alibi vom Tisch. Es gibt nichts Schlimmeres in einem Prozeß als ein Alibi, das zusammenbricht. Und genau das wird geschehen.«

»Aber da ist ja nicht nur der Briefträger. Es gibt schließlich noch dieses Mädchen, die Deborah Cerini, und den Musiker.«

»Ach ja. Um die beiden hat sich Herr Orlandi auch gekümmert. Er wird zu beweisen versuchen, daß es zwischen dem Mädchen und dem Musiker hinter dem Rücken des Briefträgers ein Techtelmechtel gab. Er wird diese Dreiecksgeschichte etwas aufbauschen und dramatisieren. Er wird eine düstere Eifersuchtsszene heraufbeschwören. Und in diesem Zusammenhang wird er um die Vernehmung des Hauptmanns der Carabinieri aus dem Dorf bitten. Danach wird das Mädchen als Flittchen dastehen und der Musiker als ein Don Juan, der zu allem fähig ist, um einen Rivalen auszustechen. Und das Mädchen wird den Rückzug antreten; soviel ich weiß, hat sich der Carabiniere auch mit ihr schon befaßt.«

»Aber die Episode mit dem Volkswagen, den das Paar in der Nacht gesehen hat, in der Scalistri getötet wurde, bleibt doch bestehen.«

»Glauben Sie wirklich, daß sich dieser Umstand noch retten läßt? Ein junges Paar liebt sich an einem Ort im Mugello, mitten auf dem Land. Das Mädchen bekommt Angst, weil sich ein Fahrzeug ohne Licht auf ihren Wagen zubewegt. Sie schmückt die Sache ein wenig aus und erzählt von dem verstörten Gesicht und dem scheelen Blick des Fahrers. Bei den Dingen, die seit zwanzig Jahren besonders im Mugello, aber auch anderswo auf dem Land um Florenz geschehen, kann man sich vorstellen, daß sie übertreibt.

Und das ist noch nicht alles. Orlandi läßt gerade auf dem Eilweg ein technisches Gutachten von dem Paolo Uccello erstellen, wobei er von dem Umstand profitiert, daß das Bild in allernächster Zeit nach Amerika überführt werden wird. Er wird eine Expertise vorlegen, die alle Behauptungen Rùffolis widerlegt. Sie ist von vier Experten unterschrieben, zwei davon sind Amerikaner, und man muß sich nicht sonderlich anstrengen, um zu begreifen, warum gerade die Amerikaner die Echtheit des Bildes bestätigen wollen. Man wird Rùffoli in jedem Punkt widersprechen. Ich habe gehört, daß die Expertise auch eine Farbanalyse enthält, und es scheint, die Farben entsprechen denen, die Paolo Uccello benutzt hat. Sicher – wenn das Gemälde dennoch eine Fälschung ist, dann ist der Fälscher ein Genie.«

»Genau. Auch Rùffoli sagt, daß er ein Genie ist.«

»Ich persönlich könnte nur Rùffoli Glauben schenken. Ich weiß sehr wohl, er ist der seriöseste und vor allem ehrlichste unter allen Experten. Doch würde man mich der Parteilichkeit bezichtigen. Der Professor wird allein gegen vier Gegner stehen, die alle das Messer zwischen den Zähnen haben und deren Gründe weniger edel sind als seine.«

Scalzi lächelte traurig. »Nun gut, Herr Richter, ich dachte, ich hätte einen fairen Fall … Aber trotzdem vielen Dank.«

»Es tut mir leid. Das Vorverfahren ist eine eigenartige Erfindung. Sie scheint extra dafür geschaffen zu sein, daß der Verteidiger seine Karten zum Vorteil des Staatsanwalts aufdeckt. Und Sie sind voll darauf hereingefallen. Orlandi wird davon profitieren und jeden einzelnen Umstand auf den Kopf stellen. Er verfügt über die Mittel, das zu tun, und er wird es tun. Und der Richter, also ich, welche Haltung sollte der Ihrer Meinung nach einnehmen?«

»Dottor Lembi, bei dem Unwetter, das da über mich hereinbrechen wird, weiß ich doch kaum, was ich selber tun werde.«

»Ich werde gegen Ihre Mandantin das Hauptverfahren eröffnen müssen, und zwar dann, wenn sie in Sicherungsgewahrsam im Gefängnis ist. Vorausgesetzt, die Signora Degli Alberetti ist in der Zwischenzeit so freundlich, sich wieder einfangen zu lassen. Andernfalls in ihrer Abwesenheit, was noch schlimmer wäre. In jedem Fall mache ich mich lächerlich, weil ich eine potentielle Mörderin auf freien Fuß gesetzt habe.«

»Es wird doch noch eine Vorverhandlung geben.«

»Über diese Verhandlung würde ich mir keine Illusionen machen. Sie wissen genau, was geschieht, wenn ein Indizienprozeß eine bestimmte Richtung genommen hat. Und was die Signora Degli Alberetti angeht, so fehlt überhaupt nichts: weder das Motiv noch die Möglichkeit, und selbst die Gelegenheit kann sich ergeben haben.«

»Welche Gelegenheit?«

»Scalistri hat möglicherweise gemerkt, was für einen Anschlag die Alberetti auf ihn plante. Orlandi hat mir einen Hinweis gegeben. Daraus habe ich verstanden, daß seine These folgendermaßen aussieht: Ihre Mandantin sollte vermutlich Scalistri ablenken, während der Einbrecher den Diebstahl durchführte. Auch von diesem Gramigna muß man alles gewärtigen. Der ist erpressbar, denn er ist nicht nur ein Dieb, Diebstahl bringt in heutigen Zeiten nicht mehr viel ein, sondern auch Drogenhändler. Scalistri könnte reagiert und in der Signora einen gewalttätigen Impuls ausgelöst haben. Der Hauptpunkt ist dieser: Mit welchem Ziel hat Ihre Mandantin Scalistri an jenem Tag aufgesucht? Nur, um mit ihm zu reden, wie sie sagt? Glauben Sie, daß die Richter des Schwurgerichts ihr das abnehmen werden? Verstehen Sie jetzt, warum mir diese neue Prozeßordnung nicht gefällt? Vor allem wenn ich mich in Ihre Rolle, die des Verteidigers versetze. Der Sportsgeist anderer Länder läßt sich nicht auf uns übertragen. Ein Spiel, das zwischen einer erstklassigen Mannschaft und einer Gruppe kleiner Jungs ausgetragen wird, ist kein Spiel, sondern ein Training für die Profimannschaft.«

Scalzi fuhr sich mit der Hand durch seine grauen Haare. »Und ich wäre die Gruppe kleiner Jungs?«

»Nun ja, genau. Deswegen würde ich Ihnen gerne ein bißchen helfen, natürlich innerhalb der Grenzen des Möglichen und Erlaubten. Um das Kräfteverhältnis auf dem Spielfeld ein wenig auszugleichen. Unter uns gesagt, ertrage ich Orlandis Allüren nicht. ›Was gibt's Neues von Bollaffio?‹ hat er mich gestern gefragt, als er mir eigenhändig die Akte mit seinen Beweisanträgen übergab. Es geht nicht in seinen Kopf hinein, daß dieser Maler Boltraffio hieß. Sie müßten sehen, wie aufgeblasen er ist, er meint den Sieg schon in der Tasche zu haben. Aber natürlich ist nicht das mein Grund. Es geht ums Prinzip. Ich glaube immer noch ein bißchen daran, daß die Wahrheit und der Prozeß zumindest zu einem Kompromiß finden können und daß die Funktion des Richters darin besteht, die beiden Dinge einander anzunähern. Wenn ich nicht mehr daran glauben würde, müßte ich den Beruf wechseln. Und etwas anderes kann ich nicht.«

»Sie haben mir schon sehr geholfen, Dottor Lembi, ich danke Ihnen. Ich werde versuchen, mich auf die Lage einzustellen. Was könnte ich sonst machen?«

»Sie müssen Ihre leichtsinnige Mandantin wiederfinden. Das ist absolut notwendig. Die Signora Degli Alberetti kann Ihnen helfen, den Fälscher zu identifizieren. Solange diese Person ein Phantom bleibt, wird die These der Verteidigung nichts anderes als eine brillante Mutmaßung sein. Finden Sie Ihre Mandantin wieder, quetschen Sie sie aus, zwingen Sie sie dazu, in ihrem Gedächtnis zu forschen, meiner Meinung nach hat sie nicht alles gesagt, was sie weiß. Es ist doch nicht möglich, daß man im Umfeld der Kunsthändler nicht weiß, wer dieses Genie ist, als das Rùffoli ihn bezeichnet. Die Alberetti hat sich doch in diesen Kreisen bewegt, sie hat sich viele Jahre lang mit dem Kunstmarkt befaßt. Sie muß Kontakte gehabt haben. Finden Sie den Fälscher, Avvocato, identifizieren Sie ihn. Namen und Adresse. Und finden Sie ihn vor dem Verfahren.

Ich habe die Anhörung auf den dritten Oktober gelegt. Sie werden eine Benachrichtigung erhalten. Wenn es Ihnen gelingt, ihn zu identifizieren, könnten Sie in Ihre Eingabe den Antrag aufnehmen, daß man ihn als Zeugen über sein Verhältnis zu Scalistri vernimmt, oder über das Gemälde, was weiß ich ... Sie sind der Anwalt. Ich werde ihn dann schon verhören. Ich stelle meine ganze Professionalität in Ihren Dienst, wenn Sie diesen Mann finden.«

»Nachdem ich zuvor die Signora Degli Alberetti gefunden habe. Wenn sie sich nicht spontan bei mir meldet ...«

»Meiner Meinung nach hat sie Kontakt mit ihrem Neffen aufgenommen, oder sie wird es tun. Finden Sie diesen Guido, und lassen Sie sich sagen, wo sich seine Tante versteckt hält.«

Scalzi schüttelte den Kopf. »Ich bin die Mannschaft der kleinen Jungs. Keine Polizeibeamten, keine Carabinieri.«

»Es ist bekannt, wo sich der Neffe aufhält. Wenn die Tante nicht abgehauen wäre, hätten sie ihn schon verhaftet. So aber beschränkt man sich darauf, ihn zu beobachten, in der Hoffnung, daß Angelica sich bei ihm meldet. Wo er sich aufhält, kann ich Ihnen nicht sagen. Das verstößt schon allzusehr gegen die Regeln. Aber ich kann Sie auf seine Fährte setzen. Nehmen Sie mit zwei Beamten der Kriminalpolizei Kontakt auf: Tartaro und Scatizzi. Sie haben es herausgefunden, doch bis jetzt haben sie Orlandi nichts davon gesagt, um ihm und den Carabinieri eins auszuwischen. Sie wundern sich, Avvocato? Wußten Sie nicht, daß wir alle wie im Autoskooter auf dem Jahrmarkt arbeiten? Orlandi hat seine beiden Beamten nämlich beurlaubt. Er hat sie von den Ermittlungen entbunden und ihnen vorgeworfen, mit dieser Straßenkarte, von der Sie ja wissen, gepfutscht zu haben. Außerdem hätten sie ungesetzlich gehandelt, als sie die Beschuldigte ohne Garantien verhörten.

Dabei habe ich den Verdacht, daß Orlandi selbst es war, der sie erst dazu angestiftet und dann fallengelassen hat, nachdem die Dinge nicht so liefen, wie er es sich vorgestellt hatte. Auf jeden Fall haben die beiden ihm das übelgenommen und sich an mich gewandt. Sie scheinen jetzt davon überzeugt zu sein, daß die Spur des Fälschers nicht zu unterschätzen ist. Ob sie tatsächlich daran glauben, kann ich nicht sagen; vielleicht ist es ihnen auch egal. Doch wenn sie Orlandi und den Carabinieri eins auswischen können, strengen sie sich furchtbar an. So sieht es aus. Eine halbe Mannschaft also haben Sie, wenn es Ihnen gelingt, mit diesen beiden Typen zusammenzuarbeiten. Aber wenn Sie mit ihnen sprechen, machen Sie bitte keine Andeutung über mich oder unser Gespräch. Benehmen Sie sich so, als wäre es Ihre persönliche Initiative. Ein Anwalt sollte das Recht auf ein paar Informationen von der Polizei haben, auch wenn die neue Prozeßordnung das nicht vorsieht. Schließlich zahlen Sie und Ihre Mandantin ja auch Steuern, nicht wahr? Nur, halten Sie mich aus der Sache heraus. Vergessen Sie nicht, ich bin der Richter der Voruntersuchungen, also *super partes*.«

Lembi zog eine Grimasse.

»Da ist mir doch schon wieder etwas Latein herausgerutscht.«

27
Theatervorstellung

Es war nicht leicht gewesen, sie davon zu überzeugen, daß er keine Ahnung hatte, wo sich Angelica versteckt hielt. Der Vierschrötigere von beiden, Scatizzi, ein Polizist alten Stils mit einem eingefleischten Mißtrauen gegenüber Anwälten, schien ihn geradezu auf die Folter spannen zu wollen.

»Einen Vertrag«, hatte er insistiert, »wir schließen einen Vertrag: etwas für dich und etwas für mich. Sie sagen uns, wo die Marchesa ist, und wir sagen Ihnen, wo sie den Schwulen finden können.«

»Aber wenn ich Ihnen doch seit einer Viertelstunde sage, daß ich mit dem Neffen reden will, eben weil ich hoffe, daß er weiß, wo meine Mandantin ist!« hatte Scalzi protestiert.

Schließlich hatte sich der andere, Tartaro, eingemischt und, als das Zimmerchen mit Blick über die Dächer schon voller Qualm und gegenseitigem Mißverständnis war, einen Vergleich vorgeschlagen. Wenn es Scalzi gelingen sollte, Angelica ausfindig zu machen und mit ihrer Hilfe den Fälscher zu identifizieren, würde er die Polizisten sofort benachrichtigen, damit sie vor dem Verfahren noch Gelegenheit zu ein paar Befragungen hätten. Scalzi hatte alles erwogen und diesen Tausch dann akzeptiert.

Nun saß er auf einer der steinernen Stufen im Teatro Romano von Fiesole und dachte über diesen außergewöhnlichen Nachmittag nach, den er in Gesellschaft eines Richters verbracht hatte, der ihm, dem Verteidiger, seine Zusammenarbeit angeboten hatte, um dem Staatsanwalt eins auszuwischen. Und dann die zwei Beamten der staatlichen

Polizei. Sie hatten ihm eine geheime Information gegeben und erwarteten im Gegenzug seine Mitarbeit, um die Carabinieri auszustechen. Der Abend kündigte sich nicht weniger bizarr an, und er hatte nicht einmal Zeit zum Essen gefunden. Eine feuchte Kühle stieg von unten herauf.

Es saßen kaum Zuschauer im Theater, nicht mehr als zwanzig Personen verteilten sich über die Steinstufen. Die meisten saßen in der Nähe des Eingangs, um sich sofort unterstellen zu können, falls es anfangen sollte zu regnen. Es war Ende September, der Herbst war nah, in der Mulde des Theaters sammelte sich die Feuchtigkeit.

Dort, wo sich ursprünglich der Bühnenhintergrund befunden hatte, der zu Zeiten der Römer einen gewissen Schutz bot – doch damals wurden die Vorstellungen am Tage, im hellen Sonnenlicht gegeben –, öffnete sich ein Stück Himmel, auf dem die Sterne einer nach dem anderen von blauem Gewölk überzogen wurden. Aus dieser Richtung wehte ein kühler Nordwind, der Regen ankündigte.

Scalzi kaufte einem Mädchen, das sich mit der Krise des Theaters abgefunden hatte, ein Programmheftchen ab. Der Text von Shakespeares *Sturm* war darin abgedruckt, aufgeführt vom »Teatro del Doppio« unter der Regie von Lucantonio Saviotti. Auf der Darstellerseite war der Name von Giovancarlo Quagliotti neben *Ariel, Luftgeist* durchgestrichen und mit einem anderen Namen überschrieben worden, dem, der auch die Rolle des Narren Trinculo zu spielen hatte. Dienststellenleiter Tartaro hatte aber entdeckt, daß Giovancarlo Quagliotti auf seinen Auftritt im *Sturm* durchaus nicht verzichtet hatte. Die beiden Schauspieler hatten einfach ihre Rollen getauscht. Tartaro war der Meinung, man habe für den Freund des flüchtigen Guido diese Rolle gewählt, weil Trinculo eine so monströse Verkleidung brauchte, daß man den Schauspieler darunter unmöglich erkennen konnte.

»Gehen Sie nach der Aufführung in die Garderoben«, hatte Tartaro zu ihm gesagt, »die kleinen Baracken hinter den Lorbeerhecken, so als wollten sie die Schauspieler beglückwünschen. Die letzte Baracke, ganz hinten. Dort finden Sie alle beide, den Flüchtigen und seinen Künstlerfreund. Bis gestern haben sie im Geräteschuppen geschlafen, direkt daneben. An ein so idiotisches Versteck, direkt gegenüber dem Publikum, mitten zwischen Aufsehern und Feuerwehrleuten, hatte keiner gedacht. Wir hatten einen Hinweis bekommen, sonst wäre das wirklich der letzte Ort gewesen, an dem wir gesucht hätten. Die gesamte Truppe steckt mit ihnen unter einer Decke und schottet sie ab. Doch sagen Sie ihm nicht, daß wir Bescheid wissen. Tun Sie so, als hätten Sie ihn zufällig gefunden.«

»Alle geben sich immer furchtbar viel Mühe, wenn es darum geht, die Polizei zu verarschen«, hatte Scatizzi finster hinzugefügt.

Die Insel im *Sturm* war ein Slum an der Peripherie einer Großstadt, die ebenso in Amerika wie in Sizilien liegen konnte. Der Regisseur hatte den Text leicht aktualisiert. Die Kostüme – abgesehen von dem der Miranda, die halbnackt war und der es ganz schön kalt sein mußte – waren zur Hälfte vom siebzehnten Jahrhundert, zur Hälfte von der Mode im Chicago der 30er Jahre inspiriert. Die Adligen trugen Borsalino, die Seeleute und die anderen Truppenmitglieder Mützen und Kappen. Das Toben der Elemente wurde von Großstadtlärm zur Hauptverkehrszeit wiedergegeben, der aus Lautsprechern über die Bühne dröhnte.

Während des dritten Aktes fing es an zu regnen. Die wenigen Tropfen von eben verwandelten sich schnell in einen Guß, der im Lichtkegel der Scheinwerfer die Bühne blau durchlöcherte. Ein Paar, das neben Scalzi gesessen hatte, stieg die Treppe zum Ausgang hoch; sie suchte unter seiner

Jacke Schutz. Scalzi aber ging die Stufen weiter hinunter, auf den Orchesterraum zu. Die Bühne war leer, die Lichter wurden gelöscht.

Als er den Kopf in die Bidonvilles steckte, die die Garderoben bildeten, waren die Schauspieler bereits beim Abschminken. Der Gang zwischen den einzelnen Baracken lag im Dunkeln, und das Wasser sammelte sich darin von allen Seiten. Scalzi gelangte zum letzten Umkleideraum, er schlug den Regen von dem Programmheft, das er sich schützend über den Kopf gehalten hatte, und drückte die Tür auf, ohne anzuklopfen. Der Schauspieler saß vor einem provisorisch auf ein Tischchen gestellten Spiegel und rieb sich mit einem Wattebausch voll Vaseline energisch die tintenblaue Schminke vom Gesicht. Der süßliche Geruch der Vaseline vermischte sich mit dem von feuchtem Holz. An der Rückwand des Gebäudes saß ein zweiter junger Mann, der gerade versuchte, einem Rinnsal auszuweichen, das vom Dach heruntertropfte.

Als Scalzi auf der Schwelle stand, erstarrten beide.

»Ich bin nicht von der Polizei«, beeilte sich Scalzi klarzustellen. »Ich müßte mich nur mit Guido unterhalten. Ich bin der Verteidiger von Angelica. Könnten wir nicht an einen etwas weniger feuchten Ort gehen?«

»Glaubst du das, daß der mich wiedererkannt hat, weil er mich schon mal auf der Bühne gesehen hat? Hast du bemerkt, wie er ins Stottern kam, als ich ihn nach dem Stück fragte, in dem er mich gesehen hat? Und was hat er eigentlich heute abend, bei diesem Dreckswetter, hier im Theater gesucht? ...«

»Nein, ich glaube es nicht«, erwiderte Guido.

Scalzi war nach vielen Fragen, die er bei einem ziemlich schlechten Abendessen in Gesellschaft von Guido und Giovancarlo in einer Touristen-Pizzeria in Fiesole gestellt hatte, wieder gegangen. Nach dem Durchzug der Touristen bewirtete das Lokal die Schauspieler der Truppe. Sie wußten nichts von Angelica, nicht mal, daß sie nach ihrer Freilassung geflüchtet war, und Scalzi glaubte ihnen. Doch Guido und Giovancarlo hatten sich seit dem Tag nach Angelicas Verhaftung in diesem Theater verkrochen.

»Also dann? …«, fragte Giovancarlo verängstigt.

»Genau wie der Anwalt weiß, daß wir hier sind, wissen es auch andere, soviel ist klar.«

»Es ist meine Schuld.« Giovancarlo sah den Freund schuldbewußt an. »Ich hätte nicht darauf bestehen dürfen, bei dem Stück mitzuspielen. Es war nett von dir, es mir zu erlauben, aber es wäre besser gewesen, wenn wir, wie du gesagt hast, sofort ins Ausland gegangen wären.«

»Aber heute war die letzte Vorstellung, stimmt's?«

Giovancarlo drehte sich zum Tisch der Schauspieler um, die alle mit langen Gesichtern dasaßen. Miranda hatte den Kopf an die Schulter des Regisseurs gelehnt und war eingeschlummert.

»Lucantonio hat gesagt, wenn auch heute abend keine fünfzig Zuschauer da sind, wird es die letzte Vorstellung gewesen sein … Und was machen wir jetzt?«

»Das, was ich von Anfang an vorhatte. Wir hauen ab. Paris, oder Ibiza. Hatte ich nicht recht, was Angelica angeht? Durch ihre Flucht hat sie sich ins eigene Fleisch geschnitten. Das ist doch fast ein Geständnis. Wir sitzen ganz schön in der Scheiße.«

»Wir sind doch auch geflüchtet. Aber ich halte es für unmöglich … Guido, ich kann es einfach nicht glauben.«

»Angelica hatte mit Scalistri eine Rechnung zu begleichen. Nicht nur wegen der Sache mit dem Bild. Ich habe nie genau begriffen, warum, doch manchmal sprach sie von ihm wie vom Teufel. Wir hauen jedenfalls ab.«

»Mit welchem Geld? Ich habe fast nichts. Ich hätte von den Einnahmen bezahlt werden sollen.«

»Wir verkaufen die Füsslizeichnung.«

»Guido, nein! Guido, schon wieder so was Schlimmes … Und das willst du Angelica antun.«

»Scheißegal. Angelica schuldet uns dieses Geld. Wenn wir in Schwierigkeiten stecken, so ist das nur ihre Schuld. Wir werden ihren Teil so lange aufbewahren, bis sie wieder was von sich hören läßt.«

28
Modell in Pose

Er kennt die Heilmethode. Er weiß, daß sie funktioniert. Vor vielen Jahren hat er die Therapie in einer geschlossenen Abteilung der Irrenanstalt von San Salvi ausprobiert. Sie funktionierte so gut, daß man ihn als geheilt entließ. Mit diesem System wird man ruhig. Man paßt sich an. Man wird gefügig und gehorsam.

Das Gerät war ihm vor zwei Monaten in die Hände gefallen, als er im Magazin eines Trödlers gestöbert hatte. Das geschlossene Mahagoniköfferchen mit der Kurbel zum Aufladen der Batterie, die an einer Seite angebracht war, sah aus wie ein altes Grammophon vom Typ »His Master's Voice«, und das war es ja schließlich auch, die Stimme des Herrn. Das Innere ähnelte einem Symbolobjekt aus einem Bild von Dalí. Das Zifferblatt des Reglers war ähnlich wie das einer Uhr, nur ohne Zahlen, und der Zeiger, der von einer Kurbel in Bewegung gesetzt wurde, berührte nach und nach silbrig glänzende Scheiben, die wie bedrohliche kleine Monde aussahen. Der Trödler hatte keine Ahnung, wozu das Ding gut war, er hatte lediglich begriffen, daß es sich um einen Plunder vom Jahrhundertanfang handelte, den die goldene Jugendstildekoration auf dem dunklen Mahagoni zu einem kostbaren Objekt machte. Doch Narcisse hatte ihn sofort erkannt, den alten Dompteur, obwohl er sich hinter seinen frivolen Vernickelungen versteckte. Er meinte, er könnte ihn gelegentlich für einen Racheakt benutzen, aber er hatte nicht damit gerechnet, daß sich die Gelegenheit so bald ergeben würde. Der Gegenstand hatte ihn einen Hauch von Nostalgie empfinden lassen, die Erinnerung an ein gelbes Gebäude an einer Allee direkt neben der Eisenbahnlinie. Hinter den vergitterten Fenstern, jenseits eines Gartens ohne Gras noch Hecken, in dem die Baumstämme aus der nackten Erde ragten, glitten ständig Zugfenster vorbei. Hinter ihnen standen Reisende, die, sich frei von einem Ort zum anderen bewegen konnten. Die Züge waren schon nah am Bahnhof und fuhren langsam, hin und wieder blieben sie vor einem roten Signal auch stehen. Die Feen sahen aus den Fenstern, es war Sommer, ihre Arme waren nackt, und lächelnd sahen sie zu seinem Fenster hoch, denn sie wußten – und wer hätte es besser wissen können als sie –, daß er dort eingesperrt war.

Narcisse hatte sofort den übertriebenen Preis gezahlt, den der Händler von ihm verlangte, und war mit einem tragbaren Elektroschockgerät nach Hause gefahren.

Das Experiment ist gelungen. Er hat das Versuchsobjekt konditioniert, bis zu seiner vollkommenen Reglosigkeit.

Der Samt der Chaiselongue stinkt. Ein säuerlicher Gestank, das Konzentrat aller Gerüche eines Kellers. Angelica hat das Gefühl, vom Geruch des Wahnsinns umgeben zu sein. Der Wahnsinn riecht nach getrockneten Exkrementen, wie der Affenstall im Zoo. Nicht mal der Krampf im Hals und an den Nieren oder das pulsierende Brennen an der Scham haben die fortgesetzte, ekelerregende Gegenwart dieses Geruchs überdecken können, den die Bestie in ihrer Eingeschlossenheit ausströmt.

»St-i-i-ill, be-e-we-e-eg dich nicht. Du weißt doch, was mit Mä-ä-äd-che-e-en passiert, die sich be-e-we-e-ge-e-en …«

Der Ton ist nachsichtig.

Angelica kann ihn nicht sehen. Sie liegt auf der Chaiselongue, ihr Kopf fällt über den Rand, der rechte Arm ist zum Boden hin ausgestreckt, ihre Hand streift ihn schon. Den linken Arm hat man unter ihrem Nacken gebeugt, die

Hand hält die Masse ihrer Haare, die auch auf den Boden hängen. In dieser Position, mit nach oben gerichteten Augen, sieht sie nur den oberen Teil des Fensters. Der gelbe Lichtschein der Acetylenlampe, der vom Fenster reflektiert wird, pulsiert im Rhythmus des Gases, das aus dem Brenner strömt. Darüber leuchtet der Schatten des Malers auf, der vor der Staffelei auf und ab geht. Jenseits des Fensters ragen kerzengerade und unbeweglich die Zypressen auf, schwarz vor dem blauen Hintergrund des Himmels. Das Köfferchen mit dem Gerät steht auf einem hohen, schmalen Tisch, den kann sie sehen. Die Lampe daneben beleuchtet die Vernickelung. Die Kurbel zum Aufladen der Batterie glänzt ebenso wie der Regler und der Zeiger auf dem Zifferblatt, in dessen Mitte ein magisches Auge ein kleines blaues Licht verbreitet. Spiralförmige Drähte kommen aus dem Mahagonikasten und fallen, nachdem sie einen Bogen beschrieben haben, auf ihren Bauch; sie sind auf den Messingplatten befestigt, die ihr Bein zusammendrücken und von einem Gummiband gehalten werden. Auf der Innen- und der Außenseite ihres linken Oberschenkels spürt Angelica die klebrige Feuchtigkeit einer Salbe – wie Sperma –, mit der die beiden Platten bestrichen wurden, bevor man sie so weit oben auf ihrem Schenkel befestigt hat, daß sie schon fast die Schamgegend berühren. Sie spürt auch ein leichtes, störendes Gewicht auf ihrem Schoß. Doch die Lage ihres Kopfes, die sie fast zwingt, die Augen in den Augenhöhlen zu verdrehen, hindert sie zu erkennen, was es ist.

Nach dem letzten, furchtbar starken Schlag hat sie das Bewußtsein verloren. Sie muß lange ohnmächtig gewesen sein, denn beim Erwachen sah sie nicht mehr das Licht des Sonnenuntergangs im Fenster, sondern eine Schieferplatte, in der sich die Lampe spiegelte.

Nachdem die gläserne Spinne auf sie gefallen und alles dunkel geworden war, hatte Angelica gehofft, daß man sie in ein Krankenhaus bringen würde. Und das hatte eine Stimme auch gesagt: »Du bist im Krankenhaus, bleib ruhig.« Dann war sie unversehens von jemandem ergriffen worden, der ihr etwas Weiches auf Mund und Nase drückte, und die gleiche Stimme wie vorher hatte ihr gesagt, sie solle tief einatmen und dann zählen. Sie hatte gehorsam geatmet und gezählt: »Eins, zwei, drei, vier.« Ein kratziger Dampf war in ihre Kehle gedrungen, dann war sie eingeschlafen.

Als sie auf dieser Chaiselongue und in dieser hingeworfenen Position wieder erwachte, hatte sie keine Ahnung, wieviel Zeit vergangen war. Man hatte ihr die Kleider ausgezogen und ihr eine weite, aber eng am Körper anliegende Tunika aus dünnem Stoff übergezogen, die ihre Formen betonte, als sei sie nackt. Der Kopf tat ihr weh. Sie führte die rechte Hand an die schmerzende Stelle, oberhalb des Nakkens, wobei sie ihre blutverschmierten Haare berührte – da bekam sie den ersten Schlag. Sie spürte, wie er vom Oberschenkel aufstieg und im Schoß immer intensiver wurde, bis zum Zwerchfell vordrang und ihr den Atem nahm. Danach hörte es nicht mehr auf mit den Stromstößen. Jedesmal, wenn sie versuchte, sich zu bewegen, sah sie, wie die farbverschmierte Hand nach der Kurbel auf dem Tischchen griff. Und jedesmal zuckte ihr Bein wie in einem Krampf. Mit einer heftigen Bewegung ihres ganzen Körpers hatte sich Angelica gegen den Rand des Möbels geworfen, wie ein verzweifelter Versuch, einen qualvollen Traum zu unterbrechen. Der stärkste Schlag von allen hatte sie auf dem Fußboden erreicht, die Drähte hatten sich um ihr Bein gewickelt, das Tischchen hatte gewackelt. Die Spannung im Zwerchfell war unendlich lang gewesen, sie hatte das Bewußtsein verloren. Seitdem sie aufgewacht war und genau wieder in der gleichen Haltung wie vorher auf der Chaiselongue lag, hatte sie sich bemüht, nicht einen Muskel mehr zu bewegen.

»So ist es fast gut. Du mußt entsetzt aussehen, nicht niedergeschlagen. Auch nicht müde. Der Alptraum will deine

Gegenwart, Abwesenheit läßt er nicht zu, von der endgültigen abgesehen … Aber dafür ist noch Zeit. Laß die Augen offen. Du solltest dich lieber in die Rolle hineinversetzen, dann sind wir schneller fertig. Also: Der Maler hatte sich verliebt, der Blödmann. In die Nichte eines seiner Freunde, eine gewisse … Unwichtig, wie sie hieß, völlig wurst, wie sie hieß. Und diese Dirne geht hin und verkauft sich. Sie geht eine Ehe mit einem steinreichen Krämer ein. Da begreift der Maler, der Maler, der ich jetzt bin, daß der Traum von der Frau, die ihm die Muse wäre, eine Torheit ist. Daß ein Künstler von nichts inspiriert wird. Von wegen Inspiration, von wegen Frauen. Alles Quatsch. Alles plattgetretene Scheiße, die nur gut ist für die Mittelmäßigen, für Leute mit Sklavenseelen. Nur die Mittelmäßigen brauchen eine feierliche Inspiration. Das Genie nicht. Der Maler ist allein mit seinen Träumen. Wie diese Hure, die nur den Alptraum vor sich hat. Auch der Maler bringt nur Malerei hervor. Das heißt Träume. Wie die Hure und das Monster, das dich reitet. Schade, daß du es nicht sehen kannst, es sitzt genau über deiner Fotze, aber du fühlst es, nicht? Du wirst doch wohl nicht die Absicht haben, noch mal so einen Scherz zu machen wie eben, oder? Paß auf, sonst setze ich dich wieder unter Strom. Du hast es mir ja schon fast kaputtgemacht. Er ist aus Pappmaché, der Kobold. Zerbrechlich, sei vorsichtig. Der Maler hat den Traum geboren, wie die Hure aus ihrem Schoß den Alptraum geboren hat, der sie reitet und aus einem quälenden Schlaf in den Tod führen wird. Doch noch ist es nicht soweit. Ich weiß nicht, ob wir es schaffen, diese Nacht fertig zu werden. Siehst du, wie sich der Kreis schließt? Wie die Malerei sich in sich selbst festschraubt? Der Gegenstand des Malers ist die Hure. Die Hure bringt den Inkubus hervor. Der Inkubus ist das Objekt der Hure, er hat sich selbst gezeugt in ihrem Schoß. Aber er ist auch die Malerei, das heißt, auch der Gegenstand des Malers. Erscheint dir das kompliziert?

Du hast nicht den Kopf dafür, solche Dinge zu begreifen, was? Kann ich verstehen. Das ist wie die Schlange, die sich in den Schwanz beißt. Ein Ouroboros.«

»Bi-i-tte-e ...«, Angelica hat Schwierigkeiten, zu sprechen, weil sie darauf achten muß, den Kopf nicht zu bewegen. Der Klang, den ihre angespannten Stimmbänder erzeugen, ist rauh. »Ich werde niemandem etwas sagen. Sie können ganz beruhigt sein. Ich weiß noch nicht mal, wer Sie sind.«

»Lügnerin, das weißt du ganz genau. Du wärst nicht hierhergekommen, um mir auf die Nüsse zu gehen, wenn du es nicht wüßtest. Doch hast du mir damit einen Gefallen getan. Nett, sich so anzubieten, ganz spontan. Ich hätte niemals etwas Besseres finden können. Doch jetzt versuch nicht zu pfuschen. Ich habe deinen Ausweis gesehen. Wir kennen uns schon lange. Hast du's vergessen? Wir haben bei einer ähnlichen Gelegenheit schon mal zusammengearbeitet. Wir sind alte Gefährten auf dem Gebiet der Kunst, haha! Wir haben schon ein anderes Fest zusammen gefeiert. Auch jetzt nimmst du gerade an einem Fest teil. Doch reg mich nicht vorzeitig auf. Halt den Mund. Du darfst nicht reden, verstanden? Ich habe das Bild noch nicht fertig. Ich muß die Schlafende zu Ende malen, und dann muß ich noch den Kopf des Tieres malen, das dich besessen hat, um den Kobold zu zeugen. Den mach ich zum Schluß. Und es wird kein Pferd sein, dieses Tier, wie in dem andern Bild, das ich vor langer Zeit gemalt habe, es wird ein Affe sein, ein Teufelsäffchen.«

»Machen Sie wenigstens diese Schweinerei von meinem Bein ab. Ich werde mich nicht rühren, das verspreche ich Ihnen.«

»Halt den Mund! Man kann nicht aus einem Bild heraus reden. Das ist ganz furchtbar, wieso willst du das bloß nicht begreifen? Aber dir werde ich die Zeit nicht lassen, wie den anderen, dich noch außerhalb des Gemäldes zu bewegen. Doch reg mich nicht vorzeitig auf. Es reicht jetzt mit den

Albernheiten. Wie diese Idiotin mit dem Hund. Ich brauchte für das Bild einen Hund. Sie war schuld, daß ich einen Fehler gemacht habe, und dann lief sie durch die Gegend und brüstete sich mit ihrem Köter. Sie kam mich mit ihm besuchen. Sie wollte noch mehr Geld. Dann sollte ich ein weiteres Porträt von ihr malen, das wollte sie bei sich zu Hause aufhängen. Die hat mich mit einem Hofmaler verwechselt. Und sie selbst hielt sich im Ernst für eine Dame. Sie wollte mich demütigen. Sie glaubte, ich sei so ein Hofmalerchen. Zu einem ihrer Schoßhündchen wollte sie mich machen, zu einem Sklaven der Feen. Das Porträt sollte sie haben. Ich habe es kubistisch gemalt. Eine richtige picassomäßige Scheiße habe ich für sie gemalt. Du mußt eine Königin sein, nicht wahr? Dir lagen alle zu Füßen und haben dich abgeleckt. Schon als Kind versprachst du, eine Königin zu werden. Du hast schon damals die Leute von oben herab betrachtet. Ich aber habe dich zum Weinen gebracht, erinnerst du dich? Doch jetzt sind wir nicht an deinem Hof der Füßeküsser, in dieser dreckigen Stadt Sodom.«

Narcisse malt wie wild. Wütend attackiert er die Leinwand, man hört das Kratzen des Pinsels. Er murmelt vor sich hin, brummt, hin und wieder stößt er einen kurzen Schrei aus. Mit jähen Sprüngen tritt er von der Staffelei zurück, im Widerschein der Fensterscheibe werden sie zu dunklen Blitzen.

Angelica verliert allmählich jedes Gefühl, es ist, als bedecke der Maler sie mit einer Gipsgrundierung, als verwandle der hart werdende Gips sie in eine Schmetterlingspuppe.

»Du kannst dich jetzt ausruhen. Ich erlaube dir, die Stellung zu wechseln. Du bist brav gewesen und verdienst einen Preis. Doch beweg dich vorsichtig.«

Angelica hebt den Kopf vom Rand der Chaiselongue und kann ihn endlich anlehnen. Sie bewegt den rechten Arm, der eingeschlafen ist. Es gelingt ihr nur mit Mühe, ihn zu beugen. Sie legt die Hand auf den schmerzenden Hals und versucht, ihn zu massieren. Am Hals empfindet sie noch etwas, aber ihre Hand fühlt absolut nichts mehr. Sie hat das Gefühl, sich mit einem hölzernen Handschuh zu streicheln. Das Blut fängt allmählich wieder an zu kreisen. Das Kribbeln ist unerträglich.

»Weißt du, daß du mir keine Angst mehr machst?« Der Ton seiner Stimme verrät kindliches, triumphierendes Erstaunen. »Ich gebe zu, daß du mich zu Anfang ein wenig eingeschüchtert hast. Ich war gezwungen, ein paar Vorsichtsmaßnahmen zu ergreifen. Es ist das erste Mal, daß ich es mit einer Feenkönigin zu tun habe, verstehst du?«

Wieder hebt Angelica leicht den Kopf. Er steht am Fußende der Chaiselongue und betrachtet sie lächelnd, als ob der Scherz nun beendet wäre. Er hat das faltige Gesicht eines abgeschminkten Clowns. Hat er sich als Chinese verkleidet? Er sieht aus wie ein alter Kuli, auf dem Kopf trägt er einen runden Hut (aber was ist das denn? ein Körbchen?), der einen Schatten auf seine Augen wirft. Dann erkennt Angelica den Gegenstand, der in ihrem Schoß sitzt, und fährt zusammen. Das Monsterchen starrt sie mit seinen Kugelaugen an, die ihm fast aus den Höhlen treten. Es ist von Kopf bis Fuß mit einer glänzenden Jauche bestrichen, die an seinem Körper herunterläuft. Angelica sieht, daß die Tunika an dem Punkt ganz schmutzig ist, an dem der Fetisch auf ihrem Schoß hockt. Diese Schweinerei muß es sein, die so entsetzlich stinkt. Angelica wendet den Blick ab und sieht wieder auf den Chinesen. Das kann er doch nicht sein, der sie auf diese Weise peinigt. Der Alte sieht doch gutmütig aus, der hat doch dieses makabre, abgeschmackte Stück nicht inszeniert, über das man eigentlich nur lachen könnte, wenn da nicht diese Kralle auf ihrem Oberschenkel wäre …

»Beeindruckend, was?« sagt der Kuli. »Er ist natürlich nicht echt, er ist aus Pappmaché. Ich hab ihn gemacht. Wir können ihn jetzt ein wenig wegstellen, solange wir uns ausruhen.«

Er nähert sich bedachtsam, zögernd, der Schüchternste unter den Alten, die Susanna im Bade beobachten, er respektiert die Intimität ihres Körpers. Angelica sieht, daß er sich von dem Gerät entfernt hat. Jetzt könnte sie sich auf ihn werfen und ihm die Drähte um den Hals schlingen, sich die Metallscheiben vom Bein reißen. Aber sie ist völlig ermattet. Die bequemste Stellung verursacht ihr Schmerzen im ganzen Leib. Ja, es ist wirklich ein Körbchen, das der Kuli da auf dem Kopf hat. Ein altes Handarbeitskörbchen. Er hebt den Kobold vorsichtig an und betrachtet sie, immer noch lächelnd. Seine Augen sind ungewöhnlich jung.

Das letzte Mosaiksteinchen findet seinen Platz. Auch damals war er auf sie zugekommen und hatte sie auf diese Weise angesehen, lächelnd, als wolle er einen unschuldigen Scherz mit ihr treiben. Auch damals hatte er ein Ding auf dem Kopf, er hatte es sich aufgesetzt, während er abseits hinter einem Paravent stand, um sie zu beobachten. Einen Mazzocco* mit einem schwarzweißen Schachbrettmuster, der ihm bis auf die Schultern fiel. Ganz nahe war er an sie herangetreten, mit einem Lächeln, als handle es sich um einen Karnevalsscherz. Das Mädchen hatte angefangen zu lachen, und er hatte ihr schnell einen Wattebausch mit Chloroform auf das Gesicht gedrückt. Als sie wieder zu sich kam, war sie an ein Kreuz gebunden.

Der Maler kehrt an seinen ursprünglichen Platz zurück, das Gerät in erreichbarer Nähe, nachdem er den Kobold auf die Erde gesetzt hat. Einen Moment lang sieht Angelica ihn von hinten, in einen zerschlissenen Morgenmantel gehüllt, der ganz mit Farbe vollgeschmiert ist, und er erscheint ihr jung mit seinen elastischen Bewegungen, fast wie ein Jüngling. Er beobachtet sie aus einer gewissen Entfernung, legt sich die zur Faust geschlossene Hand wie ein Fernglas vors Auge. Dann streckt er den Daumen in ihre Richtung

* Antiker florentinischer Kopfschmuck.

aus, beugt den Zeigefinger darüber und studiert die Proportionen.

»Es tut mir furchtbar leid wegen dieser Sauerei. Aber es ist notwendig, daß der Hüpfer dich beschmutzt. Du mußt verdorben und liederlich aussehen. Besudelt. Nicht wie die auf dem andern Bild. Der Maler von jenem anderen Bild – der war ich auch, aber ich habe es vor sehr langer Zeit gemalt – war von der Renaissance inspiriert. Der Maler heute hat eine Tendenz zum Makabren, von gewissen Zeichnungen abgesehen, die eine von euch, eine von euch Feen, zerstört hat und von denen nur noch wenige übrig sind. Jetzt haben sie auch die noch verschwinden lassen. Verdammte Sklaven der Feen. Aber ich werde sie neu erschaffen. Ich werde mich schon darum kümmern, sie neu zu machen. Ich bin bald fertig. Und dann kannst du am Fest teilnehmen.«

Wieder ein Stromstoß. So stark, daß sie sich schon damit abgefunden hat, daran zu sterben. In dem Augenblick, als sie aufs neue ihre Pose einnimmt, ergreift Angelica die Gelegenheit, um sich wieder von der Chaiselongue zu stürzen. Ein Zischen der Scheiben, und wieder diese schreckliche Spannung im Zwerchfell. In ihrer Ohnmacht hört Angelica, wie der Maler mit der Stimme eines bockigen Alten lallt:

»Gerade jetzt, wo ich am Ende bin. Gerade jetzt spielst du wieder die Böse? Ich male den Affen, hörst du, der dich besessen hat. Der existiert nur in meinem Kopf, ich habe keine Zeit, ein Modell anzufertigen, ich muß schnell fertig werden. Ich bin es nicht gewöhnt, so zu arbeiten, nur aus der Phantasie, ich muß mich konzentrieren. Versuch das nicht noch mal, verstanden? Ich bitte dich darum. Glaubst du vielleicht, es ist ein Vergnügen für mich, dir weh zu tun? Reiz mich nicht. Es ist noch zu früh, um mich zu reizen. Da müssen wir gemeinsam hinkommen. Dann fängt das Fest erst an. Wenn das Bild fertig ist, kommt die Befreiung. Wenn du das Bild siehst, und ich werde es dir zeigen, wenn es fertig ist, wirst du auch begreifen, daß du nicht länger auf dieser Erde leben kannst. Dann wirst du begreifen, daß du an dem Fest teilnehmen mußt. Ich werde an diesem Bild nichts mehr machen müssen. Es wird ein abgeschlossenes Werk sein. Aber bis dahin ist noch ein bißchen Zeit.«

Dritter Teil

Es war wie Absicht, ich sah's nicht gerne,
der Nächte schönste mußt' diese eine
man füglich heißen: all alle Sterne
erglühten, es fehlten keine!
Und wär zum Fest der Mond noch erschienen,
den finstern Sinn mir störend gleich ihnen,
ich hätt's gelassen, geh aus, mein Licht,
nun machen wir weiter, der Mond kam nicht.

Giuseppe Giusti
Zauber

29

Neumond

Nach der Begegnung mit Scalzi brannte ihm der Boden unter den Füßen. Giovancarlo sah nichts als Schatten, die darauf warteten, ihn zu überfallen und in die Männerabteilung des Gefängnisses zu schleppen, wo, wie Guido gesagt hatte, die verhungerten Langzeitinsassen, Mafiosi, Vergewaltiger und nach Desinfektionsmittel stinkenden Mörder nur auf ihn warteten. Er wäre am liebsten sofort losgefahren, mit dem Zug, mit irgendeinem, er wollte nachts reisen und verschwinden.

Doch Guido war ein Spieler, der das Risiko liebte. So hatte er ihn nachts in Angelicas Wohnung begleiten müssen. Sie hatten zunächst in einer Bar in ihrer Straße Stellung bezogen, dann hatte er, Giovancarlo, anrufen müssen, um sicherzugehen, daß niemand die Wohnung überwachte, und schließlich hatte Guido gesagt, daß sie »fast« sicher sein könnten – wegen dieses »fast« zitterten Giovancarlo immer noch die Knie. Guido war in die Wohnung gegangen, um die Zeichnung zu stehlen, während Giovancarlo im Hauseingang Wache schob.

Der Bus kämpfte sich die kurvenreiche, hügelige Straße bergan. Giovancarlo hatte einen schweren Kopf, ihm war übel, und er verstand nicht, warum Guido ihn allein losgeschickt hatte, dieses Geschäft abzuschließen. Er versuchte, sich das wahre Motiv zu erklären. Mit Guido war es immer das gleiche: man mußte sich in einem Berg von Lügen und Andeutungen zurechtfinden.

Gründe hatte ihm Guido einige dargelegt. Er, Giovancarlo, habe ein gewandteres Auftreten, er sei vertrauenerwekkender, bei ihm sei es weniger wahrscheinlich, daß der Kunde Verdacht schöpfte, daß die Zeichnung gestohlen war. Und wenn er den Preis sofort zahlen würde, wäre das Geld in seinen Händen auch besser aufgehoben (eine Begründung, die, von Guidos Standpunkt aus betrachtet, sicher nicht ehrlich, aber durchaus vertretbar war). Giovancarlo war nicht vorbestraft, und wenn etwas schiefgehen würde oder wenn Angelica sie anzeigen würde, käme er mit wenig davon, vielleicht ein paar Monate auf Bewährung. Und so hatte Guido ihm die Zeichnung anvertraut, die jetzt in einer Mappe auf seinen Knien lag; die letzte Entscheidung über den zu verhandelnden Preis hatte er ihm zugestanden. Die Summe war bar zu entrichten, falls das Geschäft zu einem guten Ende gelangen sollte.

Ein Antiquitätenhändler, der, wenn man Guido Glauben schenken wollte, während der ersten Kontakte so interessiert gewesen war, sich die Zeichnung im Auftrag eines unbekannten Kunden zu sichern – wobei er sorgfältig vermieden hatte, irgend etwas zu erwähnen, was dessen Identität aufdecken könnte –, war ihnen in dem Moment, als sie dann mit Angelicas Zeichnung bei ihm erschienen waren, seltsam zurückhaltend vorgekommen. Er hatte einen flüchtigen Blick auf den Füssli geworfen und gesagt, er sei schwer unterzubringen und daß er nicht mit Stücken handle, die kein Echtheitszertifikat besäßen. Als Guido ihn auf die Unterschrift, das Datum, auf einen Aphorismus von der Hand des Künstlers auf der Rückseite des Blattes hinwies, alles Dinge, die eine Fälschung ausschlossen, war er mit folgendem Satz gekommen: Von Füssli habe er die Nase voll, und auch von der Person, die ihn gebeten hatte, ihr eine Zeichnung dieses Malers zu beschaffen; von keinem der beiden wollte er noch irgend etwas hören. Guido hatte sich auf peinlichste Art angebiedert: Er möge ihm doch wenigstens sagen, wer dieser interessierte Kunde sei, und ihm seine

Adresse geben. Und dann war etwas geschehen, was außerhalb jeder üblichen Praxis auf dem Kunstmarkt war: Der Händler hatte einen Namen und eine Adresse auf einen Zettel gekritzelt und ihn Guido ausgehändigt. Dabei mußte ihm doch klar sein, daß er auf diese Weise auf das Geschäft und seine Provision verzichtete, obwohl Guido ihm einen beträchtlichen Anteil vom Verkaufspreis versprochen hatte. Wer Guido kannte, der in diesem Ambiente einen sehr schlechten Ruf genoß, brauchte nicht zu hoffen, daß er von dem Moment an, wo er die Möglichkeit erhielt, unabhängig von Zwischenhändlern direkt mit dem Käufer in Kontakt zu treten, auch nur eine Lira locker machen würde. »Ich will nichts davon wissen«, hatte der Makler bekräftigt und das Angebot gereizt abgelehnt, »und sagt ihm nicht, daß ihr von mir kommt. Ich ziehe es vor, mit einer solchen Person nichts zu tun zu haben. Ich hatte ihm eine Arbeit in Auftrag gegeben, für diese Arbeit brauchte er die Zeichnung, aber jetzt habe ich die Beziehung zu ihm abgebrochen. Ich hoffe nur, daß er seinen Fuß nie wieder in meinen Laden setzt. Daher habe ich euch auch die Information gegeben – damit er keinen Grund mehr hat, seine Nase hier reinzustecken.«

Der Makler zog es also vor, sich diesen seltsamen Kunden vom Hals zu halten, der in einem ganz abgelegenen Bauernhaus ohne Telefon im Gebirge wohnte. »Ihr solltet ihn am späten Abend aufsuchen, tagsüber trifft man ihn selten an. Und wundert euch nicht, daß er sich wie ein Penner kleidet. Auch der Zustand des Hauses, das aussieht wie ein Schweinestall, darf euch nicht stören. Es ist halb zerfallen und ekelerregend dreckig. Er hat Geld, und zwar sehr viel, das hält er unter der Matratze versteckt, wie die Bauern und Bettler. Ihr solltet euch auch nicht über die unhöfliche und brüske Art wundern, mit der er euch behandeln wird. Er verhält sich anderen gegenüber wie ein tollwütiger Hund. Und wenn er nein sagt, dann versucht nicht, ihn zu überzeugen. Dem Kerl ist mit Dialektik nicht beizukommen.«

Ein solcher Lump sollte bereit sein, für eine obszöne Zeichnung eines zwar berühmten Malers, der aber nur einem gebildeten, kunstsinnigen Publikum bekannt war, achtzig Millionen Lire hinzulegen? Eine kaum kommerzialisierbare Zeichnung, fast mehr das Werk eines Literaten als eines Malers, eine Sache, die wohl kein normaler Bürger sich je in seine Wohnung hängen würde. Füssli war ein Künstler, der das Interesse eines Psychoanalytikers wecken mochte, eines Forschers, der sich mit den irrationalen Gestalten befaßte, die gegen Ende des achtzehnten Jahrhunderts ganz Europa zu bevölkern begannen, und nicht das eines verwilderten Bauern, als den der Antiquitätenhändler ihn beschrieben hatte. Wenn er auf Pornographie aus war, hätte er eine Menge Geld sparen können, indem er sich ein Videogerät und alle Pornokasetten kaufte, die ihn interessierten.

Der Antiquitätenhändler hatte noch eine weitere sibyllinische Warnung folgen lassen.

»Und egal, ob er euch die Zeichnung abkauft oder euch zum Teufel schickt, ihr müßt ihn vergessen. Ich kenne manch einen, der es zu spät bereut hat, ihn herausgefordert zu haben. Er bringt Unglück.«

Giovancarlo saß über der Wagenachse hinter dem Fahrer, er spürte jeden Schlag, der Bus war alt und die Stoßdämpfer abgenutzt. Aber von diesem Platz aus konnte er den Fahrer hören, der ihn rufen sollte, wenn sie bei seiner Haltestelle angekommen wären. Es war die letzte Fahrt in die Dörfer im Mugello, bis zur Endhaltestelle in Borgo San Lorenzo. Die Neumondnacht war klar, der Bus fast leer. Auf der Rückbank saßen zwei Mädchen und unterhielten sich laut in der Sprache der Comics.

Der Bus kam langsam voran und hielt an jeder der zahlreichen Haltestellen. Selten stieg jemand ein oder aus. Der

Fahrer lud Pakete aus oder nahm einen Stapel Briefe entgegen, wobei er immer auch ein paar Worte mit den Leuten wechselte. Einmal verließ er den Bus, der mit geöffneten Türen stehenblieb, um in eine Bar zu gehen. Das Licht aus ihrem Innern beleuchtete eine verschlafene Piazzetta. Schließlich stieg er wieder ein, gleichgültig gegenüber den schiefen Blicken der Passagiere,die ihn beobachtet hatten, während er an der Theke ganz gemächlich seinen Kaffee schlürfte.

Auf einem dunklen Abschnitt der Straße, einige Kilometer hinter dem letzten Dorf, an einer Stelle, an der man überhaupt kein Licht sah – auch das Haus aus roten Backsteinen lag dunkel und verlassen da –, hielt der Fahrer neben einem Schild mit der Aufschrift »Bedarfshaltestelle«, das wie eine weiße Pflanze aus einem Brombeergestrüpp ragte.

»Da wären Sie«, sagte er und drehte sich nach Giovancarlo um.

»Hier?« Giovancarlo sah aus dem Fenster. Das Land jenseits des Lichtkegels der Scheinwerfer kam ihm wie der Boden eines tiefen Brunnens vor.

»Sie haben doch gesagt, Sie müssen zum Kastell von Trebbio? Die Straße zum Kastell ist die da.« Der Fahrer deutete auf einen unbefestigten Weg, der sich im Wald verlor.

Giovancarlo steckte den Kopf durch die Tür wie ein Fallschirmspringer vor dem Absprung.

»Dort lang? Über diesen Trampelpfad?«

»Genau.« Der Fahrer faßte wieder das Lenkrad.

»Wie weit ist das denn?«

»Bis nach Trebbio? Ungefähr zehn Kilometer.«

»Zehn Kilometer!« Giovancarlo trat von der Tür zurück und wieder in das tröstende Licht des Busses.

»Entschuldigen Sie«, meinte der Fahrer, »ich will mich ja nicht in Ihre Angelegenheiten einmischen, aber was wollen Sie denn zu dieser Uhrzeit am Trebbio? Da ist schließlich kein Hotel, da wohnt eine Familie. Und sollten Sie die Absicht haben umzukehren: Der Bus von Borgo San Lorenzo hält hier ungefähr um Viertel vor zwölf, in zwei Stunden. Sie müßten also die zwanzig Kilometer hin und zurück im Laufschritt machen. Auf dem Hinweg geht es übrigens nur bergauf.«

»Ich muß eigentlich gar nicht direkt zum Kastell. Das heißt, ich muß zu einem Bauernhaus, das am Weg dahin liegt. Man hat mir gesagt, es sei ziemlich nah an der Landstraße, das erste, auf das man trifft.«

»In der Nähe der Landstraße gibt es meines Wissens keine bewohnten Bauernhäuser. Zu wem wollen Sie denn genau?«

»Hallo!« kreischte eines der Mädchen vom Rücksitz. »Wie wär's denn, wenn wir mal weiterfahren?«

»Einen Augenblick, ja?« erwiderte der Fahrer beleidigt, »ich kann schließlich nicht zulassen, daß mein Fahrgast sich in Gefahr bringt!«

»Ich müßte zu einem gewissen Narcisse Ori«, sagte Giovancarlo.

»Hmm!« Der Fahrer drehte sich mit dem ganzen Körper zu den Sitzen um. »Weiß hier jemand, wo ein gewisser Narcisse Ori wohnt?«

»Ich«, sagte eine alte Frau nach einer Pause.

Der Fahrer deutete auf Giovancarlo. »Dann erklären Sie ihm mal den Weg.«

Die Frau sah Giovancarlo auf seltsame Art an.

»Da gibt es nicht viel zu erklären. Gehen Sie diesen Weg hoch, ungefähr drei oder vier Kilometer weit. Dann kommt ein Platz mit einer Scheune, und hinter der Scheune steht das Haus. Man kann sich gar nicht verlaufen.«

»Danke.« Giovancarlo stieg aus. Unsicher wandte er sich noch einmal um. Der erleuchtete Bus war seine Zuflucht im Märchenwald, und er mußte ihn verlassen.

»Hallo, Sie!« Erneut die Stimme des Mädchens. »Jetzt hat er seine Information aber gekriegt, oder nicht?«

Giovancarlo ließ den Bus abfahren. Die alte Frau warf

ihm durch das Fenster einen gleichzeitig besorgten und mißtrauischen Blick zu.

Der Fiat 126 stand am Straßenrand, Scatizzi hatte sich über das Lenkrad gelegt.

»Ich hätte eine Idee.«

»Laß hören«, sagte Tartaro.

»Wir lassen ihn noch ein paar Minuten zu Fuß vorgehen. Dann fahren wir hinterher und nehmen ihn mit.«

»Sehr gut. Eine schöne Art, jemanden zu beschatten.«

»Wir können ihm schließlich nicht im ersten Gang diesen steilen Weg da hinterherfahren. Da weicht ja der Motor auf. Und mit dem Scheinwerferlicht merkt der doch, ohnehin, daß wir ihm auf den Fersen sind, oder? Also können wir genausogut …«

»Wer hat denn gesagt, daß wir mit dem Wagen hinter ihm herfahren müssen?«

»Wie denn sonst?«

»Zu Fuß. Los, steig aus.«

»Zu Fuß? Du hast doch keinen blassen Schimmer, wo der hin will, vielleicht müssen wir eine ganze Stunde lang marschieren.«

»Dann marschieren wir eben. Der bringt uns zum Versteck der Alberetti, begreifst du das nicht? Los, steig aus, sonst verlieren wir ihn!«

»Das kann ich nicht. Ich habe Asthma. Warum machen wir es nicht so, wie ich sage?«

»Ja, bist du denn vollkommen blöd?«

Der Pfad war dunkel und still, vor ihnen hörten sie keinerlei Geräusch von Schritten.

»Komm, beweg dich«, knurrte Tartaro, »wir haben ihn verloren, verdammt noch mal!«

»Scheiße«, keuchte Scatizzi, als er ihn eingeholt hatte, »Scheiße! Was ich vorgeschlagen habe, wäre so einfach gewesen …«

»Einfach? Hast du vergessen, daß er uns kennt?«

»Quatsch, der doch nicht ... Die andere Schwuchtel kennt uns. Der nicht. Er hat uns nur einmal gesehen ... Außerdem ist es dunkel ... Wir wären an ihn herangefahren und hätten freundlich gefragt: Können wir Sie irgendwohin mitnehmen? ... Und er hätte uns ganz bequem zur Alberetti geführt ...«

»Ach, laß mich doch in Ruhe. Und beeil dich. Wer weiß, wo der jetzt schon ist!«

»Geh du vor.« Scatizzi drehte sich entschieden um. »Ich laufe zurück und hole den Wagen. Ich schaffe das nicht. Ich habe Asthma.«

Die Straße mündete auf einen kleinen Platz, der auf einer Seite von einer Böschung, auf den anderen beiden von einem Wald und einer zerfallenen Scheune begrenzt war, und es schien, als sei sie hier zu Ende. Doch in Wirklichkeit ging sie hinter dem Wald nach einer engen Kurve weiter. Was früher einmal die Tenne gewesen sein mochte, war in einen Schuttplatz verwandelt worden. Er war von Unkraut, Brombeersträuchern und einem Haufen Abfall bedeckt. Tartaro stand hinter einem Olivenbaum und ahnte mehr, als er sehen konnte, wie Giovancarlo Quagliotti in diesem Schutt vorsichtig hin und her stieg. Der Schatten taumelte, stolperte über einen Gegenstand, ein Waschbecken, das das zarte Licht der Sterne reflektierte. Tartaro hörte ihn fluchen. Zehn Schritte weiter hatte er ihn aus den Augen verloren, er war im Dunkel eines Mauervorsprungs verschwunden.

Ein leichtes metallisches Schimmern hinter den ersten Bäumen am Waldrand erregte Tartaros Aufmerksamkeit. Er verließ den Platz und drang in einen von Felsbrocken übersäten Weg ein, ein ausgetrocknetes Flußbett, so schien es. Nach wenigen Schritten entdeckte er neben einem Felsblock einen Fiat, dessen vordere Stoßstange verbeult war.

Tartaro zündete ein Streichholz an, um das Nummernschild zu lesen. Die Nummer, die ihm die Mietwagenfirma gegeben hatte, hatte er sich eingeprägt. »Wer hat der Alberetti bloß den Führerschein gegeben«, murmelte er. Dann kehrte er eilig zur Tenne zurück, unter der Quagliotti verschwunden war. In der Ferne sah er die Scheinwerfer eines Autos die Wipfel der Bäume streifen, das mit dröhnendem Motor den Berg heraufkroch. »Mein Gott, wie der aufdreht, dieser Idiot«, sagte Tartaro zu sich selbst.

Giovancarlo hatte zweimal an die verschlossene Tür geklopft. Das Haus schien völlig unzugänglich, es war niedrig wie eine Kasematte und ohne jedes Licht. Auch die Fenster waren alle verrammelt. Nicht ein Laut drang nach außen. Das Bauernhaus beherrschte den ganzen Hügel. Auf einer Seite grenzte es an den Wald und war dort durch eine Brombeerhecke, so kompakt wie eine Mauer, geschützt. Auf der anderen Seite fiel das Gelände zu einer steilen Böschung hin ab, an deren Ende eine aus grob behauenen Steinen aufgeschichtete Mauer stand. Er stolperte über einen Gegenstand. Er kniff im Dunkeln die Augen zusammen und erkannte, es war ein verrostetes Dreirad und so vor die Tür gelegt, als sollte es den Eingang versperren. Es erschien ihm bedrohlich, das Spielzeug, der eiserne Sattel war durchlöchert, und die zerbrochenen Speichen des Vorderrads standen wie die Stacheln eines Igels ab. Giovancarlo versuchte, durch einen Spalt im Fensterladen einen Blick ins Innere zu werfen. Ein Geruch von Feuchtigkeit und abgestandener Luft schlug ihm entgegen. Auf dem Fensterbrett standen vier ganz gleiche, pyramidenförmige Steine in einer Reihe. Auch vor dem anderen Fenster, jenseits der Tür, stand eine Reihe von diesen schwarzen Steinen, geschliffen wie riesige, matte Diamanten. »Was zum Teufel«, sagte Giovancarlo laut, um sich Mut zu machen, »hier läuft's einem ja kalt den Rücken runter …« Dann machte er kehrt. Bevor er wieder bei der Scheune war, stand plötzlich ein Mann vor ihm, dessen Gesicht sich im Dunkel hell abzeichnete.

»Nun«, sagte Tartaro, »geht es der Tante gut?«

»Welcher Tante?« stieß Giovancarlo leise hervor.

»Ach ja, richtig, Ihre Tante ist es ja gar nicht. Sie ist ja die Tante von dem andern. Wie geht es der Signora Degli Alberetti?«

Angelica erwacht aus dem Schlaf, in den sie versunken war. Sie erinnert sich vage, daß sie auch vorher schon mit einem furchtbaren Durst wach geworden ist und der alte Kuli ihr freundlich etwas eingeflößt hat, das er mit dem Löffel aus einem tiefen Teller schöpfte. Eine lauwarme Brühe, die nach einer Tütensuppe schmeckte. Als sie wieder aufwacht, ist sie auf einem Holzstuhl mit Armlehnen festgebunden. Ihre Unterarme sind bis zu den Ellbogen mit Klebeband umwickelt, ebenso die Beine von den Knöcheln aufwärts bis zum Knie. In der Taille drückt ein Ledergurt ihren Körper gegen die Rückenlehne. Der Druck, den die Klammer des Geräts an ihrem Oberschenkel ausübt, ist unerträglich.

Angelica sieht ihr Abbild in einem Spiegel, der durch eine Reihe von Kerzen, die vor ihm auf dem Boden stehen, wie ein Altar erscheint. Der Spiegel zeigt auch den Maler, er steht neben dem Stuhl. Angelica hat das Gefühl, außerordentlich klar im Kopf zu sein. Ihr fällt eine Daguerreotypie aus dem vergangenen Jahrhundert ein, auf der ein Ehemann mit Melone, sehr gerade neben seiner Gattin stehend, abgebildet ist.

»Ich warte darauf, daß du hinsiehst. Schon seit einer Weile warte ich darauf.« Seine Stimme hat etwas Flehendes. »Kannst du dich bitte entschließen, es anzusehen?«

Das Bild könnte die Kopie eines Meisterwerks von Füssli sein, doch gibt es da etwas, das anders ist. Die manieristische Perfektion geht in Ironie auf, einer kühlen Ironie, die an Horror grenzt. Hinter dem Rücken der Schlafenden tritt eine Figur aus dem dunklen Hintergrund hervor. Sie hat den Körper eines Affen, aber das faltige Gesicht des alten Kuli, mit diesem pathetischen Körbchen auf dem Kopf.

Angelica erkennt sich selbst auf diesem Bild, mit dem Kopf, der über den Rand der Chaiselongue hängt: ja, das ist sie, aber das Gesicht ist mädchenhaft. Der Maler hat ein junges Mädchen mit dem Körper einer Frau gemalt. Angelica erkennt das kleine Mädchen aus dem Internat wieder, die Tochter des Kaufmanns auf dem gefälschten Paolo Uccello. Dann betrachtet sie sich selbst im Spiegel. Er hat ihre Beine an der Außenseite des Stuhls festgebunden und sie damit in eine obszöne Stellung gezwungen. Angelica wendet die Augen von ihrem welken Gesicht, das von tiefen Ringen unter den Augen gezeichnet ist, von der über die Knie hochgeschobenen Tunika, von den wirren Haaren, die vom Kopf abstehen wie bei einer Kranken, die viele Tage im Bett verbracht hat. Sie erkennt sich nicht wieder, sie sieht sich wie eine Fremde, das erschreckt sie, er ist im Begriff, sie den Verstand verlieren zu lassen, alles ist so verworren. Wer ist die da? Wer bin ich? fragt sich Angelica. Der Kuli betrachtet abwechselnd das Bild und den Spiegel, die an den Stuhl gebundene Frau und sich selbst, mit einem fragenden und erregten Ausdruck. In seiner rechten Hand hält er einen Gegenstand, den er ständig dreht. Ein dunkler Stein, so sieht es aus. Die linke Hand und die Hälfte der Gestalt sind von der Rückenlehne des Stuhls verdeckt, die linke Schulter zuckt krampfhaft, rhythmisch. Der Kuli grummelt und keucht, er scheint zu leiden, einen Augenblick lang empfindet Angelica Mitleid mit ihm; doch als sie begreift, was er da macht, wird sie von tiefem Ekel erfaßt. Der Kuli gibt eine Art Litanei von sich, flüsternd und sabbernd, fast ohne dabei die Lippen zu bewegen:

»Er hat sie ergriffen … er hält sie fest … eeh! … der Kobold … er ist der Stärkere … der Hüpfer … stärker als die ganze Welt … mächtiger als die Feen … gegen ihn kommt sie nicht an … eeh! … der große Affe hat sie ergriffen, er hat mit ihr den Inkubus gezeugt … der große Affe mit dem grauen Fell … er ist der Chef … er kommandiert den ganzen Affenstamm … er hat sich mit ihr wie mit einem Püppchen vergnügt … eeh! … sie haben Lust … die ekligen Neidhammel und Drecksäcke … sie haben Lust … aber er ist auf ihr … da kommt keiner ran … wer holt ihn da wieder weg … wer kann ihn von da runterholen … sieh hin … sieh hin … sieh dich an … sieh mich an … sieh mich an … jetzt …eeh! ooh! …Nein! Sieh in den Spiegel … sieh dich an … jetzt … ooh! sieh das Bild an … wie schön das Bild ist … ooh! … Ohi, ohi … was für ein schönes Bild … wasfüreinBildwasfüreinBild … ooh … oh … Aaah …!«

Angelica sieht, wie er in die Knie geht, er hat sich ganz in seinen Morgenmantel zusammengezogen, er verschwindet darin, er kauert auf dem Boden, hinter der Reihe der Kerzen, die vom Spiegel reflektiert werden, ein Häufchen grauer Lumpen, auf dem das Körbchen liegt.

Plötzlich steht er wieder, ganz wachsam, das Ohr nach draußen gerichtet. Angelica meint, einen Motor im Leerlauf zu hören.

Die Stimme des Kuli ist kalt: »Sie haben die Beeinflußmaschine in Gang gesetzt. Dreckige Neidhammel, sie haben ihr ekeliges Gerät wieder eingeschaltet. Sie brummen und brummen … was denken die sich eigentlich?«

Das Auto steht nun bei laufendem Motor und ausgeschaltetem Licht hinter dem Volkswagen. Scatizzi wischt sich mit einem Taschentuch den Schweiß von seinem kahlen Schädel.

»Mach das Licht wieder an«, befiehlt ihm Tartaro, der mit Giovancarlo am Arm auf ihn zukommt. »Ich will ihn nach allen Regeln der Kunst identifizieren.«

»Also«, Scatizzi sieht aus dem Wagenfenster, »was ist hier eigentlich los?«

»Hier ist los, daß dieser junge Mann mir weismachen will, daß die Alberetti nicht in dem Haus da ist. Daß er hierhergekommen ist, um wer weiß mit wem zu reden. Daß aber niemand da ist und er gerade wieder gehen wollte. Aber ich habe den Wagen gefunden, den Angelica gemietet hat. Er steht da mitten auf dem Weg, zur Abwechslung mal zerbeult.«

»Aber wenn ich Ihnen doch sage, daß ich nichts von Angelica weiß«, protestiert Giovancarlo. »Ich habe sie seit drei Wochen nicht mehr gesehen.«

»Und warum bist du nicht ins Haus reingegangen?« Scatizzi windet seinen massigen Körper aus dem kleinen Wagen. Er hat das Fernlicht eingeschaltet, es bestrahlt die Ruinen der Scheune, hinter der man das Dach des Bauernhauses erkennt.

»Du weißt nicht, warum?« Tartaros Toupet ist ihm ein wenig in die Stirn gerutscht, doch ist er zu beschäftigt, um sich jetzt darum zu kümmern.

»Nein.«

»Wenn uns dieses Arschloch von Alberetti nicht aufmacht, die da in dem Haus ist, können wir nicht mit Gewalt eindringen. Dazu haben wir kein Mandat. Willst du, daß Orlandi uns Schwierigkeiten macht?«

Scatizzi stöhnt, schlägt die Wagentür zu und macht sich auf den Weg zum Haus.

»Wo willst du denn jetzt hin?«

»Wir haben doch den Mietwagen, oder nicht? Also. Der ist der Beweis, daß sie hier ist! Es gibt eine Weisung von Richter Lembi, einen … wie heißt das noch mal … Sicherungsgewahrsam! Und was brauchen wir mehr?«

»Da hast du recht!« sagt Tartaro und folgt dem Kollegen, »Sie, kommen Sie mit!«

Vor der Tür nimmt Scatizzi Anlauf, dann wirft er sich

mit seinem ganzen Gewicht dagegen. Er reißt die Tür aus den Angeln, sie bricht nach innen auf. Gestank schlägt ihnen entgegen. Giovancarlo hält sich die Mappe mit der Zeichnung vor die Nase.

»Ach, du lieber Gott!« Scatizzi zieht eine Grimasse. »Wer wohnt denn in diesem Scheißhaus?«

Der Maler stürzt sich auf die Kerzen, löscht mit der Hand eine Flamme nach der anderen. Dann macht er die Gaslampe aus. Angelica spürt, daß er hinter ihr steht. Er bewegt sich ruckartig wie eine Maus. Vom oberen Stockwerk hören sie Geräusche. Zuerst einen Knall, in dem Moment hat der Maler die Lichter ausgemacht, jetzt Schritte und Stimmen. Die Treppe im Hintergrund des Kellers wird beleuchtet, das Licht, das von oben kommt, wirft den Schatten der Stufen wie die Zähne einer riesigen Säge auf das Mauerwerk.

»Signora! Wir wissen, daß Sie hier sind. Lassen Sie uns keine Zeit verlieren: kommen Sie heraus!«

Angelica beißt vor Wut die Zähne zusammen. Tränen steigen ihr in die Augen. Kommen Sie heraus, sagt dieses Arschloch, als ob ich die Kriminelle wäre. Dreckiger Feigling. Sie meint zu ersticken, versucht zu sprechen, atmet, die stinkende Luft des Kellers tritt in ihre Lungen. »Kommt runter! Hier bin ich!« schreit sie. Da nimmt sie eine Bewegung hinter ihrem Rücken wahr, und instinktiv wirft sie sich mit dem ganzen Gewicht ihres Körpers zur Seite. Der Stuhl wackelt. Der Schlag streift ihre Schulter und trifft die Rückenlehne. Man hört das Splittern von Holz, Angelica spürt, wie der Stuhl unter ihr schwankt. Noch ein Schlag, diesmal trifft er ihre rechte Schulter und dann die Armlehne. Schon wieder das Geräusch von Holz, das in Stücke bricht, Angelica verliert das Gleichgewicht, sie hat keinen Halt mehr, für den Bruchteil einer Sekunde schwebt sie. Der Stuhl ist zerbrochen, die Rückenlehne hängt durch den Gurt noch an ihrer Taille, aber ihre Arme kann sie bewegen, wenn sie auch noch mit dem Klebeband an die Stuhllehne gebunden sind. Mit einer schnellen Bewegung rollt sich Angelica auf den Boden und entfernt sich so weit wie möglich. Ein feines Pulver dringt ihr in Nase und Augen, die Holzstücke behindern sie, sie bewegt sich ungelenk wie eine Marionette. Der Gurt, der die Elektroplatte an ihrem Bein festhielt, hat sich gelockert, Angelica zieht das Knie ruckartig bis zum Kinn hoch. Man hört einen Knall: Im Fallen entläßt das Gerät ein winziges Firmament sprühender blauer Funken, doch die Drähte sind gelöst, die Marionette hat sich befreit. Auf der Suche nach einer Höhle kriecht sie über den Boden.

»Was ist denn da unten los?«

Scheißkerle, sie sind auf der Treppe stehengeblieben. Diese verdammten Angsthasen, sie bewegen sich keinen Schritt. Ihre Augen beginnen sich an die Dunkelheit zu gewöhnen, sie glaubt einen Unterschlupf zu sehen, an der Wand da ist ein dunklerer Schatten, die Fragmente des Stuhls, die noch an ihr kleben, klack-klack, begleiten ihre Bewegungen. Sie erkennt einen grauen Umriß, der sich über sie beugt, sie stellt sich ihn eher vor, als daß sie ihn wirklich sieht, mit der ausgestreckten Hand wählt er den richtigen Winkel, um einen weiteren Schlag niedergehen zu lassen. Sie faßt ein Tischbein, zieht sich darunter. Der Tisch steht auf Böcken, die Platte gerät ins Wanken, dann rutscht sie nach vorn und fällt auf sie drauf, doch schützt sie sie, eine ölige Flüssigkeit rinnt Angelica über den Nacken, sie spürt dichten Staub in ihrer Kehle, er schmeckt nach Blei.

»Machen Sie wenigstens das Licht an«, sagt die spöttelnde Stimme von oben.

Angelica kauert unter der Tischplatte, sie möchte schreien, doch wagt sie es nicht, um sich nicht zu verraten. Sie weint leise und versucht die Gefahr zu erkennen, die ihr aus dem

Dunkel droht. Zögernde Schritte auf den Stufen. Die Flämmchen eines Feuerzeugs und eines Streichholzes bewegen sich auf der Treppe nach unten.

»Hast du die Taschenlampe nicht dabei?«

»Verdammt, die habe ich im Auto gelassen!«

»Dann mach doch endlich diesen Stummel da an, worauf wartest du?«

Eine Silhouette huscht durch den Raum, wie eine Kakerlake in einer Badewanne, und verschwindet aus dem Lichtkreis der Kerze.

»Ergreift ihn! Ergreift ihn!« schreit Angelica. »Er will mich umbringen! Ergreift ihn!«

Scatizzi hebt die Tischplatte an, die aussieht wie eine Leinwand von Pollock. Auf dem Boden Glas- und Tonscherben, mit farbiger Erde vermischt. Angelica hockt mit über dem Kopf verschränkten Armen da, die gesplitterten Enden der Stuhllehne ragen unter ihrem Ellbogen hervor. Auch Tartaro hält jetzt eine Kerze in der Hand, das Licht beleuchtet das Gemälde, den Spiegel, Angelica, die von oben bis unten mit Farbe beschmiert ist, blau, rot, und ein weißes Pulver, das immer noch aus ihren Haaren über ihren halbnackten Körper rieselt.

»Wer will Sie umbringen?«

Angelica deutet in eine Ecke, neben dem Fenster. Dort steht der alte Kuli, starr gegen die Wand gelehnt, mit geschlossenen Augen, und seine ausgestreckte linke Hand beschreibt seltsame Serpentinen in der Luft. Mit der Rechten hält er einen dunklen Gegenstand an die Brust gepreßt. Als Tartaro mit gezogener Pistole auf ihn zugeht, zeigt er das allmächtige Objekt mit beiden Händen – stellt er den diamantförmigen Stein wie einen Talisman zur Schau.

Angelica, halb ohnmächtig und notdürftig in eine alte Decke gehüllt, saß auf dem Vordersitz des Fiat neben Tartaro. Giovancarlo saß hinten. Sie nahmen den Waldweg auf der

Suche nach dem nächstgelegenen Telefon. Scatizzi war in dem Bauernhaus geblieben, um Narcisse Ori zu bewachen.

»Da haben Sie aber wirklich eine schwierige Arbeit«, bemerkte Giovancarlo.

»Das kann man wohl sagen«, entgegnete Tartaro.

»Ihr seid gerade zur rechten Zeit eingetroffen.«

»Eh, ja, genau. Es war ein kritischer Moment ... Diese Subjekte drehen bis zu einem bestimmten Punkt auf, und dann explodieren sie.« Tartaro senkte höflich die Stimme und drehte sich zu Giovancarlo um. »Die Signora ist ein schönes Risiko eingegangen. Ihnen hat sie es zu verdanken, wenn sie noch am Leben ist.«

»Wieso mir?«

»Aber sicher. Wenn Sie nicht gewesen wären, der uns zu diesem Haus geführt hat ...«

»Aber nein«, wehrte Giovancarlo ab, »was hab ich denn schon getan? Sie haben den Wagen gefunden. Wissen Sie, daß Sie mir gefallen haben? ... Ich meine: die Art, wie Sie auf ihn zugegangen sind und ihm die Handschellen angelegt haben, so blitzschnell.«

»Nun, äh, ich hatte ja den Revolver ...«

»Aber Sie haben ihn nicht benutzt. Das hat mir gefallen, daß Sie ihn nicht benutzt haben. Ich hatte solche Angst, Sie könnten ihn benutzen.«

»Nun ja, wissen Sie, das ist Berufserfahrung.«

»Wie auch immer: mir jedenfalls hat es gefallen. Ich meine, aus der Perspektive des Bürgers. Ich habe mich, wie soll ich sagen ... beschützt gefühlt.«

Scatizzi hatte Narcisse Ori im Kamin untergebracht, nachdem er dort eine stabile Vorrichtung gefunden hatte, an der er ihn festmachen konnte. Er hatte die Handschellen an einer Kette eingehakt, die ohne Kochtopf aus dem Abzug herabhing. Der Kamin war typisch für ein toskanisches

Bauernhaus – groß wie ein kleines Zimmer, mit Sitzbänken zu beiden Seiten. Auf einer dieser Bänke saß Narcisse, noch winziger als sonst, in seinen langen grauen Mantel gehüllt, unbeweglich wie der abblätternde Putz an der rußgeschwärzten Wand. Scatizzi rauchte eine Zigarette, vor ihm auf dem Tisch lag in Reichweite die Pistole und, in ein Stück Zeitungspapier eingewickelt, der kleine dunkle Obelisk. Als er bemerkte, daß der Gefangene die Lippen bewegte, ging Scatizzi auf ihn zu. Vielleicht wollte er ja ein Geständnis ablegen. Er schob seinen Stuhl nach vorn und steckte den Kopf in den Kamin.

»Sie sind Polizist, eh? Sie sind Polizist?«

»Ja«, bestätigte Scatizzi hoffnungsfroh. »Ich bin von der Polizei, sagen Sie mir ruhig alles, was Sie zu sagen haben.«

»Also, dann nehmen Sie zur Kenntnis, daß ich alle anzeige, die die Kirche in der Via Calzaioli, gegenüber von Orsanmichele, ihrer Fresken, Leinwände und Holzschnitzereien beraubt haben. Sie haben daraus ein modernes Gebäude gemacht, das aussieht wie eine Bankfiliale, doch in Wirklichkeit ist es die Zentrale der Sekte sechs-sechs-sechs. Und wissen Sie, wozu der Palast am anderen Arnoufer verwendet wird, der hinter dem Ponte alle Grazie? Aber sicher wissen Sie es, nicht wahr? Als ich ihn entdeckt habe, liefen Beamte in Zivil in der Gegend herum, um mich daran zu hindern, mit irgendeiner Person Kontakt aufzunehmen, um ihr meine Entdeckung mitzuteilen. Und wissen Sie, daß sich über dem Portal von Santa Maria Maggiore Skulpturen befinden, die die Landung einer Rakete darstellen? Und wissen Sie, daß diese Rakete sich auf der Piazza Santa Elisabetta befindet? Und daß sie in den USA versuchen, die wirklichen Macher des zweiten Weltkrieges wiederzubeleben: Freud und Einstein? Und daß Hitler in einem Keller in einer Schweizer Bank überwintert? Und wissen Sie, daß sie in den Gebäuden, die wie Lagerhallen aussehen, ein wenig außerhalb von Florenz, an der südlichen Peripherie, die als Sport- und Tennisplätze und so weiter dienen, versuchen, eine Maschine zu konstruieren, die die zehnfache Potenz von der hat, über die sie heute schon verfügen? Ich zeige die Scheißärzte an, die mir flüssige und feste Halluzinogene in den Rücken und in meine Handgelenke gespritzt haben: die Creme dringt ganz allmählich in den Organismus ein, aber auf jeden Fall dringt sie ein. Dank der chemischen Substanzen, die in meine Schuhe und in meine Kleider gerieben werden und die sie meinem Trinkwasser beimischen, haben sie mich der Fähigkeit beraubt, Gerüche wahrzunehmen, und sie versuchen auch, mich daran zu hindern, Farben zu erkennen. Ich zeige die männlichen und weiblichen Diebe an, die mir alles stehlen, männliche und weibliche Diebe, die mehr oder weniger uniformiert sind, die sich an den Hintern der Feen hängen, die meine Werke kopieren, meine Zeichnungen und meine Ideen. Ich kann mir nicht weiterhin an eurer Stelle selbst Gerechtigkeit verschaffen, ich kann mich nicht mehr allein verteidigen. Sie haben versucht, meine Werke aus den Museen Europas zu entfernen; das ist der einzige Ort, wo meine Werke sein dürfen, in den Museen; sie haben versucht, sie auszuschließen, sie wer weiß wo zu verstecken, sie diffamieren sie, um sie ungestraft zerstören zu können, und sie warten nur darauf, auch mich mit Paraffininjektionen unter die Haut zu liquidieren, um mich so steif wie eine Wachsfigur zu machen. Sie haben es geschafft, daß ich vor dem Spiegel einen Schreck bekomme, ich erschrecke auch schon vor dem Wasser. Zwei meiner Theorien wurden von Ministern Päpstinnen Päpsten und anderen gestohlen die tot sind wie viele die ich nicht sehe und sie rufen mich sie wissen nicht was sie tun sollen nachdem sie in eine Welt zurückgekehrt sind in der sie wie blinde Fliegen umkommen wie schreckliche weiße Fliegen …«

Scatizzi kehrte an den Tisch zurück, spielte mit dem Obelisken, doch wickelte er ihn wieder in das Zeitungspapier, als ihm einfiel, daß er die Fingerabdrücke verwischen könnte. Er war von diesem seligen Blick, von dieser ruhigen und freundlichen Stimme und dem kalten Lächeln ganz verwirrt.

30
Vorverfahren

»Wo ist der Mann?« fragte Professor Rùffoli den Anwalt. Scalzi war in diesem Augenblick aus dem Aufzug gestiegen.

Das Atrium vor dem Zimmer von Richter Lembi war leer. Die Angestellten betraten ihre Büros um Viertel nach acht. Scalzi war zu früh gekommen, die Sitzung war für später angesetzt.

»Er kann noch nicht da sein«, sagte er. »Die Eskorte holt ihn erst in Montelupo ab.«

»Und warum in Montelupo?«

»Dort befindet sich die psychiatrische Abteilung des Gefängniskrankenhauses.«

Rùffoli machte eine ungeduldige Geste und verschränkte die Arme hinter dem Rücken, drehte sich um und betrachtete mit erhobener Nase die Decke. Die letzten Restaurierungsarbeiten hatten die franziskanische Schlichtheit der Dachbinder freigelegt.

Mit einer gewissen Trägheit spuckte der Aufzug Angestellte, Rechtsanwälte, Richter und Bürger aus, die vor Gericht zitiert worden waren. Scalzi entfernte sich und ging ins Sekretariat des Schwurgerichts, wo er sich über das Datum eines Prozesses informierte. Er unterhielt sich noch ein paar Minuten mit Silvia und Elisabetta, den beiden Sekretärinnen, die freundlich und sympathisch waren, obwohl sich ihre Arbeit ständig um blutige Dramen drehte. Als er ins Atrium zurückkehrte, hatte sich vor Lembis Tür bereits eine kleine Menschenmenge versammelt. Auf der Bank gegenüber der Tür saß ein winziger Mann zwischen zwei Carabinieri, mit einem von ihnen durch die Handschelle verbunden. Rùffoli stand mit verschränkten Armen und starrte ihn an, und als er Scalzi bemerkte, deutete er auf den Mann: »Ist er das?«

»Ich glaube, ja«, nickte Scalzi. »Aber ich habe ihn noch niemals vorher gesehen.«

Der Professor machte einen Schritt auf die Bank zu und beugte sich vor, um dem gefesselten Mann ins Gesicht zu sehen. Einer der beiden Carabinieri stand auf und hinderte ihn daran, sich ihm noch weiter zu nähern.

»Sie dürfen nicht mit dem Gefangenen reden!«

»Ich muß diesem Herrn etwas sagen«, meinte Rùffoli streng.

»Das geht nicht!«

Das Männlein schaute durch die Beine des Carabiniere. »Und wer sind Sie?«

Der Professor runzelte die Stirn. »Ich bin Massimo Rùffoli!«

Der Carabiniere legte seine Hand im schwarzen Handschuh auf Rùffolis Krawatte: »Entfernen Sie sich bitte.«

Der Wissenschaftler zog sich seufzend zurück. Das Männchen lächelte und wandte den Blick ab. Er trug einen blauen Anzug, der viel zu warm für die Jahreszeit war. Er kauerte sich in sich zusammen und regte sich nicht mehr. Seine gefesselten, im Schoß gefalteten Hände versanken nahezu in den Falten des Anzugs. Die Aufschläge des Jacketts lagen um seinen Kopf wie die Kapuze eines Mönchs.

»Wenigstens ist es mir gelungen, ihn zu sehen«, brummte Rùffoli, an Scalzi gewandt.

Vor der Tür des Richterzimmers standen zwei distinguierte Herren, die Englisch miteinander sprachen. Dann erkannte Scalzi Deborah und Pasquale, die mit unglücklichem Gesicht an der Wand lehnten. Ein anderer junger Mann in Jeans und Ray-Ban-Sonnenbrille hielt sich ein wenig abseits von ihnen; das mußte der Briefträger sein.

Schließlich stand da noch ein Individuum mit dunklem Teint, in schwarzer Lederjacke und Lederhose. Angelica war weiterhin des Mordes an Scalistri beschuldigt, obwohl Lembi auf Antrag von Scalzi den Sicherungsgewahrsam aufgehoben hatte. Doch weder sie, die im Krankenhaus lag, noch Guido oder Giovancarlo würden zu dieser Sitzung erscheinen, und im übrigen war ihre Anwesenheit auch nicht erforderlich.

Signorina Sartoni schaute zur Tür heraus. »Ist der Staatsanwalt eingetroffen?«

»Ich kann ihn nicht sehen«, sagte Scalzi.

»Tun Sie mir einen Gefallen, Signorina Sartoni«, aus dem Inneren des Zimmers hörte man die unfreundliche Stimme von Richter Lembi, »gehen Sie runter und holen Sie ihn, wir sind schon eine Viertelstunde zu spät dran.«

Nach Angelicas Rettung hatte Scalzi seinen Antrag erweitert und verlangt, daß auch der Angeklagte Narcisse Ori verhört würde, gegen den wegen Entführung von Angelica Degli Alberetti und schwerer Körperverletzung ein Verfahren eingeleitet worden war. Zur Unterstützung seines Antrags hatte er das Gutachten eines Arztes aus der psychiatrischen Abteilung des Gefängniskrankenhauses von Montelupo beigebracht. Daraus ging hervor, daß Narcisse Ori unter paranoider Schizophrenie litt und sich sein psychischer Zustand zunehmend verschlechterte. Der Maler verbrachte ganze Stunden reglos wie ein Stein in katatonischem Zustand. Es war also vorauszusehen, daß er in Kürze nicht mehr in der Lage sein würde, bei vollem Bewußtsein am Prozeß teilzunehmen. Natürlich war Orlandi dagegen gewesen, und da Lembi Scalzis Antrag auf Integration seiner Beweise dennoch stattgegeben hatte, hatte er auf die Karte des Aufschubs gesetzt. Doch Lembi hielt an dem Datum des dritten Oktober fest, das schon für die anderen Beweisaufnahmen festgelegt worden war. Es sollten, wie vorgesehen, der Briefträger Michelozzi, der auch von Orlandi angegeben war, Deborah Cerini, der Musiker Pasquale, Gramigna und die vom Staatsanwalt beauftragten Experten gehört werden, die ein umfangreiches Gutachten vorgelegt hatten, das mit Makroaufnahmen, Diagrammen von spektroskopischen Untersuchungen und chemischen Analysen ausgestattet war, alles, um die Echtheit des Bildes zu untermauern. Schließlich würde Professor Rùffoli als Fachberater der Verteidigung gehört werden, der im Gegensatz zu den anderen ein paar saftige und mit Ironie gewürzte Seiten geschrieben hatte.

Als erstes wurde das Thema von Angelicas Alibi behandelt. Wie Lembi vorausgesehen hatte, versuchte Renzo Michelozzi zu leugnen, daß er am 31. Juli die Villa von Scalistri aufgesucht hatte und wieder umgekehrt war, um sein Motorrad nicht mit Schlamm zu beschmutzen. Er antwortete auf die Fragen des Staatsanwalts mit einer Menge von »Ich weiß nicht« und »Ich erinnere mich nicht«. Scalzi verzichtete auf eine Gegenbefragung, und der Zeuge wurde entlassen. Auch Deborah Cerini zögerte zu Beginn. Doch von Scalzi mit präzisen Fragen in die Enge getrieben, war sie gezwungen, alle Umstände zuzugeben, die ihr Freund ihr auf Elba anvertraut hatte. Deborah erzählte auch die Episode mit dem Volkswagen. Ihr Verhör war schon beendet, als das Mädchen spontan hinzufügte: »Er ist hier! Ich habe ihn auf dem Flur gesehen. Er sitzt da in Handschellen.« Richter Lembi warf einen Blick auf den Verteidiger.

»Wen haben Sie gesehen, Signorina?« fragte Scalzi.

»Ich erhebe Einspruch gegen diese Frage«, fiel Orlandi ein. »Diese Feststellung kann nur Gegenstand einer Personenidentifizierung sein.«

»Die Zeugin hat eine spontane Aussage getroffen«, sagte Scalzi, »und es erscheint angebracht, diesen Umstand sofort zu überprüfen, das heißt in der Unmittelbarkeit einer

Wahrnehmung, die durch einen Aufschub nur gemindert werden könnte.«

»Einspruch abgelehnt.« Lembi warf dem Staatsanwalt einen scharfen Blick zu. »Herr Staatsanwalt, ich wundere mich sehr. Hier handelt es sich um einen Nachweis in einem Mordfall. Ich dachte eigentlich, diese Sache müßte Ihr Amt interessieren. Signorina, antworten Sie auf die Frage des Anwalts. Wen haben Sie im Flur gesehen?«

»Den Typen, der den Lieferwagen fuhr«, antwortete Deborah, »den, der wie ein Affe mit einem Körbchen auf dem Kopf aussah.«

»Na, wunderbar«, knurrte Orlandi, »jetzt bringt sie auch noch das Körbchen ins Spiel.«

»Sind Sie sicher, Signorina?« fragte Scalzi.

»Ja.«

»Aber wie können Sie denn behaupten, sicher zu sein!« fiel Orlandi erneut ein. »Es war dunkel, und Sie waren doch mit ganz anderen Dingen beschäftigt, wenn ich nicht irre!«

Deborah rutschte unbehaglich auf ihrem Stuhl hin und her und senkte den Blick.

»Ihr wart doch dabei, euch zu lieben, nicht wahr? Sie und dieser andere Zeuge, der eben den Saal verlassen hat, stimmt's?« Orlandis Stimme wurde lauter.

»Herr Staatsanwalt«, sagte Lembi, »die Zeugin wird vom Verteidiger verhört. Ich bitte Sie, Kommentare zu vermeiden. Und versuchen Sie bitte nicht, sie einzuschüchtern.«

»Ich erlaube ihr nicht …«, hob Orlandi an.

»Ich habe ihn genau gesehen!« Deborah sah wieder auf und sagte in entschiedenem Ton: »Die Scheinwerfer leuchteten ihn ganz hell an. Dieses Gesicht werde ich niemals vergessen!«

»Ich habe keine Fragen mehr an die Zeugin«, sagte Scalzi.

»Möchte der Herr Staatsanwalt zur Gegenbefragung übergehen?« fragte Lembi.

»Nein«, erwiderte Orlandi finster.

»Avvocato Scalzi«, sagte Lembi, »haben Sie eventuell eine Eingabe zu machen?«

Scalzi dachte schnell nach. Welche Eingabe mochte ihm der Untersuchungsrichter nahelegen? Auf der Suche nach einer Idee blätterte er im Gesetzbuch herum.

»Ja«, sagte er. »Ich bitte darum, daß die auf dem Flur wartende Person identifiziert und anschließend der Zeugin Cerini vorgeführt wird.«

»Wie bitte?« regte sich Orlandi auf. »Und was ist das für ein Buch, das Sie da gerade konsultieren, das Strafgesetzbuch des Staates Texas, USA?«

»Mitnichten«, antwortete Scalzi, »die Artikel vierhundert und vierhundertzweikommasechs des unseren.«

»Die Zeugin möge dort Platz nehmen. Sie bleibt bis zum Ende der Sitzung hier. Cerini, Sie dürfen aus gar keinem Grund in die Vorhalle hinausgehen.«

Lembi wandte sich an Signorina Sartoni, die das Aufnahmegerät überwachte und gleichzeitig zusammenfassende Aufzeichnungen von der Anhörung machte.

»Nehmen Sie ins Protokoll auf, daß die Zeugin Cerini aufgefordert wird, den Raum, in dem die Anhörung stattfindet, nicht zu verlassen, von unaufschiebbaren Notwendigkeiten abgesehen und nur mit vorhergehender Erlaubnis des Richters. Doch machen Sie sich keine Sorgen, Cerini, ich verhafte Sie schon nicht. Ich bitte Sie lediglich um den Gefallen, sich nicht von hier zu entfernen. Wollen Sie mir diesen Gefallen tun? Ja? Danke. Signorina Sartoni, schreiben Sie bitte auf ein vom Protokoll getrenntes Blatt, Datum, und so weiter: ›Auf Antrag des Verteidigers von Angelica Degli Alberetti beauftragt der Untersuchungsrichter den Beamten der Kriminalpolizei Ugo Scatizzi, nach erfolgter Überprüfung der heutigen Aussage von Deborah Cerini und nach Zurkenntnisnahme des Einspruchs des Staatsanwaltes gegen die Bitte des Verteidigers, eine Person betreffend, die die Zeugin in einem Mann wiedererkannt zu haben glaubt, der in Handschellen in der Vorhalle dieses Gerichtsgebäudes sitzt, besagte Person oder die Personen, die in der Vorhalle vor dem Raum in Handschellen sitzen, zu identifizieren.‹ Haben Sie das?«

Die Sartoni hob das Gesicht vom Blatt. Sie war schweißgebadet. »Ja.«

»Gut. Gehen Sie dann bitte jetzt nach nebenan, ins Büro der Kriminalpolizei, und sagen Sie Scatizzi, er möge herkommen.«

Die Signorina legte mit einer Geste, die Scalzi ein wenig brüsk erschien, den Stift auf das Blatt und verließ den Raum.

Scatizzi war im Büro des Untersuchungsrichters ein- und ausgegangen, mit schaukelndem Gang und dem lächelnden Ausdruck seiner Bedeutung im Gesicht. Auf eine kurze Befragung Scalzis hin hatte er erklärt, in der Vorhalle befände sich nur ein einziger Mann in Handschellen. Er säße zwischen zwei Carabinieri auf der Bank gegenüber der Tür. Sein Name sei Narcisse Ori, geboren in Barberino im Mugello, am sechsundzwanzigsten Februar neunzehnhundertneunundzwanzig, wohnhaft in Castello del Trebbio, in der Gemeinde Vaglia.

»Das hat mir alles der Kommandant der Wachmannschaft gesagt«, fügte Scatizzi hinzu, »denn er selbst wollte den Mund nicht aufmachen. Aber ich kannte ihn ja schon ... Das ist der, der hier vernommen werden soll, der ...«

»Das wissen wir.« Lembi schnitt ihm das Wort ab. »Signorina Sartoni, auf ein gesondertes Blatt, bitte. Schreiben Sie, Datum, und so weiter: ›Auf Antrag des Verteidigers Avvocato Scalzi zur Personenidentifizierung im Schnellverfahren des bereits in die Akten aufgenommenen Narcisse Ori, und aus den gleichen Gründen, die in der unter heutigem Datum erlassenen Verfügung bereits aufgeführt wurden, Gründen, die hier vollständig übernommen werden, erläßt der Untersuchungsrichter das folgende Dekret im Sinne des Artikels 400 des Strafgesetzbuches. Es wird verfügt, eine sofortige Personenidentifizierung des genannten Narcisse Ori durchzuführen, wobei die entsprechenden Fristen der Gesetzesartikel umgangen werden.‹ Halt, schreiben Sie das nicht, Signorina; um die Wahrheit zu sagen, wäre das im Sinne des Artikels 364 des Gesetzbuches nicht vorgesehen, aber es ist immer besser, mit den Garantien großzügig umzugehen. Dottor Orlandi, hat Signor Ori im Prozeß, den Ihr Amt gegen ihn wegen der Entführung von Angelica Degli Alberetti angestrengt hat, einen Verteidiger seines Vertrauens?«

»Nein, hat er nicht, *Euer Ehren*«. Orlandi betonte die beiden letzten Worte ironisch. »Man hat ihm einen Pflichtverteidiger zugewiesen. Sie wissen ja, wie das ist, Euer Ehren, hier bei uns in Tennessee sind die Leute ziemlich arm. Und darüber hinaus ist er nicht erschienen.«

»Und wie heißt der Pflichtverteidiger?«

»Perry Mason«, kicherte Orlandi.

»Dottor Orlandi, hören sie auf, hier Witze zu machen, ansonsten zeige ich Sie wegen Richterbeleidigung während des Verfahrens an. Jetzt sagen Sie mir den Namen des Verteidigers von Ori.«

»Danilo Ammannato heißt er. Aber hören Sie, Untersuchungsrichter, hier ist alles regelwidrig, alles ungültig. Ich bitte Sie, meinen Einspruch zu allem ins Protokoll aufzunehmen. Einspruch auf der ganzen Linie.«

»Es ist bereits alles aufgezeichnet. Ich habe veranlaßt, daß dieses Protokoll mitgeschnitten wird. Signorina Sartoni, weiter. Wo waren wir stehengeblieben?«

»Es wird verfügt, eine sofortige Personenidentifizierung

des genannten ...«, las die Sekretärin mit einem leichten Singsang in der Stimme.

»Verfügt, daß eine Kopie des vorliegenden Dekrets unmittelbar dem Signor Narcisse Ori an dem Ort, an dem er sich augenblicklich befindet, zugestellt wird. Verfügt, daß die Kriminalpolizei zwei Personen findet, die dem genannten Narcisse Ori ähnlich sehen. Verfügt darüber hinaus, daß das gleiche Amt drei Regenmäntel besorgt ...«

»Wie viele Regenmäntel, Herr Richter?« fragte Signorina Sartoni.

»Drei. Und drei Strohhüte.«

»Ja, richtig«, knurrte Orlandi, »die Strohhüte. Sonst könnte das Oberste Gericht schließlich alles annullieren.«

»Bitte, Signorina Sartoni«, Lembi überhörte die Bemerkung, »rufen Sie Avvocato Ammannato an und sagen Sie ihm, er möge sich um elf Uhr hier einfinden. Die Sitzung ist bis elf Uhr unterbrochen.«

Es war nicht leicht, in so kurzer Zeit alles zu organisieren. Scatizzi besuchte die Wettbüros im Zentrum auf und kehrte mit zwei ehemaligen Jockeys zurück. Sie waren ziemlich alt, von winziger Gestalt, das Gesicht faltig, weil wettergegerbt. Kurz gesagt, sie ähnelten dem Narcisse Ori, wie es das Gesetz verlangte. Er besorgte drei weiße Regenmäntel und drei Strohhüte, denen er die Krempe abschnitt, so daß drei Kappen übrigblieben. Er brachte alles in das Büro, das er mit Tartaro teilte: die Jockeys, die Regenmäntel, die Kappen, Narcisse Ori und die beiden Carabinieri. Es war außerordentlich schwierig, den Maler zu bewegen, den Regenmantel anzuziehen und die Strohkappe aufzusetzen. Schließlich rief Scatizzi Richter Lembi, um ihm das Ergebnis seiner Bemühungen vorzuführen. Der Untersuchungsrichter war zufrieden.

Scalzi stellte den Antrag, der Richter selbst möge die Personenidentifizierung durchführen. Lembi vernahm Deborah, die sich keinen Zentimeter von ihrem Stuhl wegbewegt hatte, ganz verwirrt von den Dingen, die mit ihr geschahen, aber auch ein bißchen amüsiert. Der Untersuchungsrichter bat die Zeugin um eine Beschreibung des Mannes, den sie in dem Lieferwagen gesehen hatte. Die Cerini berichtete, sie habe lediglich seinen Kopf gesehen. »Nun, vielleicht hätten wir uns die Regenmäntel wirklich sparen können«, meinte Lembi daraufhin, fast an sich selbst gewandt. Dann rief er über das interne Telefon das Büro der Kriminalpolizei an und beauftragte Scatizzi, Narcisse und die beiden Jockeys in sein Zimmer zu begleiten. Er erinnerte ihn nochmals eindringlich daran, dem Maler die Handschellen abzunehmen.

Als die Darsteller der Veranstaltung und ihre Begleiter, Scatizzi sowie die beiden Carabinieri, den kleinen Raum mit seinen schrägen Wänden betraten, entstand eine Atmosphäre wie in einem Autobus zur Hauptverkehrszeit. Schon seit einigen Tagen hatte sich der eigensinnige Ventilator vollständig zur Decke gedreht, es war zum Ersticken. Lembi bat Signorina Sartoni, das Fenster zu öffnen.

Narcisse nahm links von den beiden Jockeys Platz, an die schräge Wand gelehnt, neben der Glastür, durch die jetzt, nachdem die Sekretärin sie aufgemacht hatte, das laute Gurren der Tauben zu hören war. Die drei waren grotesk, sie versanken in ihren viel zu langen Regenmänteln, und man hatte ihnen die päpstlich anmutende Kopfbedeckung bis über die Augenbrauen herabgezogen. Narcisse lächelte, nachdem er die Gefährten der Maskerade aus den Augenwinkeln betrachtet hatte.

Deborah Cerini wurde von Lembi aufgefordert, sich die Männer anzusehen. Sie betrachtete sie lange. Und sie erkannte den Fahrer des Lieferwagens sofort, nicht zuletzt, weil sie ihn erst vor zwei Stunden in der Vorhalle hatte sitzen sehen. Doch war sie ein gewissenhaftes Mädchen, sie war Krankenschwester und wollte keinen Fehler begehen. So ließ sie ihren Blick mehrmals von dem einen zum anderen schweifen, dann hielt sie bei dem letzten Gnom zu ihrer Rechten inne und starrte ihn intensiv an. Gerade wollte sie sagen: »Er ist es«, da stellte sich Narcisse auf die Zehenspitzen und machte mit der Hand ein Zeichen vor seinem Gesicht, wie einen Segen oder eine Beschwörung. Dann sprang er zur Seite, für einen Moment hatten ihn alle aus den Augen verloren; er war hinter dem Schreibtisch des Richters verschwunden. Sekunden später war er bereits auf dem Umgang aus Zement, der sich hinter der Glastür befand, und lief auf den Engel mit der Trompete zu. Während einer der Carabinieri schon die Hand auf dem Geländer hatte, das den Umgang schützte, wandte er sich noch einmal zurück. »Ich bin's! Ja, ich allein!« brüllte Narcisse. Dann griff er nach dem Arm des Engels, um leichter über die Brüstung klettern zu können, die die Spitze des Giebels schmückte. Der Arm aus Glasfiber brach ab. Der Regenmantel flatterte wie ein Stück Wäsche auf der Leine, bevor er in der Tiefe verschwand.

31
Abhörprotokoll

Berufung gegen Lembis Urteil einzulegen, der Angelica Degli Alberetti bei der Anhörung im Vorverfahren freigesprochen hatte, hielt Orlandi nicht für sehr aussichtsreich.

Eine Niederlage auf der ganzen Linie; auch Giuseppe Migliore, Beppino, der Blutsauger von Euro Bencivenga, genannt Bice, war freigesprochen und aus der Haft entlassen worden. Und der Sprung auf die Piazza San Firenze, mit dem Narcisse Ori sich vor den Augen des Richters, der Carabinieri und seinen eigenen, des Staatsanwalts, das Leben genommen hatte, konnte nur weitere Komplikationen zur Folge haben.

Doch was den Selbstmord betraf, dachte Orlandi an eine Revanche in Form einer gegen Lembi gerichteten Dienstaufsichtsbeschwerde. Er war es gewesen, der das Büro mit Menschen überfüllt und damit jede Sicherheitsgrenze überschritten hatte, und außerdem hatte der Untersuchungsrichter persönlich angeordnet, das Fenster zu öffnen.

Solche Dinge geschahen, wenn jemand wie Lembi, von heiligem Feuer beseelt, die kanonischen Regeln außer Kraft setzte. Unordnung erzeugt Unordnung. Unter den Fenstern des Tribunals, vor den schreckerfüllten Blicken von Hunderten von Menschen, hatte man die entstellten Überreste dieses armen Kerls auflesen müssen. Die beiden Carabinieri der Wachmannschaft riskierten ein Disziplinarverfahren. Und die berühmte Gerechtigkeit, in deren Namen der Untersuchungsrichter zu handeln vorgab, war auch nicht geübt worden. Die Schuld des Fälschers konnte nun weder ermittelt noch vertieft werden, der Tod zog einen Strich unter alles, auch der Prozeß wegen Freiheitsberaubung Angelicas war durch den Tod des Täters gegenstandslos geworden. In den Zeitungen las man an jenem Tag nichts als Kritik, es gab keinen Satz, der nicht mit einem Fragezeichen schloß, die Hypothesen überschlugen sich. Man hatte den Eindruck beim Zeitungslesen, sich in nordischen Gefilden zu befinden, wo, von grauen Nebeln getrübt, die Dinge weder schwarz noch weiß, sondern undeutlich und flüchtig waren. Ein schönes Ergebnis für jemanden, der wie Lembi behauptete, die Wahrheit zu suchen.

Der Carabiniere fand Orlandi in ein noch unbeschriebenes Blatt versunken, das vor ihm lag. Er legte einen großen Umschlag auf eine Ecke seines Schreibtischs und zog sich schweigend zurück.

»Was ist das für Zeug?« rief Orlandi ihm nach.

»Das Protokoll der telefonischen Abhöraktion der letzten Tage«, antwortete der Carabiniere, »auf dem Stand von gestern abend.«

»Welcher Abhöraktion?«

»Im Fall Scalistri.« Der Carabiniere drehte sich auf dem Absatz um.

Nach dem Selbstmord von Narcisse Ori war diese Ermittlung vollkommen überflüssig geworden. Man hätte sie eigentlich schon vor geraumer Zeit abbrechen sollen. Und vor allem war das Ganze auch regelwidrig und illegal.

»Nehmen Sie alles wieder mit«, sagte Orlandi.

»Und was sollen wir damit machen?« fragte der Polizist.

»Was ihr wollt. Ich weiß es nicht. Zerstört es.«

»Tut mir leid, Dottore, aber das ist unmöglich. Der Oberst hat mich angewiesen, die Unterlagen bei Ihnen zu lassen. Tun Sie damit, was Sie für richtig halten.« Und er verließ das Büro.

Nachdenklich öffnete Orlandi den Umschlag und zog

ein Register heraus. Er blätterte darin herum: zehn Seiten mit Gesprächen, Verabredungen, Taxianrufen, Telefonweckdiensten … Orlandi las hier und da ein wenig darin herum, wahllos, er fühlte sich schuldig – diesmal waren Regelwidrigkeit und Mißbrauch von ihm ausgegangen, denn was war es sonst, wenn man in der Intimität anderer herumstöberte:

Bandabschnitt 343–351. 29. September, 22.06 Uhr. Teilnehmerrufnummer 240916. Angelica Degli Alberetti. Anruf von außen. Weibliche Stimme 1 (Angelica Degli Alberetti). Männliche Stimme 2 (Corrado Scalzi).

ST1 W. »Hallo?«

ST2 M. »Angelica?«

ST1 W. »Ja, wer spricht da?«

ST2 M. »Scalzi«

ST1 W. »Oh! Avvocatissimo! Ciao. Wo bist du?«

ST2 M. »Wo ich bin? Im Restaurant natürlich. Ich warte schon seit einer Stunde auf dich.«

ST1 W. »O Gott! Oh! Wie … O Gott! Das tut mir aber leid, Corrado! Ich habe es einfach vergessen!«

ST2 M. »Sprich lauter, hier ist so ein Lärm!« (*Geräusche im Hintergrund*)

ST1 W. »Ich habe unsere Verabredung vergessen! Wie konnte ich nur, Mammamia, es ist mir einfach entfallen …«

ST2 M. »Schon gut …«

ST1 W. »Ich bin nämlich auch schon ausgezogen. Ich war gerade dabei, ins Bett zu gehen. Ich bin völlig erschöpft, weißt du, Corrado … Abgespannt, mein Kopf ist ganz leer. Entschuldige … Ich weiß nicht, wie ich mich bei dir entschuldigen soll …«

ST2 M. »Ist schon in Ordnung. Vertagen wir es auf ein andermal.«

ST1 W. »Es tut mir so leid.«

ST2 M. »Mir auch. Ciao.«

ST1 W. »Ruf mich an. Morgen, ja?«
ST2 M. »Hm! Ich ruf dich morgen an, in Ordnung. Ciao.«

Bandabschnitt 386–394. 29. September, 22.30 Uhr. Teilnehmerrufnummer 283025. Francesco Garguglio, genannt »Patrizia« (bekannter Transvestit, Freund des verstorbenen Euro Bencivenga). Ruf geht raus. Weibliche Stimme 1 (nicht identifiziert). Männliche Stimme 2 (Dottor Fileno Lembi).
ST1 W. »Hallo. Bist du's? Fileno?«
ST2 M. »Ja, was gibt's?«
ST1 W. »Ich rufe dich von Patrizia aus an.«
ST2 M. »Von wem?«
ST1 W. »Patrizia. Erinnerst du dich nicht an Patrizia? Ich gebe sie dir mal. Könntest du mit ihr sprechen?«
ST2 M. »Mit wem soll ich sprechen?«
ST1 W. »Mit Patrizia. Sie ist wütend auf mich, weil sie meint, es ist deine Schuld, daß dieser arme Kerl sich umgebracht hat. Sprich du mit ihr …«
ST2 M. »Nein! Du reichst den Hörer an niemanden weiter. Was soll das!«
ST1 W. »Die Sache ist eben die, daß Patrizia beleidigt ist. Sie sagt, ich hätte sie hintergangen. Sie hätte niemals akzeptiert, sich mit dir zu unterhalten, wenn sie gewußt hätte, daß du Richter bist. Sie sagt, daß dieser arme Kerl … Aber hör mal, was ist denn schon dabei, wenn …«
ST2 M. »Nein! Was heißt armer Kerl? Von dem Kunsthändler ganz abgesehen, hat er zwei Personen von der … von der Sorte von Patrizia umgebracht. Worüber beklagt sie sich eigentlich …?« Und daß sie ihn gekriegt haben, hat mit mir überhaupt nichts zu tun. Und erst recht nichts mit ihr. Mach ihr das begreiflich. Wofür, zum Teufel, müssen wir uns denn rechtfertigen?«
ST1 W. »Warum erklärst du es ihr nicht einfach? Zwei Worte am Telefon, was bedeutet das schon?«
ST2 M. »Nein! Ich spreche nicht mit einem Zeugen! Auch

nicht, wenn alles abgeschlossen ist. Ich spreche nicht mit ihr!«

ST1 W. »Bitte, Fileno …«

ST2 M. »Ich habe nein gesagt, und Schluß.«

ST1 W. »Einmal Richter, immer Richter, was?«

ST2 M. »Evelina, jetzt fang bitte nicht damit an … Ciao.«

ST1 W. »Warte. Rufst du mich morgen in der Specola an?«

ST2 M. »In Ordnung. Morgen. Ciao.

ST1 W. »Ciao.«

Bandabschnitt 212–220. 29. September, 22.30 Uhr. Teilnehmerrufnummer 240916. Angelica Degli Alberetti. Ruf geht raus. Anruf beim Teilnehmer Nr. 2761–3512, Büro der Kriminalpolizei im Gerichtsgebäude. Männliche Stimme 1 (Giovancarlo Quagliotti). Männliche Stimme 2 (Dienststellenleiter der Kripo Edvino Tartaro).

ST1 M. »Hallo. Ist da … Bist du es?«

ST2 M. »Hallo. Wer spricht da?«

ST1 M. »Giovancarlo.«

ST2 M. »Ja, ich bin's. Ciao.«

ST1 M. »Oh, ciao. Du hattest mich nicht erkannt? Bist du allein? Kannst du sprechen?«

ST2 M. »Um diese Uhrzeit bin ich allein.«

ST1 M. »Wie geht's dir?«

ST2 M. »Gut. Und dir?«

ST1 M. »Gut. Doch deine Stimme …«

ST2 M. »Was ist mit meiner Stimme?«

ST1 M. »Ich weiß nicht … ein bißchen … ich weiß nicht …«

ST2 M. »Ich bin müde. Ich hatte einen harten Tag.«

ST1 M. »Hör mal, ich wollte dir sagen: Im Programmkino ›Atelier‹ spielen sie *Die Kinder des Olymp*. Hättest du Lust?«

ST2 M. »Also eigentlich … Im Fernsehen läuft ein Pokalspiel. Das würde ich mir ganz gern ansehen …«

ST1 M. »Dann machen wir es doch so: Du fährst nach Hause und programmierst das Videogerät. Ich komme dich dann abholen. Wir gehen ins ›Atelier‹ und sehen uns *Die Kinder des Olymp* an. Hast du den schon mal gesehen? Jean-Louis Barrault und Arletty, großartig, sag ich dir. Dann essen wir bei dir und sehen uns das aufgezeichnete Spiel an. Was meinst du?«

Orlandi schlug das Register wieder zu. Er hatte einen Schrank voll von zurückgestellten Unterlagen, ruhenden Prozessen, die sich eines Tages von selbst erledigt haben würden. Er würde es dazulegen, an einen Platz, wo er es so leicht nicht wiederfinden und schließlich vergessen würde.

Inhalt

Zweiter Teil

Dritter Teil

Nino Filastò
Der Irrtum des Dottore Gambassi

Roman
416 Seiten. Gebunden
ISBN 3-351-02369-3

»Auf den ersten Blick ist Nino Filastòs Roman »Der Irrtum des Dottore Gambassi« ein Krimi. Es geht um verschwundene archäologische Schätze aus der Etruskerzeit, es geht um einen Mord, bei dem die Leiche fehlt, und es geht um die dunklen Machenschaften eines reichen Geschäftsmannes, der in einer prunkvollen Villa in der Nähe der toskanischen Stadt Grosseto residiert.
Auf den zweiten Blick entpuppt sich der Roman als ein kluges und boshaftes Porträt der modernen italienischen Gesellschaft. Doch vor allem ist Nino Filastòs 416 Seiten umfassende Reise durch Gegenwart und Vergangenheit der Toskana ein spannendes Buch, das geschickt die Darstellung politischer Gegebenheiten, menschlicher Irrungen und verrückter Abenteuer miteinander verknüpft – und das mit sehr unterhaltsamen Mitteln.«

Norddeutscher Rundfunk

Aufbau-Verlag

Carola Dunn

Miss Daisy und die tote Sopranistin

Kriminalroman
240 Seiten. Gebunden
ISBN 3-352-00599-0

Mord in der Oper – bei ihrem Debüt in der Londoner Albert Hall bricht die Mezzosopranistin Betsy tot auf der Bühne zusammen. Miss Daisy Dalrymple ermittelt auch in ihrem dritten Fall mit dem Stil und Charme der »roaring twenties«, unterstützt von Alec Fletcher von Scotland Yard. Für Miss Daisy und Alec beginnen komplizierte Ermittlungen, in denen sie über sensible Künstlerseelen mindestens ebensoviel erfahren müssen wie über dramatische Liebesverwicklungen, bis sie der erschütternden Wahrheit schließlich auf den Grund kommen.

»Carola Dunn liefert alles, was sich ein Krimi-Leser wünscht: Aristokraten, die den Skandal fürchten, dienstbare Butler, einen äußerst attraktiven und erfolgreichen Kommissar, dazu eine überaus charmante weibliche Hauptfigur. Sie alle sind exzellent dargestellte Charaktere, und es gelingt Carola Dunn, ein genaues Bild der zwanziger Jahre in England zu zeichnen.«

The Oregonian

R & L

Rütten & Loening